Kresley Cole

Verführung der Schatten

Roman

Ins Deutsche übertragen von
Bettina Oder

LYX
EGMONT

Die amerikanische Originalausgabe erschien 2008
unter dem Titel *Dark Desires after Dusk*
bei Pocket Books, a division of Simon & Schuster, Inc., New York.

Deutschsprachige Erstausgabe Oktober 2010 bei LYX
verlegt durch EGMONT Verlagsgesellschaften mbH,
Gertrudenstraße 30–36, 50667 Köln

1. Auflage
Redaktion: Christiane Wirtz
Satz: Greiner & Reichel, Köln
Druck: Bercker Graphischer Betrieb, Kevelaer
ISBN 978-3-8025-8324-7

www.egmont-lyx.de

Für Richard
Weil du bei Zahlen wie Rain Man bist,
aber nicht über mich lachst, weil ich es nicht bin.

Jag älskar dig för alltid.

DANKSAGUNG

Ich danke dem Gibson Hall Grid von ganzem Herzen. Da ihr euch mit Kryptografie auskennt, muss ich es zum Glück nicht. Meine ganze Liebe gilt den üblichen Verdächtigen: Gena, Boo, Beth und Rocki. Alles fantastische Schriftstellerinnen und Freundinnen.

„Viele Menschen fürchten Veränderungen. Und Reisen. Und Unordnung. Die Ritzen im Bürgersteig zu vermeiden ist weitaus weiter verbreitet, als man vermuten würde.“

Holly Ashwin, Mathematikdozentin an der
Tulane University in New Orleans, Doktorandin mit
Schwerpunkt in klassischer und Computer-Kryptografie

„Die oberste Regel eines Söldners? Rausfinden, was der Kunde will, ihn dann davon überzeugen, dass a) man ihm genau das beschaffen kann und b) man der Einzige ist, der es ihm beschaffen kann. Die zweite Regel? Lüge wie gedruckt. Ständig. Die Wahrheit nützt dir in diesem Geschäft eher selten.“

Cadeon Woede, Söldner, Zweiter in der Thronfolge
der Wutdämonen, auch unter dem Namen
Cade der Königsmacher bekannt

PROLOG

Rothkalina, das Königreich der Wutdämonen
Ein längst vergangenes Zeitalter

Cadeon Woede stieß zuerst auf die kopflosen Leichen seines Pflegevaters und seiner Pflegebrüder. Alle drei waren bei der verzweifelten Verteidigung ihres Heims umgekommen.

Ihre Überreste lagen auf dem Boden verstreut, nahe eines zerstörten Teilstücks der Barrikaden, die ihren Hof umgaben. Cadeon erkannte in dem grausamen Gemetzel das Werk von Wiedergängern – lebenden Leichen, die von Omort dem Unsterblichen ausgesandt worden waren, dem am meisten gefürchteten Feind ihres Königreichs.

Er blickte sich um und erschauerte. Sein Verstand weigerte sich, zu akzeptieren, was er sah …

Die Mädchen …

Wie der Blitz stürmte er auf den kleinen Hügel hinauf, zu den schwelenden Überresten des Hauses seiner Familie. Möglicherweise war es seinen Pflegeschwestern gelungen, in den Wald zu fliehen. Mit wild pochendem Herzen durchsuchte er die Ruine, während er unablässig dafür betete, dass seine Suche erfolglos bleiben möge. Schweiß lief ihm über das Gesicht und in die Augen und vermischte sich mit Ruß und aufwirbelnder Asche.

An dem Ort, wo sich einst die Herdstelle befunden hatte, fand er die Überreste seiner jüngeren Pflegeschwestern. Sie hatten sie verbrannt, und zwar bei lebendigem Leib. Ihre Muskeln hatten sich in der Hitze zusammengezogen, ihre kleinen Körper auf dem Boden zusammengerollt.

Er taumelte nach draußen und würgte, bis seine Kehle ganz rau war. Niemand hatte überlebt.

Er fuhr sich mit dem Unterarm übers Gesicht und torkelte auf eine alte Eiche zu, an der er sich zu Boden gleiten ließ. Innerhalb eines einzigen Tages hatte man ihm alles genommen, was er auf dieser Welt geliebt hatte.

Die Bedrohung durch Omort war schon seit vielen Jahrzehnten spürbar, doch der dunkle Hexenmeister hatte sich mit seinem Angriff Zeit gelassen. Cadeon fürchtete zu wissen, warum.

Mein eigener Fehler. Er vergrub sein Gesicht in den Händen. *Dies alles ist meine Schuld.*

Für die meisten, die ihn kannten, war Cadeon ein einfacher Bauer ohne besondere Verpflichtungen. Aber er war von Geburt ein Prinz und der einzige Thronerbe seines Bruders. Ihm war befohlen worden, nach Burg Tornin zurückzukehren, um den Königssitz zu verteidigen.

Cadeon hatte den Befehl verweigert. *Wer Tornin beherrscht, beherrscht das Königreich* …

Plötzlich drückte sich kalter Stahl gegen Cadeons Hals. Er blickte teilnahmslos auf. Ein Dämon hatte sich hinter dem Baum versteckt gehalten und bedrohte ihn jetzt. Ein Wutdämon.

„Mein Herr wusste, dass du zurückkommen würdest“, sagte der Krieger. Seine Waffe und seine Kleidung verrieten, dass er ein Auftragsmörder war, den Omort gesandt hatte. Ein Verräter seiner eigenen Art.

„Bring's endlich hinter dich“, flüsterte Cadeon, während sein Blut über die Klinge des Schwertes rann. Ihm war jetzt alles egal. „Worauf wartest du no…“

Ohne Vorwarnung steckte plötzlich ein Pfeil im Hals des Assassinen. Er ließ sein Schwert fallen und umklammerte mit beiden Händen den Pfeil, wobei er sich nur selbst den Hals mit den eigenen Klauen zerfleischte. Cadeon sah ohne jede Gefühlsregung zu. Als der Bastard auf die Knie sank, tauchte ein Reitertrupp auf.

Der Anführer trug leichte Rüstung und einen furchterregenden schwarzen Helm. Einen Helm, der weithin bekannt war. Es war König Rydstrom, Anführer aller Wutdämonen. Cadeons leiblicher Bruder.

Rydstrom setzte den Helm ab und offenbarte sein von Narben entstelltes Antlitz. Den meisten jagte allein dieser Anblick einen Mordsschrecken ein.

In Cadeons Adern wallten Groll und Verbitterung auf. In Gedanken erinnerte er sich an das letzte Mal, dass er Rydstrom gesehen hatte. Damals war Cadeon erst sieben gewesen. Als der Erbe seines Bruders war er vor zwölf Jahren von der königlichen Familie getrennt und fortgeschickt worden, um von nun an versteckt in der Anonymität zu leben, weit weg von Tornin, das häufig das Ziel von feindlichen Übergriffen war.

Die Erinnerung an seine Verbannung überwältigte ihn … Als Cadeons Kutsche sich in Bewegung gesetzt hatte, hatte Rydstrom – der für ihn einmal mehr wie ein Vater gewesen war – mit durchgedrückten Schultern und ausdrucksloser Miene dagestanden.

Cadeon wusste noch, dass er sich in diesem Moment gefragt hatte, ob es seinem Bruder überhaupt etwas ausmachte, dass er fortging.

Jetzt verschwendete der König keinen Atem auf eine Begrüßung seines jüngeren Bruders und machte sich auch nicht die Mühe abzusteigen. „Ich hatte dir befohlen, auf Tornin zu erscheinen."

Damit er dort als Verwalter herumhockte, während Rydstrom ausgezogen war, um sein Reich gegen die angreifende Vampirhorde zu verteidigen.

„Doch du hast dich geweigert, mit meinen Wachen zurückzukehren“, sagte Rydstrom schroff. „Und dann hast du dich ihnen entzogen wie ein Feigling?“

Cadeon war den Wachen nicht aus Feigheit aus dem Weg gegangen. Seine Loyalität galt in erster Linie seiner Pflegefamilie, und die brauchte seine Hilfe. Da er lesen und schreiben und sich teleportieren konnte, war die Wahl natürlich auf Cadeon gefallen, als man jemanden brauchte, der sich auf den Weg machte, um Hilfe gegen den Mehltau zu suchen, da dieser die gesamte Ernte in der Gegend zu vernichten drohte.

Und niemand hatte ernsthaft damit gerechnet, dass Omort tatsächlich angreifen würde.

„Bist du gekommen, um mich deswegen zu töten?“, fragte Cadeon mit gleichgültiger Stimme.

„Das sollte ich wahrscheinlich tun“, sagte Rydstrom. „Man hat mir dazu geraten.“ Cadeons Blick flackerte über Rydstroms getreue Offiziere, die mit kaum verhohlener Feindseligkeit auf ihn herabstarrten. „Du bist als Feigling gebrandmarkt. Und nicht nur bei unseren Feinden.“

„Ich bin kein Feigling. Es war nicht mein Leben – ich kannte dich oder diese Familie doch kaum.“

„Nichts davon spielte eine Rolle. Es war deine Pflicht, dort zu sein“, sagte Rydstrom. „Die Burg war ohne Anführer zurückgeblieben. Omort hat die Gelegenheit genutzt, um seine Rebellion zu starten und das Land zu unterwerfen. Er hat die Herrschaft über Tornin an sich gerissen. Er besitzt jetzt meine Krone.“

„Ich bin nicht aufgrund einer einzigen Entscheidung dafür verantwortlich, dass du deine Krone verloren hast. So einfach ist das nicht“, sagte Cadeon, wenn ihn auch der Verdacht quälte, dass genau das durchaus der Fall sein könnte.

„Oh doch. Die Geschicke eines Krieges können durch ein Wort, eine Handlung, selbst durch die Abwesenheit eines Anführers in der Feste eines Königreichs beeinflusst werden."

Wenn das die Wahrheit war, dann könnte Cadeons geliebte Familie noch am Leben sein.

„Lass es mich dir erklären", sagte Rydstrom mit beißender Stimme. „Ein kinderloser König zieht aus, um sich gegen einen Überraschungsangriff zur Wehr zu setzen, und sein einziger Erbe, der letzte männliche Nachkomme dieses Geschlechts, weigert sich, seine Verantwortung anzuerkennen. Deutlicher hätten wir unsere Verwundbarkeit gar nicht zum Ausdruck bringen können."

Cadeon wischte über das Blut an seiner Kehle. „Es war weder meine Krone noch meine Angelegenheit."

Rydstrom stieg ab und seine Fänge schärften sich vor Wut. Er zog sein Schwert, als er auf Cadeon zuschritt, hob es – und schien überrascht, weil Cadeon sich nicht von der Stelle rührte.

Aber sein Bruder begriff gar nichts. Cadeon hätte hier sterben sollen. Er hatte nichts zu verlieren.

Cadeon zuckte nicht zusammen und verzog keine Miene, als das Schwert nach unten sauste. In Rydstroms Augen blitzte ein flüchtiges Interesse auf, als er dem Assassinen hinter Cadeon den Kopf abschlug.

„Willst du den Tod dieser Leute rächen, Bruder?"

Wut erfüllte Cadeons Brust bei diesem Gedanken. Entschlossenheit stieg in ihm auf. „Ja, ich will Omort töten", stieß er mit rauer Stimme hervor.

„Und wie gedenkst du das ohne jede Ausbildung zu tun?"

Cadeons friedliches Leben hatte ihn nicht auf das Kriegshandwerk vorbereitet. „Wenn du mich unterrichtest, werde ich nicht eher ruhen, bis ich seinen Kopf habe", knurrte er. „Und wenn es so weit ist, werde ich ihm deine Krone von seinem Schädel reißen und sie dir zurückgeben."

Nach längerem Schweigen sagte Rydstrom: „Ein Leben, von Rache angetrieben, ist besser als ein Leben ohne jeden Antrieb." Er wandte sich zu seinem Pferd um und rief Cadeon über die Schulter hinweg zu: „Wir lagern heute Nacht im Wald. Kümmere dich um deine Toten und komm dann dorthin."

Cadeon würde kommen, weil er Omort vernichten musste. Aber zugleich wollte er auch für sein Versagen büßen.

Denn aufgrund der Entscheidung, seiner leiblichen Familie den Rücken zu kehren, herrschte Omort jetzt über Rothkalina – und Cadeons Pflegefamilie war tot.

Rache und Sühne. Ohne das eine war es Cadeon nicht möglich, das andere zu vollziehen.

Und doch blickten Rydstroms Männer mit einer Mischung aus Hass und Verachtung auf Cadeon, während ihr Anführer sein Pferd bestieg. Sie waren offensichtlich der Meinung, dass Cadeon den Tod verdient hatte.

An diesen Blick sollte ich mich wohl besser gewöhnen, dachte er. Selbst in seinem jugendlichen Alter wusste er, dass ihn dieser Blick für den Rest seines Lebens verfolgen würde.

Oder bis es mir gelingt, die Krone zurückzuerobern …

1

New Orleans
Gegenwart

„Blöde … Kindersicherung", murmelte Holly Ashwin, während sie an der Düse des Pfeffersprays in ihrer Handtasche herumfummelte.

Mit der freien Hand schob sie ihre Brille hoch. Dann warf sie einen nervösen Blick über die Schulter zurück. Sie hatte gedacht, sie hätte hinter sich Schritte in der Nacht gehört. Wurde sie verfolgt – oder war sie einfach nur paranoid?

Seit Monaten schon hatte sie das Gefühl, dass jemand sie beobachtete. Doch seltsamerweise hatte es ihr bis jetzt nie etwas ausgemacht. Sie konnte es nicht erklären, aber die Präsenz, die sie gespürt hatte, hatte eher etwas Beruhigendes.

Heute Abend war es jedoch anders.

Sie fühlte sich eindeutig bedroht, und sie wünschte jetzt, sie wäre nicht mutterseelenallein auf dem Weg vom Parkplatz zur Gibson Hall unterwegs. Normalerweise begleitete ihr Freund sie zum Unterricht, aber Tim befand sich auf einer Konferenz, auf der er seine und ihre wissenschaftlichen Arbeiten präsentierte – allein, da ihr Leiden es ihr nahezu unmöglich machte zu reisen.

Die gepflegten Rasenflächen auf dem Weg zu ihrem Unterrichtsraum waren ungewöhnlich leer. Zweifellos waren heute Abend zahllose Partys im Gang, um den Vollmond zu feiern, der schwer und gelb am schwarzen Himmel hing.

Das Licht reichte aus, um eine Bewegung in den Büschen hinter sich wahrzunehmen. In ihrer wachsenden Panik brach sie die Düse der Spraydose ab.

„Mist." Hastig ließ sie ihre einzige Waffe fallen. Sie überlegte, sich eins der Medikamentenfläschchen in ihrer Tasche zu schnappen und sich mit einer Dosis Linderung zu verschaffen. Doch stattdessen beschleunigte sie ihre Schritte in Richtung ihres Ziels, dem Mathematikgebäude, das hell erleuchtet wie ein Signalfeuer vor ihr aufragte.

Gleich bin ich da. Ihre Absätze eilten klackernd über den Gehweg, ohne auch nur ein einziges Mal in einer der Spalten zwischen den Platten zu landen, trotz ihrer Eile. Offensichtlich war ihre Zwangsstörung immun gegen Panik …

Sie sah rasch auf ihre Uhr. Sie war selbstverständlich pünktlich, aber doch spät genug dran, dass sich die Studenten ihres Mathe-Förderkurses für Anfänger schon im Hörsaal versammelt hatten.

Nur noch ein paar Meter. Beinahe in Sicherheit …

Sobald sie die sechs Stufen zur Eingangstür bewältigt hatte, atmete sie vor Erleichterung tief aus. Der Korridor vor ihr erstrahlte im Licht der Neonröhren. *Geschafft.*

Ihr Raum war der zweite auf der rechten Seite und würde inzwischen mit dreiunddreißig überaus großen und überaus loyalen Footballspielern der Tulane University gefüllt sein. Wer auch immer ihr einen Schrecken einjagen wollte, würde bald wissen, wie sich der Übungsdummy am Ende der Saison fühlte.

Hollys Kollegen fanden, sie habe die Arschkarte gezogen, da sie „Rechnen für Erstklässler" unterrichten musste, wie es einige der Dozenten nannten. Aber Holly hatte sich sogar freiwillig für die Sportlerklasse gemeldet.

Wenn sie schon Mathe unterrichtete, warum nicht diejenigen, die exponentiell mehr zu lernen hatten?

Und um die Wahrheit zu sagen, zeigten sie sich in neunundneunzig Prozent der Zeit von ihrer besten Seite. Obwohl es jeden Dienstag- und Donnerstagabend einige Spieler gab, die extra früher kamen, um ausgedehnte Nachrichten für sie an die Tafel zu kritzeln. Ein Kollege hatte Holly verraten, dass „die Jungs" – die ganze fünf, sechs Jahre jünger waren als sie – es gerne sahen, wie sie in „diesen Röcken" die Tafel sauber wischte.

Holly trug altmodische Bleistiftröcke, deren Saum weit unter dem Knie endete. Würde man sie irgendwann einmal einfach in Ruhe lassen?

Sie fragte sich, was es wohl heute Abend sein würde. In der Vergangenheit hatte es einige Perlen der Poesie gegeben, wie „Got it bad, sooo bad, I'm hot for teacher" von Van Halen, „Ich war ein unartiger Junge, Ms Ashwin" und „Professor Hawking + Marilyn Monroe = Holly Ashwin", wobei sie die Ls durchgestrichen hatten, sodass es wie *Hotty* Ashwin aussah.

Sie ging davon aus, dass bis jetzt noch niemand gemerkt hatte, dass es ihr ein inneres Bedürfnis war, jeden Quadratzentimeter Gekritzel von der Tafel zu wischen oder die Kreidestücke auf dem Halter zu perfekten Dreiergruppen zu arrangieren, selbst wenn das bedeutete, eines der Stücke zu zerbrechen, um ein Vielfaches von drei zu erhalten …

Draußen vor der Tür zu ihrem Raum holte sie noch einmal tief Luft, um sich zu beruhigen, und fuhr mit der Hand glättend über ihren Knoten. Nachdem sie sich vergewissert hatte, dass sich der Verschluss ihrer Perlenkette genau in der Mitte ihres Nackens befand, zog sie kurz an jedem Ärmel ihres Twinsets, damit der Saum genau über dem Handgelenk endete. Dann überprüfte sie noch rasch die Rückseiten ihrer Ohrringe und öffnete schließlich die Tür.

Leer. Jeder einzelne Stuhl war leer.

„Der Unterricht fällt aus“ war auf die Tafel gekritzelt. Diesmal waren sie zu weit gegangen.

Oder waren sie es vielleicht gar nicht gewesen? Sie schluckte und wirbelte herum.

Grober Stoff, der einen scharfen Geruch ausströmte, bedeckte ihr Gesicht und erstickte ihren Schrei.

In dem Moment, in dem sich ihre Lider schlossen und ihr Körper erschlaffte, hörte sie aus der Ferne das grauenhafte Gebrüll eines Mannes.

Diese verbrecherischen Dämonen haben meine Frau …

Während sich Cades alter Ford Truck durch den Verkehr schlängelte, auf dem Weg zu einem weiteren Schlupfwinkel dieser bösartigen Dämonen, bemühte er sich verzweifelt, die Wut zu beherrschen, für die seine Dämonenrasse bekannt war.

Sie haben sich Holly geschnappt …

Vor fast einem Jahr hatten sich Cades und Holly Ashwins Wege gekreuzt, und Cade hatte in dieser Menschenfrau diejenige erkannt, die ihm vom Schicksal zugewiesen war. Doch da er eine menschliche Frau nicht zu der Seinen machen konnte, hatte er sich damit zufriedengeben müssen, ihr zu folgen und sie zu beschützen.

Nur aus diesem Grund war er überhaupt da gewesen, als eine Gruppe von Dämonen sie transloziert und sie Gott weiß wohin gebracht hatte. Aber sie hatten auf dem Campus gejagt; ihr Versteck würde sicher nicht weit sein.

Warum wollten sie ausgerechnet *sie* haben? Weil sie eine Unschuldige war? Dann hatten sie sich die falsche Jungfrau ausgesucht. Cade würde sie an ihren eigenen Eingeweiden aufhängen und ihnen bei ihrem Todestanz zusehen, wenn sie ihr auch nur ein Haar krümmten.

Sein Telefon klingelte, als er einen sichtlich betrunkenen Fahrer überholte. Wenn Betrunkene langsam fuhren, war es genauso, wie wenn sie flüsterten – auffällig.

„Was?", blaffte er zur Begrüßung. An diesem Abend sollte er die Einzelheiten zu seinem neuesten Job erfahren. Es würde der wichtigste Job werden, den er je erhalten hatte, seit er vor vielen Jahrhunderten zum Söldner geworden war.

„Ich habe das Treffen soeben verlassen", sagte sein Bruder Rydstrom. „Ich habe die Informationen, die wir brauchen."

Cade fuhr so dicht hinter dem Wagen vor ihm, dass er versucht war, ihm einen kleinen Schubs zu versetzen. „Und, wer ist unser Auftraggeber?", fragte er geistesabwesend.

„Der Kunde ist Groot der Metallurge."

Normalerweise hätte Cade bei diesem Namen die Augenbrauen hochgezogen. Groot war der Halbbruder von Omort dem Unsterblichen. „Er will uns gegen Omort helfen?" Cades Truck überholte einen weiteren Wagen, wobei er sich um ein Haar in dessen Lackierung verewigt hätte.

„Groot hat ein Schwert erschaffen, das ihn töten kann."

Und damit eine einzigartige Waffe. Omort der Unsterbliche trug seinen Namen nicht umsonst. „Um was für einen Job handelt es sich?"

„Er will, dass wir das Gefäß finden und sie ihm noch vor dem nächsten Vollmond ausliefern."

Das Gefäß. Während jeder Akzession erreichte ein weibliches Wesen der Mythenwelt die Geschlechtsreife. Ihr Kind war dazu bestimmt, entweder ein Krieger des ultimativen Bösen oder des ultimativen Guten zu sein – je nachdem, wer sein Vater war.

Ein Wagen fädelte sich vor Cade ein. „Verdammter Mist …"

„Was ist los?", fragte Rydstrom gebieterisch.

„Der Verkehr." Er wollte nicht, dass sein Bruder wusste, dass etwas vorgefallen war. Cade hatte ihm gesagt, er würde damit aufhören, Holly zu beobachten. Auch wenn sie beide vermuteten, dass sie die ihm zugedachte Frau war, so war eine gemeinsame Zukunft doch unmöglich.

Menschen waren für Dämonen verboten, weil sie es nicht überlebten, wenn ein Dämon seinen Anspruch auf sie erhob.

Aber es war Cade einfach unmöglich gewesen aufzuhören, sie aus der Ferne zu beobachten, sie zu studieren. Die junge Sterbliche faszinierte ihn immer mehr. So wie er immer stärker davon überzeugt war, dass sie die Seine war.

Er wusste, wie lächerlich das klang. Er war ein uralter Unsterblicher, ein brutaler Söldner, Anführer einer Truppe von Glücksrittern. Und dennoch gab es in Cades Leben nichts, worauf er sich freute – außer darauf, sie zu sehen.

Holly lebte ihr Leben, ohne zu ahnen, dass sie das Glanzlicht der enttäuschenden Existenz eines jahrtausendealten Dämons war …

Dieser neue Auftrag würde wohl ihre letzte Chance sein, Rydstroms Krone zurückzugewinnen. Wenn Rydstrom herausfand, dass Cade nicht bei der Sache war, wäre das sicherlich der Auftakt zu einer ihrer berühmt-berüchtigten, alles vernichtenden Prügeleien. Früher hatte sich Cade auf die Gelegenheit gefreut, seine Wut abzureagieren, doch jetzt ermüdete ihn schon die bloße Vorstellung.

„Wie sollen wir das Gefäß denn finden?“, fragte Cade.

„Mir wurde gesagt, dass es sich diesmal um eine Walküre handele.“

„Du willst einem bösartigen Hexer eine Walküre ausliefern – machst du dir denn gar keine Sorgen über unsere Allianz mit ihnen?“

„Ich mach es diesmal einfach so wie du und sage: Was die Walküre nicht weiß, macht sie nicht heiß.“

„Sie werden es aber wissen. Nïx wird es sehen können.“

Nïx, die halb verrückte Walküre und Wahrsagerin, hatte Rydstrom und Cade früher wiederholt geholfen. Genau genommen war sie sogar diejenige, die dieses Geschäft eingefädelt hatte, auch wenn sie ihnen keinerlei Hinweis darauf gegeben hatte, für wen sie arbeiten würden.

Es war noch keine Woche her, dass Cade mit ihr über Holly geredet hatte. Nïx hatte mit keinem Wort erwähnt, dass sie etwas über diesen Abend vorhergesehen hatte.

„Wenn Nïx bisher nicht gesehen hat, dass das Gefäß eine der ihren sein würde, dann tut sie es jetzt vielleicht auch nicht mehr. Außerdem können wir das nun mal nicht ändern", sagte Rydstrom. „Dieser Auftrag ist wichtiger als alles andere. Und es war Nïx höchstpersönlich, die geschworen hat, dass das unsere letzte Chance sei, Omort zu besiegen."

„Weißt du, wo sich die Zielperson aufhält?"

„Groots Orakel haben nach ihr gesucht. Wie erwartet, hält sie sich hier in dieser Stadt auf."

Die nahende Akzession sorgte dafür, dass sich bereits alle Faktionen an solch mystischen Brennpunkten wie etwa New Orleans versammelten.

„Und wir sind nicht die Einzigen, die hinter ihr her sind", fügte Rydstrom hinzu. „Orakel, Hexen, Zauberer – alle suchen nach ihr."

Das konnte sich Cade vorstellen. „Hast du einen Namen?"

„Nicht von ihr, aber wir kennen ihren letzten bekannten Aufenthaltsort – nennt sich die Halle des Sohns von Gib. Ich weiß, das klingt mal wieder nach dem üblichen Wahrsagergewäsch, aber es ist ein Hinweis."

Cade lief ein eisiger Schauer über den Rücken. *Nein. Das konnte nicht sein.* Die Halle des Sohns von Gib. Oder auch Gibson Hall – das Gebäude der mathematischen Fakultät auf dem Campus der Tulane University.

Holly war keine Walküre, aber diese Dämonen könnten sie am

geweissagten Ort gesehen und sie für eine von ihnen gehalten haben. Sie verfügte über genau die richtigen zarten Gesichtszüge und den zierlichen Körperbau. Möglicherweise hatten sie gedacht, sie wäre das Gefäß.

Nur eine der hiesigen Dämonenfaktionen verfügte über die Mittel, noch vor Cade und Rydstrom den Aufenthaltsort des Gefäßes herauszufinden – der Orden von Demonaeus.

„Wir kümmern uns noch heute Nacht um die Walküren", sagte Rydstrom. „Ich bin in zwei Stunden wieder zu Hause. Wir treffen uns dann dort."

Zwei Stunden. Selbst wenn Cade versucht gewesen wäre, seinen Bruder bei den Demonaeus um Hilfe zu bitten, hätte er nicht die Zeit gehabt, um auf ihn zu warten. „Alles klar." Klick.

Die breiten Reifen des Trucks quietschten, als Cade quer über die drei Fahrspuren hinweg und über den Mittelstreifen schoss, um gleich darauf in die entgegengesetzte Richtung zurückzurasen.

Er wusste, wo der Orden von Demonaeus beheimatet war, da er bereits bei mehr als einer Gelegenheit mit ihresgleichen zusammengetroffen war. Cade hatte sogar ihren rituellen Altar gesehen. Wurde die süße, unglaublich unschuldige Holly vielleicht genau in diesem Augeblick darauf entkleidet?

Der Lenker verbog sich unter seinem Griff.

2

Sie erwachte.

Ihre Lider waren zu schwer, um sie zu heben, aber sie wusste sowieso nicht, ob sie überhaupt etwas sehen wollte. Als sie ihren Körper in Gedanken kurz durchcheckte, enthüllte ihr das einige ziemlich beängstigende Dinge.

Sie lag auf etwas, das sich wie eine Steinplatte anfühlte, nackt, abgesehen von ihrem Schmuck, und ihr langes Haar hing über den Rand der Platte hinunter, wobei es sich an den rauen Kanten verfing. Von dem Stein sickerte eine Eiseskälte in ihren Körper. Ihr war so kalt, dass ihre Zähne klapperten.

Sie hatten ihr die Brille abgenommen, sodass sie alles, was sich weiter als drei Meter von ihr entfernt befand, nur undeutlich wahrnahm.

Um sie herum hatten tiefe Stimmen einen feierlichen Gesang in einer bizarren Sprache angestimmt, die sie noch nie zuvor gehört hatte.

Schließlich öffnete Holly ihre Augen doch einen Spaltbreit. Noch nie hatte ein Mann sie vollkommen nackt gesehen, und jetzt starrte ein Dutzend verschwommener Gestalten auf sie hinab.

Eine von ihnen hielt ihre Arme fest, eine andere ihre Beine. Mit einem Schrei begann sie, sich dagegen zu wehren. „Lasst mich los!“ *Das ist ein Traum. Ein Albtraum.* „Lasst mich sofort los! Oh Gott, was macht ihr denn da?“

Die Ärzte hatten irgendetwas mit ihrem Kopf angestellt. Sie hatte bestimmt Halluzinationen.

Als die Gestalten nicht antworteten, sondern ihren Singsang fortsetzten, begann sie zu betteln: „Tut das nicht", wobei sie gar nicht wusste, was „das" eigentlich sein könnte.

In diesem feuchtkalten Gemach schien es kein elektrisches Licht zu geben, aber überall standen schwarze Kerzen, und durch eine Art Oberlicht schien der Mond herein. Sie kniff die Augen zusammen und versuchte sich umzusehen. Sie glaubte zu erkennen, dass die Männer lange Gewänder und ... *künstliche Hörner* trugen?

Ein Wort schien sich in ihrem Gesang ständig zu wiederholen: *Demonaeus*. Das musste irgendein total kranker Dämonenkult sein.

Allerdings trugen sie keine Masken, um ihre Identität zu verschleiern. Sie war sicher, das konnte nur eins bedeuten: Sie hatten nicht vor, sie hier lebendig rauszulassen.

„Meine Familie sucht garantiert schon nach mir", log sie. Ihre Eltern waren tot, und Geschwister hatte sie keine. „Ich bin nicht die, die ihr für dieses ... dieses Opfer haben wollt." Tränen sammelten sich in ihren Augen und liefen über ihre Schläfen hinab. „Ich bin doch gar nichts Besonderes."

Einige der Gestalten stießen ein barsches Gelächter aus.

„Das alles passiert in Wirklichkeit gar nicht", flüsterte sie zu sich selbst, in dem Versuch, ihre Panik einzudämmen. *„Das alles passiert in Wirklichkeit gar nicht."*

Sie blickte zur Glaskuppel über sich hinauf. Der Mond stand jetzt fast genau über einem ganz ungewöhnlichen Bild, das man in das Glas geritzt hatte. Es sah aus wie das Gesicht eines gehörnten Dämons.

Der Schatten des Bildes würde direkt über dem Altar – über ihr – stehen, sobald der Mond darauf traf. Es war ein Gnomon, ein Schattenzeiger, genau wie bei einer Sonnenuhr.

Die Männer schienen auf diesen Schatten zu warten, denn sie blickten immer wieder nach oben. Aber warum war das so wichtig?

Während der Mond seinen Aufstieg fortsetzte, nahm ihr Gesang an Lautstärke zu. Holly wehrte sich noch heftiger, trat zu und schlug mit den Armen um sich.

Blitze erhellten den Himmel. Sie bemerkte flüchtig, dass die Häufigkeit der Blitze über ihr in dem Maß zunahm, wie sie sich bemühte, freizukommen.

Jetzt glitt der größte dieser Männer zwischen ihre gespreizten Beine. Als er seinen Umhang ablegte, begriff sie schlagartig. Sie konnte ihn nur bis zur Taille sehen, wusste aber, dass er nackt war.

„Nein, nein, nein … tut mir das nicht an!"

Das Weiße in seinen Augen hatte sich … schwarz gefärbt? Er packte ihre Oberschenkel und zerrte sie über den rauen Stein an den Rand des Altars.

Sie kreischte. Und dann brach die Hölle aus.

Die Männer hielten sich die Ohren zu. Durch das Glas – und damit das dämonische Gesicht – zogen sich auf einmal Risse, die nichts Gutes ahnen ließen, und dann zersprang das Ganze mit lautem Krachen und schwere Scherben regneten herab, allerdings ohne dass auch nur eine den Altar traf.

Ein Blitz fuhr durch die Öffnung herab und traf sie mitten in die Brust, wodurch die Männer weggeschleudert wurden.

Bei dem Einschlag stieß sie einen lauten Schrei aus und bäumte sich mit geballten Fäusten auf. Der Blitz war eine physische Kraft, die einfach kein Ende mehr zu nehmen schien.

Unvorstellbare Hitze schoss durch ihre Adern. Ihre beiden Ringe schmolzen ihr von den Fingern, ihre Ohrringe von den Ohren. Ihre Kette und ihre Armbanduhr verflüssigten sich und tropften von ihrem Körper herab.

Sie selbst war unverletzt. Ihre Haut war seltsamerweise noch heißer als das kochende Metall.

Das drückende Gewicht der Elektrizität erfüllte sie mit Macht, mit … Ruhe. Als es endete, war Holly eine andere. Sie fühlte sich an diesem Ort nicht mehr allein.

Bestrafe sie, schien eine Stimme in ihrem Kopf zu flüstern. *Sie haben es gewagt, dir etwas zuleide zu tun …*

Die Todesangst, die sie eben noch überwältigt hatte, wurde von blinder Wut verdrängt. Ihre Fingerspitzen waren auf einmal mit rasiermesserscharfen Klauen versehen. Ihr Sehvermögen war schärfer als je zuvor, sogar in der Dunkelheit. In ihrem Mund wuchsen Fänge.

Obwohl ihr der Blitz nichts ausgemacht hatte, wirkten die Dämonen wie betäubt, geblendet. Sie bluteten aus zahlreichen Wunden, die ihnen das hinabstürzende Glas zugefügt hatte.

Trotzdem formierten sie sich jetzt rasch neu. Holly erhob sich, kauerte auf dem Altar und wartete ab, während sie sich ihr vorsichtig näherten. Einer von ihnen trug eine Keule in der Hand, auf die sich ihre Augen fixierten. Eine Keule, um sie bewusstlos zu schlagen, damit sie mit ihrem abartigen Ritual fortfahren konnten.

Plötzlich sah sie nur noch rot. Als einer von ihnen sich auf sie stürzte, packte sie ihn bei den Hörnern. Sie waren … ein Bestandteil seines Körpers. Kein Kostüm. Waren das etwa *echte* Dämonen?

Das würde heißen, dass sie halluzinierte. Das konnte gar nicht wirklich geschehen. Sie lachte, als sie dem Dämon den Kopf umdrehte, in der sicheren Gewissheit, dass alles nur ein Albtraum war.

Und in ihren Albtraum überwältigte sie der instinktive Trieb, mit ihrer neu gewonnenen Kraft und ihrer Wut zu töten.

Als die anderen angriffen, hatte Holly keine Angst.

Sie wusste, *wie* sie sie töten konnte, so als ob sie sie schon seit Tausenden von Jahren jagte und zur Strecke brachte. Sie wusste, wie man ihnen die Köpfe vom Hals abdrehte, wie sie mit ihren Klauen zuschlagen musste, um Haut und Arterien so leicht wie Seidenpapier zu zerreißen.

Bestrafe sie …

Als das Blut zu spritzen begann, erleuchteten erneut Blitze den Himmel über ihr, so als ob sie Holly anfeuern wollten.

„Ich verstehe“, murmelte sie, als sie auf die Halsschlagader eines Dämons zielte und sie durchtrennte. *Ja, das Letzte, was sie auf Erden sehen sollten, ist mein lachendes Gesicht.*

„Ganz ruhig, Frau“, versuchte Cade sie zu beruhigen, während er sich langsam auf die Ecke zubewegte, in der Holly nackt kauerte.

Sie war von oben bis unten mit Blut bedeckt. Aber stammte es von ihr oder von den zwölf Dämonen, die sie offensichtlich getötet hatte?

Ihre Augen waren … silbern. Sie glühten in den Schatten. Was bedeutete, dass sie eine Walküre war. Irgendwie war sie nicht länger bloß ein Mensch. Eine Walküre in Gibson Hall. Holly erwies sich tatsächlich als das Gefäß.

Sie hatte die Knie an die Brust gezogen und versuchte, ihre Blöße zu bedecken, während sie ihre Fänge fletschte, um ihn zu verjagen. Sie zitterte vor Angst und wegen des Schocks, und Tränen rannen ihr über das blutbefleckte Gesicht.

Es brachte ihn schier um.

„Ruhig“, murmelte er. „Ich will dir nichts tun.“

Ihre Augen flitzten von seinen Hörnern zu denen auf einem der Köpfe, die auf dem Boden lagen.

„Ja, ich bin auch ein Dämon“, sagte er. „Aber ganz und gar nicht wie die hier. Mein Name ist Cadeon Woede.“

Wie weit waren sie mit ihr gekommen, bevor sie sich verwandelt und angegriffen hatte? Auch wenn es so aussah, als ob das Massaker schon eine ganze Weile her wäre, hatte Holly immer noch eine Wunde an ihrem Arm, die ihr die Klauen eines dieser Dämonen gerissen hatten.

Sie mochte sich in eine Walküre verwandelt haben, aber noch besaß sie weder die beschleunigte Heilkraft noch die Unsterblichkeit, die diese Spezies auszeichnete. Was bedeutete, dass sie immer noch unglaublich verletzlich war. Wie ein Mensch.

Menschen sterben so leicht.

„Haben sie außer deinem Arm noch etwas verletzt?"

Endlich schüttelte sie den Kopf.

„Haben sie dir irgendwie wehgetan? Soll ich dich ins Krankenhaus bringen?", fragte er, obwohl ihm bewusst war, dass das wohl kaum funktionieren würde.

Andere Faktionen waren ebenfalls auf der Suche nach ihr. Er wäre überrascht, wenn sie die Blitze nicht ebenfalls bemerkt hätten, die er aus der Ferne gesehen hatte. Immer noch ging von ihr ein Knistern aus, und ihre Macht erfüllte den ganzen Raum. Neu erworbene Macht ließ sich leicht zurückverfolgen.

„S-sie haben m-mir nichts getan", flüsterte sie.

„Gut. Ich will dir helfen, Holly."

Sie runzelte die Stirn, als er ihren Namen aussprach, und musterte sein Gesicht.

„Wir sind uns schon begegnet", sagte Cade, aber sie ließ sich dadurch keineswegs beruhigen. Nach wie vor hagelten Blitze vom Himmel. Blitze verliehen einer Walküre Kraft, aber sie waren zugleich auch ein Spiegelbild ihrer Emotionen.

Als er begann, sein Hemd aufzuknöpfen, um sie zu bedecken, stieß sie einen Schrei aus und hieb mit ihren blutigen Klauen nach ihm. Gleich darauf starrte sie in stummem Entsetzen auf ihre Fingerspitzen.

Noch vor wenigen Stunden war sie ein ganz normaler Mensch gewesen, oder zumindest beinahe normal, abgesehen von einigen exzentrischen Eigenschaften. Jetzt war sie zu etwas geworden, mit dem er niemals gerechnet hätte. Eine Walküre. Oder zumindest eine halbe. Er hatte nicht gewusst, dass dieses Potenzial in ihr geschlummert hatte. Der Schock des Rituals musste wohl die Transformation in Gang gesetzt haben.

Wenn sie diese Macht nicht besessen hätte, wäre sie auf brutalste Weise gequält und ihre Gebärmutter dem dunklen Gott geopfert worden, den dieser Dämonenorden verehrte.

Als er sein Hemd ablegte, entblößte sie ihre kleinen Fänge und zischte ihn an, um gleich darauf fassungslos über ihre Reaktion das Gesicht zu verziehen.

„Na, na. Ist ja schon gut. So ein bisschen Zischen hat noch niemandem geschadet." Als er sich neben sie hockte, musste er mit aller Kraft gegen den Drang ankämpfen, sie an seine Brust zu ziehen. „Ich werde dir das jetzt umlegen. *Ruhig …*"

Sie blickte zu ihm auf, und die Farbe ihrer Augen wechselte zwischen Silber und dem intensiven Violett, das er an ihr kannte, hin und her. „W-was p-passiert denn mit mir?"

„Also, die ganzen Geschöpfe, die du immer für einen Mythos gehalten hast …" Sie nickte. „Nun ja, das sind sie nicht. Und du verwandelst dich gerade von einem Menschen in eine Unsterbliche."

Was bedeutete, dass es Cade jetzt durchaus möglich war, sie zu der Seinen zu machen.

Außerdem bist du gerade zu meiner Zielperson geworden – dem Gefäß. Du bist der Preis, den ich für ein Schwert aufbringen muss, mit dem wir unseren Feind töten können.

Sie war nun gleichbedeutend mit der Krone, für deren Rückeroberung er neunhundert Jahre lang gekämpft hatte – die unerbittliche Jagd, die ihm einen Grund dafür geliefert hatte, weiterzuleben.

Nie zuvor war er seinem Ziel so nahe gewesen …

Er musste nur noch die Frau, die zu besitzen er genauso lange gewartet hatte, ausnutzen und verraten.

3

Holly wandte sich ab und kauerte sich zusammen, um das Hemd zuzuknöpfen. Gleichzeitig sah sie aber über ihre Schulter und behielt Cadeon fest im Blick.

Sie erinnerte sich daran, ihm schon einmal begegnet zu sein. Als ob sie diese unglaublichen grünen Augen vergessen könnte. Sie erinnerte sich auch an seinen Akzent. Es klang nach irgendeiner britischen Kolonie, und er sprach zudem mit einer ungewöhnlichen Intonation.

Vor ein paar Monaten hatte er sich ihr auf dem Gelände der Universität genähert. Anfangs war er ziemlich großspurig gewesen, dann schien er auf einmal einen Knoten in der Zunge zu haben und begann herumzustammeln. Es hielt ihn jedoch nicht davon ab, ziemlich unverfroren ihren Körper anzustarren.

Er war ihr seltsam erschienen. Und da hatte sie noch nicht mal gewusst, was sich unter dem Hut versteckte, den er damals getragen hatte.

Jetzt konnte sie außerdem noch sehen, was zuvor sein Hemd bedeckt hatte. Seine bloße Brust strotzte nur so vor Muskeln und gleich über seinem prallen Bizeps trug er einen breiten Goldreif.

Er war genauso riesig wie die anderen, hatte zugegeben, einer von *ihnen* zu sein. Sie erschauerte und bemühte sich, den Anblick der Leichen um sich herum auszublenden.

Aber er sah anders aus. Seine Gesichtszüge erschienen ihr menschlicher. Seine Hörner wanden sich an seinem Kopf entlang nach hinten durch sein goldbraunes Haar, statt nach vorne zu ragen.

Wie kann ich nur ohne meine Brille so gut sehen? „Warum sollte ich Ihnen vertrauen?"

„Weil es meine Aufgabe ist, dich zu beschützen. Bald werden noch mehr kommen. Ich werde dir später alles erklären." Als sie immer noch zögerte, fuhr er fort: „Diese zwölf waren nur die Vorhut."

„Die Vorhut?", rief sie.

Irgendwo in einer Etage über ihnen war eine quietschende Tür zu hören. Er sprang auf die Füße. „Komm mit mir, wenn du lebend hier rauskommen willst."

„W-wohin gehen wir denn?"

„Wir rennen einfach los. Ich sorge dafür, dass du sicher bist, aber du wirst mir vertrauen müssen." Er hielt ihr seine riesige Pranke hin.

Da ihr keine andere Wahl zu bleiben schien, ergriff sie sie, und er zog sie hoch. Sie fühlte sich erstaunlich ruhig, in Anbetracht der jüngsten Ereignisse, nicht einmal ihre Knie zitterten. Er führte sie aus dem Gemach heraus, ohne ihre Hand loszulassen, und dann einen düsteren Korridor entlang.

Als der Gang von einem Alkoven unterbrochen wurde, erblickten sie eine Gruppe, aus drei Männern bestehend, die genau die gleichen Umhänge wie die von eben trugen und dieselbe merkwürdige Sprache sprachen. Cadeon drängte sie gegen die Wand und flüsterte ihr direkt ins Ohr: „Du darfst nicht den kleinsten Laut von dir geben. Du bleibst hier, bis ich wieder zurückkomme und dich hole. Ist das klar?"

Sie nickte, und er drehte sich um. Während er sich auf den Angriff vorbereitete, wuchsen die breiten Muskeln in seinem Rücken vor ihren Augen. Seine Hörner richteten sich auf und wurden schwarz.

Seine Lippen teilten sich, als er sich auf die anderen stürzte. Seine Geschwindigkeit war atemberaubend, und sein Gebrüll ließ den Gang erzittern und schmerzte in ihren empfindlichen Ohren. Er packte einen Dämon bei den Hörnern und drehte dessen Kopf um, bis ein deutliches Knacken zu hören war.

Als er sich gleich darauf den beiden anderen zuwandte, wurden die Reißzähne in seinem Ober- und Unterkiefer noch länger. Er bediente sich ihrer wie ein Tier und biss und kratzte wild.

Hatte sie auch so ausgesehen, so außer sich vor Wut, als sie getötet hatte? Ihre eben erst gewonnene Furchtlosigkeit verflog wieder. Seine Augen färbten sich schwarz, so wie die der anderen, und sie erschauerte und wich zurück.

Hatte sie wirklich gedacht, dass er anders wäre? *Ich will doch nur nach Hause. Vergessen, dass dies alles jemals passiert ist.* Warum sollte sie ihm trauen? *Ich finde schon allein hier raus.*

Sie wandte sich von dem Kampf ab und lief den Gang in die entgegengesetzte Richtung weiter, bis sie schließlich in eine Art offene Galerie stolperte.

Auf den Holzstühlen und dem Steinfußboden waren weitere bizarre Symbole zu sehen. An den Wänden hingen uralt wirkende Wandteppiche. Auf einem Regal waren Schädel aufgereiht, die auf den ersten Blick menschlichen Ursprungs zu sein schienen, doch dann bemerkte Holly, dass sie Hörner und Fangzähne in Ober- und Unterkiefer hatten.

Dann entdeckte sie eine Doppeltür, die möglicherweise nach draußen führte. Wenn sie nur hier herauskäme, dann würde sie einen Wagen anhalten oder sich versteck…

Schnell hintereinander abgefeuerte Schüsse ließen den Boden zu ihrer Rechten explodieren. Sie schnappte nach Luft und riskierte einen Blick, während sie nach links rannte. Männer richteten Maschinengewehre auf sie, offensichtlich in der Absicht, sie umzubringen.

Dann begann ein weiterer Mann aus der anderen Richtung auf sie zu schießen. Die Mauer wurde auf beiden Seiten von Geschossen durchsiebt, die immer näher kamen. Sie rannte nach rechts, dann wieder nach links, aber beide Wege waren blockiert. Die Projektile kamen immer näher und näher …

Auf beiden Seiten fehlten nur noch Zentimeter. Sie erstarrte vor Angst.

Da übertönte ein Brüllen die Schüsse. Cadeon durchbrach den Kugelhagel, um zu ihr zu gelangen. Er riss Holly in seine Arme und drückte sie an die Brust. Als die Kugeln sie erreichten, presste er sie so gegen die Wand, dass sein Körper jeden Quadratzentimeter ihres Körpers bedeckte.

Er biss die Zähne aufeinander, als die erste Kugel ihn traf, unfähig, sich umzudrehen und zu fliehen, ohne ihr Leben aufs Spiel zu setzen. Sie brach in Tränen aus. Zwei Kugeln, drei, vier …

Er starrte auf sie herab. Seine pechschwarzen Augen schienen sie zu verzehren. „Du läufst … nie wieder weg … von mir. Klar?“, stieß er mit rauer Stimme hervor.

„K-klar“, flüsterte sie geknickt. Jedes Mal wenn sein riesiger Körper unter dem Aufprall einer Kugel zuckte, weinte sie noch heftiger.

Über die Schulter gewandt brüllte er die Angreifer an, stieß ein wildes, warnendes Grollen aus, und sie wimmerte. Mit harscher, rauer Stimme versuchte er sie zu beruhigen.

„Nein, nein, Frau. Schsch.“ Er wischte ihr mit seinen riesigen Fingern, an deren Enden kurze, schwarze Klauen saßen, die Tränen weg.

Dann hörte das Gewehrfeuer mit einem Schlag auf. Holly spähte über Cadeons Schulter hinweg. Die Dämonen in den Umhängen griffen die Maschinengewehrschützen an.

Während die beiden gegnerischen Gruppen aufeinanderprallten, sprintete Cadeon mit ihr in den Armen auf die Doppeltüren zu. Mitten im Lauf drehte er sich um, sodass sein von Kugeln durchsiebter Rücken die Türen aufbrach, sie einfach aus den Angeln sprengte.

Er flüchtete mit ihr in die Nacht, auf einen älteren Truck zu, der seitlich von dem Herrenhaus geparkt war. Nachdem er die quietschende Tür aufgerissen hatte, warf er sie auf den rissigen Sitz und sprang hinterher. Er packte den Schlüssel und drehte ihn um. Nichts.

„Ist die Batterie tot?“, fragte sie, nachdem es ihr gelungen war, einen Teil des Schocks und der Benommenheit abzuschütteln. „Fährt das Ding überhaupt noch?“ Der Boden war mit leeren Verpackungen und zerdrückten Dosen übersät.

„Hey, der Truck wird nicht schlechtgemacht. Er hat mich schon aus so manchem Schlamassel gerettet.“ Er bewegte den Schalthebel behutsam vor und zurück. „Ich muss mich nur vergewissern … dass er auch weiß, dass wir im Leerlauf sind.“ Holly glaubte ein Klicken zu hören. „Na, geht doch.“

Der Motor sprang mit einem Röhren an. Er warf ihr einen herablassenden Blick zu, sobald sie über die kiesbedeckte Einfahrt brausten.

Sie schaute zurück auf das Herrenhaus. Von außen wirkte das Haus imposant, das Grundstück war tadellos in Schuss. Niemals hätte sie vermutet, was sich im Inneren dieses Gebäudes verbarg.

Und jetzt war sie mit einem von ihnen zusammen. Sie wandte sich zu ihm um und musterte dieses Wesen, diesen … *Dämon*.

Sein gebräuntes Gesicht war von einem blonden Dreitagebart bedeckt, sein Haar war dicht und glatt und reichte ihm bis über das maskuline Kinn. Hellere Strähnen wiesen auf ein Leben in der Sonne hin.

Der goldene Reif, den er am rechten Arm trug, schien festzusitzen, so als ob man ihn aufschneiden müsste, um ihn über diesen kräftigen Bizeps zu bekommen. Und diese Hörner …

Als sie sich vorhin nach vorne gebogen hatten, waren sie sehr viel dunkler und größer geworden. Jetzt wirkten sie glatt, hatten in etwa die Farbe einer Muschel und lagen dicht am Kopf an. Wenn sein zerzaustes Haar sie verdeckte, würde man sie vermutlich kaum erkennen können.

„Und, wie gefall ich dir?“, fragte er mit tiefer, grummelnder Stimme.

Sie errötete. „Ich habe vor heute Nacht noch nie … Hörner gesehen.“

„Ich dachte mir schon, dass das ein Schock sein würde.“

„Wohin fahren wir jetzt?“

„Ich muss dich aus der Stadt rausbringen“, sagte er. „Hier ist es für uns eindeutig viel zu heiß.“

Sie bemerkte Blut auf der Lehne seines Sitzes. „Wie kannst du dich überhaupt noch bewegen, bei den ganzen Kugeln?“

„Unter verfickt großen Schmerzen, Holly.“

Ihr blieb der Mund offen stehen. Seine Ausdrucksweise wirkte auf sie wie das Kratzen von Nägeln auf einer Tafel.

„Oh, stell dich nicht so an, Halbling! Besser wird meine Sprache bestimmt nicht.“

„Ich … daran bin ich einfach nicht gewöhnt. Geht's dir gut?“

„Ich werde die Dinger schon los.“ Als sie die Stirn runzelte, erklärte er: „Meine Haut wird sie herausdrücken, wenn ich heile.“

Holly konnte immer noch nicht fassen, was sie gerade erlebt hatte. „Was wollten diese Männer von mir? Wer waren die, die geschossen haben?“

„Die mit den Gewehren waren Blutsauger. Vampire.“

„Vampire“, sagte sie leise, während sie in Gedanken schrie: *Das ist doch vollkommen verrückt!*

„Sie wissen wahrscheinlich, dass du noch nicht unsterblich bist. Normalerweise benutzen wir keine beschissenen Gewehre, und darum konnten die Arschlöcher auch nicht zielen."

Sie zuckte bei den obszönen Ausdrücken zusammen, schaffte es aber, diesmal den Mund geschlossen zu halten. „Noch mal: warum?"

„Weil du soeben zum beliebtesten Mädchen der Stadt geworden bist."

„Was soll das heißen?" In dem gestrengen Tonfall, den sie normalerweise für ihre Studenten reservierte, fügte sie hinzu: „Jetzt ist nicht der Zeitpunkt für kryptische Antworten, Cadeon."

„Jetzt ist nicht der Zeitpunkt für irgendwelche Fragen, Holly."

Am Ende der Auffahrt leuchteten ihnen Scheinwerfer entgegen. Ein Geländewagen blockierte das Tor an der Ausfahrt.

„Verdammte Scheiße!", stieß er hervor und wirbelte das Lenkrad herum, sodass Kies aufspritzte. „Noch mehr Vampire."

Sie klammerte sich an das Armaturenbrett, um nicht den Halt zu verlieren. „Und wohin fahren wir jetzt?"

„Es gibt nur noch einen anderen Weg vom Grundstück runter. Durch den Sumpf."

„Woher weißt du das?"

„Ich war schon mal hier." Sie warf ihm einen Blick zu. „Ich hab mich gelegentlich mit den Dämonen hier getroffen. Als Repräsentant meiner Rasse."

„Du … du hast dich mit diesen Bestien *verbrüdert*? Ist es bei deiner ‚Rasse' ebenfalls üblich, Frauen zu entführen?"

„Frauen entführen? Ich hab ja jetzt schon Probleme damit, die Weiber von meinem Freudenspender fernzuhalten, Kleines."

Mit großen Augen sagte sie: *„Weiber? Freudenspender?* Stammst du aus dem neunzehnten Jahrhundert oder bemühst du dich einfach nur um eine möglichst frauenfeindliche Ausdrucksweise?"

„Also, ich stamme aus dem Mittelalter und muss mich um so was gar nicht erst groß *bemühen.*" Er trat mit voller Kraft aufs Bremspedal und schaltete den Allradantrieb zu, während er sie scharf ansah. „Das kommt nämlich von ganz allein, ist 'ne regelrechte Begabung." Als er dann wieder aufs Gas trat, wurde sie in ihren Sitz gedrückt, während der Wagen einen Satz nach vorne machte und über die makellose Grünfläche hinwegraste.

„Warum wollten sie mir wehtun? Ich habe nie irgendetwas getan, um so etwas zu verdienen!"

„Es liegt nicht daran, was du getan hast – es liegt daran, wer du bist."

„Eine Mathe-Dozentin?", fragte sie mit erstickter Stimme.

„Du bist jetzt eine Walküre. Noch dazu eine ganz besondere. Deine Mutter muss auch eine gewesen sein."

„Walküre! Meine Mutter hat mal einen Kuchenwettbewerb gewonnen. Und sie war ein *Mensch*. Sie ist vor zwei Jahren gestorben."

„Dann muss deine biologische Mutter eine gewesen sein."

Sie war so schockiert, dass sie einen Augenblick lang schwieg. Woher wusste dieser Dämon, dass sie adoptiert war? „Ich kannte sie nicht einmal." Holly hatte sie sich immer als verängstigten Teenager vorgestellt, der immerhin so viel gesunden Menschenverstand besaß, sein Baby den wunderbarsten Menschen, die man sich nur vorstellen konnte, vor die Tür zu legen. Und jetzt behauptete dieser Dämon, dass ihre Mutter eine Walküre sei? „Was genau *ist* eine Walküre? Und woher wusstest du, dass ich adoptiert bin?"

„Keine Zeit für Fragen. Jetzt müssen wir erst mal durch den Sumpf hindurch."

Vor ihnen tauchte eine dunkle Linie von Gestrüpp auf. „Ich sehe keine Straße!"

„Es gibt eine Art Feldweg", sagte er, um gleich darauf mit sorgloser Stimme hinzuzufügen: „Könnte sein, dass er ein bisschen zugewachsen ist."

„Ein bisschen! Bist du sicher, dass es keinen anderen Weg hier raus gibt?“

Er nickte. „Das Grundstück ist vollständig vom Bayou und vom Sumpf umgeben.“

„Wie stehen die Chancen, dass wir es schaffen?“

„Ich würde sagen, eins zu fünfzehn.“

Ihre Augen wurden groß. „Das Risiko würde ich nicht eingehen!“

„Oh doch, das würdest du, wenn du sonst überhaupt keine Chance hättest.“

„Oh Gott“, murmelte sie und begann die Gegend um ihren Sitz abzutasten. „Wo ist der Gurt?“

„Ist vor ein paar Jahren kaputtgegangen.“

„Und du hast ihn nicht reparieren lassen?“, blaffte sie ihn an.

„Normalerweise kutschiere ich auch keine Sterblichen durch die Gegend!“, brüllte er zurück.

Sie versuchte, sich zu beruhigen. „Cadeon, ich sehe nicht mal die Spur eines Weges.“

„Dämoneninstinkt. Ich finde ihn.“ Aber er drückte ihr seinen ausgestreckten Arm über den Oberkörper, als sie sich dem Sumpf näherten.

„D-du fährst doch da nicht wirklich rein?“

„Vertrau mir.“

Dieses Wesen hatte ihr das Leben gerettet, sich für sie von Kugeln durchlöchern lassen, und trotzdem haftete ihm etwas entschieden *Unvertrauenswürdiges* an …

Er warf ihr ein verschwörerisches Grinsen zu, bei dem ihm das Kunststück gelang, seine Fänge fast vollständig zu verbergen. „Aber wenn du ein gläubiger Mensch bist, dann wäre jetzt genau der richtige Zeitpunkt zum Beten.“

4

Als der Truck durchs Gebüsch brach, wurde Holly nach vorne gegen seinen Arm geschleudert. Blätter und Zweige klatschten gegen die Windschutzscheibe, während der Wagen wild auf und ab federte. Sie streiften etwas, das Federn hinterließ und wütend kreischend den Rückzug antrat.

Holly drehte sich um und klammerte sich an die Rückenlehne, um die Gegend hinter dem Wagen abzusuchen. „Sie werden uns einfach hinterherfahren und uns hier drin eine Falle stellen!"

„Ihre schicken kleinen Geländewagen liegen viel tiefer als so eine alte Karre wie meine. Mit ein bisschen Glück setzen sie auf. Zumindest eher als wir."

Über den Krach ihres umfassenden Zerstörungsaktes der einheimischen Flora und Fauna hinweg fragte sie: „Warum hilfst du mir?"

„Ich bin ein Söldner, und mein gegenwärtiger Auftrag lautet, dich am Leben zu erhalten."

„Ein *Söldner*? Wer bezahlt dich? Wer würde einen Dämon anheuern, um mich vor einer Bedrohung durch Dämonen zu beschützen?"

„Vergiss die Blutsauger nicht."

„Wie könnte ich?" Sie rieb sich die Stirn mit beiden Händen. „Wer hat dich bezahlt?"

„Darüber reden wir später."

„Dann sag mir wenigstens, warum diese Dämonen ausgerechnet mich ausgesucht haben. Ich bin der langweiligste Mensch, den es gibt."

Ihre Blicke trafen sich. „Jetzt nicht mehr, Halbling."

Sie warf erneut einen Blick nach hinten und sah Scheinwerfer. „Sie kommen."

Er stieß einige Wörter in einer Sprache hervor, die sie noch nie zuvor gehört hatte, und gab noch mehr Gas.

„Cadeon, sollten wir wirklich so schnell fah…"

Dann waren Schüsse zu hören, die die Rückseite des Trucks und ihren Seitenspiegel trafen. Seine große Hand legte sich auf ihren Kopf und drückte sie nach unten, sodass sie jetzt vornübergebeugt auf ihrem Sitz hockte.

Als sich die Scherben des Spiegels in ihr Fenster bohrten, kreischte sie auf.

Mit einem Mal zersprang überall um sie herum das Glas. Er stieß einen Schmerzensschrei aus. Risse zogen sich über die Windschutzscheibe, bevor auch die explodierte und Glassplitter auf sie herabregneten.

„Könntest du dich bitte ein bisschen beherrschen, Kleines?"

„Wie hab ich das denn gemacht?", rief sie, während sie hektisch Glasstückchen von sich abstreifte.

„Das liegt in deiner Natur", erwiderte er mit rauer Stimme. „Die Schreie einer Walküre bringen Glas zum Zerspringen. Hast du diese Lektion jetzt gelernt?"

Als sie entdeckte, dass ihm Blut aus dem Ohr lief, biss sie sich auf die Lippe und befreite auch ihn vom Glas.

Ihre Fürsorge schien ihn zu überraschen. „Na, was für ein süßer kleiner Halbling. Aber ein bisschen tiefer und ein Stück nach rechts wäre noch viel süßer …"

„Pass auf!"

Von einer Sekunde zur anderen war nicht mehr die Spur eines Weges zu sehen. Trübes schwarzes Wasser bedeckte ihn auf einer Strecke von wenigstens drei Metern.

„Festhalten!“ Er zerrte ihren Oberkörper nach oben und legte wieder seinen Arm vor sie.

„Und warum fahren wir jetzt sogar noch schneller?“

„Damit wir nicht stecken bleiben!“, brachte er noch heraus, kurz bevor sie die Stelle erreichten.

Wieder wurde sie gegen seinen Arm geschleudert. Da die Windschutzscheibe nicht mehr existierte, landete das Wasser, das über die Motorhaube spritzte, direkt in ihren Gesichtern.

Der Vorderteil des Trucks tauchte ab. Wasser drang ins Wageninnere ein. Schlamm, Seerosenblätter und diverse Krebse blieben darin hängen wie in einem Netz. Der Motor heulte vor Anstrengung laut auf, während sie sich mühselig auf die andere Seite vorarbeiteten.

Als sie endlich wieder halbwegs festen Boden erreicht hatten, schüttelte Cadeon seine Mähne wie ein Tier. „Scheiße, ich kann's nicht fassen, dass wir das geschafft haben!“

Holly wischte sich einige klatschnasse Strähnen aus den Augen und rieb dann mit dem Ärmel ihres Hemdes über ihr Gesicht, sodass mit dem Wasser auch die Blutspritzer des Dämonenmassakers verschwanden.

Er grinste sie an. Sie starrte fassungslos zurück.

Wieder tauchten Scheinwerfer hinter ihnen auf. Diese Vampire waren wirklich hartnäckig. Sie waren wohl der Überzeugung, dass die Dämonen ihr Ritual bereits durchgeführt hatten, und sie konnten nicht riskieren, dass alles Gute oder alles Schlechte in Gestalt eines Dämons auf die Welt kam. „Verdammter Mist.“

Sie kreischte erneut.

„Meine Ausdrucksweise? Liegt es daran? Denn …“

Mit einem Satz sprang Holly ihm wimmernd auf den Schoß.

Er schluckte. Ihm war nur zu bewusst, dass sich ihre gespreizten

Knie direkte über seiner Leistengegend befanden, und dass sie unter dem Hemd vollkommen nackt war. Zu jedem anderen Zeitpunkt hätte er diese Position genossen, hätte sich möglicherweise sogar ein Szenario ausgedacht, um sie genau in diese Stellung zu bringen, aber jetzt konnte er kaum noch etwas sehen, bis auf ihren Kopf, der vor ihm auf und nieder tanzte.

„Das sind doch nur ein paar Krebse!"

„N-nein, nicht nur …"

Der Truck tauchte schlagartig in ein tiefes Loch ab, um sich gleich darauf auf der anderen Seite wieder nach oben zu arbeiten. Dann kam das nächste und das nächste. Cade packte ihre Taille – sie fiel zur Seite.

„Pass auf, sonst zerquetscht mir dein Knie noch die Eier, Kleines."

Seine Hand landete genau zwischen ihren Schenkeln.

Als er ihr zartes Fleisch an seiner Handfläche spürte, heiß und nachgiebig, stieß er ein tiefes Knurren aus. Der Motor protestierte lautstark, der ganze Wagen wurde von einer Seite zur anderen geschleudert – und doch trafen sich in dieser Sekunde ihre Blicke. Dann riss sie ihre Augen auf und schob seine Hand weg. Allerdings blieb sie auf seinem Schoß sitzen.

„Nicht nur Krebse!", schrie sie.

„Was denn sonst?", blaffte er sie an.

„D-das!" Sie zeigte auf den hin und her schwappenden Tümpel, der sich vor dem Beifahrersitz gebildet hatte.

Eine kleine Wassermokassinschlange hatte sich an Bord verirrt, schwamm nun leicht verwirrt zwischen zerquetschten Red-Bull-Dosen herum und sah mindestens genauso entsetzt aus wie Holly.

Cade versuchte sie mit einem raschen Griff zu erwischen, aber sie glitt unter den Sitz. Er hätte nicht gedacht, dass er so etwas je sagen würde, aber … „Runter von mir, Holly. Zurück auf deinen Sitz, aber halt die Beine hoch."

Sie schüttelte den Kopf. „Nicht ehe sie weg ist!"

„Dann wirst du wohl fahren müssen."

„Okay", sagte sie mit zittriger Stimme und übernahm den Lenker, während er sich unter ihr zur Seite quetschte.

Seine Hand schoss unter den Sitz. „Komm schon her, du kleines Mistvieh."

„Cadeon!"

„Ach, stell dich nicht so an, Halbling!"

Der Truck wurde langsamer. Ruckartig richtete er sich auf und wurde, da sein Gesicht nach hinten gewandt war, von den sich nähernden Scheinwerfern geblendet. „Was zum Teufel machst du denn?", herrschte er sie an.

„Da unten im Wasser hat sich etwas bewegt!"

„Holly, entweder gibst du jetzt verdammt noch mal Gas oder du krepierst! Klar?"

Sichtlich erschaudernd streckte sie ihr Bein aus – mit dem sie das Pedal kaum erreichte – und drückte es mit den Zehen herunter. Jedes Mal wenn sie auf ihrem Sitz in die Höhe geschleudert wurde, rutschte ihr Fuß ab und der Wagen wurde wieder langsamer, aber sie gab nicht auf und eroberte das Pedal immer wieder von Neuem.

Endlich hatte er die Schlange in die Enge getrieben. Da er wusste, dass Holly sie sehen musste, um ihm zu glauben, hielt Cade das Tier, das voller Inbrunst sein Gift in ihn verspritzte, in die Höhe. „Hier, sieh her. Visueller Beweis." Er warf sie aus dem Fenster. „Und jetzt beweg deinen kleinen Arsch wieder rüber, und dann sehen wir zu, dass wir diese elenden Scheißkerle loswerden, okay?"

„Okay!"

Als sie sich über seinen Schoß hinwegschob, widerstand er nur mit einiger Mühe der Versuchung, sie dort festzuhalten, und schnappte sich wieder das Lenkrad. Als sie eine kleine Erhebung erklommen hatten und auf der anderen Seite wieder hinunterfuhren, entdeckte er vor ihnen ein weiteres Stück überspülten Weges. Er gab Gas und riss sie an seine Seite. „Halt dich an mir fest."

Sie legte ihre schlanken Arme um seinen Leib und vergrub ihr Gesicht an seiner Schulter. Ein Gefühl der Anspannung erfasste ihn. Sein Verlangen nach ihr ließ ihn nicht einmal jetzt los.

Er hielt sie fest. *Vierzig Meilen pro Stunde.* Seine Frau. *Fünfundvierzig.* Er zog sie noch enger an sich heran, als das Fahrgestell des Trucks zu vibrieren begann. Es klang wie Steine, die in einer Blechdose rappelten, allerdings tausendmal lauter.

Der Truck traf mit fünfzig Meilen pro Stunde auf das Wasser auf und begann hindurchzupflügen. Sie hatten gerade die Mitte erreicht, als der Motor zu stottern begann. *Wasser im Auspuff.* Er trat das Gaspedal bis zum Boden durch.

„Komm schon, Baby", murmelte er. Er roch Rauch. Der Wagen bebte, und das Wasser um sie herum begann zu schäumen und dann …

Das alte Mädchen arbeitete sich auf der anderen Seite wieder aus dem Wasser. Als er einen Blick zurück riskierte und sah, dass der Geländewagen, der sie verfolgte, hilflos im Wasser feststeckte, konnte er nicht anders – er musste das rissige Armaturenbrett dankbar tätscheln.

„Wir sind sie los. Der Truck ist wohl doch gar nicht so übel, was?", sagte er. „Holly?" Verwirrt blickte er auf sie hinab. Sie klammerte sich nach wie vor an ihn, als ob er ein Baum im Sturm wäre. Als suchte sie Trost bei ihm.

Cade konnte sich nicht erinnern, wann sich irgendetwas je auch nur halb so gut angefühlt hatte.

5

„Ich bin gerade ziemlich beschäftigt, Rydstrom“, knurrte Cade gereizt, als sein Bruder erneut anrief.

„Was ist denn mit deinem Telefon los?“

„Ist nass geworden.“

„Bist du schon wieder beim Haus?“

„Bin auf dem Weg“, erwiderte Cade. „In ’ner Viertelstunde bin ich da. Wo bist du?“

„Eine Stunde von der Stadt entfernt.“ Er machte eine kurze Pause. „Du klingst ziemlich erregt. Du klingst … ganz und gar nicht unglücklich.“

Dieser scharfsinnige Rydstrom kannte ihn verdammt gut. Cade hatte Holly seit so langer Zeit aus der Ferne begehrt und jetzt war er bei ihr, redete mit ihr, *berührte* sie … „Halt die Klappe, Rydstrom.“

„Irgendwas ist mit dir. Aber ganz egal, was es ist, sieh zu, dass du es loswirst. Wir haben eine Menge Arbeit vor uns.“

Cade blickte auf Holly hinunter, die sich immer noch an ihm festhielt, und dann wieder auf die Straße zurück. Er wechselte in die Dämonensprache über und sagte: „Ich denke nicht, dass du das wirklich willst. Ich hab nämlich die Walküre.“

„Wie zum Teufel ist das möglich? Wir wussten doch gar nicht, wer sie ist …“

„Sie ist meine Frau. Wusstest du, dass sie ein- und dieselbe ist wie unsere Zielperson?“

„Das ist unmöglich. Holly Ashwin ist ein Mensch.“

„Nicht mehr."

„Bist du sicher? Und bist du sicher, dass sie das Gefäß ist?"

„Die Halle, die du beschrieben hast, ist das Gebäude, wo sie Mathe unterrichtet. Sie war bereits vom Orden von Demonaeus entführt worden. Wir konnten sie eben erst abschütteln. Die Vampire waren auch hinter ihr her. Sie versuchen, sie umzubringen."

Rydstrom atmete aus. „Ich wusste nicht, dass das Gefäß die Deine sein würde. Aber Tatsache ist – das ändert überhaupt nichts. Wir haben keine andere Wahl."

Als Cade darauf nichts erwiderte, sprach Rydstrom weiter. „Erst letzte Woche hat Nïx dich gefragt, ob du bereit wärst, die dir zugedachte Frau aufzugeben, wenn du damit das Königreich zurückerobern könntest. Und du hast gesagt, du würdest es tun. War das eine Lüge?"

„Ich werde tun, was ich tun muss."

„Wenn wir Omort nicht töten können, verlieren wir Rothkalina für immer."

„Das habe nicht einmal ich vergessen!", fuhr Cade ihn an. „Ich hatte neun Jahrhunderte, um das in meinen dicken Schädel zu kriegen."

„Gut. Also, die Flughäfen sind zu heiß. Wir müssen sie mit dem Wagen aus der Stadt rausbringen."

„Und wohin?"

„Zu Groot."

„Wo zum Teufel ist das?"

„Den endgültigen Bestimmungsort kennen wir nicht", sagte Rydstrom. „Es gibt drei verschiedene Checkpoints in drei verschiedenen Teilen des Landes. An jedem davon erhalten wir Informationen über den nächsten, bis wir dann die endgültige Wegbeschreibung zu seinem Aufenthaltsort haben. Ich kenne nur den ersten Checkpoint."

„Warum dieses ganze Theater?"

„Groot will das Gefäß haben, aber er will den Standort seiner Festung nicht preisgeben. Also hat er einige besondere Sicherheitsmaßnahmen getroffen, um sicherzustellen, dass uns niemand folgt."

„Und du hast keine Ahnung, wo sie liegen könnte?"

„An irgendeinem düsteren Ort, der nur schwer zu erreichen ist, mit jeder Menge Land drum herum. Ich hab schon gehört, es wäre der Yukon. Vielleicht sogar Alaska."

„Ich wundere mich nur, dass er bei alldem ausgerechnet uns vertraut."

„Wenn deine Mittel und Wege auch fragwürdig sein mögen, so erledigst du doch immer deine Aufträge. Auch die härtesten. Und er weiß, wie dringend wir dieses Schwert brauchen."

„Warum trifft er sich nicht einfach mit uns?"

„Er verlässt sein Versteck nie. Omort würde ihn auf der Stelle zerstören. Groot ist der Einzige, der über die Mittel verfügt, ihn zu töten. Zumindest soweit wir wissen."

„Was soll das heißen?", fragte Cade, aber er wusste, worauf sein Bruder anspielte. Sie hatten einen Hinweis auf einen Vampir erhalten, der angeblich einen Weg kannte, den Hexenmeister zu töten. Allerdings hatte Cade, um diesen Blutsauger vor dem sicheren Tod zu retten, versehentlich der Braut des Vampirs das Leben genommen, einer jungen Menschenfrau namens Néomi.

Ungewollt stieg vor seinem inneren Auge das Bild auf, wie sein Schwert in Néomis Leib fuhr … Er verdrängte es. Cade war ein Meister darin, unangenehme Tatsachen zu verdrängen.

Selbst wenn sie den Vampir gefangen genommen und gefoltert hätten, um die gewünschte Information aus ihm herauszubekommen, gab es doch nichts, was sie ihm hätten antun können, das schlimmer gewesen wäre, als ihm seine Braut zu nehmen. Also würden sie auf diesem Weg nicht weiterkommen.

Wieder einmal Cades Schuld.

„Omort kennt unsere Absichten vermutlich bereits", sagte Rydstrom. „Er wird dabei nicht einfach untätig zusehen – er wird jeden losschicken, der ihm zur Verfügung steht, um uns davon abzuhalten, das Gefäß zu Groot zu schaffen."

„Kommt mir schon ein bisschen ironisch vor: Ausgerechnet wenn ich herausfinde, dass meine Frau kein für mich verbotener Mensch mehr ist, muss ich sie ausliefern."

„Du kannst doch gar nicht sicher sagen, dass sie die Deine ist. Und selbst wenn, darfst du deine Verantwortung nicht aus den Augen verlieren. Das letzte Mal, als das Königreich von dir abhing ..." Er verstummte. „Jetzt musst du das Richtige tun."

Bei der Erinnerung an sein Versagen stiegen erneut Schuldgefühle in ihm auf, und Cade stieß Holly von sich. Blitzartig setzte sie sich kerzengerade hin, offensichtlich war es ihr peinlich, dass sie sich immer noch an ihn geklammert hatte.

„Dann muss ich also nicht zum Haus zurückfahren", sagte Rydstrom. „Wir treffen uns um elf Uhr an der Tankstelle nördlich vom See und machen uns dann auf den Weg."

„Ich bin da, Punkt elf Uhr."

Nachdem er das Gespräch mit Rydstrom beendet hatte, rief Cade Rök an, seinen Stellvertreter und Mitbewohner. „Ich habe vorhin versucht, dich zu erreichen, damit du mich unterstützt", sagte Cade auf Dämonisch. „Kurz bevor ich dann ganz auf mich allein gestellt den Schlupfwinkel der Demonaeus-Brüder gestürmt habe."

„Ach, echt?", fragte Rök gelangweilt. „Da hatte ich gerade 'ne Tussi da."

„Wann hast du das nicht? Ich brauch dich bei mir zu Hause."

„Was ist denn los?", fragte Rök, um gleich darauf eine weibliche Stimme zum Schweigen zu bringen, die „Komm zurück ins Bett" murmelte.

Rasch berichtete Cade, was inzwischen vorgefallen war. Er endete mit: „Sei einfach in zehn Minuten zur Stelle."

Sobald er das Telefonat beendet hatte, blickte Cade zu Holly hinüber, die wie betäubt durch das zerstörte Fenster hinaussah. Ihr Haar begann langsam zu trocknen und hing in wirren rötlich blonden Locken um ihr Gesicht. Er wartete seit über einem Jahr darauf, ihre Haare einmal aus diesem engen Knoten befreit zu sehen, den sie ständig trug, und hatte sich diese Situation schon tausendmal vorgestellt.

Mit Locken hatte er nicht gerechnet. Wie sie sie hassen musste. Bestimmt betrachtete sie sie als einen weiteren Aspekt ihres Lebens, den sie nicht kontrollieren konnte.

Sie wirkte so verloren. Er ballte die Hand zur Faust, um sich davon abzuhalten, sie noch einmal zu berühren. Er musste stark bleiben. Cade durfte ihr unter keinen Umständen noch mehr verfallen.

Nach all den Monaten, die er sie beobachtet hatte, faszinierte sie ihn mehr und mehr. Während er oben auf dem Dach des Hauses neben dem ihren gesessen hatte, hatte er ihren strengstens reglementierten Tagesablauf beobachtet. Dazu gehörte unter anderem, dass sie eine Stunde in ihrem privaten Swimmingpool auf dem Dach Bahnen schwamm, drei Stunden pro Tag an ihrer Dissertation arbeitete und dass sie je eine Stunde morgens und abends ihre sowieso schon makellose Wohnung putzte.

Anfangs hatte Cade sich nur verwundert am Kopf gekratzt, angesichts der sich ständig wiederholenden Verhaltensweisen und der Putzsucht dieser seltsamen kleinen Sterblichen. Doch inzwischen zuckte er darüber einfach nur die Schultern. Das war ein Teil dessen, was Holly so einzigartig machte.

Wenn er sie in der Universität beobachtet hatte, hatte sie manchmal gedankenverloren dagesessen und war mit ihren Lippen über ihre Perlenkette gefahren, oder sie hatte von einem Geistesblitz beflügelt wie wild auf ihrer Tastatur herumgetippt.

Cade hatte sie auch mit ihrem *Freund* zusammen beobachtet. Es hatte ihm jedes Mal ein wildes Vergnügen bereitet, wenn sie diesem Wichser nicht die Lippen dargeboten, sondern ihren Kopf im letzten Moment gedreht hatte, sodass sein Mund nur ihre Wange berührte. Dieser Mann hatte nie die Nacht bei ihr verbracht, genauso wenig wie sie bei ihm.

Dies war der einzige Grund, dass dieser erbärmliche Mensch noch am Leben war.

Cade hatte geglaubt, so viel über sie zu wissen, aber er hatte nicht gewusst, dass sie so mutig sein würde. Nicht viele Frauen würden blindlings einen Fuß in eine Pfütze setzen, wenn die Gefahr bestand, dabei auf eine Schlange zu treffen – geschweige denn ein Dutzend Dämonen ausschalten.

Aber ihr Schweigen beunruhigte ihn. Trotz all ihrer Eigenarten war sie ihm Grunde nicht gerade schüchtern, und sie hatte auch keine Scheu, ihre Meinung zu sagen. „Hast du, ähm, noch irgendwelche Fragen?“

„Kann diese Veränderung rückgängig gemacht werden?“, fragte sie ohne zu zögern.

Er runzelte die Stirn. „Warum solltest du das wollen? Du bist sehr schnell bereit, die Unsterblichkeit aufzugeben.“ Zugegeben, ihre Einführung in die Mythenwelt war etwas unsanft gewesen, aber trotzdem …

„Ich will nicht so sein. Ich will wieder die sein, die ich vorher war.“

Als Söldner war es seine vorrangige Aufgabe, die Wünsche seines Gegenübers herauszufinden. Und dann musste er den Kunden von zwei Dingen überzeugen. Dass er ihm das Gewünschte beschaffen konnte. Und dass er der Einzige war, der es ihm beschaffen konnte.

Soeben hatte Holly ihm den Schlüssel zu sich geliefert. Das war gut, weil er ihr irgendetwas erzählen musste, um dafür zu sorgen, dass sie kooperierte. Etwas anderes als die Wahrheit: *Ich muss dich einem bösartigen Hexer ausliefern, um mir eine Waffe zu beschaffen. Der Hexer wird dich vermutlich mit einem Zauber belegen, damit du mit ihm schläfst. Sobald du sein Kind zur Welt gebracht hast – ein Kind des ultimativen Bösen –, lässt er dich vielleicht gehen.*

„Möglicherweise gibt es einen Weg, um die Veränderung rückgängig zu machen." Selbstverständlich gab es den nicht.

Sie blickte voller Hoffnung zu ihm herüber. Wenn er kein ganz so großes Arschloch gewesen wäre, hätte dieser Blick ihm wirklich zu schaffen gemacht. Aber so bemerkte er ihn kaum. So gut wie gar nicht.

„Wie? Was muss ich tun?"

„Hör mal, ich möchte nichts Falsches sagen und dir zu viel versprechen", sagte er. „Jetzt fahr ich erst mal zu mir nach Hause, um ein paar Sachen zu holen, bevor wir die Stadt verlassen. Danach treffen wir uns mit meinem Bruder, der sich mit diesen Dingen besser auskennt. Wenn du mich noch so lange ertragen kannst, dann finden wir sicher einen Weg, dass am Ende alle glücklich und zufrieden sind."

Nach einer Weile nickte sie. „Ich muss aber noch kurz in meine Wohnung und was zum Anziehen und ein paar andere Sachen …"

„Das kannst du vergessen. Deine Wohnung wird beobachtet."

„Aber ich brauch meine … meine Medikamente. Die waren in meiner Umhängetasche."

„Was für Medikamente?", fragte er, obwohl er alles über ihre Erkrankung wusste, sich sogar darüber informiert hatte. Er wollte nur sehen, ob sie es zugeben würde.

Sie hob das Kinn. „Die sind gegen meine Zwangsstörungen. Das ist …"

„Ich weiß, was das ist. Hab schon davon gehört." Sie würde seine Wohnung *lieben*.

„Dann verstehst du wohl auch, warum ich die Medikamente brauche."

„Würdest du ohne die Pillen sterben? Denn wenn du sie dir holst, wirst auf alle Fälle krepieren. Das ganze Gebäude wird nur so vor Killern wimmeln."

Sie zog die Augenbrauen zusammen. „Du hast Gebäude gesagt. Woher weißt du denn, dass ich nicht in einem eigenen Haus wohne? Und woher wusstest du, wo du mich heute Abend finden würdest?"

„Wir haben Nachforschungen über dich angestellt. Ich habe dich heute Abend verfolgt und gesehen, wie sie dich entführten."

„Dann sag mir – wer hat *dich* angeheuert, um mich zu beschützen?"

Wenn sie weiter so nachbohrte, würde es noch eng für ihn werden. „Weiß ich nicht so genau. Ich hab nur die Anweisung erhalten, für deine Sicherheit zu sorgen, und ich weiß, was ich dafür bekomme. Alles andere interessiert mich nicht."

Sie schwieg einen Augenblick lang. „Nachforschungen über mich?", fragte sie schließlich. „Du meinst, du hast mir hinterherspioniert."

„Ich hab nicht vor, mich dafür zu entschuldigen. Nicht nachdem das am Ende dazu geführt hat, dir das Leben zu retten."

„Und was hast du so über mich rausgefunden?"

Was sollte er darauf antworten? Jedes Mal wenn er dachte, er wüsste jetzt, wie Holly tickt, überraschte sie ihn. Im Verlauf der letzten Monate hatte er sie für einen streberhaften Mathe-Freak, eine waschechte Feministin, eine Männerhasserin, eine Umweltfanatikerin und eine heimliche Sexbombe gehalten.

Irgendwann hatte er dann herausgefunden, warum er nicht in

der Lage war, zu benennen, was sie war – weil sie es selbst nicht konnte. Nicht einmal sie selber wusste, wer sie war.

„Du bist sechsundzwanzig, ein Einzelkind, adoptiert“, sagte er schließlich. „Deine Adoptiveltern sind in den letzten zwei Jahren beide eines natürlichen Todes gestorben. Sie haben dir ein Vermögen hinterlassen ...“ Er warf ihr einen Seitenblick zu.

Ihr Gesicht zeigte keinerlei Reaktion. „Weiter.“

„Du hast zwei Masterabschlüsse in der Tasche und du stehst kurz davor, deinen Doktor in Mathe zu machen.“ *Du hast das Selbstvertrauen einer Frau, die weiß, wie klug sie ist, und das ist verflucht erregend.*

„Du schwimmst gerne.“ *Dein Körper zwingt diesen Dämon in die Knie, selbst in deinen mehr als züchtigen Badeanzügen.*

„Du hast einen festen Freund, der ebenfalls promoviert.“ *Tim ist eine Schwuchtel und ein Loser und ein Hypochonder.*

„Du bringst Footballspielern bei, Spaß mit Zahlen zu haben oder so was.“ *Bei jeder anzüglichen Bemerkung, die diese Volltrottel fallen lassen, fordern sie den Tod durch Dämonenbiss heraus ...*

„Du hast es gern, wenn alles ... sauber ist.“ *Du magst Blues Rock und Fertiggerichte.*

„Stimmt alles“, sagte sie. „Und über dich weiß ich nichts, als dass du ein Dämon und Söldner bist und wenigstens einen Bruder hast.“

Er unterdrückte ein harsches Lachen. *Mehr gibt es über mich auch nicht zu wissen*, dachte er bitter, aber er sagte nur: „Das ist vermutlich auch gut so. Je weniger du weißt, umso besser.“

6

Noch lange nachdem Rydstrom sein Gespräch mit Cade beendet hatte, fühlte er sich beunruhigt.

Das ist übel.

Groots Abgesandter hatte darauf bestanden, sich dreihundert Meilen weit weg von der Stadt mit ihm zu treffen, und Rydstrom war immer noch eine Stunde von der Tankstelle entfernt, an der er sich mit Cade verabredet hatte.

Er gab noch mehr Gas, sodass sein Mercedes McLaren nur so über die alte Straße flog, die man auf einem Damm durch das Bayou gebaut hatte. Er bewegte sich mit lockeren hundertvierzig Meilen pro Stunde fort – so geschmeidig, dass es schien, als ob sich der Wagen langweile und missmutig schweige.

Rydstrom musste zu seinem Bruder, bevor der irgendetwas Unbesonnenes tat. Er glaubte, dass nicht einmal Cade selbst begriff, wie sehr er diese Frau wollte.

Das ist verdammt übel. Rydstrom war keineswegs sicher, dass Cade nicht einfach mit Holly durchbrennen würde, da er jetzt endlich seinen Anspruch auf sie erheben konnte.

Vermutete Rydstrom, dass die Frau tatsächlich Cades Gefährtin war? Ja. Aber offensichtlich sollte es nicht sein.

Zuvor war sie wegen ihrer Sterblichkeit unerreichbar gewesen. Und jetzt hing es von ihr ab, ob Rydstrom sein Königreich zurückerobern konnte oder nicht.

Rothkalina zurückerobern … Bei dem Gedanken, sein Land zu befreien, schlug sein Herz gleich schneller. Zu sehen, wie sein Volk zum ersten Mal seit einem Jahrtausend wuchs und gedieh.

Omort war ein brutaler Regent. Jegliche Rebellion wurde niedergeschlagen, die Verantwortlichen auf sadistische Weise bestraft.

Aber in diesem Augenblick lag ihre Freiheit einzig und allein in … *Cades* Händen. Und das war nicht unbedingt die allerbeste Voraussetzung.

Cade würde ihn noch einmal in den Wahnsinn treiben. Rydstrom war ein Mann, der die Vernunft wertschätzte. Er war einer der seltenen Wutdämonen, die niemals die Beherrschung verloren. Außer bei Cade – der wie kein anderer wusste, welche Knöpfe er bei ihm drücken musste. Im Gegenzug ging Rydstrom hart mit ihm um. Manche sagten, zu hart.

Und doch, nach jedem einzelnen ihrer berühmt-berüchtigten Faustkämpfe, gerade wenn Rydstrom sich fest vorgenommen hatte, dass sich ihre Wege von nun an für alle Zeit trennen würden, erinnerte er sich an den flachshaarigen kleinen Kerl von sieben Jahren, der immer noch seine Babyhörner hatte, ihm überallhin folgte und ihn wie einen Helden verehrte. Dann verspürte Rydstrom für gewöhnlich einen Hoffnungsschimmer, dass Cade es doch noch schaffen könnte, sich vom Rande des Abgrunds zurückzuziehen und etwas Bedeutendes aus seinem Leben zu machen.

Aber wenn er jetzt nicht das Richtige tat, dann wäre diese Hoffnung für alle Zeiten erloschen.

Als er sich an den Tag erinnerte, an dem Cade Holly zum ersten Mal gesehen hatte, beschleunigte Rydstrom noch mehr.

Vor etwas weniger als einem Jahr hatte Cade den Auftrag übernommen, den Sohn eines adligen Dämons vom Campus der Tulane University zurückzuholen. Dieser Sohn versuchte nicht einfach nur spaßeshalber, sich als Mensch auszugeben, nein, der junge Mann hatte sich vollkommen dem menschlichen Lebensstil angepasst, stutzte seine Hörner, feilte seine Fangzähne und weigerte sich zu teleportieren.

Die entsetzten Eltern wollten, dass er wieder nach Hause gebracht wurde, ohne dass ihre Freunde und Geschäftspartner von diesem „beschämenden Geheimnis“ erfuhren.

Cade hatte die Ansicht der Eltern nicht geteilt. Eines seiner Mottos lautete: *Jedem das Seine*. Allerdings hatte er sich schlussendlich doch eher an *Geld regiert die Welt* gehalten, und der Job hatte gewonnen.

Rydstrom hatte ihn zur Universität begleitet, um sicherzustellen, dass alles glattlief. Auf dem Weg zum Studentenwohnheim waren sie an einem Hörsaal vorbeigekommen, vor dem ein Schild verkündete: *Heute Verleihung der Auszeichnungen in Mathematik!*

Das hatte Cade amüsiert. Er hatte sich gleich darüber lustig gemacht. „Ach, haben die Streber heute Ausgang?“

Wenn er auch Grundkenntnisse in Schreiben, Rechnen und Sprachen besaß, litt Cade dennoch an einem Minderwertigkeitskomplex, weil er nie die Ausbildung genossen hatte, die andere Mitglieder der königlichen Familie erhalten hatten, da er in einer Pflegefamilie aufgewachsen war. Ihm war die höhere Gelehrsamkeit von Fächern wie Philosophie, Astronomie oder Literatur vorenthalten worden, und er fühlte sich selbst nach all diesen Jahrhunderten immer noch minderwertig.

Im Laufe der Jahre hatte Rydstrom des Öfteren Bücher über derartige Fachgebiete in Cades Besitz entdeckt. Sein Bruder, der halsabschneiderische Söldner, versuchte sich weiterzubilden …

Und dann hatte Cade miterlebt, wie Holly Ashwin da oben auf der Bühne einen ersten Preis in Mathematik überreicht wurde.

„Oh Mann, was für ein Riesentheater für so ’n Scheiß!“

Rydstrom hätte schwören können, dass Cade seinen Unterschichtenakzent noch mehr hatte raushängen lassen als sonst, nur um ihn zu ärgern.

Damals hatte er Cades Faszination nicht verstanden. Das Mädchen war zweifellos sehr hübsch, aber sie hatte sich sehr zugeknöpft gegeben, trug eine Brille, keinerlei Make-up, und das Haar hatte sie zu einem strengen Knoten zurückgekämmt. Dafür hatte sie vor Selbstbewusstsein gestrotzt und war offensichtlich sehr klug – so ganz anders als Cades bevorzugter Frauentyp: schamlos und hohl in der Birne.

„Jetzt komm schon, Cade, ich glaube, wir fallen hier ziemlich aus dem Rahmen", hatte Rydstrom gesagt. Sie waren beide fast zwei Meter groß und trugen dazu noch Hüte.

Aber Cade hatte abgewartet, bis sich die Menge verzogen hatte. Und als sie den Hörsaal schließlich verlassen hatte, hatte er ihr laut zugerufen: „Komm mal her, Kleine. Ich hab da mal 'ne Frage zu dem Schönheitswettbewerb, den du gerade gewonnen hast."

Sie hatte sich mit zusammengekniffenen Augen zu ihm umgedreht und ihre Brille mit der Spitze ihres Zeigefingers hochgeschoben.

Rydstrom hatte sich in eine Ecke des Raumes verzogen und das Ganze in grimmiger Faszination beobachtet, wie ein zufälliger Zuschauer, der den Zug nahen sieht und weiß, dass die Gleise ein paar Meter weiter in die Luft gesprengt worden waren.

Cades lockeres Grinsen hatte eine Frau nach der anderen verzaubert und ohne jeden Zweifel erwartete er, dass auch diese hier seinem Charme erliegen würde. Doch stattdessen hatte sie ihren Mann gestanden und ihn von oben herab angesehen. „Kann ich Ihnen vielleicht irgendwie helfen?"

Ziemlich perplex war Cade auf sie zugegangen, wie magisch angezogen. „Äh, ja. Was geht denn hier ab?"

„Was hier *abgeht*?", hatte sie wiederholt.

Cade, der absolut nicht damit gerechnet hatte, dass sie seinem Flirtversuch gegenüber so wenig empfänglich sein könnte, hatte sie nur angestarrt und war über seine stammelnden Versuche, ein Gespräch mit ihr in Gang zu bringen, feuerrot geworden. Irgendwann hatte er sie dann einfach nur noch unverhohlen angestarrt und ihre Figur gemustert, als ob er gar nicht anders könnte.

Und als Cade dann die Hand ausgestreckt hatte und es ganz so aussah, als habe er vor, ihren Knoten zu lösen, und sie so aussah, als ob sie ihm dafür eine kräftige Ohrfeige geben würde, war Rydstrom eingeschritten.

Ohne ein Wort hatte sich das Mädchen umgedreht und war davonstolziert.

Während Rydstrom Cade in die andere Richtung zerrte, hatte Cade über seine Schulter hinweg nach hinten gestarrt. „Sie hat sich nicht nach mir umgedreht“, sagte er bedrückt. „Nicht ein einziges Mal.“

In den folgenden Monaten hatte Cade alles über sie in Erfahrung gebracht, was es nur zu wissen gab. Erst letzte Woche hatte Rydstrom ihn erwischt, wie er ganz entspannt auf einem Hausdach fläzte, eine Flasche Dämonenbräu in der Hand, und sie beim Schwimmen beobachtete. Und das in einer Zeit, in der für sie beide so viel auf dem Spiel stand.

Ja, wahrscheinlich war sie die einzige Frau, mit der er sich jemals vollständig fühlen, Nachwuchs haben und wahres Glück erfahren könnte, aber dennoch konnte Rydstrom es einfach nicht begreifen. Das Königreich stand stets an erster Stelle.

Er würde für sein Volk sterben. Warum wollte Cade …

Ein Augenpaar starrte ihn im Scheinwerferlicht an. Kein Tier – eine Frau.

Als er auf die Bremse trat und versuchte, seitwärts auszuweichen, verlor er die Kontrolle über den McLaren. Doch es gelang ihm, das

Fahrzeug wieder in seine Gewalt zu bekommen, bis plötzlich ein Brückenpfeiler wie aus dem Nichts auftauchte, den der Wagen unausweichlich streifte.

Als Rydstrom endlich zum Stehen kam, fasste er mit beiden Händen seinen Kopf und versuchte, sein Schwindelgefühl abzuschütteln.

Dann stieg er aus und ging schwankend um den Wagen herum, um den Schaden zu begutachten. Unter seinen Füßen knirschten Glassplitter, Reifenteile und sogar Teile des Fahrgestells auf dem Asphalt.

Beim Anblick seines Mercedes sog er pfeifend die Luft ein. *Totalschaden*. Die rechte Seite des Fahrzeugs war praktisch nicht mehr vorhanden. *Und wo ist die Frau?*

Vor seinem inneren Auge sah er einige Bilder von ihr aufflackern – die Augen vor Angst weit aufgerissen, ihr langes Haar, das um ihren Körper herumwirbelte, als er sie nur knapp verfehlte.

Schwerfällig machte er sich auf den Weg zurück, in die Richtung, aus der er gekommen war. „Ist hier jemand?", rief er. „Sind Sie verletzt?"

Keine Antwort. Die nächste Tankstelle war mindestens fünfundzwanzig Meilen weit weg. Er fischte sein Handy aus der Tasche.

Kein Empfang war auf dem Display zu lesen. „Verdammter Mist!"

Als er wieder aufblickte, sah er plötzlich, wie sie ein Stück weiter die verlassene Straße hinab einsam dastand.

Was zum Teufel macht sie denn so ganz allein hier draußen?

Ihre Blicke trafen sich. Im selben Moment roch er ihren sinnlichen femininen Duft. Die Nacht erschien ihm auf einmal wie ein Traum, vollkommen surreal.

Er ging langsam auf sie zu, ohne sich die Mühe zu machen, seinen Hut zu suchen. An ihrer überirdischen Schönheit erkannte er, dass sie ein Geschöpf der Mythenwelt war.

Leuchtend rotes Haar fiel ihr in Wellen bis zur Taille. Als er näher kam, erkannte er, dass ihre Augen so dunkel waren wie die Nacht. Ein Gewand aus blassblauer Seide schmiegte sich an ihre üppigen Kurven. Als er die Konturen ihrer aufgerichteten Brustwarzen erblickte, fuhr er sich mit der Hand über den Mund.

Er war fünfzehnhundert Jahre alt. Hatte ihn jemals eine Frau so heftig angezogen – und das innerhalb eines einzigen Augenblicks?

Sie wandte sich ab und ging in die entgegengesetzte Richtung davon.

„Nein, warte! Geht es dir gut?"

Sie drehte sich zu ihm um, wich jedoch weiter vor ihm zurück.

„Ich tu dir nichts", rief er und folgte ihr. „Steht dein Wagen hier irgendwo?"

„Ich brauche deine Hilfe", sagte sie mit kehliger Stimme.

„Selbstverständlich." Was sie wohl von seinem vernarbten Gesicht halten würde, wenn sie es erst einmal aus der Nähe zu sehen bekam? An so etwas hatte er früher nie auch nur einen Gedanken verschwendet, aber bei ihr … Die Vorstellung, ihren Ekel sehen zu müssen, ließ ihn zögern. Bis sie sich umdrehte und eine Uferböschung hinabsprang – von ihm fort.

Er eilte ihr hinterher. „Wohnst du hier in der Nähe?"

„Ich brauche deine Hilfe", wiederholte sie. Dann duckte sie sich hinter eine Weide am Rande des Wassers.

Er gesellte sich zu ihr unter dem Baum. „Ich muss jetzt in die Stadt zurück, aber dann kann ich wiederkommen und dir helfen." *Und alles über dich erfahren, damit ich zu dir zurückkommen kann, sobald ich meine Pflichten erfüllt habe.*

Während er auf ihr Gesicht hinunterblickte, wurde ihm wieder schwindelig, ja, er fühlte sich regelrecht nervös. Seine Reaktion auf sie schien viel zu stark, ihr Aussehen zu verführerisch, um real zu sein. Sie hatte hohe Wangenknochen und den makellosesten weißen Teint, den er je gesehen hatte. Ihre rosafarbenen Lippen waren voll und glänzten.

Gerade als er begann sich zurückzuziehen, sagte sie: „Hilf mir jetzt.“ Sie ergriff seine Pranke mit ihren kleinen Händen und küsste deren Handfläche mit diesen lächelnden Lippen. Dann legte sie seine Hand auf eine ihrer vollen Brüste.

Jeder einzelne Muskel seines Körpers verkrampfte sich vor Verlangen. Unfähig, sich zurückzuhalten, knetete er ihr zartes Fleisch mit einem leisen Stöhnen. Die Verheißung unendlicher Wonnen loderte in ihren hypnotisierenden Augen, und er merkte, dass er ihr nicht mehr viel länger widerstehen konnte.

„Das ist es, was ich brauche“, murmelte sie mit der Stimme einer Sirene und wölbte sich seiner Hand entgegen.

„Und die Götter wissen, dass ich es dir geben will, gleich nachdem ich alles erledigt …“

„Ich brauche es …“, sie nahm seine andere Hand und legte sie auf ihren Oberschenkel, „… *jetzt*.“

Rydstrom versuchte sich wachzurütteln. Er trug Verantwortung. *Aber ich habe schon so lange keine Frau mehr gehabt.*

Laut zischend stieß er den Atem aus, als sie ihre Hände zu seinen Hörnern erhob, sie kühn packte und ihn zu sich hinunterzog. „Küss mich, Dämon.“

Wenn eine Frau einen männlichen Dämon auf diese Weise verführte … Rydstrom überlief ein Schauder der Erregung. Er beugte den Kopf und gab damit ihrem sexuell versierten Griff nach. Ihre Lippen trafen sich, und ungeheure Lust durchfuhr ihn.

Er spürte eine Verbindung mit ihr. Vielleicht sogar *die* Verbindung.

Mit diesem Gedanken im Hinterkopf begann er, sie härter zu küssen. Sie war erfahren, drängte ihn, weiterzugehen, entgegnete jeden Vorstoß seiner Zunge mit einem eigenen, forderte ihn heraus, bis seine Hände auf ihrem weichen Hintern landeten, um sie mit rhythmischen Bewegungen an seinen Schwanz zu ziehen.

Dennoch gelang es ihm irgendwie, sich wieder von ihr zu lösen. „Ich ... kann das jetzt nicht tun. Ich muss jemanden treffen. Davon hängt sehr viel ab."

„Liebe mich!", flüsterte sie und drängte sich noch enger an ihn. „Hier. Unter diesem Baum, im Mondlicht. Ich verzehre mich nach dir."

Seine Hörner richteten sich auf, sein Schwanz pulsierte. Er konnte seinem Verlangen, in diesen sinnlichen Körper einzudringen, kaum noch widerstehen.

Doch genau das musste er. *Die Bedürfnisse des Königreichs haben stets den Vorrang vor denen des Königs.* „Nein. Ich habe Verpflichtungen", brachte er mit Mühe heraus. Und zum ersten Mal in seinem Leben ärgerte er sich über diese Verpflichtungen. Hasste sie sogar.

Als er von ihr zurücktrat, zog sie die Augenbrauen zusammen. „Dann lässt du mir keine Wahl, Rydstrom."

Er wunderte sich noch, woher sie seinen Namen kannte, da verschwand allmählich die Straße. Es schien, als wäre die Erde mit Tüchern verhüllt gewesen und als käme jetzt zum Vorschein, was sich unter dem Schleier wirklich verbarg. Er wirbelte herum.

Alles um ihn herum war nur Illusion. Hinter ihm hörte er ein Krachen, wie das Zuschlagen einer Zellentür. Als die Schimäre dahinschwand, begriff er plötzlich.

„Du bist Omorts und Groots Schwester, Sabine, die Königin der Illusion." Sie hatte ein Portal in ein Verlies geöffnet und es als einen Teil der Straße getarnt.

„Sehr gut, Rydstrom."

Er hatte Cade noch gewarnt, dass ihr Feind vor nichts zurückschrecken würde, um ihre Suche nach dem Schwert zu vereiteln.

Rydstrom hatte nicht gewusst, dass die Schwester des Hexenmeisters mit Omort im Bunde war, oder dass sie über so große Macht verfügte.

Und wenn man den Gerüchten Glauben schenkte … Dann war sie sogar noch heimtückischer als ihre Brüder.

Die schönste Frau, die Rydstrom je gesehen hatte, war zugleich die bösartigste. Aber vielleicht war das auch gar nicht ihr wahres Abbild gewesen. Vermutlich hatte sie ihm genau das gegeben, was er sehen musste, um sich derartig verzaubern zu lassen. „Zeig mir deine wahre Gestalt."

„Das ist sie." Sie fuhr mit ihren Handflächen über ihre Brüste nach unten. „Ich bin hocherfreut, dass sie dich dermaßen zu erregen vermag."

Ja, das tat sie selbst jetzt noch, und dafür verabscheute er sie. „Warum hast du mir das angetan, Sabine?"

„Ist das nicht offensichtlich?" Mit einer raschen Geste richtete sie seine Aufmerksamkeit auf ein Bett in der Mitte der Zelle. Es war vollkommen leer und ohne jede Verzierung – bis auf die Ketten an Kopf- und Fußteil.

7

„Du bist ein … *schlampiger Chaot*“, murmelte Holly entsetzt, der angesichts von Cades Wohnung ein Schauer den Rücken hinunterlief.

„Sag mir ruhig ganz genau, was du denkst, Holly. Es besteht kein Grund, sich zurückzuhalten.“

Über den Lampenschirmen waren Hemden drapiert. Der Boden war mit alten Pizzaschachteln und zerdrückten Bierdosen übersäht. Überall lagen DVDs herum, teilweise mit Titeln, bei denen ihr vor Verlegenheit die Röte ins Gesicht stieg.

Der Kronleuchter an der Decke besaß siebzehn funktionierende und zehn nicht funktionierende Birnen. Es juckte sie in den Fingern, noch zwei weitere Birnen kaputt zu machen, damit beide Zahlen durch drei teilbar waren. „Das ist … wie kannst du nur … so leben?“

Als sie vor dem Haus angekommen waren, war sie zunächst beeindruckt gewesen von dem luxuriösen Wohnhaus im begehrten Garden District, das gar nicht weit vom Haus ihrer Kindheit entfernt lag. Sie waren durch Holztore an dem Herrenhaus vorbei bis zu diesem Poolhaus gefahren, das ebenfalls beeindruckend war und locker doppelt so groß wie ihr Loft.

Aber drinnen herrschte das Chaos.

„Ich wusste ja nicht, dass ich noch Besuch bekommen würde.“

„Hättest du denn sonst sauber gemacht?“, fragte sie.

„Nee“, gab er mit unverschämtem Grinsen zurück. Dann nahm er sie beim Ellenbogen und führte sie in sein Schlafzimmer und von dort aus in ein Bad, das sich zum Glück nicht als die biologische

Gefahrenzone entpuppte, die sie befürchtet hatte. „Du hast fünf Minuten. Klar?"

Holly nickte schweigend. Sie war immer noch vollkommen benommen von der Unordnung und bebte vor Verlangen danach, sie zu beseitigen.

„Das ist jetzt nicht der richtige Zeitpunkt, um deine neuen Ohren im Spiegel zu bewundern oder deine Klauen zu begutachten." Er stellte das Wasser an und regelte die Temperatur. „Wasch dir einfach nur schnell das Blut und das Sumpfwasser ab."

Er nahm eine Shampooflasche hoch, die sich allerdings als leer entpuppte, sodass er sie gleich wieder wegwarf. „Bin gleich wieder da." Er trabte nach draußen.

Als er zurückkam, hatte er ein Handtuch und einen Waschlappen über der Schulter liegen und die Hände voller Miniaturflaschen mit Shampoo und Conditioner. „Mein Mitbewohner kann einfach nichts widerstehen, was umsonst ist. Da sollte irgendwas dabei sein, was dir gefällt."

Er öffnete die Glaskabine und ließ sie einfach in die Duschwanne fallen, wo sie sich zufällig verteilten.

Zufall. Holly hasste den Zufall.

Er warf Handtuch und Waschlappen auf die Ablage. „Ich werd mal auf die Suche gehen nach was zum Anziehen, in dem du nicht verschwindest. Ruf mich, wenn du noch was brauchst."

Als er die Tür hinter sich schloss, legte sie den Riegel vor. Nachdem sie das dreckige Hemd über den Kopf gezogen hatte, faltete sie es sorgfältig, genau wie das Handtuch. Dann nahm sie den Waschlappen und trat unter den dampfenden Wasserfall.

Um ihre Füße lagen die kleinen Fläschchen verstreut, ohne erkennbare Ordnung, ohne Muster. Sie forderten sie heraus, verspotteten sie.

Sie wusste, dass sie keine Zeit dafür hatte, sie in Dreiergruppen zu ordnen, konnte dem Drang aber nur mit größter Mühe widerstehen. *Sieh einfach nicht nach unten.*

Doch das musste sie wohl, um sich ein Shampoo zu nehmen. Sie holte tief Luft und hob ein Fläschchen auf.

Dann schloss sie die Augen und verteilte den Schaum in ihren Haaren, wobei sie sich bemühte, ihre spitzen Ohren mit den sensiblen, scharfen Spitzen und ihre längeren, stärkeren ... *Klauen* zu ignorieren.

Nachdem sie ihr Haar zweimal einshampooniert und auch den Conditioner benutzt und ausgespült hatte, schrubbte sie ihre Haut, bis sie brannte.

Cadeon hatte ihr gesagt, sie solle ihre neuen Charakteristika ignorieren, aber sie verspürte auch nicht die geringste Neigung, sich näher mit ihnen zu beschäftigen. Sie wollte einfach nur aus diesem Albtraum aufwachen, wollte in ihr geordnetes Leben zurückkehren, in ihr ordentliches Loft und zu ihrer Erfolg versprechenden Karriere ...

Oh Gott – Tim!

Ihr Freund, mit dem sie seit zwei Jahren zusammen war, befand sich in ebendiesem Augenblick in Kalifornien, wo er ihrer beider Forschungen auf einer Konferenz präsentierte und damit an ihrer Zukunft arbeitete. Sie hatten geplant, dass er sich einen Job bei einer hiesigen Firma für Softwaresicherheit suchte, während er gleichzeitig seine Forschungsarbeit fortführen und sie weiter unterrichten würde.

Wie sollte sie ihm bloß so entgegentreten? Wie konnte sie das erklären? *Tja, das war so: Ich wurde von einem Blitz getroffen und mir nichts, dir nichts war ich fähig, ein ganzes Dutzend Dämonen zu erschlagen. Ob der Blitz wehgetan hat? Ach wo, hat sich klasse angefühlt. Wie eine Umarmung von jemandem, der einem wirklich gefehlt hat.*

Sie musste das Ganze ungeschehen machen und war bereit, so ziemlich alles zu tun, um nicht mehr so herumlaufen zu müssen.

Kann ich darauf vertrauen, dass Cadeon mir hilft? Diese beruhigende Präsenz, die sie seit Langem immer wieder in ihrer Nähe verspürt hatte – war womöglich er das gewesen?

Sie erinnerte sich noch gut daran, wie er sich an dem Tag, an dem sie den Studentenpreis für Differenzialgleichungen gewonnen hatte, aufgeführt hatte. Er hatte gestottert und war rot geworden, hatte sich überhaupt völlig anders verhalten als heute, wo er so selbstbewusst und stark wirkte. Und *frech*. Er hätte sich kaum noch frecher aufführen können. Es war so, als verfügte er über eine zweite Persönlichkeit, oder einen mutigeren Zwilling.

Ihre Augen weiteten sich, als sie sich an den Moment im Truck erinnerte, als er sie berührt hatte … an ihrer intimsten Stelle. Trotz des ganzen Durcheinanders erinnerte sie sich an jene brennende Hand, die das Fleisch zwischen ihren Schenkeln bedeckt hatte, seine raue Handfläche, die sie festhielt … sein tiefes Knurren, das ihr fast den Atem verschlagen hatte.

Als sie sich unter der Dusche umdrehte, traf der Wasserstrahl auf einmal ihre Brüste, und es fühlte sich unglaublich gut an. Ein wohliger Schauer überlief sie …

Wie konnte sie nur erregt sein, nach alldem, was sie heute Nacht durchgemacht hatte? Und nach alldem, was sie *um ein Haar* durchgemacht hätte?

Dieser Mann – dieser Unhold – wollte sie auf einem steinernen Altar vergewaltigen. Die ganze Bande wollte das. Bei der Erinnerung, wie diese Kerle sie lüstern angeglotzt hatten, voller Vorfreude darauf, gleich in sie einzudringen, überlief sie ein Schauer tiefster Abscheu und jegliche Wärme verschwand aus ihrem Körper.

Und doch hatten sie ihr nichts angetan, weil sie sich selbst beschützt hatte. Sie hatte heute Abend getötet. Auf brutalste Art und Weise.

Und ich habe es mit Freude in meinem Herzen getan.

Bei diesem Gedanken stieß sie einen Schrei aus und riss die Augen blitzartig auf. Sie konnte dem Impuls, Ordnung in das Willkürliche zu bringen, nicht länger widerstehen und musste die Fläschchen jetzt einsammeln. Sie bückte sich und hob die elf Pröbchen auf. Kein Vielfaches von drei, aber dann musste es halt auch so gehen.

Sie stellte die Fläschchen in drei Dreiergruppen mit einem gewissen Abstand zueinander auf den Duschwannenrand, die Etiketten zeigten selbstverständlich nach vorne. Dann lehnte sie sich zurück, studierte die Abstände und rückte die Fläschchen zurecht, bis die Abstände exakt dieselben waren.

Die beiden übrigen Fläschchen stellte sie auf die andere Seite der Wanne, und zwar auf den Kopf. Solange sie auf dem Kopf standen und von den anderen räumlich getrennt waren, gehörten sie nicht zur selben Gruppe und mussten auch nicht integriert werden. Sie zählten nicht.

Schon als sie sich wieder erhob, begannen ihre Augen den Raum nach etwas anderem abzusuchen, das sie systematisieren konnte …

Da schoss eine Hand durch das Wasser, packte ihren Arm und riss sie unter der Dusche hervor. Ihr Gesicht prallte auf eine entblößte, muskulöse Brust.

Gerade als sie loskreischen wollte, hielt Cadeon ihr den Mund mit seiner schwieligen Hand zu. „Sie kommen …" Er verstummte, und seine grünen Augen wanderten zu ihrem Körper hinab, dessen Blöße sie vergeblich zu bedecken versuchte. Dann schien er sich zu schütteln und hielt ein T-Shirt hoch.

„Hier. Arme hoch!"

„Hör sofort auf, mich anzustarren! Ich muss mich noch abtr…"

„Holly, nimm jetzt sofort deine gottverdammten Arme hoch!"

Sie war so verblüfft, dass sie seinem Befehl auf der Stelle Folge leistete, und er zog ihr ein Männer-T-Shirt über den nassen Körper. Gleich darauf strich er es an ihr glatt, als ob es das Normalste von der Welt wäre und nicht frech und übertrieben intim.

„Ich seh gar nicht hin, Kleines", sagte er, aber seine Stimme klang rau, und sie konnte seine Augen förmlich auf ihrem Busen spüren.

Tief beschämt ließ sie den Kopf sinken, nur um zu entdecken, dass der oberste Knopf an seiner Jeans offen stand, so als ob er gerade dabei gewesen wäre, sich anzuziehen, als er ins Bad stürzte.

Eine Linie goldener Härchen zog sich von seinem Nabel über seinen flachen Bauch hinab bis zu der Stelle seiner Jeans, wo lediglich drei Knöpfe geschlossen waren.

Er trug keine Unterwäsche. *Hör sofort auf, darüber nachzudenken. Hör auf, überhaupt zu denken!*

Sie schluckte und wandte die Augen wieder ab. Ihr Blick landete auf dem Tischchen neben seinem ungemachten Bett, das durch die geöffnete Badezimmertür zu sehen war. Darauf lag ausgerechnet ein Buch über Psychiatrie.

Cade zerrte eine immer noch wild protestierende Holly aus dem Bad ins Arbeitszimmer, wo er zwischen all dem Kram, der über das Zimmer verteilt lag, in die Hocke ging. „Gerade sind zwei schwarze Geländewagen draußen vorgefahren."

Er wollte ihr ja keine Angst einjagen, aber Cade war davon überzeugt, dass einige Vampire bereits ins Haupthaus eingebrochen waren.

„Hier, nimm die Tasche." Er warf ihr eine gepackte Reisetasche zu, die seine Klamotten, seinen Glücksbringerhut, ein bisschen Bargeld und diverse Ausrüstungsgegenstände enthielt.

„Wie kannst du denn hier überhaupt irgendetwas finden?" Sie musterte das Chaos mit entsetztem Blick.

„Ich hab ein System", antwortete er geistesabwesend. Ihr nasses T-Shirt lenkte ihn ab.

Sie folgte seinem Blick, lief feuerrot an und zog den Stoff von ihren harten Brustknospen fort. Aber er hatte sie ja sowieso schon gesehen, im Bad.

Ihr Götter, und wie ich sie gesehen habe. Vorher hatte Cade nur vermuten können, dass sie eine echte Blondine war. Er hätte nie geglaubt, wie rosig und zart ihre kleinen Nippel waren. Und ihre Brüste waren viel größer, als sie ihm zuvor erschienen waren, wenn er sie in ihrem Badeanzug gesehen hatte.

Sie würden seine Hand perfekt ausfüllen.

Er schüttelte den Kopf. Jetzt musste er sich voll und ganz darauf konzentrieren, sie beide hier rauszubringen.

„Cadeon, das ist kein System. Das ist die absichtliche Abwesenheit jeglichen Systems."

„Kann schon sein, dass es nicht so gut ist wie das System, das du bei den Shampoofläschchen benutzt hast." Es war ihm nicht entgangen, wie präzise sie sie aufgereiht hatte.

Sie litt an einer Störung, durch die seine Unordnung ihr wie eine Art Hölle vorkommen musste. Sie würden demnächst mal eine kleine Unterhaltung darüber führen, dass sie dringend ein bisschen lockerer werden musste.

Dann widmete er sich wieder seinen Pflichten. Er zog ein schwarzes T-Shirt an und schnappte sich eine Lederjacke von einem Stuhl. Er entdeckte seinen Flachmann mit Dämonenbräu. „Fang." Er warf ihn ihr, ohne hinzusehen, zu, hörte ihn aber nicht zu Boden fallen.

„Achtung!", sagte er, als er ein Satellitentelefon in ihre ungefähre Richtung schleuderte. Wieder fing sie es auf. Die typischen Reflexe einer Walküre schienen sich gut zu entwickeln. Er schnappte sich noch sein Schwert und einen Schlafsack und wandte sich zu ihr um.

Sie blinzelte verwirrt, sah erst ihn an und dann die Flasche in ihrer Hand. „Das ist die Ausrüstung, deretwegen wir hierherkommen mussten? Zwanzig Prozent unserer Ausrüstung besteht aus Alkohol?"

„Gutes Argument. Zwanzig Prozent ist eindeutig zu wenig …" Als er eine atmosphärische Veränderung in ihrer Umgebung verspürte, warf er ihr auch noch den Schlafsack zu und zog sein Schwert aus der Scheide.

Rök erschien in einer Wolke aus Rauch, sein blutiges Schwert hoch erhoben.

Holly sprang zurück, aber Rök reagierte souverän. Er senkte das Schwert und maß sie mit feurigem Blick. Ohne die Augen von ihr zu lassen, wandte er sich an Cade: „Du ziehst ihr ein nasses T-Shirt an und lässt sie die Taschen tragen? Oh Mann, Cade, du bist echt der Größte."

„Sie weiß nicht, dass sie die Meine ist", erwiderte Cade auf Dämonisch. „Aber vielleicht begreift sie es ja, wenn ich dir die Kehle rausreiße, falls du sie noch länger so anglotzt."

„Alles klar", antwortete Rök gelassen in derselben Sprache und wandte sich Cade zu. „Da draußen auf der Straße wartet eine Meute Vampire auf dich. Und zwei tote im Haupthaus."

Cade steckte das Schwert wieder in die Scheide. „Was für 'n Glück, dass es noch einen Hinterausgang gibt."

„Triffst du dich mit Rydstrom?" Cade nickte. „Viel Glück dabei. Erfreu dich an ihr, solange du kannst."

„Könntest du vielleicht ein kleines Ablenkungsmanöver starten? Oder ist deine Gegenwart mal wieder in genau dem Moment woanders erforderlich, wenn ich dich am dringendsten brauche?"

Rök war einer seiner besten Männer, aber dieser Dämon wurde häufiger beschworen als jeder andere, den Cade kannte.

„Miss", sagte Rök mit betrübtem Schulterzucken. Miss – Röks Abkürzung für *meine ideale Sexschlampe,* seine derzeitige Flamme. „Was soll man da machen?"

„Also wirklich, Rök." Rauchdämonen gingen jedes Mal, wenn sie Geschlechtsverkehr hatten, einen befristeten Pakt ein. Und so ein Pakt berechtigte einen dazu, diesen Dämon nach Lust und Laune zu beschwören. „Wie wär's zur Abwechslung mal mit Enthaltsamkeit?"

„Sonst noch was? Vielleicht mal etwas, das im Bereich des Möglichen liegt?"

„Schnapp dir einen der Vampire und quetsch ihn aus. Dann folge der Spur und beseitige den Kerl, der das hier in Auftrag gegeben hat. Außerdem könntest du dann unsere Leute zusammentrommeln und den Rest des Ordens von Demonaeus auslöschen."

„Nichts leichter als das."

Cade nahm Hollys Hand und zog sie in Richtung Garage, aber nicht ehe Rök ein anerkennendes Pfeifen angesichts ihres nicht zu übersehenden Hinterteils ausgestoßen hatte.

„Sieht ganz danach aus, als hättest du dir jetzt selbst eine Miss zugelegt", sagte Rök.

Cade riss sich die Jacke vom Leib und legte sie Holly über die Schultern. Er fletschte die Fänge in Röks Richtung, doch der stieß nur ein tiefes Lachen aus.

„Wer ist denn das?", flüsterte Holly mit leuchtend roten Wangen.

„Rök, ein Rauchdämon. Er ist einer meiner Leute. Ein Flüchtling. Ist in zwei Dimensionen zum Abschuss freigegeben." Cade nahm Holly die Taschen ab. „Wie du siehst, ist er darüber tief erschüttert."

In der Garage selbst stand lediglich ein einziges Vehikel. Rydstrom war mit dem Wagen unterwegs, den er meistens nahm, einem seltenen Mercedes McLaren. Und Cade hatte seinen alten Truck gerade erst in einen Haufen Schrott verwandelt.

Also blieb nur noch Rydstroms ganzer Stolz übrig, den zu fahren Cade und Rök strikt untersagt war.

Tja, harte Zeiten, Rydstrom …

8

Cadeon öffnete den Kofferraum des unglaublichsten Gefährts, das Holly je zu Gesicht bekommen hatte, und verstaute hastig ihre Sachen darin.

„Was ist das denn für ein Wagen?", fragte sie, während sie seine Jacke anzog, in der sie nahezu verschwand. Ihm ging der Saum vermutlich gerade mal bis zur Taille, während er ihr fast bis an die Knie reichte.

„Nennt sich Veyron. Gehört meinem Bruder." Er schloss die Türen auf. „Schnell, steig ein."

Während sie Platz nahm, ließ er sich auf den Fahrersitz sinken, wobei er sein Bein mit beiden Händen packen und hinter sich her ins Wageninnere ziehen musste. Auf ihren Blick hin sagte er nur: „Der Fluch des großen Mannes in kleinen Sportwagen."

Sie hob die Brauen angesichts der stinkvornehmen Innenausstattung. Das Armaturenbrett bestand aus gebürstetem Metall. Der Schlüssel sah wie ein winziger USB-Stick aus.

Hollys Dad war ein Sportwagenliebhaber gewesen. Sie hatte in seinem Porsche Carrera und seinem Maserati das Fahren gelernt, und er hatte sie so manchen Samstag zu Auktionen und Ausstellungen mitgenommen. Aber so ein Auto hatte Holly noch nie gesehen.

Cadeon drückte gleichzeitig auf einen Knopf mit der Aufschrift START und auf den Garagentoröffner. „Schnall dich an."

Der Sicherheitsgurt war ein Vier-Punkte-Gurt, wie bei einem Rennwagen. Während sie hastig die Schnalle über ihrem Schoß zuschnappen ließ, legte er einen Gang ein und fuhr an.

Die Garagenzufahrt spaltete sich in zwei Wege auf. Er bog nach links ab. Bald endete der Beton und aus der Zufahrt wurde eine schmale, zu beiden Seiten von Bäumen gesäumte Straße. Nachdem er von dieser Straße auf eine noch erbärmlichere Seitenstraße abgebogen war, sagte er: „Ich glaube, wir sind sie los."

Sie warf einen Blick in den Seitenspiegel. Nichts außer gottverlassene Wege. Dann wandte sie sich mit gerunzelter Stirn ihm zu. „Du schnallst dich nicht an?"

„Warum sollte ein Unsterblicher so was tun?"

„Weil es gesetzlich vorgeschrieben ist, dass man sich anschnallt."

„Menschliche Gesetze haben für meine Art keine Gültigkeit."

„Das sollten sie aber, vor allem wo du über menschliche Straßen fährst und einen Wagen steuerst, der von Menschen gebaut wurde."

„Was du nicht alles weißt. Willst du dir deswegen jetzt wirklich ins Höschen machen? Oh, hab ganz vergessen, du hast ja gar keins an."

Sie verschränkte die Arme vor der Brust. „Es wird dir nicht gelingen, mich abzulenken."

„Und dir wird es nicht gelingen, mich dazu zu bringen, den verdammten Gurt anzulegen." Sie warf ihm einen vielsagenden Blick zu. „Jetzt stell dir mal den ältesten, stursten, knurrigsten Hund der Welt vor. Der würde noch eher was dazulernen als ich."

Als sie seinen störrisch vorgeschobenen Unterkiefer bemerkte, beschloss sie, die Sache fallen zu lassen, zumindest vorübergehend. „Wer war das da eben im Haus?"

„Vampire. Aus irgendeinem Grund sind die Mistkerle uns dicht auf den Fersen. Sie werden jetzt gleich ins Poolhaus einbrechen, wo sie auf dichten Rauch stoßen werden, und dann wird Rök sie mit seinem Schwert einen Kopf kürzer machen."

„Verstehe. Und wen meinte er mit Miss? Ich hätte es vermutlich nicht so gern, wenn man mich so nennen würde, oder?"

„Manche Dämonen können durch eine Beschwörung gerufen werden, in den meisten Fällen durch einen Angehörigen des anderen Geschlechts. Miss ist eine Abkürzung für *meine ideale Sexschlampe*."

„Aber wieso sollte er mich so nennen?"

„Na ja, irgendwie hat sich die Bedeutung geändert, und es steht jetzt für eine Frau, von der man sich gerne beschwören lässt."

„Oh."

„Das ist ein Kompliment", fügte er hinzu.

„Dass mir das nicht gleich aufgefallen ist …"

„Hey, ich hab das Wort nicht erfunden, ich benutze es nur." Als der Verkehr langsam nachließ, konnte er endlich Gas geben und den Wagen auf Herz und Nieren prüfen. Sie glitten so sanft über die Straße wie eine zarte Hand über Seide.

Während das Schnurren des Motors ein wenig lauter wurde, schien er regelrecht sentimental zu werden. „Von dem Sound kann ich nie genug kriegen."

Sie hatte kein schnelles Auto mehr gefahren, seit ihr Vater gestorben war – ihr eigener Wagen war ein Hybridauto –, und sie hätte nicht gedacht, dass ihr das fehlte, bis jetzt. „Diese Marke hab ich noch nie gesehen."

„Das liegt daran, dass es nur dreihundert Stück hiervon gibt. Es ist der schnellste und teuerste Wagen der Welt."

„Wie schnell fährt er?"

„Über zweihundertfünfzig Sachen. Von null auf hundert in weniger als zweieinhalb Sekunden."

Sie versuchte sich das vorzustellen. Bei diesem Wagen das Gaspedal durchzutreten, musste sich anfühlen, als ob man eine Rakete lenkte.

„Er hat tausendundein PS", fügte er hinzu.

„Doppelt so viel wie ein Porsche."

Er wirkte erstaunt. „Woher weißt du das denn?"

„Mein Dad war ein Sportwagenfan, und ich bin früher immer mit ihm auf Auktionen gegangen. Meinst du nicht, das ist ein bisschen arg auffällig für unsere Zwecke?"

„Wir nehmen den Wagen meines Bruders, sobald wir ihn treffen."

„Was fährt er?"

„Einen McLaren", antwortete er. „Das ist ein Merce…"

„Ich weiß, was das ist." Sie stieß ein Lachen aus. „Nicht gerade erste Wahl für ein unauffälliges Auto."

Cadeon warf ihr einen überraschten Blick zu. „Das habe ich gerade auch gedacht."

Die Kleine verstand was von Autos.

Dämonen liebten Autos. Und Walküren. Sein Schicksal war besiegelt.

Sie wählte diesen Moment, um ihre Beine übereinanderzuschlagen, was ihn daran erinnerte, dass sie keine Unterwäsche trug …

„Cadeon, Augen auf die Straße!" Sie zerrte an seiner Jacke herum, die bis zur Mitte ihrer Oberschenkel hochgerutscht war. „Eins ist klar, so kann ich nicht länger rumlaufen."

„Ich hab dir doch schon gesagt, dass wir nicht in deine Wohnung zurückkönnen."

„Dann könnten wir uns aber doch mit einer Freundin treffen", schlug Holly vor. „Ich muss sie sowieso anrufen, weil sie mich die nächste Zeit an der Uni vertreten muss."

„Ist sie eine gute Freundin?"

Holly nickte.

„Diese Dämonen kannten deinen Stundenplan gut genug, um dich ohne Probleme kidnappen zu können. Wäre es da nicht denkbar, dass sie einen Mann abgestellt haben, um das Haus deiner Freundin zu überwachen?"

„Aber meine Brille! Sie könnte mir meine Ersatzbrille bringen. Ich kann ohne Brille nicht lesen."

Ihre Brille. Diese kleine schwarze Brille auf ihrer Nase, die sie so sexy aussehen ließ. An den Ecken war sie ein kleines bisschen schräg gestellt, fast so wie Katzenaugen, gerade weit genug, um an die Fünfziger zu erinnern. Die *Sexbomben* der Fünfziger.

Er vermisste diese Zeit.

„Wir besorgen dir eine neue Brille. Und wir werden dir unterwegs Klamotten und Schuhe kaufen."

„Und wir müssen meine Medikamente besorgen."

„Was passiert denn, wenn wir das nicht tun?"

Sie ballte die Hände zu Fäusten. „Das ist keine Option."

„Einige der Faktionen könnten auf die Idee kommen, deine Rezepte zu checken. Und hier geht es um Leben und Tod, Holly."

„Wenn ich auch nur sehr wenig von dem verstanden habe, was heute Nacht passiert ist, so ist diese Tatsache aber auf jeden Fall in mein Bewusstsein vorgedrungen. Trotzdem kann ich gar nicht genug betonen, wie wichtig diese Pillen für mich sind."

„Wir werden sehen. Mehr kann ich dir nicht versprechen."

„Wo treffen wir uns denn mit deinem Bruder?", lenkte sie von dem Thema ab. Er wusste, dass sie später wieder darauf zurückkommen würde.

„Nördlich vom See."

„Dann bleiben uns ja noch dreißig Minuten. Also, Cadeon, würdest du mir jetzt mal freundlicherweise erklären, wieso ich auf einmal das beliebteste Mädchen der ganzen Stadt bin?"

„Du bist jetzt eine Walküre, und das macht dich zu einem Mitglied der Mythenwelt. Das ist eine Ansammlung mythischer Wesen, nur dass wir eben nicht mythisch sind. So ziemlich alles, was du dir je vorgestellt oder worüber du mal was gelesen hast, existiert auf die eine oder andere Art tatsächlich."

„Wie Vampire und Walküren."

Er nickte. „Und Werwölfe und Sirenen und Ghule."

„Wie sind Walküren so?"

Seltsam. Exzentrisch. Wunderschön. Holly würde gut zu ihnen passen. „Sie sind verdammt stark. Und schnell, und schlau auch." Er konnte es einfach nicht lassen. „Aber dabei doch sehr fügsam und allzeit bereit, einem Mann all seine Wünsche zu erfüllen."

Sie runzelte die Stirn, aber noch bevor sie fragen konnte, fuhr er schon fort: „Also, ungefähr alle fünfhundert Jahre kommt es zu einer Akzession, und ..."

„Was ist eine Akzession?"

„Das ist eine Kraft, die die Mythenwelt beeinflusst, indem sie eine Art gegen die andere ausspielt. Manche glauben, der Ursprung des Ganzen sei ein Mechanismus, um Unsterbliche zu töten, sonst würde ja nie einer von uns sterben und wir würden uns immer weiter vermehren und die ganze Erde überlaufen. Und darum passieren alle fünf Jahrhunderte ziemlich einzigartige Dinge. Und du bist eines davon."

„Was meinst du?"

„Während jeder Akzession erlangt eine Mythenweltfrau, die man das Gefäß nennt, ihre Geschlechtsreife. Ihr Erstgeborener wird der ultimative Krieger des Guten oder des Bösen sein, abhängig von der Gesinnung des Vaters."

„Und darum wollten diese Dämonen ... darum wollten sie ..."

„Sich mit dir paaren? Jep. Und die Blutsauger wollten dich umbringen, weil sie nicht wussten, ob die Dämonen ihr Ritual bereits vollzogen hatten."

Sie zog die Augenbrauen zusammen. „Warte mal. Ich werde als *Gefäß* bezeichnet? Eine noch abwertendere Bezeichnung ist euch wohl nicht eingefallen? Ein Gefäß ist per definitionem von keinerlei Bedeutung, im Vergleich zu seinem Inhalt. Gefäße sind austauschbar. Wie wär's denn mit Babyproduzentin oder Brutmaschine gewesen?"

„Ich persönlich war ja für Frachtraum, aber ich wurde leider überstimmt."

Sie nahm das übergeschlagene Bein von ihrem anderen Bein und stellte sie nebeneinander. Ihre Beine waren straff und muskulös, ihr Körper vom Schwimmen in Topform. Er fragte sich, was sie wohl tun würde, wenn er die Hand ausstreckte, sie ihr aufs Knie legte und sie dann langsam nach oben wandern ließe. Nicht einmal ein Slip würde ihm in die Quere kommen …

Als ob sie wüsste, worüber er gerade nachdachte, zog sie die Jacke mit einem erbosten Blick nach unten.

Teufel, vielleicht sollte er sie komplett Rydstrom überlassen. *Nein*. Sobald ihm dieser Gedanke kam, verdrängte Cade ihn wieder. Mochte ja sein, dass er eine masochistische Ader hatte, aber er würde jede Sekunde mit ihr ausnutzen, die ihm gegeben wurde.

„Alle möglichen Faktionen, sowohl gute als auch böse, werden nach dir suchen", fuhr er fort, „und wollen dich entweder schwanger oder tot sehen. Sogar ein paar von den Guten werden versuchen, dich umzubringen."

„Warum?"

„Weil während der letzten sieben Akzessionen nur ein einziges gutes Kind geboren wurde, der Rest – alles Bösewichter."

„Dann stehen die Chancen wohl gut, dass mir dasselbe blüht."

„Genau. Also werden sie entweder zugunsten des Allgemeinwohls handeln oder aber, um ihre eigene Vorherrschaft zu sichern."

„Und was wäre, wenn ich mich sterilisieren lasse oder so was?"

„Sie würden dich töten, nur um ganz sicherzugehen." Und höchstwahrscheinlich würde das sowieso nicht klappen, dafür war die Verwandlung zur Walküre bereits zu weit fortgeschritten. Wenn sie sich einer Operation unterzog, würde ihr Körper einfach wieder „heilen".

Sie schwieg einige lange Momente. „Es klingt wirklich gefährlich, mich zu beschützen. Tust du das nur wegen der Bezahlung?"

Ich beschütze dich schon seit Monaten. Weil du mich in den Wahnsinn treibst und ich dich mehr begehre, als ich eigentlich dürfte. „Jep, nur wegen der Bezahlung. Ich hab schon viele schwierige Jobs übernommen."

„Wie viel zahlen sie dir?"

„Etwas, das für meine Familie einfach unbezahlbar ist."

„Ein bisschen konkreter, bitte", sagte sie in einem Tonfall, den sie vermutlich auch bei widerspenstigen Sportskanonen anwandte.

Die zweite Regel des Söldners: Lüge wie gedruckt, aber halt dich so nah wie nur möglich an die Wahrheit, damit es überzeugend klingt und nicht zu kompliziert wird. „Mein Bruder Rydstrom – das ist der, mit dem wir uns treffen – ist der König der Wutdämonen. Aber sein Königreich wurde von einem dunklen Hexenmeister namens Omort der Unsterbliche usurpiert. Wie der Name schon andeutet, kann man ihn nicht auf normale Art umbringen."

„Auf normale Art?"

„Die meisten Unsterblichen können nur durch übersinnliches Feuer oder durch Köpfen getötet werden, aber Omort ist auch dagegen immun. Wie du dir wohl denken kannst, ist es verdammt schwierig, ihn zu besiegen. Aber jetzt, wenn ich diesen Job mit dir gut mache, erhalte ich ein Schwert, das speziell zu dem Zweck geschmiedet wurde, ihn zu töten."

„Ein dunkler Hexenmeister." Sie zwickte sich mit Daumen und Zeigefinger in die Stirn. „Das wird ja immer besser. Ich frage mich nur, warum er das Gefäß nicht für sich selbst haben will, wo doch alle anderen so scharf darauf sind."

Ihre Vermutung kam der Wahrheit unangenehm nahe. Es gab

durchaus einen bösartigen Hexenmeister, der sie haben wollte, wenn auch nicht der, von dem sie jetzt wusste. Also gestand ihr Cade die Wahrheit: „Omort ist nicht auf der Suche nach dir. Er kann sich mit dir nicht fortpflanzen, da er selbst von einem Gefäß geboren wurde."

Im Gegensatz zu seinem Halbbruder Groot.

„Also, wenn Rydstrom ein König ist, bist du dann ein Prinz?"

„Einer verlorenen Krone."

„Ist er derjenige, der dich damals auf dem Campus weggezerrt hat?"

„Du erinnerst dich noch daran?" Bei der einzigen Gelegenheit, die er gehabt hatte, um mit ihr zu sprechen, war er zum allerersten Mal in seinem Leben total neben der Kappe gewesen. Und leider war Rydstrom Zeuge seiner Schmach geworden. „Ja, das ist er. Er ist der gute Bruder der Woedes. Ich bin der schlechte. Das wirst du schon noch merken, wenn wir ihn erst treffen."

„Was sind die Woedes?"

„So nennen sie uns beide, weil man uns nur selten getrennt antrifft." Ganz egal, wie sehr sie es sich auch wünschen mochten.

„Was war denn an dem Tag mit dir los?", fragte sie. „Warum konntest du nicht reden?"

„Ich konnte nicht reden? Das stimmt doch gar nicht."

„Du hast unverständliches Zeug gefaselt."

Komisch, Rydstrom hatte es *Brabbeln* genannt. „Ich fasle nie."

„Warum wart ihr überhaupt in der Uni? Hast du mich da schon wegen dieser ganzen Sache beobachtet?"

„Nein, das war reiner Zufall." Er atmete tief aus. Ein schicksalhafter Zufall …

Ihr fiel auf, dass sich Cade augenblicklich veränderte, als sie begannen über seinen Bruder zu sprechen.

Offensichtlich lag zwischen den beiden einiges im Argen.

Sie erinnerte sich noch an den Bruder, von jenem Tag der Preisverleihung. Er schien der Vernünftigere der beiden zu sein. Vielleicht wäre er ja eher geneigt, ihre Fragen mit direkten, verständlichen Aussagen zu beantworten. Jedes Mal wenn Cadeon ihr etwas erklärte, hatte sie das Gefühl, dass er lediglich an der Oberfläche des jeweiligen Themas kratzte.

Und schon wieder wanderte sein Blick zu ihren bloßen Beinen. Sie hasste dieses Gefühl der Verwundbarkeit, so ganz ohne Unterwäsche, Strumpfhose, BH.

Sie versuchte alles, um ihre Gefühle zu verbergen. Sie wollte nach ihren Perlen greifen, um sich zu beruhigen, aber sie waren nicht da. Nichts war so, wie es sein sollte, und sie hätte vor lauter Frust am liebsten etwas zerschlagen.

Diese Nacht war von vorne bis hinten verkehrt gelaufen. Ein kompletter Albtraum für jemanden wie sie. Sie konnte es nicht brauchen, dass ein Mann wie Cadeon ihr lüsterne Blicke zuwarf – nicht jetzt, und ganz gewiss nicht vorhin, als sie nackt gewesen war.

Meistens bemühte sie sich zu vergessen, dass sie überhaupt einen Körper besaß, geschweige denn einen, der sexy wirken konnte. Oder der sich sexy *fühlen* konnte.

Vor heute Nacht hatte noch kein Mann sie vollkommen nackt gesehen. Und jetzt waren es gleich dreizehn Dämonen auf einmal.

Aber nur einer von ihnen war noch am Leben.

Oh Gott, das ist zu viel, ich kann einfach nicht mehr.

„Also gut, Püppchen, du musst endlich damit aufhören, deine Beine mal so, mal so übereinanderzuschlagen, und zwar schleunigst."

„Aber ich fühle mich unwohl!" Sie hatte noch nie so lange ohne Unterwäsche auskommen müssen. „Ich habe weder meine Kleidung noch meinen Schmuck bei mir. Oder meinen Laptop. Nicht mal meine Schuhe!"

„Und inzwischen hast du es geschafft, dass ich mich ebenfalls unwohl fühle."

Sie hätte schwören können, dass er sich gerade „justiert" hatte. „Du … du hast dich da gerade angefasst."

„Ich bin ein Dämon. Wir sind bei solchen Sachen nicht gerade zimperlich."

Sie war entsetzt. „Aber du solltest nicht … du kannst doch nicht …"

„Was soll ich denn sonst machen? Da sitzt eine attraktive Frau in meinem Wagen, die kein Höschen trägt. Und damit du dich ein bisschen besser fühlst, habe ich eben kurz die Blutzufuhr zu meinem Schwa…"

„Sag's nicht! Ich hab schon verstanden." Ihre Fingernägel gruben sich in ihre Handflächen. Nein, keine Nägel – Klauen. Und aus irgendeinem Grund schienen sie sich gerade zu kräuseln, während ihre Gedanken sich nicht von der Erinnerung an seinen harten, gebräunten Oberkörper und diese halb offen stehende Jeans losreißen konnten.

„Ist doch klar, dass sich eine Reaktion bei mir zeigt", sagte er. „Auch wenn du eigentlich nicht mein Typ bist."

„Nicht dein Typ? Oh, lass mich raten: eine Miss mit Titten, die größer sind als ihr Gehirn?"

Er zog seine breiten Schultern hoch. „Meine Art bevorzugt nun mal Tussis, die ein bisschen mehr Fleisch auf den Knochen haben, damit sie mit den Gelüsten eines Dämons besser klarkommen."

„Tussis?" Um ein Haar wäre ihr der Mund offen stehen geblieben. „Mein Gott, du bist der frauenfeindlichste Mann, den ich je kennengelernt habe. Ich wette, am liebsten hast du deine Tussis barfuß und schwanger."

„Nee, ich hab's gern, wenn sie barfuß sind, die Pille nehmen und stets bereit sind, zu mir ins Bett zu hüpfen."

Ihr blieb die Spucke weg. Und dann erkannte sie die Wahrheit über ihre augenblickliche Situation.

Mein Schicksal liegt in den Händen eines chauvinistischen Dämons, der es scheinbar darauf abgesehen hat, mir das Leben zur Hölle zu machen.

Nie hatte sie ihre Medikamente dringender benötigt als jetzt, wo es unmöglich schien, sie zu bekommen. In ihrem Kopf wimmelte es von Gedanken und Vorstellungen, die dort überhaupt nichts zu suchen hatten. Es schien ihr unmöglich zu sein, sich ein ganz bestimmtes Bild aus dem Kopf zu schlagen: die goldenen Härchen, die sich von seinem Nabel nach unten zogen. Je mehr sie sich bemühte, nicht daran zu denken, desto deutlicher sah sie es vor sich.

Wie es wohl wäre, diesen Flaum mit dem Gesicht zu streifen? Seine Hüften zu ergreifen, während sie den Kopf senkte …

Ihr Herz fing an zu pochen, aus Angst vor dem, was sie tun könnte, wenn sie die Beherrschung verlor.

Das letzte Mal war acht Jahre her. Sie hatte einen jungen Mann zu Tode erschreckt, ihm sogar … *wehgetan*.

Und er war nicht der Erste gewesen.

9

„Rydstrom ist nicht da. Er ist immer da, wenn er sagt, er kommt."

Sie hatten vor zwanzig Minuten auf dem Parkplatz der Tankstelle angehalten. Cade rief Rydstrom erneut auf seinem Handy an, erreichte aber nur die Mailbox.

„Vielleicht ist er ja im Verkehr stecken geblieben", meinte Holly.

„Bestimmt nicht." Cade rieb sich mit einer Hand über seine Hörner und stieg dann aus, um im Licht der Scheinwerfer auf und ab zu tigern. Es vergingen weitere zehn Minuten. *Da stimmt definitiv etwas ganz und gar nicht.*

Sein Bruder hatte ihn erst an diesem Abend gewarnt, dass Omort alles aufbieten würde, was er hatte, um sie aufzuhalten. War Rydstrom etwa den Mächten dieses Mistkerls zum Opfer gefallen?

Ohne Rydstrom konnte Cade diesen Job nicht ausführen – er wusste weder, wo der erste Checkpoint war, noch hatte er persönlich mit Groot in Kontakt gestanden.

Ich brauche Rydstrom für die weiteren Anweisungen. Ich brauche ihn, um bei unserem wertvollen Transportgut nicht vom rechten Weg abzuweichen.

Nachdem sich eine weitere halbe Stunde dahingeschleppt hatte, tauchte hinter ihnen ein roter Bentley auf. Mit einem die Achsen erschütternden Satz rumpelte er auf den Bordstein.

„Na, wenn das nicht die gute alte, komplett durchgeknallte Nïx ist", murmelte er vor sich hin, während sie den stöhnenden Wagen parkte. Cade hatte noch nie zuvor einen derartig misshandelten Bentley gesehen.

Die Karosserie war über und über mit Beulen bedeckt, die Reifen mit Lehm verschmiert, unter der Haube stiegen kleine Rauchsäulen empor, und er wurde von mindestens zwei Einschusslöchern verziert. An der Heckscheibe klebte ein Garfield.

Sicher hatte Rydstrom sie geschickt, um Cade wegen einer Planänderung zu informieren. Aber das war ein Problem. Cade durfte Nïx auf gar keinen Fall in Hollys Nähe lassen, da er sonst riskierte, dass seine Lüge über die Möglichkeit, ihre Verwandlung rückgängig zu machen, aufflog.

Er eilte auf den Wagen zu, den er in dem Moment erreichte, als die Hellseherin den Motor und die ohrenbetäubende Musik ausstellte. „Wo zum Teufel ist mein Bruder?", fragte Cade in schneidendem Ton, sobald sie die Tür öffnete. Aus der Fahrerkabine rieselte Sand.

Nïx stieg würdevoll aus und schnallte sich sogleich ein Schwert über den Rücken. Sie trug ein T-Shirt, auf dem *Von anderen fernhalten* stand. „Rydstrom ist im Moment ziemlich eingebunden."

„Was zum Teufel soll das denn heißen?", fragte er. Er musterte Nïx' exotische Augen, um zu erkennen, ob sie bei Sinnen war, nachdem er sie schon häufig ausdruckslos und leer vor Verwirrung gesehen hatte. Das konnte er sich im Moment einfach nicht leisten. „Nïx, hat er dich geschickt, um mich zu treffen?"

„Nein, ich dachte, ich komme mal vorbei, um meine Nichte kennenzulernen." Sie spähte an ihm vorbei in Hollys Richtung und sofort baute er sich vor ihr auf.

„Für Rydstrom gibt es nichts Wichtigeres als das hier. Wenn du weißt, wo er ist, musst du es mir sagen."

In beiläufigem Tonfall sagte Nïx: „Sabine, die Königin der Illusion, hat ihn überlistet und gefangen genommen."

Blanke Angst sammelte sich in Cades Magen, schwer wie ein Ziegelstein. „Sie ist Omorts und Groots Halbschwester." Und wenn man den Gerüchten Glauben schenkte, noch hundertmal bösartiger als diese. „Was will sie von Rydstrom?“

„Ich nehme an, sie will von ihm geschwängert werden“, sagte sie unbekümmert, während Cade die Kinnlade hinuntersackte. „Die letzten der verbliebenen Rebellen in eurem Königreich wären gezwungen, Rydstroms Erben anzuerkennen – gleichgültig, unter welchen Umständen er zustande gekommen ist.“

„Aber Rydstrom kann sie nicht schwängern. Es sei denn, sie wäre seine ihm zugedachte Gefährtin.“

„Ich bin sicher, Sabine ist mit all ihrer Macht in der Lage, eine Lösung dafür zu finden.“

„Steckt sie mit Omort unter einer Decke? Wird Rydstrom in Tornin festgehalten?“ *Niemand entkommt Tornins Kerkern.*

„Ich weiß nicht, ob Sabine mit Omort zusammenarbeitet oder ob sie ihre eigenen Ziele verfolgt. Und ich kann auch nicht genau erkennen, wo Rydstrom gefangen gehalten wird. Ich weiß nur, dass er sich in einer düsteren Zelle befindet.“

„Jetzt brauche ich das Schwert sogar noch dringender.“ Er fuhr sich mit beiden Händen durchs Haar. „Ich weiß weder, wie ich Kontakt mit Omort aufnehmen soll, noch wo der erste Checkpoint ist.“

„Ich weiß es, aber darüber hinaus sehe ich nichts.“

„Was? Das ist alles, was ich brauche! Verrat's mir!“

„Du gehst einfach so davon aus, dass ich es zulasse, dass du meine Nichte einem bösartigen Hexenmeister überlässt?“

„Du bist doch diejenige, die das Geschäft eingefädelt hat!“, fuhr er sie an.

„Aber da hatte ich noch nicht vorhergesehen, dass das Gefäß eine von uns sein würde.“

„Du weißt, was auf dem Spiel steht.“

„Was für *euch* auf dem Spiel steht“, wandte sie ein. „Sie ist ein Teil meiner Familie.“

„Und warum reden wir dann überhaupt noch?"

Sie blinzelte ihn an. „Weil ich ganz schön *gemein* bin?"

Nïx ging auf Holly zu, und wenn er nicht Gewalt anwenden wollte, gab es nichts auf der ganzen verdammten Welt, was er tun konnte, um sie aufzuhalten. Cade war ein zwielichtiger Söldner, aber wenn es darum ging, einer Frau etwas anzutun, war bei ihm Schluss.

Da fiel ihm gleich wieder die Braut dieses Vampirs ein, die er getötet hatte. Also sollte er wohl besser sagen, dass er keiner Frau *absichtlich* etwas antun würde. *Denk einfach nicht mehr dran.*

Beim Auto angekommen, sagte Nïx: „Komm raus, Schätzchen."

Holly öffnete die Tür und zog Cades Jacke noch fester um ihren Leib, als sie ausstieg. Ihre Augen befanden sich nahezu auf derselben Höhe wie Nïx', da sie fast genauso groß war wie die Hellseherin der Walküren.

„Willkommen in unserer Familie." Nïx drückte Holly mit lautem *Muaahhh* einen Schmatzer auf beide Wangen, ohne deren verwirrte Miene zur Kenntnis zu nehmen, wie es schien. „Ich bin deine Tante Nïx die Allwissende. Außerdem bin ich die Proto-Walküre und Wahrsagerin Ohnegleichen."

„Du bist eine Walküre?", fragte Holly, den Blick auf eines von Nïx' unbedeckten Ohren gerichtet.

„Nur die älteste und bedeutendste", antwortete Nïx.

„Sie ist eine mächtige Wahrsagerin", setzte Cade hinzu.

Nïx' Augen wurden vor lauter Rührung silbrig. „Und du bist das genaue Ebenbild deiner Mutter. Rotblondes Haar und veilchenfarbene Augen."

„Du bist mit meiner Mutter verwandt?"

„Greta war meine Halbschwester."

„Greta", wiederholte Holly langsam. Sie schien fassungslos zu sein, endlich den Namen ihrer Mutter zu erfahren.

„Sie war eine berühmte Kriegerin. Sie starb vor zwei Jahrzehnten. Es war ein ruhmreicher Tod im Kampf."

„Kriegerin? Kampf? Ich dachte, Walküren wären so sanft und fügsam?"

Nïx lachte. „Hat dir das der Dämon erzählt?" Sie schnalzte vorwurfsvoll mit der Zunge. „Cadeon Woede! Du solltest dich was schämen."

„Ich hab doch nur einen Witz gemacht."

„Wie war Greta denn?", fragte Holly.

„Sie war zum Teil eine Furie …"

Cade stieß einen erstickten Laut aus, den er als Husten tarnte. „Niemals." Die wildeste weibliche Spezies, die es gab. Walküren waren heftig. Furien waren … unbeschreiblich.

Verdammt, wenn Cade sie an Groot auslieferte, würde Holly den Hexer am Ende noch höchstpersönlich umlegen.

„Sieh dir nur Hollys violette Augen an, mit dem dunklen Ring um die Iris. Die Augen einer Furie."

„Warum hat sie mich weggegeben?", fragte Holly. „Ich weiß, es muss einen guten Grund dafür gegeben haben."

Ein erneuter Beweis für Hollys unerschütterliches Selbstvertrauen. Sie äußerte weder Bitterkeit noch Selbstzweifel aufgrund der Tatsache, dass ihre Mutter sie anderen überlassen hatte.

„Ich habe dir ein Willkommenspaket zusammengestellt, mit einem Brief, der dir alles erklärt. Aber jetzt müsst ihr so schnell wie möglich gehen. Es ist hier gefährlich für euch."

„Wohin denn?", fragte Holly.

Nïx' Antwort bestand in einem Nicken.

„Ähm, das war keine Ja-oder-Nein-Frage."

„In der Tat."

„Ich dachte, wir sollten Cadeons Bruder hier treffen."

„Das solltet ihr auch", sagte Nïx. „Aber er ist nicht hier."

Holly seufzte ungeduldig. „Sag mir einfach nur, wie ich zu dem geworden bin, was ich jetzt bin."

„Bei dir klingt es ja, als ob es eine Tragödie wäre."

„Ich … nein, das war nicht meine Absicht, aber ich will einfach nur mein altes Leben wiederhaben. Ich stehe nur *einen* Code davor, meinen Doktor zu machen, und ich habe meine Studenten …"

„Nun ja, wenn ich solche Studenten wie deine entzückenden Footballspieler hätte, wäre ich auch scharf darauf zurückzukehren."

Cade ermahnte Nïx. „Noch mal, wie ist sie so geworden?"

Nïx wirkte verwirrt, als ob sie die Frage nicht begreifen würde, und sagte schließlich: „Die Saat war immer da, doch erst durch den Blitz wurde sie mit Wasser und Sonnenlicht versorgt." Sie wandte sich an Holly. „Und jetzt wirst du zu der Walküre, die du immer hättest sein sollen."

„Cade hat mir gesagt, dass man es rückgängig machen kann", sagte sie in ungläubigem Tonfall.

„Ach, hat er das?"

Er drückte die Haut über seiner Nasenwurzel mit Daumen und Zeigefinger zusammen – er war aufgeflogen.

„Da hat er recht", sagte Nïx. Er war verblüfft, dass sie seine Lüge unterstützte. „Aber es gibt nur einen Mann, der dazu fähig ist. Sein Name ist Groot der Metallurge. Er ist ein sehr mächtiger Hexer. Wenn du zu ihm gelangst, bevor sich die Wandlung in eine Unsterbliche endgültig vollzogen hat, vermag er dich zurückzuverwandeln", sagte sie, obwohl Cade wusste, dass sie wusste, dass das die Unwahrheit war.

Ohne ein weiteres Wort schlenderte Nïx zu ihrem Wagen zurück und ließ ihnen keine andere Wahl, als ihr zu folgen. „Also, ich war so frei, deiner von Vampiren verpesteten Wohnung einen Besuch abzustatten und eine Tasche für dich zu packen. Ich vermute mal, du möchtest dich bestimmt umziehen."

Nïx öffnete den Kofferraum, in dem eine riesige Reisetasche auf einem weiteren Sandhaufen lag. Sie hob das überaus schwer aussehende Gepäckstück mit einem Finger heraus und stellte es auf den Boden. „Oh, und hier ist deine Ersatzbrille." Sie zog sie aus ihrer Jacke und gab sie Holly. „Marke *Smitten Kitten – Verliebtes Kätzchen* – gefällt mir."

Cade wiederholte *„Verliebtes Kätzchen"*, wobei er jede Silbe überdeutlich aussprach.

Holly setzte die Brille auf und warf ihm einen verunsicherten Blick zu.

Nïx fuhr fort: „Die Brille wird natürlich bald überflüssig sein, da dein Sehvermögen sich ab sofort von Tag zu Tag verbessert. Und hier sind deine Perlen." Sie reichte ihr eine Kette, die haargenau so wie die aussah, die Holly jeden Tag trug. Natürlich hatte sie auch dafür Ersatz. „Diese Gegenstände sind deine Talismane."

„Talismane?"

„Fühlst du dich stärker, wenn du sie trägst?"

Holly biss sich auf die Lippe und nickte.

„Also, wie gesagt, Talismane. Diese Perlen wurden mit einem Zauber versehen. Wenn du sie trägst, bist du für Augen, die Magie einsetzen, unsichtbar."

Holly sah Cade an, als ob sie von ihm eine Übersetzung erwartete.

„Das heißt, nimm sie nicht ab." Er nahm Holly die Kette aus der Hand, packte sie bei den Schultern und drehte sie um. „Nimm deine Haare hoch."

Als sie ihre rotgoldenen Locken hochnahm, konnte er nur mit Mühe dem Drang widerstehen, ihren grazilen Nacken zu küssen.

Er schüttelte sich und hakte den Verschluss schnell ein.

„Du musst erst noch trocken hinter den Ohren werden", ermahnte Nïx Holly. „Noch bist du eine kleine, verwundbare Sterbliche. Ups – das hab ich glatt vergessen. Genauso willst du es ja haben." Sie kicherte hinter vorgehaltenen Fingerspitzen, als ob dieser Wunsch so töricht wäre, dass er schon wieder niedlich war.

Holly, die verstört aussah, nahm die Tasche und wollte sich auf den Weg zum Waschraum der Tankstelle machen.

„Was glaubst du eigentlich, was du hier tust?", fuhr Cade sie an.

Er wühlte in der Tasche, zog das erste Paar Schuhe heraus, das ihm in die Hände fiel, und steckte sie ihr an die Füße. Dann nahm er die Tasche und begleitete sie zur Toilette.

Sie stöhnte auf, als er sie hineinbegleitete und erst einmal sämtliche Kabinen überprüfte. Bevor er ging, kniff er ihr ins Kinn. „Also, Kleines, wenn dir hier drin irgendwer komisch kommt, dann mach einfach genau dasselbe, was du mit den Dämonen gemacht hast."

Immer wenn jemand Holly fragte, was sie am vergangenen Abend getan habe, antwortete sie: „Ich hab noch gearbeitet, war in der Bücherei, und dann bin ich geschwommen."

Gelegentlich variierte sie die ersten beiden Punkte, indem sie sie gemeinsam mit Tim erledigte.

Und was war mit diesem Abend? „Ach, ich hab nur ein paar Dämonen in einem grauenhaften Blutbad abgeschlachtet, dann haben Vampire mit Maschinengewehren auf mich geschossen, und es gab eine total verrückte Verfolgungsjagd durch den Sumpf. Dann hab ich noch rausgefunden, wer – und was – meine biologische Mutter war. Außerdem habe ich von der Existenz einer geheimen Welt erfahren, die Seite an Seite mit unserer eigenen existiert …"

Einfach viel zu viel. Selbst unter idealen Umständen reagierte sie gar nicht gut auf Veränderungen. Und jetzt war sie einfach nur … starr, fühlte sich von den nicht enden wollenden Schockmomenten wie betäubt.

Zumindest hoffte sie, dass es so war. Andernfalls würde es bedeuten, dass ihr Massenmord ihr kein großes Kopfzerbrechen bereitete.

Ja, diese Männer waren Ungeheuer, und ja, Holly glaubte, dass sie bekommen hatten, was sie verdienten, aber sollte sie nicht wenigstens einen Anflug von irgendetwas verspüren, dass ausgerechnet sie es gewesen war, die es ihnen gegeben hatte? Abscheu? Furcht?

Sie stand vor dem Spiegel und starrte in ihre Augen. Die Ringe, die ihre Iris schon immer umgeben hatten, waren jetzt sehr viel auffälliger. *Denn – wer hätte das gedacht – ich stamme von einer Furie ab.*

Was auch immer das war.

Nïx' Augen waren ebenfalls ungewöhnlich, aber deren goldene Färbung war atemberaubend, während Hollys veilchenfarbene Augen einfach nur seltsam aussahen.

Holly nahm ihr Haar zurück, unfähig, ihre spitzen Ohren noch länger zu ignorieren. Hier genau dasselbe: Solche Ohren sahen an Nïx einfach nur klasse aus – exotisch und interessant –, während sie an Holly befremdend und merkwürdig wirkten.

Eines der klassischeren Symptome ihrer Zwangserkrankung war die unbegründete Angst, sich selbst zu verlieren. Aber Hollys Angst war durchaus nicht unbegründet. Sie war tatsächlich auf dem besten Weg, sich zu verlieren, einen Wesenszug nach dem anderen. *Wenn ich nur meine* …

Ihre Augen weiteten sich. Wenn Nïx ihre Sachen eingepackt hatte, waren ihr doch sicherlich auch die ganzen Pillendöschen aufgefallen, die Holly auf dem Küchentresen aufgereiht hatte.

Sie stürzte zu ihrer Tasche und riss den Reißverschluss auf. Darin fand sie den Inhalt der Umhängetasche, die sie hatte fallen lassen, als sie entführt worden war. Ihr Laptop samt Hülle, ihr Handy und sogar ihre antibakteriellen Tücher – alles da.

Aber keine Medikamente …

Nïx hatte irgendwie diese Tasche aufgespürt und dann absichtlich die beiden Fläschchen entfernt. *Warum, Nix?* Holly lehnte sich gegen die Wand. Sie war versucht, einfach wegzulaufen, um diesem ganzen Mist zu entkommen.

Aber Cadeon und Nïx waren die Einzigen, die sie kannte, die ihr dabei helfen konnten, wieder normal zu werden. Holly blieb keine andere Wahl, sie musste sich den Plänen, die die beiden mit ihr hatten, fügen.

Pläne, die beinhalteten, die Stadt zu verlassen.

Sie hatte die Grenzen der Gemeinde von New Orleans seit fünfzehn Jahren nicht mehr überschritten. Genau genommen ging sie nirgendwohin, abgesehen von der Uni, die zehn Minuten von ihrem Loft entfernt lag.

Der Campus war ihre ganze Welt, ein reglementierter und sorgfältig organisierter Mikrokosmos, in dem alles seine Ordnung hatte. Die Tage waren in Unterrichtsstunden aufgeteilt, Wochen in Unterrichtstage und Jahre in Semester.

Und jetzt überkam sie das Gefühl, vorübergehend verbannt worden zu sein.

Sie schüttelte diesen Gedanken ab, nahm ihr Handy und wählte die Nummer ihrer Freundin Mei. Als die sich nicht meldete, hinterließ sie ihr eine Nachricht.

„Hi, Mei, hier ist Holly. Ich hab mich gefragt, ob du vielleicht für ein Weilchen meine Kurse übernehmen könntest? Das wäre wirklich ganz zauberhaft. Nicht dass ich das wörtlich meine. Ich meine, zaubern, so was gibt's doch gar nicht … Ähm, also, in meiner Familie hat's einen Notfall gegeben, und ich muss für" – *Wie lange werde ich wohl weg sein?* – „eine Woche weg."

Holly hatte das Gefühl, neben sich zu stehen, während sie redete. Sie war verblüfft, wie normal sie klang, wo sie sich doch am Rande eines Nervenzusammenbruchs befand. „Ruf mich auf dem Handy an, wenn irgendwas los ist. Ich schulde dir was!"

Nachdem sie ihr Handy wieder ausgeschaltet hatte, atmete sie etwas zitterig aus. *Zieh dich an. Jetzt mach schon.*

Holly kauerte sich neben ihre Tasche und suchte in der Seitentasche nach ihrer Unterwäsche. Sie runzelte die Stirn angesichts dessen, was sie dort entdeckte. Darin befanden sich halterlose Strümpfe, Stringtangas und Push-up-BHs, allesamt noch verpackt oder mit Preisschildern versehen. Alles war genau ihre Größe und alles war … aufreizend.

Warum um alles auf der Welt sollte Nïx Hollys absolut zweckdienliche Hüftslips und Minimizer-BHs gegen so etwas austauschen?

Da ihr nichts anderes übrig blieb, zog Holly also die seidigen Strümpfe an und zum allerersten Mal in ihrem Leben einen Stringtanga.

Als sie endlich wieder vollständig bekleidet war, inklusive Perlen und Brille, machte sie sich daran, ihre Frisur zu richten. Mit wütenden Bewegungen bürstete sie ihre Locken zurück und zwang sie unter ihre Kontrolle, nur dass sie jetzt auch noch dafür sorgte, dass ihre seltsamen Ohren bedeckt waren.

Nachdem auch die letzte Haarnadel an ihrem Platz war, musterte sie ihr Spiegelbild. Wie konnte sie nur genauso aussehen wie immer, wenn sie innerlich ein totales Wrack war? Tränen stiegen ihr in die Augen, und sie klammerte sich ans Waschbecken, um nicht das Gleichgewicht zu verlieren.

Nach dem Wahnsinn dieser Nacht wusste sie nur noch zwei Dinge mit absoluter Sicherheit: *Ich muss diesen Zustand umkehren. Und es ist gefährlich für mich, mich in Cadeon Woedes Nähe aufzuhalten.*

Das Waschbecken zersprang unter ihrem Griff.

10

„Cade, in deiner Haut möchte ich nicht stecken", sagte Nïx, als sie mit einem Satz auf die Motorhaube des Veyron sprang.

„Das ist doch wohl nichts Neues, oder?"

„Du weißt, dass Holly dir nicht traut?"

„Das sollte sie auch nicht! Und dir offensichtlich auch nicht. Warum hast du sie belogen?"

„Ich wollte sehen, was du damit bezweckst."

„Ich führe einfach nur den Plan aus." Er öffnete den Kofferraum und seine Tasche, die sich darin befand. Er suchte seinen Flachmann, und als er ihn endlich entdeckt hatte, nahm er einen tiefen Zug von dem Dämonenbräu. Leider würde die Wirkung erst später einsetzen, aber er würde eben jetzt schon den Boden für seinen späteren Rausch bereiten.

„Du glaubst, du kannst Holly einem bösen Hexenmeister überlassen, wo du doch jetzt endlich deinen Anspruch auf sie erheben könntest? Du hast neun Jahrhunderte auf sie gewartet."

„Ich muss es tun. Nicht dass ich es wollte. Ihr Götter, ich will es nicht. Aber jetzt hat dieses Miststück Sabine auch noch meinen Bruder, und ich schulde ihm schon so viel. Das ist die einzige Möglichkeit, für meine früheren Taten zu büßen. Das Königreich und unser Volk hängen jetzt von mir ab, ganz allein von mir."

Die Wahrheit dieser Feststellung traf ihn wie ein Schlag mit dem Hammer. *Leck mich am Arsch!* Das Schicksal aller Bewohner Rothkalinas lastete auf den Schultern des schwarzen Schafes, des Taugenichts.

Wo wir gerade davon reden … „Du hast Rydstrom gesagt, dass diese Sterbliche, Néomi, tot ist. Bist du sicher?"

„Absolutamente."

Cade war nicht klar gewesen, wie sehr er sich immer noch an die Hoffnung geklammert hatte, sie hätte es vielleicht doch überlebt. *Alles verdrängen* …

Nïx musterte ihn. „Ich frage mich, ob ich mich deinem kleinen Täuschungsmanöver nicht anschließen sollte. Vor allem aus dem Grund, weil ich nicht glaube, dass du in der Lage bist, sie aufzugeben. Und: Nein, ich kann nicht vorhersehen, wie es ausgeht. Es ist nur so eine Ahnung. Und außerdem weil ich glaube, dass es einer gewissen Grausamkeit bedarf, um einem anderen wirklich gutzutun. Holly muss alles über diese Welt lernen, schnell und unverblümt, und für diesen Job wäre niemand besser geeignet als du."

„Was meinst du damit, dass sie lernen muss? Sie ist so ziemlich der gelehrteste Mensch, den ich kenne."

„Ich will, dass Holly das *Leben* kennenlernt. Ich will ihr die Scheuklappen nehmen, auf die sie sich bisher immer verlassen hat. Und ich denke, dass du genau der Richtige dafür bist, ihr zu zeigen, was sie nicht kennt und auch gar nicht kennen will. Meine Nichte ist auf so vielfältige Weise unschuldig und im Leben einer jeden Frau kommt die Zeit, wenn Unschuld nur ein Euphemismus für Unwissenheit ist."

„Wie unschuldig kann sie heutzutage überhaupt noch sein?"

„Sie ist stets allem aus dem Weg gegangen, was die Walküre in ihr zum Ausbruch hätte bringen können. Sie hat alles gemieden, was Erregung oder Wut hervorbringen könnte. Ihren Computer hat sie so eingestellt, dass bestimmte Seiten und Inhalte zensiert werden. Sie hat kein Kabelfernsehen. Sie führt praktisch das Leben eines behüteten Kindes. Alle Neigungen, die dem entgegenlaufen, hat sie so hartnäckig unterdrückt, dass sie darüber krank geworden ist."

„Daher die Sache mit der ständigen Zählerei?“

Nïx nickte. „Und alles, was sie nicht unterdrücken konnte, hat sie mit Pillen behandelt.“

„Sie will unbedingt ihre Medikamente haben.“

„Nun ja, als ihr Tantchen bestimme ich, dass sie sie nicht bekommen darf. So! Andere Walküren werden ihre Energie ebenfalls gespürt haben. Es wird nicht mehr lange dauern, bis sie nach ihr suchen.“

„Dann musst du sie aufhalten.“

Nach einer ganzen Weile sagte Nïx: „Das mach ich. Wenn du schwörst, dass du keine Etappe der Reise überspringst.“

„Das willst du doch nur deshalb, weil ich so gezwungen bin, mehr Zeit mit ihr zu verbringen, und Gefühle für sie entwickeln werde. Dann würde sich nämlich die Wahrscheinlichkeit erhöhen, dass ich alles zum Teufel jage und sie für mich behalte.“

„Genau.“

„Verdammte Scheiße, die Reise könnte Wochen dauern. Groots Versteck könnte überall liegen, sogar in Alaska.“ Cade nahm noch einen Schluck aus der Flasche. „Und Rydstrom sagte, der Stichtag ist der nächste Vollmond. Was ist, wenn wir es bis dahin nicht schaffen?“

„So lautet nun mal meine Bedingung.“

„Umso größer wird die Gefahr, in der sie sich befindet. Denk doch mal nach, sobald sie bei Groot ist, kann niemand sie mehr finden.“

„Mach, was du willst. Aber ohne den ersten Checkpoint wirst du nicht sehr weit kommen.“

„Na gut“, stieß er zwischen zusammengebissenen Zähnen aus. „Ich stimme deiner Bedingung zu.“ Mehr Zeit mit Holly. Mehr Zeit, um Gefühle für Holly zu entwickeln.

In diesem Moment kam sie aus dem Waschraum. Ihr Haar war

zu einem perfekten Knoten zurückgekämmt, sie trug ihre „Talismane“, einen unauffälligen Pullover und einen dieser Röcke, die ihren runden Hintern betonten – und Männer wie ihn dazu brachten, sich zu wünschen, sie könnten all die Leidenschaft entfesseln, die in dieser nach außen hin so prüde erscheinenden jungen Frau kochte.

Die Schultern hatte sie durchgedrückt, das Kinn hoch erhoben. Das für sie so typische Selbstvertrauen war wieder zurückgekehrt, dieses Selbstvertrauen einer klugen und sexy Frau. Cade hätte sie am liebsten geküsst, bis ihr die Knie weich wurden.

„Wohin fahren wir jetzt also?“, fragte er Nïx geistesabwesend. In diesem Moment schien es ihm das einzig Richtige zu sein, mehr Zeit mit Holly zu verbringen.

„Mississippi, Meilenstein 775“, antwortete Nïx. „Nördlich von Memphis werdet ihr eine Dämonin namens Imatra treffen. Im Willkommenspaket, das ich für Holly zusammengestellt habe, findet ihr ausführliche Angaben.“

„Äh-hähm.“ Er machte ein paar wackelige Schritte auf Holly zu und nahm ihr die Reisetasche ab. Insgeheim schwor er sich, in Hollys Gegenwart so lange den Mund zu halten, bis er wieder bei Sinnen war. Oder bis der Inhalt seines Flachmanns endlich Wirkung zeigte.

„Ich möchte allein mit meiner Tante sprechen.“

Holly hatte erwartet, dass Cade Einwände gegen ihren Wunsch vorbringen würde. Doch stattdessen setzte er einen alten ledernen Buschhut auf und murmelte, er wolle noch etwas zu essen für unterwegs besorgen und Rök informieren, und verschwand dann in der Tankstelle.

„Sieh ihn dir nur in diesem Hut an“, sagte Nïx. „So viel Sexappeal sollte verboten sein.“ Sie ließ ihn nicht aus den Augen, bis er in dem Gebäude verschwunden war, und gab ein leises Knurren von sich, während sie das Schwert, das sie auf dem Rücken trug, mit hektischen Bewegungen zurechtrückte.

Ja, es stimmte, dass Cadeon gut aussah, aber das änderte nichts an der Tatsache, dass er ein Dämon war. *Mit Hörnern.*

„Solche wie ihn gibt's heute nicht mehr." Nïx seufzte und wandte sich zu ihr um.

Erneut war Holly völlig davon überwältigt, von welch übernatürlicher – und sonderbarer – Schönheit ihre neue Tante war. „Ich wollte dir dafür danken, dass du mir meine Sachen mitgebracht hast. Aber warum diese ganze neue Unterwäsche?"

„Weil ich wusste, dass du nur nützliche Unterwäsche besitzen würdest." Sie tat so, als ob sie entsetzt erschauerte. „Walküren lieben Dinge, die hübsch und sexy sind, und das trifft nur selten auf Nützliches zu. Und darum hab ich für ein paar Tausender Wäsche für dich eingekauft."

Holly hätte diese überaus unsexy Unterwäsche jetzt gut brauchen können, um sich, nun ja, sehr unsexy zu fühlen. „Hast du zufällig ein paar von den Pillenfläschchen auf dem Küchentresen eingepackt?"

„Ah, diese Fläschchen, die in Dreiergruppen in einer perfekten, schnurgeraden Linie aufgestellt waren. Alles in deiner Wohnung war perfekt linear. Oder in Dreiergruppen aufgeteilt. Oder stand im rechten Winkel zueinander." Nïx' goldfarbene Augen schienen in der einen Minute bis in Hollys Seele hinabzublicken, um in der nächsten Minute vollkommen leer zu wirken. „Ich habe mir einen Spaß daraus gemacht, sämtliche Muster durcheinanderzubringen."

Es drehte Holly glatt den Magen um. Der Gedanke an den perfekten Zustand ihres Zuhauses, ihrer Zuflucht hatte ihr bislang dabei geholfen, diese Nacht durchzustehen. Sie hatte gedacht, sie könnte auf direktem Weg in ihr altes Leben zurückkehren, sobald sie wieder in ihrer Wohnung war. „Durcheinander?“

In dem Moment, als Holly die Gewissheit überkam, dass sie sich gleich übergeben musste, erhellte ein Blitz den Himmel hinter ihr.

Nïx lächelte darüber, er schien sie zu erfreuen. „Du brauchst diese Tabletten nicht mehr. Bisher hast du sie dazu benutzt, die Eigenschaften an dir, die typisch für eine Walküre sind, zu unterdrücken, weil du sie nicht verstanden hast. Aber das ist jetzt nicht länger nötig.“

„Nein, ich will das alles rückgängig machen. Ich muss. Ich hasse Veränderungen. Ich werde damit nicht fertig“, sagte Holly und vergrub ihre Stirn in ihren Händen. „Wie lange brauchen wir, um zu diesem Hexer zu kommen?“

„Irgendetwas zwischen einer Woche und einem Monat.“

„Und wie viel Zeit bleibt mir noch, bis die Umkehrung unmöglich wird?“

„Dir bleibt ungefähr genauso lange, bis du eine echte und wahrhaftige Walküre bist.“

„Wenn die Pillen bis jetzt dazu beigetragen haben, meine Walküreneigenschaften zu unterdrücken, würden sie dann nicht auch diese Wandlung verlangsamen? Könnten sie mir mehr Zeit verschaffen, um zu diesem Hexer zu gelangen?“

„Schon möglich.“ Nïx zuckte mit den Achseln und warf ihre langen schwarzen Haare zurück, die seidigsten Haare, die Holly je gesehen hatte. „Aber ich kann es nicht mit Sicherheit sagen. Ich sehe rein gar nichts, was auf eine Prädetermination hindeutet, und menschliche Pharmakologie ist meiner Beachtung nicht wert.“

„Nïx, bitte, man sieht es mir vielleicht nicht an, aber ich habe das Gefühl, am Abgrund zu stehen.“

Nïx nickte ernst. „Ich weiß. Im Waschraum hast du den Drang verspürt, den Kopf in den Nacken zu werfen, loszuschreien und dir die Haare auszureißen. Und, Liebes, also wirklich … Sie haben hier jemanden, der dort sauber macht."

Woher wusste sie denn …

„Ich bin allwissend, wie mein Name schon sagt."

„Dann sag mir noch, ob dieses ganze Gerede über das Gefäß wahr ist", bat Holly.

„Ja, leider ist es das. Wähle den Kindsvater also besser mit Bedacht."

„Warum bin ich es?"

„Einfach nur Pech", sagte Nïx.

Holly verzog das Gesicht zu einer angewiderten Grimasse. Pech war nichts anderes als ein zufälliges Ereignis, das einem gerade nicht in den Kram passte. „Aber wenn ich diese Walkürensache umkehren kann, bin ich dann immer noch das Gefäß?"

„Ich wüsste nicht, wie. Das Gefäß muss ein Geschöpf der Mythenwelt sein."

„Also, wenn ich wieder normal bin, dann hören die Leute auf, mich umbringen zu wollen?" Holly konnte dieses zufällige Ereignis annullieren. Sie konnte etwas tun, um den Zufall zu bekämpfen.

„Das wäre zumindest theoretisch die Konsequenz."

Die Argumentationskette ist also folgende: Sieh zu, dass die Verwandlung rückgängig gemacht wird und verliere den Status als Gefäß. Dann hören diese unsterblichen Mörder auf zu versuchen, dich umzubringen, und die Dämonen hören auf, dich anzugreifen. Befreie dich von der endlichen Lösungsmenge „schwanger oder tot". Kehre zurück in dein vorheriges Leben, in dem du so kurz vor dem Erlangen des Doktortitels stehst. Irgendwann bekommst du dann ein normales Kind. Vergiss das ultimative Böse.

„Aber ich denke, wenn die Zeit zu wählen gekommen ist, wird dir dein neues Ich gefallen. Zumindest wirst du dann ein Ich haben", sagte Nïx.

„Was soll das denn heißen?"

Sie zog eine Locke aus Hollys engem Knoten, was diese ärgerte. „Wer bist du, Nichte? Du weißt es nicht. Aber bald wirst du es wissen." Nïx grinste sie an, als ob sie einen Insiderwitz gemacht hätte, den Holly unmöglich begreifen konnte. „Also, ich muss jetzt wieder. Proto-Walküre und Wahrsagerin Ohnegleichen zu sein ist ein ziemlich strapaziöser und undankbarer Job, aber wenn Nïxie ihn nicht macht, wer dann?"

„Warte!" Holly folgte ihr zu dem arg gebeutelten Bentley. „Ich habe noch so viele Fragen. Ist meine Mutter jung gestorben? Und wer war mein Vater? Wie kann ich dich erreichen? Gibt es noch mehr von unserer Art? Und wie erkenne ich sie?"

„All deine Fragen werden mit der Zeit beantwortet werden."

Dieses Geschöpf kannte doch bereits sämtliche Antworten. „Bitte, nimm mich mit! Du hast doch gesagt, ich gehöre zur Familie." Holly hatte das Gefühl, dass noch ein paar Stunden in Cadeons Gesellschaft ihr endgültig den Garaus machen würden.

„Wenn du eine Walküre bleiben willst, dann steig ein. Bei uns steht heute Abend jede Menge Chaos auf dem Programm", sagte Nïx und zeigte auf ihren Rücksitz.

Holly warf einen Blick hinein und erstarrte entsetzt. Der ganze Wagen war voller Becher von Pat O'Brien's, nicht aufgeblasenen Luftballons, Styroporchips und Kartons mit der Aufschrift: *dangereux! C-4 plastique*.

Sie trat unwillkürlich einen Schritt zurück.

Nïx fuhr mit vergnügter Stimme fort: „Aber wenn du darauf bestehst, es rückgängig zu machen … Ich kann dich nicht zu Groot bringen. Seine Festung ist gut versteckt, und du musst eine ganze Reihe von Checkpoints abarbeiten, um zu ihm zu gelangen. Das wird wenigstens eine Woche dauern, eine Woche, die ich nicht habe. Ich bekämpfe nämlich gerade eine Apokalypse. Denk doch nur, Holly“, sie legte ihren Arm über Hollys Schultern und umschrieb mit der anderen Hand vor ihnen beiden einen Bogen, „eine *Apokalypse* – das Nonplusultra an Chaos und Unordnung.“

Holly erschauerte.

„Möchtest du mich davon abhalten?“, fragte Nïx und ließ sie wieder los.

„Ähm, also, natürlich nicht, aber ...“

„Wenn du eisern darauf bestehst, die Gabe, die dir zuteil wurde, zurückzuweisen, dann werde ich dafür sorgen, dass Cade dich sicher zu diesem Hexer geleitet, wo er sich sein Schwert verdient. Ist es das, was du willst?“

„Ich will ja gehen, aber nicht mit ihm allein! Ich nehme nicht an, dass du jemanden anheuern könntest, der etwas weniger ...“

„Heiß und sexy ist? Mit Hörnern, die man nicht am liebsten auf der Stelle abschlecken möchte, und ohne diesen verführerischen südafrikanischen Akzent?“ Sie schüttelte den Kopf und öffnete die Autotür. „Nein, Cade kann für deine Sicherheit sorgen. Er ist stark, und er ist skrupellos.“

Hollys Mund öffnete sich, ohne dass ein Laut über ihre Lippen kam. *Hörner, die man am liebsten abschlecken möchte?*

„Oh, das hätte ich jetzt fast vergessen.“ Nïx zog eine gewichtige Umhängetasche vom Beifahrersitz. „Hier ist dein Willkommenspaket. Aber jetzt muss ich wirklich los. Ciao!“

Während Nïx den Wagen startete, sagte Holly: „Noch eine letzte Frage.“

„Na gut, Liebes.“

„Kann ich Cadeon trauen?“

Nïx warf ihr mit ausdruckslosen goldfarbenen Augen ein sonniges Lächeln zu: „So weit, wie du ihn werfen kannst.“

11

„Ich nehme an, wir behalten diesen auffälligen Wagen?“, fragte Holly, als Cade auf den Highway in Richtung Norden fuhr.

„Vorerst, ja. Wir müssen so schnell wie möglich aus der Stadt verschwinden. Und rein zufällig ist dieser Wagen so ziemlich das Schnellste, was es gibt.“

„Wohin fahren wir zuerst?“

„Memphis. Nïx sagte, sie hat die Anweisungen in deine Tasche getan.“

Holly griff auf den Rücksitz und schnappte sich die schwere Umhängetasche, die ihre Tante ihr gegeben hatte. Darin fand sie ihren Pass, einen handgeschriebenen Brief, eine Karte mit einem Kreuz gleich über Memphis und zwei umfangreiche Bücher. Das eine hieß *Das lebendige Buch des Mythos*, das andere *Das Buch der Kriegerinnen*.

Während sie den Brief herauszog, fragte Holly: „Warum kam mir Nïx manchmal so abwesend vor?“

Cade nippte an seinem Red Bull, ohne in ihre Richtung zu blicken. „Sie ist so sehr damit beschäftigt, die Zukunft vorherzusehen, dass sie sich manchmal aus der Gegenwart ausklinkt. Daran gewöhnt man sich. Außerdem ist sie über dreitausend Jahre alt.“

Das war unglaublich. Nïx schien genauso alt wie Holly zu sein. „Wie alt bist du?“

„Fast ein Jahrtausend.“ Cade wirkte keinen Tag älter als vier- oder fünfunddreißig.

„Dann war das wohl kein Witz, als du meintest, du stammst aus dem Mittelalter. Und warum stammt dein Akzent nicht auch aus dieser Zeit?"

„Die Mythenweltgeschöpfe passen sich der Weiterentwicklung von Sprachen und Dialekten an. Das passiert unbewusst."

Als Holly das schwarze Wachssiegel des Briefes erbrach, lehnte sich Cade hinüber, um einen Blick auf den Inhalt zu erhaschen.

Sie drehte den Brief so lange von ihm weg, bis er die Achseln zuckte und wieder nach vorne sah. Dann las sie die schwungvolle Schrift, oder versuchte es zumindest. Ihre Brille schien ihr merkwürdigerweise gar nicht zu helfen, ganz im Gegenteil …

Liebste Nichte,
willkommen in der Familie, endlich!

Dieser Brief wird dir einiges erklären, wofür ich keine Zeit hatte. In deinem Willkommenspaket wirst du zwei Bücher finden. Das eine erzählt die Geschichte deiner Herkunft und enthält ein Verzeichnis der edelsten Kriegerinnen der Walküren. Darunter findet sich auch die Geschichte deiner Mutter.

Dein Vater war ein Mensch und ein Bauingenieur – Gretas große Liebe. Er wurde bei einem Rachefeldzug wegen einer ihrer Überfälle auf die Vampire ermordet, noch bevor Greta von dir wusste.

Rachefeldzug? Überfall auf die Vampire? „Sind Mythenweltbewohner gewalttätiger als Menschen?", fragte sie Cadeon.

„Und ob", sagte er, ohne sich zu ihr umzuwenden. „Bei uns gibt es ständig Krieg."

„Es gibt ständig Krieg", wiederholte sie. Warum sollte jemand wie Holly ein Teil dieser neuen, noch ungestümeren Welt werden wollen?

Es brach Greta das Herz, dich wegzugeben, aber es ist nun mal die Art der Walküren, menschlichen Nachwuchs den Menschen zu übergeben. Und wir dachten, du wärst eine Sterbliche. Sie tat es mit Liebe im Herzen für dich. Daran darfst du niemals zweifeln.

Das tat Holly auch nicht. Sie wusste jetzt, dass es kein Zufall gewesen war, der sie zu den liebevollen Ashwins geführt hatte.

Im zweiten Buch werden einige der Aspekte dieser neuen Welt erklärt, in die du jetzt so plötzlich geworfen wurdest.

Lies beide Bände. Du wirst einen Test darüber schreiben.

Also, ich weiß ja, dass du einige Zweifel bezüglich deiner neuen Identität als Walküre geäußert hast …

Wie konnte sie das wissen? Es sei denn … „Sie ist wirklich eine Hellseherin", murmelte Holly.

„Oh ja", sagte Cade, der sich inzwischen leicht zu entspannen schien.

… aber ich bitte dich, dem Walkürismus wenigstens eine faire Chance einzuräumen. Das machen alle coolen Kids. Das Einzige, was du dazu tun musst: Akzeptiere alles, was du je gefürchtet und während der letzten zwanzig Jahre aus deinem Leben verbannt hast. Einfacher geht's doch wohl nicht!

Schleck Cades Hörner für mich ab, und ja, du kannst ihn wie einen Angestellten behandeln, wenn du es wünschst, denn genau das ist er – und daran ist er gewöhnt.

Seine Hörner abschlecken? Holly versuchte so zu tun, als ob sie nicht vorhanden wären, und ganz gewiss würde sie sie niemals *abschlecken*!

Noch zwei Tipps: Wenn du sicher sein willst, dass dein augenblicklicher Beschützer die Wahrheit über etwas sagt, dann lass ihn „beim Mythos" schwören. Und wenn du nicht schwanger werden willst, dann hör auf zu essen. Walküren sind unfruchtbar, wenn sie nicht die Früchte der Erde zu sich nehmen.

In Liebe,
Nïx, Proto-Walküre, Wahrsagerin Ohnegleichen,
Halbgöttin, dein dich liebendes Tantchen

Holly faltete den Brief zusammen und saß dann wie betäubt da. *Viel zu viel, worüber ich nachdenken muss.* So viele Informationen, und das war nur der Anfang. Alleine den Beruf ihres Vaters zu erfahren war für sie schon von enormer Bedeutung.

Mit einem Seufzer zog sie *Das Buch der Kriegerinnen* hervor und blätterte zu dem Kapitel „Der Ursprung der Walküre". Innerhalb kürzester Zeit stellte sie fest, dass sie von der Geschichte zunehmend gefesselt war.

Der Mythos besagte, dass vor vielen Millennien die Götter Odin und Freya vom Schrei einer jungfräulichen Kriegerin, die im Kampf fiel, aus einem eine Dekade währenden Schlaf geweckt worden waren. Freya hatte die Kühnheit der jungen Maid bewundert und beschloss, sie am Leben zu erhalten, also ließen sie und Odin ihren Blitz in diese Menschenfrau fahren.

Die Jungfrau erwachte in der großen Halle der Götter, gesund, aber unverändert – immer noch sterblich – und schwanger mit einer unsterblichen Walkürentochter.

In den Zeitaltern, die folgten, traf ihr Blitz sterbende Kriegerinnen aller möglichen Spezies der Mythenwelt – von Furien über Gestaltwandler bis hin zu Lykae.

Freya und Odin schenkten diesen Töchtern Freyas feenähnliches Aussehen und Odins Gerissenheit und kombinierten diese Eigenschaften mit dem Mut der Mutter und gewissen individuellen Charakteristika, je nach Herkunft. Sämtliche Töchter waren Halbschwestern und jede von ihnen war einzigartig. Doch dem Mythos zufolge konnte man eine Walküre stets daran erkennen, dass sich ihre Augen silbern verfärbten, wenn sie starke Gefühle verspürte.

Holly blickte auf. „Haben sich meine Augen heute Nacht silbern verfärbt?"

Cadeon nickte und gönnte ihr endlich einen Blick. „Daran habe ich erkannt, dass du dich in eine Walküre verwandelt hast, oder zumindest damit angefangen hattest." Er wischte sich die Handflächen an seiner Jeans ab und lenkte inzwischen mit den Knien. „Die Augen aller Mythenweltgeschöpfe nehmen zuweilen eine bestimmte Farbe an." Cadeons Augen waren schwarz geworden.

Sie zog ihre Perlenkette an ihren Lippen vorbei und grübelte über diese neue Information nach. Wenn Holly dieser Legende Glauben schenkte, würde das bedeuten, dass sie die Enkelin nordischer Götter wäre.

Es war eine Sache, wenn ein adoptiertes Kind herausfand, dass er oder sie aus einer reichen oder berühmten Familie stammte. Aber das hier war lächerlich.

Trotzdem – diese Information erklärte so vieles, was sie an sich selbst nie verstanden hatte. Dinge, die ein aufgeblasener Psychiater bereitwillig mit Medikamenten unterdrückt hatte.

Ihre Leidenschaft für glänzenden Schmuck? Die teilte sie mit allen anderen Walküren, da sie Freyas Habgier geerbt hatten.

Hollys Faszination für Blitze und ihr „unbezwingbarer Drang" bei Gewittern nach draußen zu laufen? Walküren ernährten sich von Elektrizität, sie bezogen ihre Energie aus der Erde. Durch einen Blitz wurde die Spezies geschaffen – und Hollys Verwandlung in Gang gesetzt.

Sie fragte sich, ob ihre „Großeltern“ wohl für diesen tröstlichen Blitz verantwortlich gewesen waren oder ob sie den Blitz durch den Aufruhr ihrer Gefühle herbeigerufen hatte.

Und Hollys abartige Stärke, die zu verbergen sie sich solche Mühe gegeben hatte? Walküren waren übernatürlich stark, wild und kriegerisch.

Sowie *sinnlich* …

Sie erinnerte sich an das erste Mal, dass sie mit einem Mann im Bett gewesen war, einem Schulkameraden namens Bobby Thibodeaux. Sie waren sechzehn und ein paar von Bobbys unerfahrenen Küssen hatten sie durchdrehen lassen. Sie war auf ihn gesprungen und hatte ihn überwältigt.

Holly war so außer sich gewesen, dass sie gar nicht bemerkt hatte, in welche Lage sie ihn gebracht hatte. Irgendwann hatte sie registriert, dass er sie nicht mehr zurückküsste und dass ihre Fingernägel sich in seine Arme gegraben und ihn festgehalten hatten, während er verzweifelt versucht hatte, sich von ihr zu befreien.

Als er voller Angst zu ihr aufgeblickt hatte, hatte sie verständnislos auf ihn herabgesehen. Als ob jemand anderes ihren Körper in Besitz genommen hätte … Schließlich hatte sie mit kehliger Stimme gemurmelt: „Ich schätze, jetzt trennen sich unsere Wege?“ Sobald sie ihn losgelassen hatte, war er davongestürzt.

Nachdem Bobbys Geschichte in der Schule die Runde gemacht hatte, wollte sich kein Junge mehr mit ihr verabreden, und sie hatte sich noch tiefer in ihre Studien vergraben.

Danach hatte sie erst wieder in ihrem ersten Jahr am College versucht, mit einem Mann intim zu werden. Der einzige Unterschied zwischen dieser Begegnung und ihrer ersten Erfahrung lag darin, dass sie inzwischen noch aggressiver und sogar noch stärker geworden war.

Holly schüttelte diese Erinnerungen ab und kehrte zu Gretas

Seite im *Buch der Kriegerinnen* zurück. Greta die Kühne war eine ausgezeichnete Strategin gewesen und hatte in der großen Schlacht auf den Ebenen des Verderbens Truppen von Walküren, Hexen und Furien angeführt.

Wenn die angegebenen Daten stimmten, war Greta bereits mit Holly schwanger gewesen, als sie in die Schlacht zog. Sechs Jahre später hatte Greta ihr Leben verloren, als sie in vorderster Linie der berüchtigten Belagerung der achtzehn Nächte gekämpft hatte.

Holly kam in den Sinn, dass sie auch eine ganz neue Geschichte würde lernen müssen, wenn eine ganze neue Welt existierte.

Sie fühlte sich plötzlich vollkommen ausgelaugt. Lustlos zerrte sie das schwere *Lebendige Buch des Mythos* auf ihren Schoß. Als sie die Seiten überflog, entdeckte sie enzyklopädische Einträge zu jeder der „bekannten Spezies". Nach einer kurzen Einführung folgte eine etwas ausführlichere Chronik. Beim Weiterblättern fand sie alles, von Geistern bis Sirenen, von Wendigos bis zu Dämonarchien …

„Möchtest du etwas essen oder trinken?", erkundigt sich Cadeon.

Sie verspürte keinen Hunger. „Hast du noch irgendwas anderes zu trinken als Red Bull?"

Er zog eine Flasche Wasser hinter ihrem Sitz hervor und reichte sie ihr.

Meine Lieblingsmarke.

„Danke." Sorgfältig drehte sie den Verschluss auf, fest entschlossen den Rand nicht zu …

Mist! Sie hatte den Rand der Flasche berührt. Mit einem Seufzer drehte sie den Verschluss wieder zu und stellte die Flasche zwischen ihre Füße.

„Stimmt irgendwas nicht mit dem Wasser?"

Sie erwog kurz, seine Frage einfach nicht zu beantworten, aber dann fiel ihr ein, dass er im Lauf der nächsten Wochen vermutlich sowieso ihre ganzen Eigenheiten und Marotten erleben würde – die Essstörungen, die krankhafte Angst vor Keimen, ihren unaufhörlichen Drang, in alles Ordnung bringen zu müssen.

„Ich hab den Rand berührt." Sie hob das Kinn. „Dadurch kam es zu einer Kontaminierung. Jetzt kann ich es nicht mehr trinken."

Statt sie auszulachen, griff er hinter ihren Sitz und holte eine neue Flasche hervor. Er öffnete sie, ohne den Rand zu berühren, und reichte sie ihr. „Diese kleinen Verschlüsse müssen echt nervtötend sein."

Ihr blieb der Mund offen stehen. Erst letzte Woche hatte sie sich bei Mei über diese neumodischen Verschlüsse beschwert.

„Und, fühlst du dich schon total überwältigt?", fragte er.

„Könnte man so sagen." Sie nahm einen Schluck. Sie fühlte sich immer noch, als ob sie einen Roman läse, als ob all das viel zu fantastisch wäre, um wahr zu sein.

Sogar wenn ein tausendjähriger Dämon direkt neben ihr saß.

„Lies mir aus dem Buch vor, dann kann ich noch ein paar Ergänzungen machen oder dir was erklären."

„Wie kann ich dir trauen? Du hast behauptet, Walküren wären fügsam. Und im *Buch der Kriegerinnen* habe ich dann von Kaderin der Kaltherzigen gelesen, einer Assassine. Sie reißt den Vampiren, die sie tötet, die Fangzähne aus den abgeschlagenen Köpfen raus und fädelt sie zu einer Kette auf. Und dann ist da noch Emmaline die Unberechenbare, die ihren eigenen Vater erschlagen und in drei Teile gehauen hat." Drei. *Emmaline gefällt mir jedenfalls schon mal.* „Offensichtlich wahre Muster an Fügsamkeit."

„Wie ich schon sagte, ich wollte nur einen Witz machen. Das ist genauso, wie wenn man sagt, Sirenen singen nicht gerne."

Sie sah ihn mit schräg gelegtem Kopf an. „Und wenn ich Fragen hätte, würdest du sie wahrheitsgemäß beantworten?"

„Ja klar, wenn du dann auch Fragen über dich selbst beantwortest."

Na, das konnte ja nicht schwer sein. „Also gut. Dann fang ich mal an. Wie viele Dämonarchien gibt es? Und wo sind sie?"

„Es gibt Hunderte. Fast jede Dämonenrasse – von den Rauchdämonen wie Rök bis hin zu den Pathosdämonen – hat ihr eigenes Königreich, für gewöhnlich auf einer anderen Ebene."

„Auf einer anderen Ebene? So was gibt es?"

Er nickte. „Es gibt mehr Dimensionen, als man auf einer Karte abbilden könnte."

„Wie heißt euer Königreich?"

„Rothkalina." Als er den Namen aussprach, wurde sein Akzent noch ausgeprägter, als ob schon die Erwähnung seiner Heimat tiefe Gefühlsregungen auslöste.

„Wie kommt man dorthin?", fragte sie.

„Das am leichtesten zugängliche Portal befindet sich in Südafrika."

Das erklärte den Akzent. „Und sieht es auch wie ein alternatives Universum aus? Mit violettem Himmel und grüner Sonne?"

„Nein. Rothkalina sieht mehr oder weniger wie die Westküste von Nordamerika aus."

„Oh", sagte sie. Sie kam sich albern vor. Dann runzelte sie die Stirn. „Aber wenn Omort ein Hexenmeister ist, warum sollte er ein Dämonenkönigreich erobern wollen?"

12

Schlaues Mädchen, dachte Cade. Nur wenige hatten ihm je diese Frage gestellt, auch wenn sie ihm die bedeutendste von allen zu sein schien.

„Das Land ist reich", antwortete er. „Und das Königreich liegt an einem strategisch günstigen Ort."

Aber in Wahrheit hatte Omort gar keine Verwendung für das Königreich und behielt es nur, weil er es konnte. *Wer Tornin beherrscht, beherrscht das Königreich.*

Omort begehrte nur das, was sich in der Burg befand.

Tornin war vor Beginn der Geschichtsschreibung um den legendären Seelenbrunnen herum errichtet worden, um diesen mystischen Quell der Macht vor Hexern wie Omort zu beschützen. Und es waren die Wutdämonen, die man nach Tornin ausgesandt hatte, um die Festung zu sichern.

Dennoch hatte man ihnen nie enthüllt, wofür der Seelenbrunnen eigentlich da war.

„Warum nennt man euch *Wut*dämonen?"

„Wir geraten ganz schön in Rage, wenn wir den Dämon in uns rauslassen. Blinde Wut und dieser ganze Kram."

„Wenn ihr den Dämon rauslasst? Wie heute Nacht, als du gekämpft hast."

„Ja, also, das war zumindest der Anfang." Wenn seine Dämonengestalt vollständig ausgebildet war, verdunkelte sich seine Haut zu einem tiefen Rot, während sein ganzer Körper noch riesiger und breiter wurde. Seine Fänge wurden ebenfalls länger und seine

Hörner schärfer, und sie erreichten ihre volle Größe. In diesem Zustand war er in der Lage, von den Hörnerspitzen ein Toxin abzusondern, das selbst einen Unsterblichen zeitweise lähmen konnte.

Sie schluckte. „Und wie oft wirst du so wütend?"

„Es kommt nur sehr selten vor, dass die Wandlung sich komplett vollzieht. Das passiert nur, wenn das Leben eines Dämons oder das eines Familienangehörigen in Gefahr ist." Oder wenn er zum ersten Mal Anspruch auf seine Frau erhob.

„Warum ist die Mythenwelt den Menschen verborgen?"

„Die Geschichte hat gezeigt, dass jedes Mal, wenn sich eine der Faktionen zu erkennen gibt, ein Massaker stattfindet."

„Zum Beispiel?"

„Die Hexen haben sich über Jahrtausende hinweg als solche zu erkennen gegeben, bis zur letzten großen Verbrennungswelle. Und dann die ganzen Leute, die man früher umbrachte, weil sie angeblich von Dämonen besessen waren? Sie *waren* Dämonen."

„Aber wie können sich all diese Wesen vor den Menschen verborgen halten?"

„Das ist leichter, als du denkst. Wir halten uns vor allem in verrückten Städten auf, in denen viel los ist. Die meisten Menschen gehen davon aus, dass alles, was ein bisschen *schräg* ist, zu einer Verkleidung gehört oder aber – zumindest heutzutage – Teil eines MTV-Streichs ist." Er wurde wieder ernst. „Aber jede Sage, jedes Märchen ist ein Beispiel dafür, dass irgendein Wesen der Mythenwelt Scheiße gebaut hat."

„Was würdest du tun, wenn dich jetzt die Polizei anhalten würde? Nehmen wir mal an, du ziehst dir sofort deinen Hut auf und der Cop will, dass du ihn abnimmst."

„Die meisten Dämonen würden wegrennen, sich ein paar Kugeln einfangen und so schnell wie möglich außer Sichtweite verschwinden, um sich zu translozieren."

„Translozieren? Darüber habe ich was gelesen. Das heißt so viel wie sich teleportieren, oder?"

Er nickte. „Aber nicht alle Dämonenrassen sind dazu fähig und die, die das Potenzial besitzen, müssen hart daran arbeiten, bis sie es beherrschen."

„Ich nehme an, du kannst es nicht, denn sonst hättest du uns sicherlich wegtransloziert, statt durch den Sumpf zu brettern."

„Früher konnte ich es. Ich habe diese Kraft viele Jahrhunderte lang besessen, aber Omort hat sie mir genommen, genauso wie die meines Bruders."

„Wirst du sie jemals wiedererhalten?"

Er blickte ihr in die Augen. „Sobald dieses Schwert ihm den Kopf vom Hals trennt, werden wir frei sein."

Cadeons Miene wurde finster, als ob er sich in ebendiesem Augenblick ausmalte, Omort zu enthaupten. Dann glitt sein Blick wieder zu ihr, und er schien aufzuwachen. „So, dann kommen jetzt meine Fragen über dich …"

„Was willst du wissen?"

„Wie hast du herausgefunden, dass du adoptiert wurdest?"

„Meine Adoption war nie ein Geheimnis. Meine Mom hat mir immer die Geschichte erzählt, wie mich eines Tages jemand auf ihrer Türschwelle abgelegt hat. Sie nannte mich ihren kleinen Findling." Holly lächelte. „Sie hatte jahrelang versucht, schwanger zu werden. Als das nicht klappte und sie sich nach der Möglichkeit einer Adoption erkundigten, befanden die Behörden, mein Vater sei zu alt. Dabei hat er sie noch überlebt."

Wenn auch nicht lange. Er hatte die Frau, mit der er fünfundvierzig Jahre lang verheiratet gewesen war, so sehr geliebt, dass er ihr einfach nur folgen wollte, wo auch immer sie hingegangen war, als er sie an den Krebs verloren hatte. Ihre Eltern hatte eine ganz spezielle Art von Liebe verbunden, die Art, über die man liest, die man aber nur sehr selten sieht.

Ob ihre biologischen Eltern sich auch so geliebt hatten?

„Ich wette, du hast dir deine richtige Mom nie als Kriegerin und Walküre vorgestellt." Er nahm einen großen Schluck Red Bull.

„Nein, wir nahmen an, sie sei ein unverheirateter Teenager gewesen." Ein unbekannter Geruch stieg ihr in die Nase, und sie sog prüfend die Luft ein. „Hast du dir etwa Alkohol in dein Getränk getan?"

„Kann schon sein."

„Du sitzt betrunken am Steuer!"

„Und wenn ich sternhagelvoll wäre, wären meine Reflexe immer noch tausendmal besser als die eines Menschen."

„Du fluchst wie ein Matrose und verunglimpfst Frauen und jetzt muss ich auch noch feststellen, dass du betrunken Auto fährst." Sie warf einen Blick auf den Tachometer. „Und das auch noch viel zu schnell."

„Richtig, richtig und wieder richtig. Und du kannst das Leben überhaupt nicht genießen, bist eine verdammte Langweilerin und hast nie Spaß."

„Und ob ich Spaß habe!"

„Du würdest es ja nicht mal merken, wenn dich der Spaß in den Arsch beißen würde!"

Ihr Kinn fuhr in die Höhe. „Du glaubst also, ich bin ein Tugendbolzen und eine Zicke."

„Eigentlich wollte ich sagen: alte Meckerliese, die jedem vorschreiben will, wie er leben soll. Aber Zicke trifft es auch ziemlich gut. Vor allem nach dem, was Nïx mir heute über dich erzählt hat."

„Was hat sie denn gesagt?", fragte Holly prompt.

„Sie sagte, du wärst vollkommen unschuldig, und nicht nur, was deinen Körper angeht. Ich hab mir ja irgendwie schon gedacht, dass du noch Jungfrau bist, aber …“

„Wieso?“, unterbrach sie ihn. Sie machte kein Geheimnis aus der Tatsache, dass sie noch Jungfrau war, aber sie hätte niemals geglaubt, dass es für andere dermaßen offensichtlich sein könnte.

„Alles an dir spricht dafür. Und für Männer wie mich ist das wie ein Leuchtfeuer.“

„Bitte. Sag's mir. Was habe ich denn an mir, das so leuchtet?“

„Du bist total ausgehungert nach Sex!“

Sie starrte wütend das Wagendach an und betete um Geduld. Denn, der Himmel möge ihr beistehen, es könnte sein, dass er damit recht hatte.

„Also, ich hatte schon kapiert, dass du unschuldig bist, körpermäßig und so, aber dass du auch im Kopf ein totales Unschuldslamm bist, das hat mich echt umgehauen. Wie ist das überhaupt möglich?“

„Warum sollte das nicht gehen?“, fragte sie.

„Die Medien und was es heute alles gibt. Sex ist doch überall.“

Das stimmte. Holly hatte sich angewöhnt, konsequent *wegzusehen*. Irgendwie zwang sie sich, ohne jede Ausnahme allem aus dem Weg zu gehen, was sie dazu bringen könnte, die Selbstbeherrschung zu verlieren. Erotik, Leidenschaft, Gefühle, Wut …

Ein knutschendes Pärchen auf dem Campus? *Sieh weg.* Eine heiße Szene im Fernsehen? *Sieh weg.*

„Kannst du dir nicht vorstellen, dass ein Alkoholiker Kneipen meidet? Oder jemand, der eine Diät macht, keine Bäckerei betritt?“

„Aber auch wer eine Diät macht, muss in den Supermarkt gehen und einkaufen.“

„Es sei denn, er ließe sich seine Einkäufe nach Hause liefern“, konterte sie.

„Er?“

„Warum sollten denn nur Frauen Diät halten?“

Seine Mundwinkel kräuselten sich. „Ich hätte fast vergessen, was für eine eifrige kleine Feministin du bist.“

„Ich schätze, im Vergleich mit einem Riesenmacho wie dir wirkt so ziemlich jeder feministisch.“

„Zurück zum Thema. Du willst mir also sagen, dass du noch nicht einmal zugesehen hast, wenn Leute in einem Film Sex haben?“

„Bedauerlicherweise ist meine Sammlung von Videos für Erwachsene nicht so umfangreich wie deine.“

Er zuckte mit den Schultern. „Dafür werd ich mich bestimmt nicht entschuldigen. Ich hab im Moment niemanden. Und Filme helfen dabei … die Zeit zu vertreiben.“

Auch wenn sie kaum glauben konnte, dass sie gerade in einem Millionen-Dollar-Auto über Pornos diskutierte, war es leider genau so.

„Beantworte die Frage“, sagte er.

„Nein, ich habe höchstens mal einen flüchtigen Blick darauf geworfen.“

„Bevor diese Reise vorbei ist, werde ich dafür sorgen, dass du dir so einen Film ansiehst.“

„Auf keinen Fall. Ich bin einfach nicht daran interessiert, mir so was anzusehen.“ Sie war ganz *versessen* darauf … *Sieh weg.*

„Lügnerin.“

Jetzt war sie es, die mit den Schultern zuckte.

„Weißt du denn überhaupt, wie es geht?“, fragte er.

„Natürlich weiß ich das. Ich war schließlich auf der Highschool.“

„Und was meint dein Freund dazu?“

„Tim und ich haben beschlossen, mit dem Sex zu warten, bis wir verheiratet sind.“

„Er macht da mit?“ Cadeon sah ihr in die Augen. „Wenn du

meine Freundin wärst, würde ich es dir wenigstens fünfmal am Tag besorgen."

Genau aus diesem Grund vermied sie es, über Themen wie Sex zu sprechen oder etwas darüber zu lesen. Jetzt konnte sie nur noch an eins denken: Wie es wohl wäre, mehrmals an einem Tag Sex zu haben.

Ob ein Mann wie Cadeon sie einfach suchen und sie nehmen würde, wo auch immer sie sich befand? Sie unterdrückte ein Schauern.

Er schenkte ihr ein atemberaubendes Grinsen. „Ich hab dich also doch dazu gebracht, darüber nachzudenken, was?"

„Ich überlege gerade, wie es wohl wäre, es fünfmal am Tag mit Tim zu tun", log sie.

Cadeons Hände verkrampften sich um den Lenker, bis die Knöchel weiß wurden. Es sah fast aus, als wäre er eifersüchtig. Aber wieso? Vielleicht verhielten sich Dämonen ja immer so besitzergreifend, wenn ihnen eine Frau anvertraut war.

„Dann erzähl mir doch mal was über *Tim*", stieß er zwischen zusammengebissenen Zähnen hervor.

„Wir sind jetzt seit zwei Jahren zusammen, und ich bin immer noch jeden Tag aufs Neue fasziniert, wie perfekt er zu mir passt. Er ist fürsorglich und lustig, und er wird einmal ein toller Ehemann und Vater sein. Meine Eltern haben ihn beide noch kennengelernt, bevor sie starben, und sie mochten ihn auch."

„Du hast vor, den Kerl zu *heiraten*?"

„Wir werden uns verloben, sobald wir unseren Abschluss haben."

„Bist du nicht ein bisschen jung, um in den Hafen der Ehe einzulaufen?", fragte er in brüskem Tonfall.

„Kann schon sein, aber wenn man den Richtigen gefunden hat …"

„Und das ist er?"

Sie seufzte. „Ja. Er ist brillant. Einzigartig." Cadeon schnaubte. „Wie viele Männer mag es wohl geben, die über extremale Kombinatorik diskutieren können oder darüber, wie man die Mahalanobis-Distanz zur Clusteranalyse verwendet? Wie viele wissen, was ein Permutahedron oder ein bipartiter Graph ist?"

„Extremes Kombinieren?" Er warf ihr einen anzüglichen Blick zu. „Darüber diskutiere ich doch gern mit dir."

„Es heißt extremal … ach, ist auch egal. Du würdest es ja sowieso nicht begreifen. Tim und ich, wir verstehen einander auf einer anderen Ebene."

„Wie schlau kann er wohl sein, wenn er in zwei Jahren nicht mal rausgefunden hat, wie er dich ins Bett kriegt? Ich hätte das längst klargemacht."

Darauf hatte Holly keine Antwort mehr. Dieser Mann könnte unmöglich noch primitiver oder anmaßender sein.

„Woher willst du eigentlich wissen, ob Tim und du überhaupt im Bett zusammenpasst, wenn ihr es nicht wenigstens ein Mal treibt, bevor ihr heiratet?", fuhr Cade fort. „Also wirklich, Kleines, du musst schon gegen die Reifen treten, bevor du den Wagen kaufst."

„Ich finde, das ist ein lächerliches" – berechtigtes – „Argument. Man kann Sex doch lernen, genau wie jede andere Fähigkeit. Wenn es etwas gibt, das einer von uns braucht, dann wird es der andere mit Gewissheit herausfinden."

„Du kannst doch niemandem Leidenschaft beibringen. Und wer weiß – vielleicht entdeckst du sogar noch ein paar Macken an dir, die Tim noch gar nicht kennt."

Das weiß ich. „Tim würde alles tun, um mich glücklich zu machen", behauptete sie. Aber eine erfüllte und beständige Beziehung zwischen ihnen würde nur funktionieren, wenn sie sexuell normal veranlagt wäre. Wie sollte er nur ihre Stärke überleben? Und wie sollten sie mit ihren einander widersprechenden Bedürfnissen fertig werden?

Sie verspürte sofort den instinktiven Drang, zu überwältigen, und das instinktive Bedürfnis, überwältigt zu werden.

„Was passiert, wenn die Dinge zwischen dir und Tim mal ein bisschen außer Kontrolle geraten? Wie gelingt es euch dann, euch zu beherrschen?"

Tim nahm so viele Kräuter und Extrakte zu sich, dass seine Libido vermutlich total verkümmert war. „Unsere Freundschaft ist momentan rein platonisch." Aber auch ohne das ganze Zeug aus der Drogerie war ihr Freund kein besonders sexueller Mensch, was für sie perfekt war. „Unser Verhältnis ist eher zerebral als physisch."

„Dein Zerebrum kann aber keinen Orgasmus haben."

„Wir glauben nicht, dass das Leben eine einzige Abfolge von Orgasmen sein muss, um sinnvoll zu sein."

Er verschluckte sich an seinem Red Bull und starrte sie an, als ob sie eine ruchlose Gotteslästerung von sich gegeben hätte. „Du bringst mich echt noch um, Halbling."

„Ich möchte mich jetzt wirklich nicht länger über solche Dinge unterhalten. Das ist auch kein angemessenes Thema für uns beide."

„Schade. Ist nämlich zufällig mein Lieblingsthema." Als er merkte, dass sie nicht bereit war, in diesem Punkt nachzugeben, sagte er: „Dann frag mich doch noch was über den Mythos."

„Also gut. Heiraten die Geschöpfe der Mythenwelt? Oder bilden sie Familieneinheiten?"

„Manche heiraten. Vor allem die eher vermenschlichten Spezies."

„Und deine Spezies?"

„Viele schon. Mehr als früher. Aber es ist nicht die Regel."

„Oh", sagte sie. Es klang so, als ob ihr seine Antwort nicht gefiele.

„Aber auch wenn wir nicht heiraten, gibt es bei uns doch etwas sehr viel Dauerhafteres", beeilte er sich hinzuzufügen. „Es gibt für jeden männlichen Dämon eine ihm vom Schicksal zugesprochene Frau, die er mehr als alles andere begehrt und braucht. Er verbringt sein ganzes Leben damit, nach ihr zu suchen. Ein Dämon wäre verrückt, vom rechten Weg abzuweichen, wenn er sich doch nichts mehr wünscht, als seine Frau zu beschützen und ihr auf jede nur erdenkliche Art Vergnügen zu bereiten. Die Ehe ist in diesem Fall also überflüssig."

„Hast du deine schon gefunden?", fragte sie, anscheinend fasziniert von dieser Vorstellung.

„Ich … habe meine noch nicht."

„Woran erkennst du sie?"

„Man weiß es einfach. Es ist ein Gefühl. Eine Verbindung. Aber meine Spezies kann nicht sicher sein, ob es die Richtige ist, ohne Sex gehabt zu haben. Wir haben da eine Redewendung: Willst du dir ganz sicher sein, schlüpf mit ihr ins Bett hinein."

„Wie praktisch."

„Es ist wahr. Wenn man mit ihr Sex hat, passieren Dinge. Dinge, die nötig sind, um Anspruch auf sie zu erheben." Zum ersten Mal würde der Weg frei sein, der Damm gebrochen.

„Was denn zum Beispiel?", fragte sie, um gleich darauf hinzuzufügen: „Augenblick mal, wird deine Antwort eindeutig sexueller Natur sein?"

Um zu erklären, dass ein männlicher Wutdämon zum Höhepunkt kommen, aber niemals ejakulieren konnte, bis er sich zum ersten Mal mit seiner ihm bestimmten Frau vereinigt hatte …? „Kann schon sein."

„Dann antworte lieber nicht."

Sie sah aus dem Fenster und starrte angestrengt in die Nacht hinaus, als ob sie ihn unbedingt aus ihren Gedanken verdrängen wollte. „Vielleicht ruhe ich mich jetzt lieber ein bisschen aus."

Einige Minuten nachdem sie die Augen geschlossen hatte, war sie eingenickt. Er blickte immer wieder zu ihr hinüber und fragte sich, was sie wohl träumen mochte, da sie die Augenbrauen so zusammengezogen hatte.

Während er fuhr, dachte er über zwei Dinge nach. Wenn sie möglicherweise wochenlang zusammen unterwegs waren, dann würde er ihr beibringen, wie man sich selbst verteidigt.

Falls ich sie an Groot übergebe, hat sie wenigstens eine faire Chance.

Und zweitens würde er mit ihr Sex haben. Allerdings könnte er nicht bis zum Letzten gehen, da die Verwandlung in ein unsterbliches Wesen vielleicht noch nicht weit genug fortgeschritten war, dass sie es überlebte. Und wenn sie es überlebte und er erst einmal wusste, wie es sich anfühlte, in ihr zu sein, würde er sie möglicherweise nie wieder gehen lassen.

Nein, er durfte seinen Anspruch auf sie nicht erheben, aber bevor er sie aufgab, würde er ihr noch einiges Vergnügen bereiten. Cade glaubte, dass er eine Chance hatte, sie zu verführen. Er hatte Interesse in ihren Augen aufblitzen sehen. Sie war keineswegs immun gegen ihn. Was bedeutete, dass er sie jetzt erst einmal dazu bringen musste, ihm zu vertrauen. Was wiederum bedeutete, dass er sich von seiner besten Seite zeigen musste.

Allerdings musste er zugeben, dass er es irgendwie genoss, sie zu necken. Wenn sich ihre Wangen rosa verfärbten und sie ganz außer sich geriet.

Und Nïx hatte doch selbst gesagt, sie wolle, dass ihre Nichte lerne, wie es in der Welt zuging.

Cade fragte sich, was sein tapferer Bruder wohl über seine Pläne mit Holly denken würde. Jede Wette, dass er dagegen wäre. Rydstrom war ein Mann mit Überzeugungen, und in seinem Keller gab es nur wenige Leichen zu entdecken.

Ah, aber die, die es gab, die stanken wirklich gewaltig.

Cade erstarrte auf einmal. Was war, wenn die Königin der Illusion Rydstroms geheime Schwäche herausfand? Was würde sie ihm dann antun?

Er fragte sich auch, ob Rydstrom in diesem Augenblick wohl glaubte, dass ihre Sache verloren war, nachdem die Verantwortung nun nur noch auf Cades Schultern ruhte.

Doch diesen Gedanken verwarf er gleich wieder. Er hatte gehandelt, und er näherte sich ihrem Ziel.

Wo Holly von unwillkommenen Gedanken geplagt wurde, war Cade geistig ziemlich anpassungsfähig und verdrängte unangenehme Erkenntnisse mit Leichtigkeit.

Nur deshalb war er überhaupt in der Lage, sich ihr mit jeder Stunde, die verging, näher zu fühlen, obwohl ihn jede Sekunde dem Zeitpunkt näher brachte, an dem er gezwungen sein würde, sie zu verraten.

13

Holly war auf einem Ball. Sie stand auf einer Terrasse, während Cadeon sie aus den Schatten heraus beobachtete. Er wollte, dass sie sich zu ihm gesellte, aber sie fürchtete sich vor der Dunkelheit.

Immer wieder blickte sie über die Schulter hinweg nach drinnen, unfähig, alles aufzugeben, was sie je gekannt hatte.

Doch in den Schatten glühten seine grünen Augen, und er streckte ihr seine Hand hin, lockte sie, versprach ihr Wonnen, die verruchter waren als alles, was sie sich je vorgestellt hatte …

„Guten Morgen, meine Hübsche."

Holly fuhr aus dem Schlaf hoch und stellte fest, dass sie sich in einem dämmrigen Zimmer befand und in Cadeons Armen lag. Er sah auf sie hinab – mit glühenden Augen.

„Ich wusste gar nicht, dass du Sommersprossen hast", brummte er.

„Lass mich los." Sie drehte und wand sich, um freizukommen. Sie musste gar nicht erst an seine tiefe Stimme erinnert werden, da sie gerade eben noch von ihm geträumt hatte. Ihr Unterbewusstsein gab ihr mal wieder einen überaus dezenten Wink mit dem ganzen Zaun. „Wo sind wir? Und warum trägst du mich?"

Er legte sie auf eine weiche Decke am Rand eines Bettes. „Wir steigen heute in einem Hotel in Nord-Mississippi ab, und ich wollte nur mal sehen, ob ich dich fürs Bettchen zurechtmachen kann, ohne dich aufzuwecken."

„Fürs Bett zurechtmachen?" Sie rieb sich die Augen und musterte die Suite. Es sah so aus, als ob sie sich in einem Hotel der gehobenen Preisklasse befänden; nicht dass sie in den letzten Jahren in vielen gewesen wäre – oder überhaupt in einem. Das Zimmer könnte sogar ganz hübsch aussehen, aber ihr fielen auf den ersten Blick eine ganze Reihe von Dingen auf, die unbedingt neu geordnet werden mussten, um einen Sinn zu ergeben. Zuerst einmal die Stühle um den Esstisch …

„Ja, fürs Bett", sagte er, nahm ihr die Brille ab und legte sie auf den Nachttisch. Dann bückte er sich, um ihr die Schuhe auszuziehen.

„Mit dem Rest komm ich schon alleine zurecht." Sie runzelte die Stirn angesichts seiner plötzlichen Fürsorglichkeit. „Das kann ich selbst", wandte sie ein, aber er hörte ihr gar nicht zu.

Er betrachtete ihren Schuh, und seine Lippen verzogen sich zu einem kleinen Lächeln, als ob er ihn geradezu anbetungswürdig fände. „Du hast so kleine Füße, Püppchen." Nachdem er ihr die Schuhe ausgezogen hatte, sagte er: „Und jetzt das Oberteil."

Ehe sie ihn aufhalten konnte, ergriff er den Saum ihres Pullovers und begann daran zu ziehen.

„Bist du verrückt?" Sie schlug seine Hände weg und duckte sich unter seinem Arm hindurch, um auf die andere Seite des Zimmers zu fliehen.

„Da gibt es nichts, was ich nicht schon gesehen hätte."

Die Arme über der Brust verschränkt, sagte sie: „Ruf mich einfach eine halbe Stunde, bevor du weiterfahren willst, an."

„Ich werde zusammen mit dir hier übernachten."

Holly erstarrte. Sie sollte ein Zimmer mit diesem Dämon mit der rauchigen Stimme teilen, von dem sie gerade im Auto geträumt hatte? Das konnte nicht gut gehen. „Und wie genau soll ich das meinem Freund erklären?"

„Wie willst du denn überhaupt irgendetwas von alldem erklären?"

In der Tat. „Ich werde ihm gar nichts sagen. Wenn ich das Ganze ungeschehen machen kann, muss er es überhaupt nicht wissen."

„Gute Antwort. Es verstößt gegen die Regeln des Mythos, den Menschen von unserer Welt zu erzählen."

„Aber wieso müssen wir uns denn ein Zimmer teilen?"

„Weil wir immer noch viel zu nahe an deinem letzten bekannten Aufenthaltsort sind. Hier könnte es vor Vampiren nur so wimmeln."

„Mit denen werde ich allein fertig."

„Das stimmt", sagte er gelassen. Sie war abwechselnd verwirrt und erfreut über seine bereitwillige Zuversicht, was ihre Fähigkeiten betraf. „Aber es wird dir schwerfallen, dich zu verteidigen, wenn du schläfst. Und da komme ich ins Spiel."

Ihr Magen wählte den Augenblick der Stille, der auf diese Worte folgte, um lautstark zu knurren.

Er grinste. „Wenn du in der Lage bist, noch zwanzig Minuten wach zu bleiben, könnte ich losziehen und uns was zu essen besorgen. Für den Zimmerservice ist es noch zu früh, aber auf der anderen Straßenseite ist ein kleines Restaurant, das Frühstück anbietet."

Sie nickte. „Kannst du mir einfach eine Flasche Orangensaft mitbringen? Ich esse nicht gerne Sachen, die andere zubereitet haben." *Oder ich selbst.*

„Mal sehen. Wenn du duschen willst, dann ist das genau der richtige Zeitpunkt." An der Tür blieb er noch einmal stehen. „Und, Holly … Nimm ja nicht die Perlen ab, sonst sitzen wir echt in der Scheiße."

Sie stand immer noch unter der Dusche, als er wiederkam, was bedeutete, dass sie Freiwild war. Er packte die Klinke der Badezimmertür, rüttelte einmal kräftig daran, was dem Schloss auf der Stelle den Rest gab, und öffnete die Tür sperrangelweit.

„Dein Mann ist von der Jagd zurück!“, rief er und grinste, als sie empört aufschrie.

„Raus mit dir! Und mach die Tür zu!“

Da er hinter der Milchglasscheibe der Duschkabine sowieso nicht mehr als einen vagen Umriss ausmachen konnte, beschloss er, ihr den Gefallen zu tun.

Er ging zum Esstisch und stellte die Plastiktüte mit dem Essen ab. Etwas zu essen für sie zu finden, hatte sich tatsächlich zu einer regelrechten Jagd entwickelt, da sie so strenge Kriterien anlegte. Er hatte sie schließlich lange genug beobachtet, um ihre exzentrischen Essgewohnheiten kennenzulernen.

Cade fragte sich, warum sie sich mit dem Duschen nicht beeilt hatte und längst wieder angezogen war, als er zurückkam. Doch während sein Blick jetzt durch das Zimmer schweifte, wurde ihm klar, dass sie sich nicht hatte beherrschen können: Sie hatte alles umgeräumt, was nicht festgenagelt war.

Drei der vier Stühle waren ordentlich unter den Tisch geschoben. Bei dem vierten hatte sie die Stuhllehne gegen den Tisch gelehnt, sodass er nur noch auf zwei Beinen stand. Offensichtlich hatte sie das Bett noch einmal frisch gemacht und die Kissen auf dem kleinen Sofa zurechtgerückt, das sie zudem um etwa einen Meter verschoben hatte.

Der Wecker auf dem Nachttisch stand direkt vor der Wand, sodass auch nicht ein Zentimeter vom Kabel zu sehen war, und die Fernbedienung lag im rechten Winkel dazu. Der Mülleimer stand gleich neben der Kommode und ihre Tasche auf der anderen Seite. Ihr Laptop und ihr Handy lagen in perfekter paralleler Ausrichtung auf dem Tisch, an ihrer jeweiligen Aufladestation.

Cade musste seine E-Mails checken und ihre Route für diesen Tag festlegen. Außerdem wollte er noch die Sportergebnisse erfahren, also öffnete er ihren Computer und loggte sich als Gast ein.

Nachdem er die Routinearbeiten erledigt hatte, googelte er noch ein paar Dinge und stellte fest, dass er – wie nicht anders zu erwarten war – auf eine ganze Reihe von Websites nicht zugreifen konnte, da sie diese gesperrt hatte.

Er lehnte sich im Stuhl zurück und versuchte sich ein Leben ohne Sexualität vorzustellen.

Es war einfach nicht lebenswert.

Zum Teufel, das musste *er* gerade sagen. Seit dem Tag, an dem er Holly zum ersten Mal begegnet war, war er mit keiner anderen Frau mehr zusammen gewesen – die längste enthaltsame Zeitspanne, seit er begonnen hatte, sexuell aktiv zu sein. Vor ein paar Monaten, als er schließlich zu der Überzeugung gelangt war, dass er Holly niemals haben konnte, hatte Cade sich etwas halbherzig für eine Hexe interessiert, aber sie hatte sich für einen anderen entschieden.

Inzwischen war er froh darüber.

Er stellte den Laptop auf den Tisch zurück. Sein Blick fiel auf ihre Reisetasche. Cade brannte darauf, einen Blick auf Nïx' Brief zu werfen. Er entschied, dies wäre ein guter Zeitpunkt zum Schnüffeln, hockte sich neben die Tasche und zog sie von der Wand weg, um sie zu öffnen.

Nachdem er sich durch ihre ordentlich gefalteten Röcke und dazu passenden Pullis gewühlt hatte, öffnete er die Seitentasche und hob die Augenbrauen angesichts deren Inhalts. „Halloooo, ihr Höschen", murmelte er.

Cade hielt sich für einen Mann mit ganz einfachem Geschmack. Er brauchte keine Reizwäsche, um erregt zu werden. Aber der Gedanke an die prüde Holly in diesen verruchten Fähnchen aus Seide ließ ihm das Blut in die Lenden strömen.

In diesem Augenblick kam sie aus dem Bad, in einem Bademantel, den sie bis zum Hals geschlossen hatte. „Was machst du denn da?", rief sie.

„Ich suche nach Nix' Brief."

„Du kannst doch nicht einfach so meine Sachen durchwühlen!"

„Nie im Leben hätte ich bei unserer sittsamen Miss Ashwin derartig unanständige Unterwäsche erwartet." Er fuhr mit dem Zeigefinger unter den Bund eines Strings und ließ ihn durch die Luft wirbeln.

„Gib das sofort wieder her!" Sie riss ihm den Fetzen aus der Hand. „Das ist alles Nïx' Werk. Sie hat meine ganze Unterwäsche einfach ausgetauscht."

Er bezweifelte ihre Worte nicht, sagte aber trotzdem: „Ja, klar doch. Warum sollte sie das denn tun?"

„Ich weiß auch nicht. Wie soll ich denn ihr Handeln erklären?"

Er schnappte sich ein weiteres winziges Höschen und hielt es mit beiden Händen hoch. „Dann wette ich, dass sich ein String wie der hier immer noch ziemlich … ungewöhnlich anfühlt."

„Ooh, gib schon her!"

Bevor sie sich darauf stürzen konnte, stand er auf und warf ihn in die Tasche zurück, als ob ihn das Ganze inzwischen langweilte. „Jetzt frage ich mich doch, was wohl unter diesem ganzen Frottee steckt." Er zog einen der Stühle unter dem Tisch hervor und setzte sich.

Sie hob angriffslustig das Kinn. „Ein ganz normaler Schlafanzug."

„Ach, Quatsch. Dann lass mich sehen."

„Ich muss dir überhaupt nichts beweisen."

Er lehnte sich zurück und verschränkte die Hände hinter dem Kopf. „Ich hab doch sowieso schon alles gesehen, was du zu bieten hast, Holly. Und das ist nicht mal einen halben Tag her, die Erinnerung ist noch ganz frisch. Es besteht also überhaupt kein Grund, dich von Kopf bis Fuß in Frottee einzuwickeln, bis du erstickst", sagte er, aber sie hörte gar nicht zu. Ihr trauriger Blick hing an dem Haufen ihrer inzwischen nicht mehr ordentlich gefalteten Kleidungsstücke.

„Jetzt muss ich alles noch mal von vorne packen." Sie sah so verzweifelt aus, dass er beschloss, mit seinen Frotzeleien erst mal aufzuhören.

„Was würde denn passieren, wenn du es nicht tust?"

„Dann wäre ich bald ein Fall für die Anstalt. Ich könnte an nichts anderes mehr denken." Als sie sich bückte, um alles wieder einzupacken, straffte sich der Bademantel über ihrem Po, sodass sein Blick magisch angezogen wurde.

Sie erschauerte und warf ihm einen finsteren Blick über die Schulter zu.

„Du kannst meinen Blick auf dir fühlen", erklärte er. „Unsterbliche haben wesentlich schärfere Sinne. Sie hören besser, sehen besser, sogar ihr Tastsinn ist besser. Wir nennen das Hypersensibilität. Du wirst dich mit der Zeit noch daran gewöhnen."

Sobald sie mit ihrer Tasche fertig war, erhob sie sich und prüfte den Raum auf noch mehr Unordnung. Wenn sie die Augen schon aufgerissen hatte, als sie ihn dabei erwischt hatte, wie er ihre Tasche durchwühlte, dann ließ sie der Anblick ihres Laptops – offen stehend und am falschen Platz – schwanken. „Nein … du … mein *Computer*?"

Holly warf ihm denselben Blick zu, den er einem Höllenhund zuwerfen würde, wenn der seine Eintrittskarten für den Super Bowl auffressen würde. Sie stellte ihren Laptop sicher und untersuchte ihn gründlich von allen Seiten. „Deine Hände waren *klebrig*! Oh Gott!"

Es wäre durchaus möglich, dass er sich ein, zwei Donuts genehmigt hatte, während er auf seine Bestellung gewartet hatte.

Sie nahm sich rasch ihre antibakteriellen Reinigungstücher, setzte sich mit dem Rücken zu ihm aufs Bett, beugte sich über ihrem Computer und rieb ihn sorgfältig ab.

Ihm blieb nichts anderes übrig, als ihre Taten in grimmiger Faszination zu verfolgen und zuzusehen, wie sich ihre Schultern hoben und senkten, während sie tief ein- und ausatmete, um sich zu beruhigen.

Offensichtlich beruhigt, dass nichts kaputt gegangen war, stellte sie den Computer auf den Tisch zurück – exakt am Handy ausgerichtet –, und strich die Decke glatt, auf der sie gesessen hatte.

„Sieh mal, Cadeon", begann sie, aber dann wanderte ihr Blick zum Computer zurück. Sie eilte wieder zum Tisch, rückte ihn fast einen ganzen Zentimeter zur Seite und begann von Neuem. „Gestern Nacht war ich viel zu durcheinander, um auf all die Dinge zu reagieren, die du getan hast. Aber jetzt nicht mehr. So kannst du mich nicht behandeln."

„Oh? Ich darf dir also nicht mehr das Leben retten und die ganze Nacht lang durchfahren, während du selig schlummerst?"

„Ich meine, dass du einfach meinen Computer anfasst. Das war … schlimm. Ich sage ja nicht, dass du ihn nicht benutzen darfst. Ich teile gerne. Aber ich muss dich anmelden und sicherstellen, dass du weißt, wie man richtig mit ihm umgeht."

„Ich hab mir schließlich keine Pornos runtergeladen oder so." *Da hab ich leider gar nicht dran gedacht*. „Ich hab nur ein paar Sachen gegoogelt und unsere Route für heute Abend geplant."

„Ähm … Das ist nicht das Einzige, was sich ändern muss. Es wird zukünftig nicht mehr vorkommen, dass du planst, mich zu entkleiden, während ich schlafe, oder dass du einfach ins Bad platzt, während ich dusche, und mich angaffst. Oder dass du mich mit diesen sexistischen Namen anredest."

„Meinst du damit meine Kosenamen? Was hast du denn gegen die?"

„Sie verniedlichen die Frauen.“

Er schüttelte entschieden den Kopf. „Überhaupt nicht. Das ist reine Gewohnheit. So reden Männer nun mal mit Frauen. Außerdem sind die Kosenamen frauenspezifisch.“

„Wie genau?“

„Also, zum Beispiel Kleines oder Püppchen. So nenne ich nur Frauen, an denen mir etwas liegt.“ Nur Frauen, an denen ihm wirklich etwas lag. *Kleines* drückte seinen Besitzanspruch aus, und Püppchen war ein Ausdruck seiner Zuneigung. Mit anderen Worten: Er hatte diese Begriffe noch nie zuvor verwendet. „Wenn ich an einer Frau nicht weiter interessiert bin, nenne ich sie *Süße*, *Schätzchen* oder *Täubchen*.“

„Soll mich diese Offenbarung jetzt vielleicht zu Tränen rühren? Soll ich mich geehrt fühlen, als *Püppchen* bezeichnet zu werden?“

„Ich würde eher sagen, freu dich. Du machst es einem echt nicht leicht, Kleines.“

„Ich wäre wesentlich eher geneigt, mich zu freuen, wenn du meine Privatsphäre achten würdest.“

„Wir werden die nächsten paar Wochen auf engstem Raum miteinander verbringen. Da immerfort auf die Privatsphäre zu achten, wäre viel zu anstrengend, und sinnlos obendrein.“

Sie schürzte die Lippen, als ob ihr nichts einfiele, was sie dagegen einwenden konnte. „Und was ist mit deinen ewigen Flüchen? Musst du in meiner Gegenwart solche Begriffe benutzen?“

„Ich benutze diese Begriffe schon seit einer Zeit, als die Menschen nicht mal entschieden hatten, dass sie vulgär sind.“ Er nahm das Essen aus der Tüte und stellte es auf den Tisch.

„Diese Art von Ausdrücken können für Menschen, die dazu erzogen wurden, sie zu vermeiden, wirklich irritierend sein …“ Sie verstummte. „Sind das Weizenmehlpfannkuchen?“

„Jawohl.“

„Mit Honig?“

„Natürlich.“

Er wusste, dass ihr gerade das Wasser im Mund zusammenlief.

„Orangensaft gab es nicht?“

„Oh, aber sicher doch.“

Er griff in eine weitere Tüte und zog einzeln abgepacktes Müsli, einen in Folie verschweißten Plastiklöffel, eine versiegelte Packung Milch und eine mit Orangensaft heraus.

Sie kniff die Augen zusammen. „Alles abgepackt. Wie lange hast du mich eigentlich schon beobachtet, Cadeon?“

„Lange genug, um zu wissen, was du *gerne* isst und was du *zur Not* isst …“

14

„Ich schätze, ich war gar nicht so hungrig." Holly schob ihren Teller von sich, nachdem sie gerade mal die Hälfte ihres Frühstücks verzehrt hatte.

„Das liegt an der Veränderung", sagte Cadeon. „Walküren essen nichts."

„Wie ist das überhaupt möglich?"

„Weiß nicht. Wie ist es Gestaltwandlern möglich, ihre Gestalt zu verändern, oder Hexen, Dinge nur durch ihre Gedanken zu bewegen?"

Nachdem sie den Abfall beseitigt hatte, setzte die Erschöpfung ein. Dass er eine Lampe anmachte, die nur gedämpftes Licht ausstrahlte, und die Vorhänge zuzog, machte es nicht besser.

Holly ließ sich auf den Rand des Bettes sinken. Ihr Körper war vollkommen am Ende, aber ihre Sinne noch immer höchst lebendig, sie vibrierten geradezu. Hypersensibilität? Sie verstand nun, was er damit gemeint hatte. Und da war sie jetzt – ganz allein mit einem Dämon in einem abgedunkelten Hotelzimmer, von dem sie eben auf nicht besonders subtile Weise geträumt hatte …

Auch wenn sie zuerst gedacht hatte, dass sie seine Hörner abstoßend finden würde – von seinem rüpelhaften Benehmen gar nicht zu reden –, so fühlte sie sich in Wahrheit unerklärlicherweise zu dem Dämon hingezogen. Und sie hatte Probleme, ihre Triebe zu beherrschen.

Holly hatte im Laufe ihres Lebens eine Vielzahl von Ängsten und Eigenheiten entwickelt und war medikamentös dagegen behandelt worden. Aber jetzt, ohne ihre Medikamente ... was würde sie tun?

Irgendwie musste sie an ihre Tabletten kommen, nicht nur um diese Zwänge zu unterdrücken, sondern auch um das Fortschreiten ihrer Weiterentwicklung aufzuhalten.

Weiterentwicklung? Wenn das kein Anzeichen für ihren dringenden Bedarf an Pillen war!

Sie erinnerte sich daran, wie ihre Eltern sie zu diesem aufgeblasenen Seelenklempner gebracht hatten, dem „besten im ganzen Staat". Er hatte ihre armen Eltern weiter und immer weiter mit seinem Geschwafel über ihre fragile mentale Gesundheit vollgesülzt ...

„Wir haben es hier mit dem klassischen Fall einer obsessiv-kompulsiven Störung zu tun. Ein OKS-Patient lebt in der ständigen Angst vor Veränderung", hatte er gesagt. „Sie wird fürchten, ihr Selbstgefühl zu verlieren. Sie wird häufig den Impuls verspüren, sich rollenwidrig zu verhalten. Da diese Impulse ein hohes Maß an Ängsten auslösen können, werden bei dem Patienten nach und nach vermehrt Zwangshandlungen auftreten, um die Ängste zu unterdrücken. Je stärker der Drang, desto zwanghafter das Verhalten."

Ach ja, und ein chemisches Ungleichgewicht hatte er auch noch festgestellt. „Höchstwahrscheinlich ein Erbe ihrer mysteriösen Eltern", hatte er mit einem resignierten Seufzen gesagt, als ob er so was schon zigmal erlebt hätte. „Dazu noch verstärkt durch Hollys Verunsicherung wegen ihrer Adoption."

Sie war deswegen niemals verunsichert gewesen. Ihre Eltern waren einfach unglaublich gewesen: geduldig, ermutigend und liebevoll. Aber dann hatten sie begonnen, die Schuld für Hollys ungewöhnliches Benehmen bei sich zu suchen, hatten nach irgendeinem Fehler in ihrer Erziehung geforscht, ob sie irgendetwas gebraucht hätte, das sie ihr nicht geben konnten. Ihre Mom hatte Holly vor ihrem Tod noch um Verzeihung gebeten …

Bei dieser Erinnerung vergrub sie ihr Gesicht in den Händen.

„He, Halbling!“ Cade setzte sich rasch neben sie. „Was ist denn los?“ Sie antwortete nicht. „Ich bin nicht gerade die Art von Mann, die bei so was gut ist, also beim … Trösten oder so. Aber vielleicht … äh, willst du, äh, vielleicht mit mir reden, was da gerade so in deinem Kopf vorgeht?“

Nach einer ganzen Weile sagte sie: „Das alles ist so verwirrend. Ich meine, gestern Abend wurde ich unter Drogen gesetzt und gekidnappt und dann …“ Sie verstummte.

„Und dann was? Erzähl mir, was mit dir passiert ist.“

Ihre Stimme war jetzt nur noch ein Flüstern. „Es war so grauenhaft. Ich bin aufgewacht und ich war … nackt. Sie hatten mich komplett ausgezogen, für irgend so ein Ritual. Da waren diese ganzen Männer, die mich beobachteten. Ich hab versucht, vernünftig mit ihnen zu reden, habe sie angefleht, mich gehen zu lassen, aber sie haben nur gelacht und mich ignoriert. Dann, als das Ritual begann, habe ich losgeschrien.“

„Walküren schreien nun mal.“

Sie nickte. „Lauter als alles, was ich je gehört habe. Und die Glaskuppel über mir ist zerbrochen. Dann hat mich ein Blitz direkt in die Brust getroffen und mich gar nicht mehr losgelassen. Ab dann kann ich mich nicht mehr an viel erinnern. Ich weiß nur noch, dass ich diese schreckliche Wut gespürt habe, diesen unbezwingbaren Drang, jemandem Gewalt anzutun.“

Seit wann lag denn seine Hand auf ihrem Rücken? Sie war groß und warm, und er rieb ihr damit sanft den Rücken auf und ab. „Du hast verdammt viel durchgemacht. Es ist ganz normal, so zu reagieren.“

„Normal für eine Walküre oder für einen Menschen?“, fragte sie und schniefte. „Ich kenn mich nämlich mit beidem nicht besonders gut aus, weil ich niemals ganz und gar das eine oder das andere gewesen bin."

Erst in diesem Moment wurde ihr bewusst, dass das die reine Wahrheit war. Das bedeutete, dass Holly alles neu herausfinden musste. Wie sah ihre wahre Persönlichkeit aus? Sie erkannte sich selbst nicht mehr wieder.

Genau wie Nïx gesagt hatte.

Und Holly wusste, dass die Einführung neuer Variablen in Abwesenheit einer Konstante, mit deren Hilfe man sie berechnen konnte, garantiert zu Chaos führte. „Ich kann's nicht leiden, wenn meine Routine unterbrochen wird. Ich mag keine Überraschungen. Selbst wenn ich mal einen richtig guten Tag habe, kann ich nicht besonders gut damit umgehen."

„Vielleicht kannst du ja nur deshalb nicht so gut damit umgehen, weil du noch keine Erfahrung damit hast."

„Nein, ich habe eine Störung ..."

„Okay, du ordnest gerne Dinge. Was ist jetzt so schlimm daran?"

Sie runzelte die Stirn. Holly hatte gehört, wie ihr Vater genau dasselbe zu ihrer Mutter gesagt hatte, als sie über die Medikamente geredet hatten, die der aufgeblasene Seelenklempner ihr verschreiben wollte.

Holly schüttelte den Kopf. „Bei dir klingt es so belanglos. Aber es hat Zeiten gegeben, da konnte ich nicht mal aus dem Haus gehen, aus lauter Angst, in ein Gewitter zu geraten oder mich von irgendeinem leuchtenden Klunker hypnotisieren zu lassen. Und jetzt habe ich gar keine Ahnung mehr, wie ich reagieren werde. Ach, Cadeon, was für eine Walküre normal ist, kann für mich nicht normal sein." Sie wusste, dass sie ihm oberflächlich erscheinen musste, konnte sich aber einfach nicht beherrschen: „Und außerdem will ich keine Fangzähne und spitze Ohren!"

„Nicht dass das irgendetwas daran ändern wird, wie du dich fühlst, aber zufällig liebe ich spitze Ohren."

Sie warf ihm einen argwöhnischen Blick zu.

„Nein, ehrlich. Einem Mann der Mythenwelt zeigen spitze Ohren, dass es sich entweder um eine Fee oder eine Walküre handelt, und beide Spezies sind für ihre atemberaubenden Frauen bekannt."

„Selbst wenn ich sie nicht so freakig finden würde, so hindern sie mich aber daran, mich unter die Menschen zu mischen."

„Gar nicht wahr. Du wirst sie einfach mit deinen wunderhübschen Haaren überdecken. Ich habe schon gesehen, dass Walküren sich Zöpfe flechten, um die Ohren darunter zu verbergen, oder sie tragen Stirnbänder. Manche lassen sie ganz einfach unbedeckt und behaupten, sie seien Komparsen beim Film in voller Maske."

Nïx schienen ihre eigenen Ohren nicht im Geringsten zu irritieren. „Und die Fänge?"

„Die sind doch ganz klein, Holly." Er grinste und sofort bildeten sich Lachfältchen rund um seine Augen. „Die Menschen merken gar nicht, dass da irgendwas nicht stimmt."

„Aber ich wäre befangen deswegen und würde mich anders benehmen."

„Oh nein, du würdest lernen, sie allen mit deinem breitesten Lächeln zu zeigen. Die innere Einstellung ist das A und O, wenn man Enttarnung vermeiden will." War seine Stimme etwa rauer geworden?

„Wenn ich schnell genug zu diesem Hexer kommen kann, dann …" Sie verstummte und runzelte die Stirn. „Cadeon, riechst du etwa an meinen Haaren?"

Da sie ihn ertappt hatte, war es eh egal, was er machte, also nahm er sie in die Hand, versenkte sein Gesicht darin und sog tief die Luft ein.

„Was ist denn bloß mit dir los?", schrie sie und schoss in die Höhe.

„Was denn? Ich muss… äh, wollte nur mal an deinen Haaren riechen."

„Erst bietest du mir an, mit dir zu reden, und dann ist dir das, was ich fühle, scheißegal!"

„Das stimmt doch gar nicht, Kleines."

Sie stapfte zu ihrem Handy und löste es vom Ladegerät.

„Wen rufst du denn an?"

„Denjenigen, dem ich mich von Anfang an hätte anvertrauen sollen, statt einem Söldnerdämon, den es mehr interessiert, wie mein Haar riecht, als was ich fühle!"

15

„Du besuchst Verwandte?“, sagte Tim ungläubig. „In Memphis? Aber du reist doch nicht gerne.“

Sie hielt sich das Handy ans andere Ohr. „Es ist so eine Art Notfall. Es ist alles in Ordnung, aber ich dachte trotzdem, ich sollte dort sein.“ Um das Thema zu wechseln, fragte sie: „So, dann erzähl doch mal, wie läuft die Tagung? Ist es nett in Kalifornien?“

Cadeon lief im Zimmer auf und ab. *Okay, das war jetzt wohl eindeutig.* Der Dämon hatte also tatsächlich einen Annäherungsversuch gestartet und schien jetzt eifersüchtig zu sein. Aber wieso? Holly war um ein Vielfaches jünger als er, und sie war keine atemberaubende Schönheit wie Nïx. Holly war höchstens eine niedliche Streberin, keine unsterbliche Femme fatale.

Cadeon und sie passten einfach nicht zueinander. Sie kam nicht aus seiner Welt und machte auch keinen Hehl daraus, dass sie keinerlei Interesse daran hatte, ein Teil von ihr zu werden.

„Unsere Arbeiten sind positiv aufgenommen worden“, sagte Tim. „Sie sind richtig gut angekommen. Ich wünschte nur, du könntest auch hier sein.“

In Holly flammte Ärger auf, dass er das ganze Lob einheimste. Sie war die bessere Mathematikerin von ihnen, und das wussten sie beide.

Sie erstarrte. Was war *das* denn jetzt gewesen? Sie war bei ihm noch nie so leicht reizbar gewesen. Wohl ein weiteres Indiz dafür, dass sie sich in jemanden verwandelte, der sie lieber nicht sein wollte.

„Du fehlst mir", sagte er, was ihre Gewissensbisse noch verstärkte.

„Du mir auch", sagte sie. Auf ihre Worte hin setzte sich Cadeon hin, um prompt wieder aufzustehen und weiter durchs Zimmer zu tigern.

„Arbeitest du immer noch an deinem Code?", fragte Tim. „Ich habe jedenfalls nicht gesehen, dass du etwas Neues hochgeladen hättest." Sie teilten sich einen Online-Account für die Datensicherung ihrer Arbeiten und luden ihre neuen Erkenntnisse mit geradezu fanatischem Eifer jeden Abend hoch.

„Damit fang ich gleich morgen früh an."

„Je eher du damit fertig wirst ..."

„Ich weiß, ich weiß. Desto eher hab ich meinen Doktor." Es war unglaublich, wie sehr er sie immer unterstützte und sie drängte, ihre Träume zu verwirklichen.

„Ich kann's gar nicht erwarten, dich wiederzusehen, Schatz."

Schatz. Warum war ihr eigentlich noch nie aufgefallen, dass Tim sie häufig mit diesem Kosenamen anredete? „Ich weiß. Geht mir genauso."

Cade knallte die Badezimmertür hinter sich zu und stürmte nur Sekunden später wieder ins Zimmer. Es sah so aus, als hätte er sich Wasser ins Gesicht gespritzt. „Mach Schluss", stieß er hervor, bevor sie das Handy stumm schalten konnte.

„Wer war das?", sagte Tim.

„Ein ... Cousin von mir."

„Ich wusste gar nicht, dass du Cousins hast."

„Ich auch nicht, das habe ich erst vor Kurzem erfahren. Ich habe neue Familienzweige entdeckt, von denen ich bislang nicht die geringste Ahnung hatte." Als Cadeon auf sie zugestampft kam, sagte sie hastig: „Aber ich muss jetzt Schluss machen. Soll ich dich später noch mal anrufen?"

„Ja, sicher. Pass auf di…“

Cadeon riss ihr das Handy aus der Hand, ohne sich auch nur im Mindesten davon irritieren zu lassen, dass sie mit ihren Fäusten auf ihm herumtrommelte. „Hier ist Hollys geliebter Cousin“, sagte er. „Tut mir leid, Todd, aber die Kleine wird sich dann in ein, zwei Wochen wieder bei dir melden.“

Er beendete das Gespräch, und sie fuhr ihn an: „Wie kannst du es wagen?! Von dir wird lediglich erwartet, dass du mich beschützt – dafür wirst du schließlich bezahlt. Jetzt erklär mir mal bitte schön, worin bei diesem Telefonat die Gefahr für mich bestand.“

„Keine Gefahr“, sagte er. Er trat so dicht an sie heran, dass sich ihre Zehen fast berührten und er vor ihr emporragte.

Beide atmeten sie heftig. Er war so imposant und schien ihr die Luft zum Atmen zu nehmen, sodass es ihr schwerfiel, sich zu konzentrieren.

„Und warum dann?“

„Vielleicht habe ich euch beide ja lange genug beobachtet, um zu wissen, dass deine Leidenschaft an ihn total vergeudet ist.“

„Du hast nicht das Recht, so was zu sagen. Nïx hat mir erzählt, dass du angeheuert wurdest, um mich zu diesem Hexenmeister zu bringen – nicht mehr und nicht weniger.“

Er schlang seinen Arm um ihre Taille und ließ nicht mehr los, auch als sie mit ihren Fäusten gegen seine eisenharte Brust hämmerte. „Das kann schon sein, aber es heißt noch lange nicht, dass ich dir nicht sagen darf, wenn du einen Fehler machst.“

„Fein. Deine Meinung wurde hiermit zur Kenntnis genommen“, sagte sie, ohne mit ihren überflüssigen Versuchen, sich ihm zu entziehen, aufzuhören.

„Ich glaube nicht, dass du verstanden hast, was ich meine. Vielleicht muss ich dir mal demonstrieren, wie es sich anfühlen soll, mit einem Mann zusammen zu sein.“

Noch bevor sie reagieren konnte, hatte er mit beiden Händen ihr Gesicht umfasst. Er beugte sich herab und drückte seine Lippen auf ihren Mund. Die Hitze seiner Lippen strahlte in ihren ganzen Körper aus, bis sie erschauerte. Sie war überwältigt, zu schockiert, um sich zu bewegen, um auch nur zu atmen …

Seine Zunge schlich sich zwischen ihre Lippen, drängte sie, sich ihm zu öffnen und seinen Kuss zu akzeptieren. Die Empfindungen, die das in ihr auslöste, waren ihr vollkommen fremd. Und *wunderschön*.

Einen Augenblick später gab sie nach.

Er setzte seine Zunge so sensibel ein, um ihre zu kosen, dass sie nicht mehr den geringsten Drang verspürte, sich von ihm zu lösen. Sie merkte, wie sich ihre Fäuste öffneten und ihre Handflächen sich folgsam auf seine Brust legten.

Holly hätte niemals auch nur vermutet, dass der Kuss dieses groben, skrupellosen Söldners so erotisch sein könnte, so zärtlich und heiß. Sie konnte einfach nicht anders – sie erwiderte seinen Kuss zaghaft. Als er in ihren Mund stöhnte, tat sie es noch einmal. Sie war jetzt vollkommen gefesselt.

Als sie fasziniert die Muskeln seiner Brust betastete, drängte er sie mit seinem Körper zurück an die Wand. Während sein Kuss weiter an Intensität zunahm, gelang es ihm mühelos, ihre Erregung in ungeahnte Höhen zu treiben.

Schließlich brach er den Kuss ab, nur um mit seinen Lippen über ihren Hals zu fahren. „So geht das, Kleines", flüsterte er mit rauer Stimme und leckte über ihre Haut. „Lass mich dich küssen, bis dir die Knie weich werden."

Das waren sie schon längst. Und in ihren Brustwarzen pochte es. Sie fühlte, wie sie zwischen den Beinen feucht wurde, sich danach sehnte, dort berührt zu werden …

Ohne jede Vorwarnung riss er ihren Bademantel bis zur Taille auf, sodass das schwarze Spitzenhemd zum Vorschein kam, das sie trug. Als er einfach durch die Seide hindurch in ihre Knospen kniff, wäre sie fast aus der Haut gefahren. Sie zuckte zusammen und stieß einen Schrei aus, der sich in ein erneutes Stöhnen verwandelte.

„Seide ist das Einzige, was so wunderschöne Brüste je verhüllen darf." Seine Hände legten sich seitlich um ihre Brüste, seine Daumen strichen genüsslich über ihre hart werdenden Nippel, wieder und wieder, bis sie sich seiner Berührung entgegenwölbten. Sie biss sich fest auf die Unterlippe, um nicht laut aufzustöhnen.

„Mein kleiner, empfindlicher Halbling. Ich könnte dich in null Komma nichts zum Höhepunkt bringen. Möchtest du, dass ich das tue?", fragte er und begann erneut, sie zu küssen. Als er ihre Zunge so unglaublich aufreizend berührte, wurde ihr klar, dass sie genau das wollte. Und wie.

Zu schnell … verliere die Kontrolle. Sie konnte einfach nicht aufhören, ihn zu küssen. *Oh Gott, ich drehe gleich durch.* Warum konnte sie nicht aufhören, ihn zu küssen?

Schon jetzt kämpfte sie gegen ihr überwältigendes Verlangen an, ihre Klauen in seinen Körper zu versenken, ihn zu zwingen, ihr noch näher zu kommen, damit er ihr nicht entkommen konnte.

Sie wollte ihm gerade sagen, dass er mit ihr tun könne, was er wolle, als er seine Erektion gegen sie drückte und in langsamem Rhythmus an ihr rieb.

Während die rationale Seite ihres Gehirns argumentierte, dass da mit der Größe etwas nicht stimmen konnte, füllte sich die andere Seite mit beunruhigenden Bildern.

Sie sah sich selbst, wie sie ihm die Jeans vom Leib riss, um an den geschwollenen Schaft zu gelangen, den er an ihr rieb. Dann, wenn er der Länge nach auf dem Bett ausgestreckt läge, würde sie seine Erektion genüsslich in ihren Körper einführen und sich von seinem Pfahl aufspießen lassen, während ihre Hände die stählernen Muskeln seiner Brust erkunden würden.

Als ihre Hände nach unten sanken, die Klauen bereit, ihm die Jeans herunterzureißen, durchströmte sie auf einmal Furcht. Diese Triebe waren nicht ihre eigenen. Ihre Augen weiteten sich, sie stemmte die Hände gegen seine Schultern und riss sich los. „Hör auf … nein!"

Er trat zurück. Sein Brustkorb hob und senkte sich leidenschaftlich erregt, seine Hörner richteten sich auf. Er wirkte gefährlich und böse und verlockend zugleich.

„Ich dachte mir schon, dass du mich aufhalten würdest." Seine Lippen verzogen sich zu einem Lächeln, das ihr den Atem verschlug. „Aber ich bin weiter gekommen, als ich erwartet hatte."

Sie wich langsam zurück und fragte: „Was sollte das?" Ihre Gedanken überschlugen sich, ihr ganzer Körper sehnte sich nach Erlösung. „Warum wolltest du überhaupt irgendwohin mit mir kommen? Was hattest du vor?"

„Dich zu verführen."

Sie zerrte an dem Bademantel herum, bis er wieder bis zum Hals geschlossen war. „Mich verführen? Aber wieso? Weil du mir eine Lektion erteilen wolltest oder weil du dich zu mir hingezogen fühlst?"

„Vielleicht ein bisschen von beidem."

„Warum solltest du dich zu mir hingezogen fühlen? Das ist nicht logisch."

„Du bist nicht nur der feuchte Traum eines jeden langweiligen Strebers, musst du wissen."

„Was soll *das* denn heißen?"

„Das heißt, dass ich dich sexy finde. Ich hab nicht vor, dir da irgendwas vorzumachen."

„*Sexy*?", sagte sie mit erstickter Stimme. „Aber … aber dir gefallen doch eigentlich Schlampen mit ein bisschen mehr Fleisch auf den Knochen. Das hast du gesagt! Und ich habe nichts getan, um deine Aufmerksamkeit auf mich zu ziehen! Ich trage ja nicht mal Make-up oder tief ausgeschnittene …"

„Meinst du denn, du wärst nicht attraktiv, nur weil du dich nicht extra darum bemühst?"

„Na ja … eigentlich denke ich das schon."

„Find dich damit ab, Holly, du bist eine natürliche Schönheit."

So ging das ganz und gar nicht. Sie richtete den Zeigefinger auf ihn. „Du wirst mich nicht mehr küssen, Cadeon. Das gehört nicht zu unserer Abmachung. Ich habe einen festen Freund."

„Nein, hast du nicht. Du hast einen Freund, aber ihr beide schlaft nicht miteinander oder tut sonst irgendwas, was Paare so tun. Und deshalb weißt du es einfach nicht besser. Du hast ja keine Ahnung, was du verpasst."

Sie wagte es nicht, ihm zu widersprechen.

„In der kurzen Zeit, die wir zusammen sind, werde ich auch weiterhin mein Bestes tun, um dich in Versuchung zu führen", sagte er. „Also, warum nutzt du es nicht aus und befriedigst deine Neugier, während wir doch sowieso aufeinanderhocken? Du nimmst dir einfach mal eine Auszeit von deinem langweiligen Leben, jagst diesen ganzen Wahnsinn aus deinem System und kehrst dann zur Normalität zurück."

Sie zögerte und legte den Kopf schief … und schimpfte dann über sich selbst. Sie zog doch jetzt wohl nicht ernsthaft in Erwägung, sich in seine sinnliche Welt locken zu lassen?! Die dunkle Seite. Genau wie in ihrem Traum.

Als sie den Mund öffnete, um zu sprechen, sagte er: „Du musst nicht sofort antworten. Behalte das Angebot einfach im Hinterkopf. Und eins kann ich dir versprechen. Was auch immer mit dem Dämon passiert, behält der Dämon für sich."

„Was für ein *rücksichtsvolles* Angebot."

„So bin ich nun mal. Denke stets an andere."

Sie sah ihn argwöhnisch von der Seite an. Irgendwie wurde sie das Gefühl nicht los, dass er aufgeregt war, dass er in ihrer Gegenwart sogar ... *glücklich* war.

„Ich geh jetzt ins Bett." Nach wie vor fest in den Bademantel eingewickelt, krabbelte sie unter die Decke.

„Ach, jetzt komm schon, Halbling. Du musst doch nicht deinen Bademantel anlassen wie einen Haischutzanzug."

„Oh doch, das mache ich, solange es noch Haie in diesen Gewässern gibt."

„Du kannst mir vertrauen, ich stelle ganz bestimmt nichts mehr an. Ich gebe dir mein Wort als Söldner."

Sie warf ihm einen misstrauischen Blick zu. „Und wo wirst du schlafen?"

Er ging zur Couch und ließ sich darauf nieder, die langen Arme auf der Rückenlehne ausgestreckt. „Hier, es sei denn, du möchtest das Bett mit mir teilen."

„Ha!" Sie schaltete das Licht aus. „Davon träumst du wohl, Dämon."

„Das muss ich leider zugeben, Halbling", brummte seine Stimme in der Dunkelheit.

16

Als sie kurz vor Sonnenuntergang erwachte, kam Cadeon gerade aus dem Bad, mit nichts als einem Handtuch um die Hüften, sodass viel zu viel von seinem muskelbepackten Körper zu sehen war. Ihre Lippen verzogen sich zu einem anerkennenden Lächeln.

Seine gebräunte Haut lag straff und glatt über den harten Muskeln, ohne das geringste Anzeichen dafür, dass er erst gestern von Kugeln durchsiebt worden war. Seine breite Brust und sein Rücken waren noch nass vom Duschen.

Sie gab vor, noch zu schlafen, und beobachtete ihn, wie er sich durchs Zimmer bewegte. Sie hatte gerade eben erst von ihm geträumt, wieder denselben lebhaften Traum wie zuvor. Sie schluckte, die Augen unverwandt auf die interessante Beule unter dem Handtuch gerichtet, die sich bewegte, als er sich zu seiner Tasche hinabbückte …

In diesem Augenblick drehte er sich unvermittelt um und erwischte sie, wie sie ausgerechnet diesen Teil seiner Anatomie unverhohlen anstarrte. Er grinste, und die blonden Stoppeln auf seinem ausgeprägten Kiefer leuchteten im Dämmerlicht.

Selbst mit den Hörnern sah er immer noch viel besser aus, als ihm guttat. Und das Schlimmste war, dass er sich dessen bewusst war.

Sie fasste den Entschluss, dass er nie erfahren würde, dass sie ihn für gut aussehend hielt.

„Gut, du bist wach. Ich müsste mal deine Dienste in Anspruch nehmen."

„Wie bitte?"

„Du musst eine Kugel aus mir rausholen, die ich nicht losgeworden bin."

Sie setzte sich auf und rieb sich die Augen. „Wie soll ich denn das anstellen?"

„Hol sie einfach mit deinen Klauen raus."

Bei all ihren Phobien hatte sie doch nie Angst vor Blut gehabt. Aber ihm zu helfen, würde bedeuten, dass sie ihn berühren musste. *Auf gar keinen Fall.* Das kam viel zu schnell nach ihrem Kuss heute Morgen.

Während sie sich im Bett hin- und hergewälzt und versucht hatte einzuschlafen, hatte sie beschlossen, dass sie sich ab jetzt so fern wie nur möglich von ihm halten würde, bis sie nicht mehr das Zimmer teilen mussten. „Das ist doch nur wieder einer deiner Tricks, um mich zu verführen, stimmt's?"

„Sieh mal, ich würde dich ja nicht darum bitten, wenn die Kugel nicht so weit oben in meinem Oberschenkel säße. Da komme ich einfach nicht dran, und es tut höllisch weh." Er sah ihr direkt in die Augen, als er sagte: „Und, Kleines, immerhin hab ich mir das Ding eingefangen, als ich dir das Leben gerettet habe."

Ihr schlechtes Gewissen regte sich. Er hatte Schmerzen und brauchte ihre Hilfe. „Du hast recht." Sie griff nach ihrer Brille und zog den Bademantel zurecht. „Selbstverständlich. Ich werde mal sehen, ob ich dir helfen kann." Dann fügte sie hastig hinzu: „Aber du musst das Handtuch umbehalten."

„Das mach ich", sagte er, um mit leiserer Stimme hinzuzufügen: „Aber das wird nichts nützen."

Sie runzelte die Stirn. Natürlich würde es das. Schließlich war er auf diese Weise bedeckt.

Als er seinen riesigen Körper auf dem Bett ausstreckte, setzte sie sich neben ihn und bemühte sich, auf keinen Fall seinen breiten, muskelbepackten Rücken anzustarren.

Mit zittriger Hand schob sie das Handtuch ein Stück nach oben, über die blonden Härchen auf seinen Beinen hinweg. „Wo sitzt sie denn?", fragte sie. Ihre Stimme war unerklärlicherweise ganz heiser.

„Weiter oben."

Sie schluckte und zog das Handtuch noch ein Stück weiter hoch. Als sie hinabblickte, merkte sie, dass sich ihre Krallen schon wieder krümmten.

Und wieder begannen *diese Gedanken* ihren Verstand zu überfluten. Sie hätte ihm am liebsten jeden einzelnen Tropfen von seiner feuchten Haut geleckt, die Zunge in die kleine Pfütze am unteren Ende seiner Wirbelsäule getaucht …

Sie schüttelte heftig den Kopf, um diese ganz und gar unerwünschten Gedanken loszuwerden.

„Höher", sagte er.

„Ja, ja …"

Als sie die Wunde endlich aufgedeckt hatte, keuchte sie auf. Allerdings nicht wegen der Verwundung. Sein Penis hing zwischen seinen Beinen herunter. *Sieh weg. Sieh – weg. Sieh weg!*

Mit knallrotem Kopf gelang es ihr endlich.

„Hab dir doch gleich gesagt, es nützt nichts."

Sie war fuchsteufelswild, sowohl über ihn als auch über ihre eigene Reaktion – der bloße Anblick seines Geschlechtsteils brachte sie vollkommen aus der Fassung und ließ sie rot anlaufen. „Du hättest dich ja ein bisschen anders sortieren können!"

„Du hättest so oder so einen Teil oder alles zu sehen bekommen. Was macht das also für einen Unterschied?"

„Ich … Es macht einen Unterschied!"

Unfähig sich dagegen zu wehren, wanderte ihr Blick wieder zu der bewussten Stelle. War er größer geworden? Ihr blieb der Mund offen stehen. „Du … du bist erregt!"

Er sah zu ihr hoch. „Und?" Mit einem Laut, der wie ein unterdrücktes Stöhnen klang, rückte er alles zurecht, bis er auf ihm lag. „Das kommt bei Männern durchaus vor." Da er sich in seiner neuen Position unwohl zu fühlen schien, drehte er sich auf den Rücken.

Er war noch größer geworden! „Was hast du eigentlich vor … mit … also wegen deinem … Willst du etwa so rumlaufen?" Sie fragte sich auch, was er mit seiner letzten Erektion gemacht hatte.

„Grinsen und es ertragen, bis zur nächsten Dusche."

„Nächsten Dusche?"

Er warf ihr ein anzügliches Grinsen zu.

„Oh!" Sie errötete. Es war ihm nicht ein bisschen peinlich zuzugeben, dass er masturbierte und dass er es wieder tun würde, sobald sie im nächsten Hotel angekommen waren.

Hatte er es vorhin auch getan, als sie noch geschlafen hatte? *Stell es dir jetzt bloß nicht vor, Holly!* „Du gibst es einfach so zu?"

„Du nicht?"

„Nein, ich …" Sie verstummte. Eine Art Schleier schien sich über ihren Verstand zu legen.

Während sie ihn anstarrte, begann er heftig zu atmen, und sein Schaft schwoll unter dem Handtuch noch weiter an. „Wenn du mich weiterhin so ansiehst, ist mein Bein bald nicht mehr das Einzige, was mir wehtut." Ihre Blicke trafen sich. „Du hast noch nie einen erregten Mann gesehen, oder?", fragte er leise, mit scheinbarer Zärtlichkeit im Ton. Als ob er ganz entzückt von ihr wäre.

Holly hatte vielleicht ein, zwei verstohlene Blicke riskiert, aber sie hatte so etwas noch nie in allen Einzelheiten gesehen. Das konnte sie nicht, wenn sie nicht riskieren wollte, die Beherrschung zu verlieren. Also, wieso konnte sie sich jetzt nicht einfach abwenden?

Das tat sie doch nun schon so lange …

Die Hand am Saum des Handtuchs, sagte er: „Möchtest du, dass ich es wegnehme?"

Das wünschte sie sich so sehr, dass sie am ganzen Körper zitterte. „Warum sollte ich?" Ihre Triebe bedrängten sie schwer.

„Damit du richtig hinsehen kannst. Du musst doch neugierig sein."

Er nahm ihre Hand. Zuerst dachte sie, er würde sie auf seinen Schaft legen, und sie war sich nicht sicher, was sie dabei empfand.

Doch stattdessen legte er sie auf das Handtuch. „Zieh es weg, Holly. Riskier einen Blick. Etwas anderes musst du ja gar nicht tun."

Ein Blick. Was konnte das schon schaden? Ihre Neugier stachelte sie an. Sie schluckte und zog ein wenig am Handtuch, bis es sich gelöst hatte.

„So ist's gut." Seine Stimme war heiser, hypnotisierend.

Sobald sie seinen Penis freigelegt hatte, zuckte er, weil es ihn erregte, ihren Blick auf sich zu fühlen. Sie starrte ihn regungslos an.

„Sieh hin, so lange du willst." Er zog sein Knie an, damit sie besser sehen konnte. „Oder möchtest du ihn berühren?"

Das wollte sie! Und wie. Es juckte sie in den Fingern, ihn in seiner ganzen Länge zu erforschen.

Wie sich diese weiche Haut wohl anfühlen würde? Vorhin hatte sie sich noch vorgestellt, sich auf seinen Schaft hinuntersinken zu lassen, ohne zu wissen, wie genau sie sich „ihn" vorstellen sollte.

Jetzt wusste sie es.

Ich frage mich, wie er wohl schmecken mag? Sie errötete erneut angesichts ihrer eigenen Gedanken.

Als sie ihre zitternde Hand langsam ausstreckte, zogen sich seine Bauchmuskeln abrupt zusammen. Seine Erektion begann erneut zu pulsieren und ein Tropfen Feuchtigkeit trat aus ihrem breiten Kopf aus. Er stieß ein tiefes Stöhnen aus, als ob sich das unglaublich angefühlt hätte.

Wie faszinierend …

Sie würde diese Stelle mit der Spitze ihres Zeigefingers massieren und sehen, wie ihm das gefiel. *Nur noch ein paar Zentimeter … gleich werde ich es fühlen …*

Aus den Augenwinkeln heraus bemerkte sie, dass sich seine Hand ganz sachte auf sie zubewegte. Da begriff sie.

Der Dämon hatte ihr eine Falle gestellt. Er hatte seine Erektion als Lockmittel für eine leichtgläubige Frau benutzt.

Sie zog ihre Hand zurück, als ob sie sich verbrannt hätte, und hörte auf, seinen Penis anzustarren, um stattdessen in seine Augen zu sehen. Sie färbten sich soeben schwarz, obwohl sie gleichzeitig auch zu glühen schienen. Seine Hörner waren größer und dunkler als normal. Seine Fänge länger.

Oh ja, offensichtlich ging es hierbei einzig und allein um sie – ihre *Neugier*. Wie konnte sie nur so naiv sein?

Der Dämon riss systematisch all ihre Barrieren ein. Die dunkle Seite lullte sie ein, lockte sie zu sich. Alles verschwor sich gegen ihre Anstrengungen.

Er lockt mich von dem weg, was ich kenne, von dem Ort, an dem ich sein möchte …

Jetzt begriff sie seine Worte von vorhin. Er war bei ihr weiter gekommen, als er erwartet hatte, und er glaubte, das nächste Mal sogar noch weiter zu kommen.

Das Schlimme daran war – er hatte vermutlich recht. Und das jagte ihr eine Heidenangst ein. Wenn sie sich nur nicht dermaßen von ihm angezogen fühlen würde, dann wäre sie sicher. Dann würde sie ihm niemals in die Schatten folgen.

Argumentationskette: kein Dämon – keine Versuchung – keine Gedanken mehr daran, auf die dunkle Seite überzugehen.

Er hatte vor, sie weichzukochen? „Cadeon, ich glaube, du erwartest hier Dienste, die nicht eingeschlossen sind.“ Sie stand auf und ging ins Bad. Über die Schulter hinweg rief sie ihm noch zu: „Aber viel Glück mit dieser Kugel.“

17

Als Holly wieder aus dem Bad kam, angekleidet und aufbruchsbereit, kämpfte er immer noch mit seinem Ständer. Er schaffte es nur mit knapper Mühe, die Jeans über seinen schmerzenden Schaft zu ziehen.

Es war vermutlich nur gut, dass sie ihn gar nicht erst angefasst hatte, denn zu dem Zeitpunkt hätte ihn schon eine schwache Brise dazu gebracht zu kommen.

Er hatte so kurz davor gestanden, dass er sogar einen Tropfen Samenflüssigkeit abgesondert hatte, was noch nie zuvor passiert war. Ein aufreizender Ausblick darauf, wie es sein würde, seinen Samen zu vergießen.

Nicht einmal das eigenhändige Entfernen dieser Kugel hatte seiner Lust einen Dämpfer versetzt. Seine Spezies verlangte mehrmals am Tag nach Erleichterung, sonst bestand die Gefahr, dass sie in Weißglut verfielen. Um ihretwillen musste er die Sache jetzt baldmöglichst in die Hand nehmen.

Sie jetzt so zu sehen, mit rosafarbenen Wangen, in ihrer eleganten Kleidung … Er ließ seinen Blick über sie wandern und stellte fest, dass sie wie immer ganz selbstverständlich sexy wirkte.

Ihre Absätze waren keine Stilettos, aber schon die Art, wie sich die dünnen Riemchen um ihre schlanken Knöchel legten, erregte ihn. Der bloße Anblick ihrer Perlen fügte ihm Schmerzen zu, denn immer wenn sie mit ihnen an ihrem Mund entlangfuhr, überwältigte ihn eine seiner Lieblingsfantasien. Die, in der sie nichts außer den Perlen trug und ihn so hart ritt, dass die Kette auf und ab tanzte.

Und ihr Rock … Als er sie in der Vergangenheit beobachtet hatte, hatte er nie begriffen, warum sie solche konservativen Oberteile und dazu derartig provozierende Röcke trug. Sicher, sie reichten ihr bis über die Knie, aber sie spannten sich auch äußerst verlockend über ihren Po.

Schließlich hatte er den Grund herausgefunden. Holly war sich gar nicht im Klaren darüber, auf welche Weise sich diese teuren Stoffe an ihre großzügigen Kurven schmiegten.

Cade wusste, dass Frauen gerne fragten: „Sieht mein Hintern hier drin fett aus?" Wenn Holly eine typische Frau war, dann vermutete er langsam, dass Frauen wirklich nicht in der Lage waren festzustellen, wie ihre Ärsche aussahen.

Na gut. Eine Frage, die spätere Generationen lösen sollen.

„Bereit?", fragte er.

Sie nickte. Sie tat so, als ob zwischen ihnen nichts Ungewöhnliches vorgefallen wäre, während seine Eier inzwischen so blau angelaufen waren, dass er sich fragte, ob sie wohl jemals wieder in Ordnung kommen würden.

Wenn sie unbedingt so tun wollte, als hätte sie sich niemals langsam über die Lippen geleckt, während sie mit silbernen Augen auf seinen Schwanz gestarrt hatte, dann würde er eben mitspielen.

Schön, tun wir so, als ob …

Nachdem er die Taschen ins Auto gebracht und sie in den Kofferraum gestopft hatte, fiel ihm ein, ihr die Tür zu öffnen – *ein Punkt für den Dämon!* –, aber gerade als er selbst einsteigen wollte, stieg sie wieder aus.

„Oh nein, nein!", sagte sie und musterte den Boden auf seiner Seite, der voller Müll und zerdrückten Red-Bull-Dosen war. „So können wir auf keinen Fall losfahren."

„Schon gut, Holly, ich schmeiß den Müll an der nächsten Tanke raus."

Aber sie hatte schon ihre antibakteriellen Tücher gezückt, ging um das Auto herum zu seiner Seite und scheuchte ihn weg. Die Tücher stellte sie bereit für später, und dann bückte sie sich vor ihm, um den Wagenboden leer zu räumen.

Er musste sich breitbeinig hinstellen, damit er nicht umkippte, denn der Rock war so eng, dass er erkennen konnte, dass sie eindeutig einen von diesen Strings anhatte. *Merke: Immer Müll im Wagen auf dem Boden liegen lassen.*

Als sie sich vorhin fertig gemacht hatte, hatte er nur genug Zeit gehabt, um eines von zwei Dingen zu erledigen. Er musste sich entscheiden: entweder splitterfasernackt die merkwürdigsten Verrenkungen anstellen, um an die Kugel heranzukommen, oder aber die Sache mit seinem Steifen in die Hand nehmen. Da er nun wie gebannt auf ihren Rock starrte, der sich über ihr herzförmiges Hinterteil spannte, kam er zu dem Schluss, dass er mit der Kugel wohl die falsche Wahl getroffen hatte.

Er unterdrückte ein Stöhnen und begann auf und ab zu laufen.

Ein menschlicher Mann kam vorbeigeschlendert und glotzte sie an. Die Brauen dieses Mistkerls zogen sich vor Verlangen zusammen.

Cade fletschte die Zähne. *Jetzt bloß nicht den Sterblichen zerfleischen.* Der Mensch bemerkte ihn und traf die weise Entscheidung, eiligst davonzulaufen.

Sobald Holly alles im Mülleimer des Hotels entsorgt hatte, wischte sie sich die Hände mit ihren Tüchern ab, um sämtliche unschuldigen Mikroorganismen zu vernichten.

„Sind wir jetzt fertig, Kleines?" Seine Stimme war so heiser, dass sie die Stirn runzelte.

„Was ist denn mit deiner Stimme los? Wirst du krank?"

Er hörte ihre Frage, aber seine Aufmerksamkeit war schon wieder ganz woanders. Der Abend war recht kühl, und ihre Nippel waren deutlich unter dem beigefarbenen Pulli zu sehen, den sie trug. „Unsterbliche werden nicht krank“, erwiderte er geistesabwesend.

Sie merkte, wohin er starrte, und presste die Lippen aufeinander. „Muss das sein?“

Es muss. „Erster Tag mit dem neuen BH, was?“

Als ob sie auf einen inneren Quell der Reserviertheit zurückgriffe, sagte sie im Tonfall einer schwer geprüften Frau: „Ja, Cadeon, so ist es …“

Als sie endlich unterwegs waren, fragte sie: „Erzähl mir doch mal etwas über diesen Checkpoint. Wer ist diese Imatra? Kennst du sie?“

„Nicht persönlich. Angeblich ist sie die Tochter eines Hexenmeisters und einer Dämonin, die die Stärken beider Elternteile in sich vereinigt. Es heißt, sie sei eine große Schönheit“, fügte er wahrheitsgemäß hinzu und wartete auf ihre Reaktion. Er konnte keine erkennen. „Ihr gehört eine Mythenweltkneipe am Mississippi, die Sandbar heißt.“

„Wie *süß*.“ War ihr Tonfall etwa schneidend gewesen?

Cade war gezwungen, Holly mit dorthin zu nehmen. Die Vorstellung, sie verletzlich und allein im Hotelzimmer zurückzulassen war schlimmer als alles, was er in dieser Bar anzutreffen erwartete. Außerdem waren Groots Anhänger dort Stammgäste.

Sicherlich würden sie nichts tun, was die Frau, die der Hexenmeister unbedingt in die Finger bekommen wollte, gefährdete …

„Und in der Sandbar bekommen wir dann den Hinweis auf den nächsten Checkpoint?“ Er nickte. „Irgendeine Ahnung, wo dieser Groot stecken könnte?“

„Manche meinen, oben im Norden.“

„Wie ist er denn so? Irgendwie hab ich das Gefühl, dass ich bald dem Zauberer von Oz gegenüberstehe.“

„Er ist nicht nur Hexer, sondern auch Schmied. Angeblich kann er Metall verzaubern."

„Warum ist es denn so mühselig, zu ihm zu gelangen?"

Halt dich an die Wahrheit. „Mein Feind Omort will seinen Tod. Darum hält sich Groot ständig in seinem Versteck auf."

„Weil Groot ein Schwert schmieden kann, mit dem Omort getötet werden kann."

„Genau."

„Dann muss Groot doch wohl einer der Guten sein, wenn er und Omort Feinde sind."

Jetzt lieber vage bleiben. „Gut oder schlecht, du darfst nicht vergessen, dass man bei Hexern grundsätzlich auf der Hut sein muss."

„Wie wird er die Wandlung umkehren? Mit einem Zauberspruch?"

„Das weiß ich nicht. Ich nehme es an."

„Aber nur, wenn wir rechtzeitig hinkommen. Warum fliegen wir nicht einfach nach Memphis?"

„Nïx ließ mich schwören, auf gar keinen Fall auch nur eine Teilstrecke dieser Reise mit dem Flugzeug zurückzulegen. Sie muss wohl etwas Schlimmes vorhergesehen haben."

„Glaubst du immer an ihre Vorhersagen?"

„Sie lag damit noch nie falsch. Niemals", sagte er. „Aber ob sie immer die Wahrheit sagt, das ist eine andere Frage."

„Du scheinst sie ziemlich gut zu kennen. Wart ihr beide mal ... zusammen?"

„Mit der komplett durchgeknallten Nïx? Wohl kaum. Falls du es nicht mitbekommen hast, Nïx ist", er ließ seinen Zeigefinger an seiner Schläfe kreisen, „total gaga."

„Aber sie ist auch schön."

„Ich kenne keine Walküre, die das nicht wäre." Er starrte sie an, bis sie errötete und wegschaute. „Wo wir gerade von Nïx reden – was hast du eigentlich mit ihrem Brief gemacht?"

„Ich habe ihn auswendig gelernt und dann vernichtet, während du das Essen geholt hast."

„Dann wusstest du, dass ich in deinen Sachen rumschnüffeln würde?"

„Dem zufolge, was ich bis dahin von dir wusste, war die statistische Wahrscheinlichkeit groß."

Die letzten drei Stunden waren sie ohne ein Wort zu wechseln gefahren. Holly arbeitete völlig gedankenverloren an ihrem Laptop, und er versuchte, nicht öfter als alle zwei Minuten zu ihr rüberzugucken.

Den Eingabestift hatte sie hinters Ohr gesteckt, die Brille auf der Nase, und sie betastete gerade wieder nachdenklich die Perlen.

Tu es nicht … tu es …

Und schon hatte sie die Perlenkette an den Mund gehoben.

Diese unerträgliche Frau mit ihren unerträglichen Marotten! Und dabei hatte sie keine Ahnung, wie viele Männer hart in ihrem Kielwasser zurückblieben.

Da saß er nun, die ganze Nacht über in einem Wagen mit *seiner* Frau eingesperrt, in dem Wissen, dass sie sich danach sehnte, Befriedigung zu finden. Sein Dämoneninstinkt trieb ihn an, seine Frau zu befriedigen – aber er konnte es nicht.

Cade stand kurz davor zu explodieren.

In diesem Augenblick zog sie die Augenbrauen zusammen und begann mit maschinengewehrartiger Geschwindigkeit zu tippen. Dann hielt sie inne, biss sich auf die Unterlippe. Als sie die Entertaste drückte, starrte sie finster auf den Bildschirm.

Er fragte sich, was für Beweise, Theoreme oder Funktionen sie wohl gerade in Erwägung zog und wieder verwarf. Was ging bloß in ihrem unglaublichen Hirn vor sich?

Aber sie hatte sich in den vergangenen Stunden nicht ausschließlich auf Mathematik konzentriert. Er wusste, dass sie gelegentlich an vorhin gedacht hatte. Dann überzog sich ihr Gesicht immer mit einer feinen Röte, und sie zog wieder die Perlen durch ihre Lippen, nur schneller als sonst.

Ob ihr gefallen hatte, was er ihr gezeigt hatte? Er war stolz gewesen, sich ihr in hartem Zustand präsentieren zu können. Er liebte ihre Blicke auf seinem Schaft und hatte gehofft, sie dazu verlocken zu können, ihn zu berühren. Und sie war so kurz davor gewesen.

Er wusste, dass er sich im Hotèl nicht gerade von seiner besten Seite gezeigt hatte. Aber als sie mit diesem Wichser gesprochen hatte, hatte ihn die Eifersucht überwältigt. Cade versuchte sich zu erinnern, wann er zum letzten Mal derartig eifersüchtig gewesen war. Vermutlich als dieser Lykae, Bowen MacRieve, seine Gefährtin gefunden hatte. Bowen und Cade – erbitterte Rivalen – hatten beide jahrhundertelang vergeblich nach ihren Frauen gesucht. Und dann hatte der Lykae die seine gefunden – eine hübsche, lustige Hexe. Sie war diejenige, bei der Cade vor Kurzem noch lustlos sein Glück versucht hatte.

Und jetzt hatte Cade seine eigene Frau gefunden. Eine brillante, umwerfende Walküre, die so selbstbewusst war, dass es ihm manchmal die Sprache verschlug.

Aber er konnte sie nicht zu der Seinen machen.

Es folgte ein weiterer eifriger Tippanfall und ein weiterer wütender Blick auf ihren Bildschirm.

„Hat dir eigentlich schon mal jemand gesagt, dass du verdammt sexy aussiehst, wenn du am Mathematisieren bist?"

Sie seufzte, schloss ihren Laptop und setzte die Brille ab. „Kannst du eigentlich nur an Sex denken?"

„Schon, wenn ich dringend welchen brauche. Meine Art braucht an einem normalen Tag so drei- bis viermal Sex. Erst recht nach dem, was vorhin zwischen uns abgegangen ist … Du musst die Nachwirkungen doch auch spüren."

„Kaum."

„Gib's zu. Da war etwas ganz Spezielles zwischen uns." Auch wenn sie sich nicht einmal berührt hatten, konnte er sich nicht erinnern, wann er zum letzten Mal etwas dermaßen Heißes erlebt hatte.

„Es wäre vollkommen gleichgültig, selbst wenn es so wäre. Ich kann meine niederen Triebe beherrschen."

„Du hast gesagt, du würdest nie ab und zu mal Dampf ablassen. Aber ich weiß, dass das eine Lüge ist …"

„Ist es nicht!"

„Es muss eine Lüge sein", sagte er. „Denn sonst würde deine Lust immer weiter und weiter anwachsen."

„Du lässt wohl nicht locker, bis ich dir eine Antwort gebe."

„Jetzt fängst du an, mich zu verstehen."

„Nein, ich weigere mich aber", sagte sie und schüttelte den Kopf. „Wir werden darüber einfach nicht weiter reden."

„Dann rede über etwas anderes. Du brauchst dringend mal eine Pause bei deiner Arbeit, und ich brauche ein bisschen Ablenkung von meinem schmerzenden Bein. Da gab's nämlich so 'ne Walküre, die sich einfach geweigert hat, mir in meiner Not zu helfen."

„Das hast du dir selbst zuzuschreiben."

„Vermutlich", gab er zu.

„Also gut. Was machst du eigentlich so als Söldner?"

„Meine Spezialität ist es, Königreichen zu einem neuen Herrscher zu verhelfen. Man nennt mich den Königsmacher." *Kleiner Angeber!*

„Dann bist du ein Aufrührer."

„Du gehst davon aus, dass ich den rechtmäßigen Besitzer um seinen Thron bringe."

Sie nickte ihm zu, als ob sie in diesem Punkt nachgäbe.

„Aber vor allem kämpfe ich in Kriegen. Die Mythenwelt ist ein brutaler Ort. Gut fürs Geschäft." Dann schnipste er mit den Fingern. „Oh, warte mal, das hätte ich jetzt fast vergessen … du bist *Pazifistin*."

„Das ist doch kein Schimpfwort."

„Oh doch, wenn man in der Kriegsindustrie tätig ist."

Sie hob eine Braue. Auf seltsam neugierige Art fragte sie: „Wie bist du zum Söldner geworden?"

„Ich wurde zum Soldaten ausgebildet, um Omort zu bekämpfen." Mit neunzehn hatte man ihn einer brutalen Ausbildung unterzogen, gemeinsam mit Rydstroms Soldaten – die ihn allesamt verachteten. Monatelang ging er durch die Hölle und wurde schikaniert. Bis er schließlich gelernt hatte, schneller, stärker und besser als jeder andere Dämon in der Armee zu sein.

Als ihm das gelang, wurden die Leute auf ihn aufmerksam. „In der Zeit zwischen den Feldzügen wurden mir dann irgendwann Jobs angeboten." Und nachdem Omort immer mächtiger wurde und eine Revolte nach der anderen niederschmetterte, hatte er immer mehr Freizeit. „Ich hatte einigen Erfolg, und das Geschäft lief immer besser. Inzwischen steht eine Mannschaft von fünfunddreißig Mann unter meinem Kommando."

„Alles Dämonen?"

„Zum größten Teil."

„Diskriminierst du Nichtdämonen?", fragte sie.

„Bei uns gibt es keine Diskriminierung. Solange der Bewerber nur grausam genug ist, schon einmal getötet hat und gewillt ist, es noch einmal zu tun, ist er dabei."

„Und wie viele Frauen gibt es augenblicklich in deiner Mannschaft?“

„Das hätte ich kommen sehen müssen, stimmt's?“, sagte er. Aber sie hob daraufhin nur die Augenbrauen und wartete auf seine Antwort. „Nein, Frauen haben sich bisher nicht beworben. Jedenfalls nicht oft. So gut wie gar nicht. Hey, wenn du doch Walküre bleibst, dann stelle ich dich ein. Frau Dr. Söldnerin.“

„Das wäre eine Verschwendung eines langen Studiums.“

Er erstarrte. „Was soll das denn heißen?“

„Mir kommt es eben so vor, als ob man in deinem Job mehr Muskel- als Hirnkraft nutzt.“

„Also, je größer der Bizeps, desto besser deine Militärstrategie und Kampftaktik? Meinst du das damit?“

Sie musterte sein Gesicht. „Du bist ja richtig empfindlich in dieser Sache.“

„Was? Ich bin nicht empfindlich, verdammt noch mal“, sagte er schroff. „Aber wieder zu dir. Du hast Nïx erzählt, dass du nur einen Code weit von deinem Doktortitel entfernt bist. Was für ein Code ist das?“

„Das ist kompliziert.“

Meinte sie vielleicht, er könnte ihr nicht folgen? Das brachte ihn auf die Palme. „Dieser große, dumme Dämon hat im Laufe seines *tausendjährigen* Lebens schon so manches kapiert.“

Sie warf ihm einen weiteren prüfenden Blick zu, als ob er soeben einen Beweis für ihre Theorie geliefert hätte. „Du willst also wirklich etwas über mein Projekt wissen?“ Er nickte. „Ich nenne es *Stacheldrahtcode*. Später soll er einmal bei EDV-Anwendungen im Privatsektor eingesetzt werden, um firmeneigene Daten zu schützen. Fünfundachtzig Prozent aller Firmen berichten, dass es aufgrund von Hackern oder nicht autorisiertem Zugriff schon einmal zu Datenverlusten kam.“

„Willst du mir damit sagen, dass so viele Firmen Codes benutzen?“

„*Jeder* benutzt Codes. Oder zumindest jeder, der einen Computer besitzt. Wenn du eine E-Mail erhältst, ist sie verschlüsselt, bis dein E-Mail-Programm sie dekodiert. Jede Online-Banking-Transaktion oder sogar wenn du per Internet einen Strafzettel bezahlst, das alles sind Anwendungen, in denen vermehrt Codes benutzt werden.“

Sie drehte sich um, sodass ihr Oberkörper ihm jetzt zugewandt war. Offensichtlich war dies eines ihrer Lieblingsthemen. Was ihn beunruhigte.

Wenn sie so scharf auf diesen Mist war, dann würde sie einen Partner wollen, mit dem sie darüber diskutieren konnte. Es machte ihn stinksauer, dass sie und dieser Vollidiot eine Sprache sprachen, von der er nicht die geringste Ahnung hatte.

Auf der anderen Seite – du kannst sie sowieso nicht haben!

„Cadeon, hörst du mir überhaupt zu?“

„Was? Ja klar, ich hab nur gerade darüber nachgedacht … wie aus http immer https wird, wenn ich eine Überweisung mache.“

„Genau!“

Puh, gerade noch mal gerettet.

„Https bietet eine zusätzliche Ebene der Verschlüsselung.“ Sie musterte ihn mit neuem Interesse.

Das hab ich verdammt gut gerettet.

„Trotzdem kann jeder computerisierte Code immer noch geknackt werden. Jeder einzelne kann durch Brute-Force-Computing geknackt werden.“

„Was ist das denn?“

„Stell dir mal tausend Computer vor, die rund um die Uhr daran arbeiten, einen einzigen Code zu knacken. Das ist BFC. Also bemüht man sich im Allgemeinen, einen Code so verschachtelt und kompliziert zu gestalten, dass niemand genug BFC zur Verfügung hat, ihn zu knacken. Theoretisch ist es aber immer noch möglich."

„Und was wäre mit deinem Code? Warum nennst du ihn Stacheldrahtcode?"

„Ich will, dass er sich selbst beschützt. Ganz egal, was dazu nötig ist."

„Wie soll denn das gehen?"

„Wenn er merkt, dass an seiner Dekodierung gearbeitet wird, dann erfolgt eine Cyberattacke auf den Dekodierer."

Er lachte auf. „War ja klar, dass eine Walküre einen kämpferischen Code entwickelt."

Ihre Augen blitzten silbrig auf. „Das ist ein sehr ernstes Thema." Er hatte ja schon gewusst, dass sie ganz in ihrer Arbeit aufging, aber so leidenschaftlich hatte er sie noch nie erlebt. „BFC funktioniert nicht, falls mein Code diese tausend Computer alle mit einem Schlag außer Gefecht setzt. Und stell dir nur mal vor, wofür man ihn noch alles verwenden könnte."

„Was denn?"

„Nehmen wir zum Beispiel deine Antivirensoftware. Die würde deinen Computer nicht einfach nur gegen Viren schützen, sondern den Virus auch noch zu seinem Ursprung zurückverfolgen und eine mutierte Version senden, um das System des Schuldigen lahmzulegen. Und auch E-Mail-Anwendungen wären betroffen. Wenn du Spam geschickt bekommst, würde dein Computer auf der Stelle zehntausend Spam-Nachrichten an die tatsächliche Adresse des Absenders verschicken und damit sein ganzes System stilllegen."

„Ich glaub dir ja, dass es eine wichtige Sache ist. Es klingt so, als ob damit Viren und Spam-Mails in null Komma nichts ausgeschaltet werden könnten."

„Und ob das so wäre! Die Leute, die so was machen, stehlen uns unsere Lebenszeit. Sie zwingen uns, uns gegen sie zur Wehr zu setzen oder mit den negativen Konsequenzen ihrer Verbrechen fertig zu werden. Und das macht mich wütend."

„Und wo liegt das Problem?"

Sie blickte zur Seite. „Mein Code greift einfach alles an. Sogar freundlich gesinnte Systeme."

„Der Kriegercode läuft Amok."

Sie seufzte. „Das stimmt."

„Und du musst jetzt rausfinden, wie du den Code dazu bringst, Freund und Feind zu unterscheiden."

Sie nickte. „Stell dir nur mal vor, wenn du deinem Kollegen in der Buchhaltung eine Million Mal einen Virus schickst. Es wäre eine Katastrophe, wenn du versehentlich einen Freund attackierst."

„Und was machst du jetzt?"

„Ich versuche, in der Rolle eines Freundes mit dem Code zu kommunizieren, um herauszufinden, wie genau er mir jedes Mal wieder in den Hintern tritt."

„Bevor ich dich kannte, dachte ich immer, Codes hätten mit Wörtern und Rätseln zu tun."

„Früher einmal war die Kryptologie das Reich der Linguisten, aber heutzutage dominieren die Computer- und Mathe-Streber." Das Ganze sagte sie in stolzem Ton, als wäre sie einer von ihnen. „Wir werden nämlich eines Tages die Welt beherrschen, damit du's weißt."

Was Holly nicht kapierte, war, dass sie wie eine Walküre klang, wenn sie so etwas sagte, und keineswegs wie ein Streber.

18

„Ich weigere mich!“, sagte sie zu Cadeon, während sie darauf warteten, dass sich der Tank füllte. „Ich werde es nicht tun!“

„Du weißt gar nicht, was du verpasst. Nur einen Bissen“, sagte er und hielt ihr seinen Hotdog vor den Mund.

Sie saß auf der Motorhaube – er hatte darauf bestanden, ihr hinaufzuhelfen –, beäugte sein Angebot voller Ekel und hob die Hand. „Vergiss es. Das Essen an Tankstellen ist widerwärtig. Hotdogs an Tankstellen sind mehr als widerwärtig. Weißt du eigentlich, wie lange die schon auf diesem fettigen Grill liegen?“

„Lange genug, damit sie richtig gut schmecken.“ Er biss ein riesiges Stück ab.

„Da könntest du ja auch gleich Schweinsfüße essen, die eingelegten im Glas.“

Seine Augen wurden groß. „Hatten die etwa welche? Und du sagst mir kein Wort?“ Mit einem Grinsen angesichts ihrer entsetzten Miene sagte er: „Schon gut, schon gut. Aber das musste ich jetzt einfach sagen.“ Er stellte sein Abendessen neben ihr ab und bückte sich zu einer Plastiktüte, die er neben sich abgestellt hatte. „Hier“, sagte er und zog eine Flasche Orangensaft heraus. Nachdem er den Deckel sorgfältig abgeschraubt hatte, ohne den Rand zu berühren, reichte er sie ihr. Außerdem zog er noch diverse eingepackte Müsliriegel heraus.

Cadeon konnte unerwartet rücksichtsvoll sein. Für einen Dämon. Sie nahm einen Schluck. „Warum machst du dich eigentlich nie über meine … Eigenarten lustig?“

Er zuckte die Achseln. „Jeder hat doch so seine Marotten."

Holly neigte den Kopf zur Seite. Er trug wieder seinen abgetragenen Lederhut. Nïx hatte recht gehabt. Mit dem Ding sah er verteufelt sexy aus. Sie schüttelte sich innerlich. „Und, wie viel verbraucht ein Veyron so?"

„Bei Höchstgeschwindigkeit verbraucht er eine Tankfüllung in zwölf Minuten."

Sie nickte langsam. „Im Grunde genommen handelt es sich also um eine Ein-Auto-Lösung für eine unbeschädigte Ozonschicht."

„Jep. Aber er ist verdammt schnell. Im Gegensatz zu diesem Rasenmäher ohne Klingen, den du Auto nennst."

„Das ist ein Hybridwagen! Den fahre ich aus Rücksicht auf die Umwelt."

„Aber schnell ist er nicht gerade."

Sie verdrehte die Augen. „Du hast gesagt, das hier wäre der teuerste Wagen überhaupt. Wie viel kostet er?"

„Eins Komma zwei."

„Millionen?", rief sie. Sie machte Anstalten, eilig von der Motorhaube herunterzukrabbeln, aber er hielt sie auf, indem er seine großen Pranken um ihre Hüften legte.

„Du musst nicht runterkommen. Eins darfst du nicht vergessen."

„Und was?"

„Das ist nicht unser Wagen."

In diesem Augenblick klingelte sein Satellitentelefon. „Das ist Rök. Da muss ich drangehen." Er überquerte den Parkplatz, um in Ruhe zu telefonieren. Als ob sie das Kauderwelsch verstehen könnte, das sie untereinander benutzten.

Wie sie inzwischen wusste, besaß Cade ein satellitengestütztes Telefon, was bedeutete, dass es so ziemlich überall auf der ganzen Welt funktionierte. Dadurch hatte sie ebenfalls überall auf der Welt Zugang zum Internet mit ihrem Laptop.

Sobald er wieder da war, fragte sie: „Wie heißt diese Sprache eigentlich?"

„Dämonisch", erwiderte er. „Es wird dich freuen zu hören, dass inzwischen der gesamte Orden von Demonaeus ausgelöscht wurde. Und Rök und meine Leute sind in ebendieser Sekunde den Vampiren auf den Fersen. Das heißt, es sind jetzt zwei Faktionen weniger hinter dir her."

„Oh. Ich danke dir. Und Rök." Wie drückte man wohl auf angemessene Art und Weise seine Anerkennung für die Auslöschung von Dämonen und Vampiren aus? Für solche Anlässe gab's leider keine vorgedruckte Dankeskarte.

„Wie hast du ihn eigentlich kennengelernt?", fragte sie. Sie rief sich den Dämon ins Gedächtnis, den sie ja nur kurz gesehen hatte. Er war so groß wie Cadeon und besaß ähnliche Hörner, obwohl Röks eher silbrig aussahen. Sein schwarzes Haar hatte er zu einem Pferdeschwanz zurückgebunden, und er hatte blaue Augen und einen Schlafzimmerblick. Wenn nur diese Hörner nicht wären, würden ihm die Frauen scharenweise nachrennen.

„Wir waren Gegner, jeder mit anderen Stärken. Er liebt die intrigante Spionage, während ich es vorziehe, mit meinem Schwert zuzuschlagen. Wir wurden immer wieder von verschiedenen Faktionen angeheuert, um dieselbe Sache zu erobern oder damit sich unserer Leute bekämpften. Schlussendlich haben wir erkannt, dass wir uns irgendwann selbst umbringen würden – und dann würde keiner von uns den Sold bekommen."

„Und es geht dabei immer nur ums Geld?"

„Daher der Name *Söldner*." Er kitzelte sie unter dem Kinn. „Du schaffst das schon, Halbling."

Mississippi, Meilenstein 775

„Ich dachte, ‚Sandbar' wäre nur ein Wortspiel", sagte Holly und zog ihre dünne Jacke enger um den Körper. Die Luft, die vom Fluss heranwehte, ließ sie frösteln.

„Nö, es handelt sich tatsächlich um eine Sandbank", sagte Cadeon. Nachdem er sich sein Schwert auf den Rücken geschnallt hatte, ging er vom Steilufer, auf dem sie geparkt hatten, zum Wasser voran.

Sie folgte ihm über den unwegsamen Pfad. Obwohl sie ihren Weg durch das Gestrüpp und über die Wurzeln sorgfältig wählte, hatte sie doch Angst, jeden Augenblick hinzufallen – oder sich zumindest eine Laufmasche einzufangen. „Ich sehe aber immer noch keine Fähre."

„Dann nimm mal deine Brille ab. Siehst du den Strand? Gleich da unten. Fähre."

Sie kniff die Augen zusammen und stolperte. Eine Nanosekunde später fand sie sich in seinen Armen wieder. Seinen großen, warmen Armen. Erschrocken, wie gut es ihr dort gefiel, sagte sie: „Ich schaff das schon selbst."

„Mit den Absätzen?"

„Ich werde mir so schnell wie möglich passendere Fußbekleidung zulegen."

Seine Stimme war tief und rau, als er sagte: „Du gefällst mir in deinen hohen Schuhen."

Wieso reagierte sie nur so bereitwillig auf seine bloße Stimme? Schon schmiegte sich ihr Körper weich an ihn. Sie hatte nie zuvor gedacht, dass eine Stimme erregend sein könnte, im Grunde hatte sie sich überhaupt noch nie Gedanken über eine andere Stimme gemacht, es sei denn, sie wäre unangenehm gewesen.

Tims Stimme war angenehm. Cadeons war … erregend.

Direkt an ihrem Ohr grummelte er: „Noch besser würden sie mir allerdings gefallen, wenn sie sich in meinen Rücken graben."

Natürlich malte sie sich diese Szene gleich aus.

„Ich hab dich dazu gebracht, darüber nachzudenken, wie?" Er warf ihr einen Blick zu, der deutlich sagte: *Meine Arbeit hier ist getan,* und folgte weiter dem Pfad.

„Lass mich runter, Cadeon! Sofort!"

Das tat er nicht, und es gab nichts, was sie dagegen hätte tun können, weil der Dämon um ein Vielfaches stärker war als sie. Sie hatte keine Chance, ihn zu überwältigen …

Bislang hatte sie noch nie Sex gehabt, aus Angst, die Kontrolle über sich zu verlieren und jemandem wehzutun. Aber bei Cadeon war das gar nicht möglich.

Was bedeutete, dass – technisch gesehen – dieser verlockende Dämon ein potenzieller Sexpartner für sie war.

Holly versuchte, diese Gedanken zu verbannen. Selbst wenn es vom rein Körperlichen her möglich war, war er dennoch nicht der Richtige. Cadeon war ungehobelt, überheblich und ein unverbesserlicher Chauvinist.

Der Beweis: Er weigerte sich selbst dann noch, sie abzusetzen, als sie den groben gelben Sand erreichten und auf den Fährmann stießen.

Der Mann sah ziemlich unheimlich aus. Er hatte knollige Hörner, die bedrohlich nach vorne ragten. Cadeons gefielen ihr wesentlich besser. Zumindest wusste sie, dass er ihr nicht gleich ein Auge ausstechen würde, wenn sie einander beim Küssen mal verfehlten.

Nicht dass sie sich je wieder küssen würden!

„Nur für Mitglieder des Mythos", sagte der Fährmann.

Ohne ihren Protest zu beachten, zog Cadeon ihr die Haare vom Ohr weg. „Walküre", sagte er einfach.

Als sie sich auf seinem Arm hin und her wand, da sie unbedingt ihr Haar wieder in Ordnung bringen musste, sagte der Fährmann: „Ist sie hier, um zu kämpfen?"

Er erwartete eher von *ihr*, dass sie kämpfen würde, als von dem Söldnerdämon?

„Die Walküre ist nur mit mir hier", sagte Cadeon, und der Mann ließ sie an Bord gehen.

Auf der Fähre angekommen, ließ Cadeon sie endlich seinen Körper entlang nach unten gleiten, sodass sie ihre Frisur richten konnte. Minuten später legten sie an einem Pier von zweifelhafter struktureller Integrität an, der in einen wackeligen Laufsteg überging, der durch einen Sumpf führte.

In einiger Entfernung sah man eine hell erleuchtete Hütte, aus der Musik kam.

„Bleib dicht bei mir", sagte er. „Wir gehen rein, holen uns die Anweisungen und gehen wieder raus, klar?"

„Klar." Sie hörte etwas in den Bäumen um sich herum. „He, was ist da drüben?" Sie blickte angestrengt in die Richtung, aus der das Geräusch kam.

Er nahm ihr die Brille weg, und sogleich erkannte sie eine Gruppe Hirsche. Okay, es ließ sich wohl kaum mehr leugnen – ihr Sehvermögen hatte sich verbessert.

„Gib sie mir wieder!"

„Die Leute werden sich wundern, warum du eine Brille trägst. Unsterbliche brauchen nämlich keine."

Sie riss ihm die Brille aus der Hand und setzte sie wieder auf. „Dann sollen sie sich doch wundern." An der Tür angekommen, überprüfte sie nochmals ihre Perlen, ihre Ärmel und die Frisur. Das machte sie immer, bevor sie ein Gebäude betrat. Eines ihrer vordringlicheren Rituale.

„Wie du willst. Also, das wird jetzt vermutlich ein leichter Schock für dich sein. Versuch einfach, keinen der Gäste anzustarren. Verstanden?"

„Ich bin durchaus in der Lage, mich zu beherrschen."

„Na, das weiß ich doch, Halbling. Und sprich auch mit niemandem über unser Vorhaben. Geh einfach davon aus, dass jeder hier drin nur darauf aus ist, dich übers Ohr zu hauen."

„Das sollte kein Problem darstellen. Schließlich tu ich das bei dir auch die ganze Zeit."

Er warf ihr ein verkniffenes Lächeln zu. „Und, Holly, denk immer dran, wozu du fähig bist. Wenn irgendwas schiefgeht, vergiss nicht, dass du anderen ernsthafte Schmerzen zufügen kannst. Also, zögere nicht."

Wenn er ihr immer wieder erzählte, wie stark und mächtig sie war, würde Holly seinen Status als Chauvi am Ende noch überdenken müssen.

Er öffnete die Tür. Die Realität setzte aus.

Während aus der Jukebox „Why Don't We Get Drunk and Screw" schallte, drängelten sich dort Gestalten, die sie sich niemals hätte vorstellen können. Eigentlich sah es hier wie in einer ganz normalen Bar aus, nur dass sämtliche Gäste Kreaturen der Mythenwelt waren.

Zwei Männer traten gerade im Armdrücken gegeneinander an. Über jedem von ihnen schien das Bild einer Bestie zu flackern. Die Farbe ihrer Augen wechselte zwischen Bernstein und einem unglaublich hellen Blau.

Lykae: Werwölfe. Sie erinnerte sich daran, dass sie etwas über sie gelesen hatte.

Vier große Männer mit spitzen Ohren spielten Darts. Durch die Menge hindurch, über eine Entfernung von ungefähr zwölf Metern. *Das edle Feenvolk.* Ein paar engelsgleiche kleine Gnome tanzten fröhlich. Aber aus irgendeinem Grund kamen sie ihr gefährlich vor. Das müssen *Kobolde* sein.

Überall in der Menge verstreut gab es Dämonen in allen Formen, Größen und mit allen nur denkbaren Formen von Hörnern.

Schmollend gab sie sich selbst gegenüber zu, dass Cadeons bei Weitem die schönsten von allen waren.

Plötzlich hielten alle inne und starrten – auf sie. Sie hob das Kinn. Cadeon zog sie noch enger an sich.

„Du überspielst dein Unbehagen sehr gut, Halbling“, murmelte er ihr ins Ohr, „aber vergiss nicht, dass viele dieser Wesen immer noch spüren können, wie dein Herz rast. Beruhige dich.“

In diesem Augenblick teilte sich die Menge, und eine große, wohlgeformte Frau schlenderte auf sie zu. „Das ist also der berüchtigte Cadeon der Königsmacher“, sagte sie mit kehliger Stimme. Sie betrachtete ihn mit offensichtlichem Interesse. „Die Gerüchte lügen nicht. Du bist die hinreißende Hälfte der Woede-Brüder.“

„Und du musst Imatra sein“, sagte er mit unergründlicher Stimme.

Genau wie man es Cadeon zugetragen hatte, war Imatra eine große Schönheit. Und die Frau war sich dessen offensichtlich bewusst. Sie trug eine karminrote Seidenrobe über einem Lederminirock und einem schwarzen Bustier, das ihren sowieso schon beträchtlichen Busen auf überaus gewagte Weise nach oben drückte.

Holly trug ein Twinset und einen Burberry-Rock.

Imatra schlenderte um Cadeon herum und fuhr mit einem ihrer Finger genüsslich über seine Schultern. „Was für ein umwerfender Mann du doch bist.“ Holly gönnte sie kaum einen Blick, schon war ihre Aufmerksamkeit wieder ganz auf Cade gerichtet. „Du musst mit mir nach hinten kommen.“

Als Holly ihnen folgte, drehte sich Imatra um und sagte: „Nur Cade. Wir haben etwas *Geschäftliches* zu bereden.“ Sie zwinkerte Holly zu.

Cadeon sah aus, als ob er Einspruch einlegen wollte, und Holly wünschte sich, dass er es tat. Aber Imatra flüsterte ihm etwas ins Ohr, und er sagte: „Bleib hier an der Bar, Holly. Unterhalte dich mit niemandem. Sitz einfach da und verhalte dich ruhig oder schrei nach mir, wenn du mich brauchst. Ich bin in einer Viertelstunde wieder da."

Und dann waren sie weg. Sie wusste nicht, was sie fühlte, angesichts der schamlosen Art und Weise, wie diese atemberaubend schöne Dämonin mit Cadeon flirtete.

Schließlich atmete sie tief aus, näherte sich langsam der Bar und setzte sich auf einen Hocker. Dieser Ort erinnerte sie an die Szene in *Star Wars*, die in dieser Bar auf Tatooine spielte. Wie hieß sie noch gleich? Ach ja. Die Mos Eisley Cantina. *Ich muss wirklich ein ziemlicher Freak sein, um mich an so was zu erinnern.*

„Was willst du?", fragte sie der Barkeeper. Ihm fehlte eines seiner drei Augen. *Eine nicht vollständige Drei oder eine nicht annullierte Zwei.* Beides war schlecht. Sie bemühte sich, nicht zu starren, aber das Potenzial für drei sollte auch drei betragen!

Sie räusperte sich zurückhaltend. „Ich hätte gern ein W-wasser."

Während sie die Servietten, die neben ihr lagen, ordentlich aufeinanderstapelte, kamen von allen Seiten Männer auf sie zu. *Na klasse, Cadeon. Verhalte dich ruhig, und alles läuft prima.*

„Was führt Euch hierher, Walküre?", erkundigte sich einer von ihnen, der offenbar der Anführer war.

Sie spürte, dass von den Männern eine vage Bedrohung ausging. Sie stellten sie auf die Probe. Sie erinnerte sich an das letzte Mal, dass sie sich so gefühlt hatte: ihr erster Unterrichtstag mit dreiunddreißig Footballspielern an der Tulane. Sie hatte eine Miene aufgesetzt, die absolutes Selbstbewusstsein ausstrahlte und eindeutig signalisierte, dass sie Respektlosigkeit auf keinen Fall dulden würde.

Und was waren schon ein paar Dämonen im Vergleich zu einer Gruppe von Erstsemestern und Sportskanonen?

„Ich genieße die gute Landluft", sagte sie unbekümmert. „Sagen Sie mal, liegt Ihr Wohnsitz am Wasser?"

Die Männer um sie herum rissen die Augen auf.

„Wieso verlangt Ihr zu wissen, wo ich wohne?", fragte der Anführer. „Um mir den Kopf abzuschneiden, derweil ich schlafe?"

„Aye, Deshazior", warf einer der anderen ein, „genauso machen sie das, diese Walküren. Schleichen sich rein, wenn du es am wenigsten erwartest, und dann *zack!*" – er ließ seine Faust auf den Tresen niedersausen – „bist du deine Rübe los."

Ganz ruhig. Mein Herz schlägt schön langsam. „Auch wenn das natürlich durchaus der Fall sein könnte, meine Herren, dachte ich eigentlich eher daran, dass die Versicherung gegen Hochwasser für Sie ein wahrer Albtraum sein muss."

„Sie spricht wie ein Mensch", sagte dieser Deshazior. Der Dämon, der redete wie ein Schauspieler in einem schlechten Piratenfilm, gab dem Barkeeper ein Zeichen, und sofort stand ein Schnapsglas vor ihr. „Runter damit, Walküre."

„Ich trinke keinen Alkohol."

„Ganz schön unhöflich, Dämonenbräu abzulehnen, das Euch so nett angeboten wird."

„Nichtsdestotrotz nehme ich niemals ..."

„Und Pech noch dazu."

„Pech?" Sie schnappte sich das Glas. *Nichts als ein zufälliges Ereignis, das einem gerade nicht in den Kram passt.* „Was kann ein Drink schon schaden, ist's nicht so?" Toll, jetzt fing sie schon an zu reden wie dieser Trottel.

Mit ihrer freien Hand nahm sie eine Serviette, dann warf sie ihnen ein gequältes Lächeln zu, während sie einen Teil des Glasrandes sauber polierte. Zur Begleitung von Jimmy Buffet, der gerade „They say you are a snuff queen, honey, I don't think that's true ..." sang, setzte sie den Drink an ihre Lippen und hob das Glas.

Die Flüssigkeit brannte wie nichts, was sie je zu sich genommen hatte. Sie hustete, und ihre Augen füllten sich mit Tränen. Dann stellte sie das Glas mit der Öffnung nach unten auf den Tresen, damit sie gar nicht erst versuchten, ihr nachzuschenken.

„Hat Euch das zugesagt?“, fragte Deshazior.

Sie war noch nicht wieder imstande zu sprechen, also vollführte sie die einzige höfliche Geste, die hier angebracht zu sein schien: Sie hielt den Daumen hoch.

Sofort jubelten alle los, während ihr irgendjemand auf die Schulter klopfte. Viel zu kräftig. „Sie nimmt noch einen!“

Ein zweites Glas wurde vor sie hingestellt.

Oh nein. *Eins war unten, eins noch da.* Sie würde dieses Glas austrinken müssen und dann noch ein weiteres, damit es die Zahl drei ergab.

Bei Nummer sechs fühlte sie sich überraschend nüchtern und keineswegs so elend, wie sie befürchtet hatte. Genau genommen fühlte sie sich ziemlich locker.

Wie sich herausstellte, war Deshazior ein richtiger Witzbold. Der Sturmdämon war ein leibhaftiger Pirat gewesen, aber er tippte schneller SMS, als sie es je gekonnt hätte. Er sah auf gewisse Weise gar nicht mal schlecht aus, und er interessierte sich für Mathematik, da er Steuermann gewesen war.

Er sagte ihr, dass die Wirkung der Drinks mit jeder Stunde zunehmen würde. Seltsamerweise freute sich Holly darauf.

Sie schielte auf die Budweiser-Wanduhr. Vierzig Minuten waren inzwischen um. Schnell rein und schnell wieder raus, hatte Cade gesagt.

„Wieso braucht er denn so lang?“, murmelte sie gedankenverloren.

Einige der Dämonen grinsten. Einer sagte: „Imatra ist ziemlich anspruchsvoll.“

Anspruchsvoll? *Wir sind nur wegen der Wegbeschreibung hier.* Was hatte denn das damit zu tun, wie lange Cade mit dieser hinreißenden Dämonin wegblieb?

Sie kratzte sich am Kopf, ärgerte sich über ihren Knoten, der sich aufzulösen schien, und nahm die Haarklammern heraus.

Dann riss sie die Augen auf. *Holly, du Vollidiotin.* Zwei Dämonen in einem Hinterzimmer, mit ihren Dreimal-am-Tag-Bedürfnissen …

„Is ja nicht so, als ob Cadeon der Königsmacher der Herausforderung nicht gewachsen wäre", sagte ein anderer.

Cadeon steckte da hinten und hatte Sex mit Imatra.

Mit einem Mal verstand Holly, wieso manche Leute fluchten. Manchmal konnte man seinen Gefühlen mit irgendeiner Kombination harmloser Wörter eben einfach nicht richtig Ausdruck verleihen.

Zumindest hatte er mit einem recht gehabt. Sie war tatsächlich eine alte Meckerliese und eine Heuchlerin noch dazu. Sie saß in einer Bar und betrank sich und wünschte sich nichts mehr, als die gemeinsten Schimpfwörter von sich zu geben, die ihr nur einfielen.

Er war ein unzuverlässiger Dämon. Das wusste sie. Was hatte sie sich nur dabei gedacht, sich einzubilden, da wäre mehr.

Vorhin, kurz bevor Imatra und Cadeon nach hinten in ihr Zimmer gegangen waren, hatte Imatra Holly so einen überlegenen Blick zugeworfen, als ob sie ihr etwas weggenommen hätte. Dabei hatte Imatra ihr in Wahrheit sogar etwas geschenkt.

Die richtige Perspektive, was Cadeon betraf.

Holly hatte gerne alles geordnet. Dass Cadeon jetzt mit einer sexy Dämonin ins Bett stieg, in derselben Nacht, in der er Holly Avancen gemacht hatte, löschte ihn für alle Zeit aus ihren Gedanken. Durch diesen Akt hatte er sich selbst annulliert.

Ja. Sie hatte sich gewünscht, nicht in Versuchung geführt zu werden. Keine Angst mehr davor zu haben, dass sie möglicherweise doch auf ihr altes Leben verzichten würde.

Kein Dämon, keine Versuchung, keine dunkle Seite.

Sie setzte ein Lächeln auf und fragte die Gruppe: „Wer gibt die nächste Runde?“

19

„Ich bin rein geschäftlich hier, Täubchen", sagte Cade, als Imatra Drinks für sie einschenkte.

„Du weißt doch: Es bringt Unglück, Dämonenbräu zurückzuweisen. Und es ist unhöflich, dein Schwert anzubehalten, als wären wir Feinde."

Er nahm das Glas und warf einen kaum verhohlenen Blick auf seine Uhr. Es waren schon zehn Minuten quälend langsam vergangen, während sie ihn über die anderen Faktionen ausgequetscht hatte, die hinter Holly her waren.

„Ich brauch nur die Wegbeschreibung, und dann bin ich wieder weg."

Cade hatte keine Ahnung, wie es Holly da draußen wohl ergehen mochte. Aber er hatte großes Vertrauen in sie und war sicher, dass sie ihr Köpfchen schon dazu benutzen würde, sich aus allem rauszuhalten. Es hatte ihn wirklich beeindruckt, wie gut sie ihr Erstaunen angesichts dieser bunten Mischung von unbekannten Mythenweltgeschöpfen überspielt hatte.

Hier waren Feen, Dämonen und Lykae versammelt, glücklicherweise aber keine Walküren. Er wusste, dass sich all seine Pläne in Luft auflösen könnten, sobald sie herausfand, dass es gar keinen Weg gab, die Wandlung umzukehren.

„Warum denn die Eile, Cade? Wäre es wirklich so grauenhaft, ein, zwei Drinks mit mir zu nehmen?" Imatra ließ ihre Robe über die Schulter hinabgleiten.

Cade war sich darüber bewusst, dass die meisten Imatra für

wunderschön halten würden, aber er fand sie zu gekünstelt. Kein Vergleich mit seinem Halbling. „Mein wertvolles Gut befindet sich dort draußen in einem Raum voller Dämonen. Noch vor zwei Tagen war sie ein Mensch. Ich muss den Zeitfaktor berücksichtigen."

„Niemand würde es wagen, ihr etwas anzutun."

Nein, aber sie könnten ihr Angst einjagen. „Außerdem möchte ich so bald wie möglich zum nächsten Checkpoint, was deinem Herrn und Meister durchaus entgegenkommen sollte."

„Er wünscht, Neuigkeiten über den Gesundheitszustand des Gefäßes zu erfahren."

Cade hasste es, wenn jemand auf diese Weise von Holly sprach, so unpersönlich. Groot würde niemals über das hinaussehen, was sie ihm geben konnte, und niemals entdecken, wie sie wirklich war.

„Holly geht es gut."

„Wir hatten nicht erwartet, dass du ganz allein mit ihr reist."

„Das war auch nicht so geplant. Nur hat leider Groots und Omorts Schwester Sabine, das kleine Miststück, meinen Bruder gefangen genommen."

„Wir wussten nicht, ob du dir dieser Tatsache bewusst bist."

Die Vorstellung, dass Rydstrom irgendwo gefangen war, gärte in Cade, aber er bemühte sich, den Gedanken zu verdrängen, da ihm inzwischen klar geworden war, dass die Verhandlungen an diesem Checkpoint nicht so einfach werden würden, wie er erwartet hatte. Imatra schien kapriziös zu sein. Sie könnte ihm Schwierigkeiten bereiten. Er wollte das Geschäft auf keinen Fall platzen lassen, nur weil er die Geduld mit ihr verlor.

„Ich nehme an, bald wird es sowieso alle Welt wissen", sagte Imatra, „wenn man bedenkt, wie Sabine mit ihrem neuen Spielzeug angibt."

Cade knirschte mit den Zähnen. „Wo ist Rydstrom?"

„Du erwartest von mir, dass ich dir das verrate, wo du doch nicht mal dein Schwert ablegst oder die Höflichkeit besitzt, ein Glas mit mir zu trinken?"

Er nahm brav seinen Schwertgürtel ab und legte ihn auf einen Stuhl. Dann hob er sein Glas.

Mit einem zufriedenen Lächeln setzte sie sich auf den Rand ihres Schreibtischs, wobei sie dafür sorgte, dass der Schlitz ihres Rocks bis zur Hüfte hochrutschte. Diese Frau bemühte sich, sexy zu wirken. Alles an ihr war darauf ausgerichtet, aber es erschien unnatürlich. Sie musste schwer dafür arbeiten.

Und sie konnte Holly nicht das Wasser reichen, der es vollkommen gleichgültig war, ob Männer sie attraktiv fanden oder nicht.

„Wo ist mein Bruder, Imatra?"

„Höchstwahrscheinlich in Tornin, aber sicher sind wir nicht. Ich gehe allerdings davon aus, dass wir bald mehr wissen werden. Und diese Information würden wir nur zu gern mit dir teilen, vorausgesetzt, die Transaktion geht glatt über die Bühne."

„Warum sollte sie nicht?"

„Wie können wir wissen, dass du nicht mit dem Gefäß schläfst?", fragte Imatra.

Gute Frage. „Auf dieselbe Weise, wie meine Klienten stets wussten, dass ich den Wertgegenständen, die sie mir anvertraut hatten, niemals Schaden zufügen würde. Wäre schlecht fürs zukünftige Geschäft. Außerdem entspricht die Kleine ganz und gar nicht meinem üblichen Geschmack." *Die anderen waren im Vergleich zu Holly nämlich der letzte Dreck gewesen.*

Die Dämonin musterte ihn, als ob sie festzustellen versuchte, ob er log. War sie misstrauisch? Wenn ja, wieso? Niemand außer Rydstrom, Nïx und Rök wusste, was Holly ihm bedeutete.

„Solltest du auf die Idee kommen, besonders schlau sein zu wollen, und versuchen, das Schwert *und* das Mädchen zu bekommen, wirst du scheitern“, sagte Imatra. „Zuerst einmal ist Groot ein unglaublich starker Gedankenleser. Möglicherweise gelingt es dir, seine Sondierungen abzublocken, aber sie hat keine Chance. Zweitens wird der Austausch innerhalb von Groots Festung stattfinden, die auf magische Weise geschützt wird, mit zahllosen Fallen ausgerüstet ist und von Wiedergängern bewacht wird. Umgeben ist sie von einem Wald voller Wendigos. Sollte sie mit dir fliehen, wird das ihr Tod sein.“

Bis zu dieser Sekunde war es Cade nicht klar gewesen, dass er bis jetzt tatsächlich in einem Hinterstübchen seines Kopfes mit dem Gedanken gespielt hatte, den Versuch zu wagen, das Schwert zu bekommen und Holly zu behalten.

Das war es, was er sich mehr als alles andere wünschte.

Jetzt merkte er, wie seine Hoffnungen zerstört wurden.

„Jede Menge Hindernisse“, gab Cade zu. „Wie kann ich da sicher sein, dass ich die Festung lebendig verlasse?“

„Groot hat beim Mythos geschworen, dass du freies Geleit haben wirst. Wenn du im Gegenzug schwörst, dass du seinen Aufenthaltsort niemals preisgeben wirst.“

Beim Mythos zu schwören, war der verbindlichste Eid, den ein Unsterblicher ablegen konnte. Selbst ein böser Hexenmeister würde sich verpflichtet fühlen, ihn zu halten. „Ich schwöre es.“

„Außerdem fordert mein Herr, dass das Gefäß fruchtbar ist, um sofort zur Fortpflanzung bereit zu sein. Du musst dafür sorgen, dass sie auch weiterhin Nahrung zu sich nimmt“, sagte Imatra. Sie stellte ihn auf die Probe, wertete seine Reaktion aus.

Cade gelang es gerade noch zu verhindern, dass er mit den Zähnen knirschte. „Ich bin doch kein Kindermädchen.“

„Wenn sie nicht im vorgeschriebenen Zustand übergeben wird, fasst er vielleicht den Entschluss, dass dein Schwert nicht so ist, wie du es gerne hättest.“

Zum Teufel damit! „Das *Gefäß* hat seinen eigenen Kopf, aber ich werde mich bemühen, das mit dem Essen zu erledigen."

„Noch eine Sache: Wenn sie nicht beim nächsten Vollmond bis Mitternacht zur Stelle ist, wird das Schwert wieder im Schmiedefeuer landen und für alle Zeit verloren sein."

Cade hatte gehört, dass Groot in seiner verborgenen Festung eine Esse von überirdischer Hitze besaß. „Würde er es nicht lieber jemand anders geben, der seinen Bruder für ihn tötet?"

„Die Waffe wurde für einen der Woede-Brüder geschmiedet", erwiderte sie. „Für jeden anderen wäre sie wertlos."

„Verstanden. Also, wenn es dir nichts ausmacht, dann hätte ich jetzt gerne den zweiten Teil der Wegbeschreibung."

„Ich werde sie dir verraten ... aber erst, nachdem du mich geküsst hast."

Wut kochte ihn ihm hoch, und er kniff die Augen zusammen. „Groot würde es wohl kaum gefallen, dass du mir irgendwelche Bedingungen auferlegst und mich damit behinderst."

„Genauso wenig wie ihm der Gedanke gefallen würde, es könnte sich da etwas zwischen dem Gefäß und dir entwickeln." Sie ließ die Robe zu Boden sinken. „Wäre es denn so entsetzlich, mich zu küssen, Cadeon?"

Um die Wahrheit zu sagen: Ja. Bevor er Holly kennengelernt hatte, hätte ihm dieser leicht schlampenhafte Typ Frau gefallen. Er hätte sie nicht nur geküsst, sondern noch eine ganze Menge mehr mit ihr angestellt.

Jetzt würde er sie höchstens dann küssen, wenn es unumgänglich war.

Unumgänglich? Es gab für ihn keine Zukunft mit Holly, und je eher er das in seinen Schädel bekam, desto besser. „Na gut, Täubchen", stieß er mit heiserer Stimme hervor. „Ein Kuss für die Wegbeschreibung."

„Dann komm doch einfach mit mir“, sagte sie. Sie glitt zu ihrem Bett hinüber und zog die Decke mit einem routinierten sinnlichen Lächeln herunter.

„Das kannst du vergessen, Imatra.“ Er packte ihre Hand und zog sie zurück.

„So aggressiv“, schnurrte sie. „Dann werden wir es eben im Stehen machen.“

„Wie auch immer.“ Er beugte sich hinab und küsste sie.

Und es ließ ihn kalt.

Daran sollte ich mich wohl besser gewöhnen, dachte er, während er den Kuss pro forma durchexerzierte. Kälte war alles, was er je wieder fühlen würde, ohne die ihm bestimmte Frau.

„Entschuldigung“, sagte Holly von der Tür aus.

Sofort löste er sich von Imatra. Aber Holly hatte alles gesehen.

Sein Herz klopfte wie wild, während ihr Blick über das ungemachte Bett, dann über Imatras auf dem Boden liegende Robe und sein Schwert wanderte, das er auf einem Stuhl abgelegt hatte.

Oh Scheiße. Jetzt hab ich's vermasselt. Die ihm vom Schicksal vorbestimmte Frau hatte gesehen, wie er eine andere küsste. Er hatte noch nie zuvor davon gehört, dass so etwas irgendeinem Mann seiner Art passiert wäre. Denn niemand sonst war so blöd.

Aber ich kann sie sowieso nicht haben.

„Ich würde jetzt furchtbar gerne ins Hotel zurück, aber ich möchte euch natürlich nicht stören“, sagte Holly heiter. Sie war weder überrascht noch bestürzt oder sonst irgendwas. Sie strotzte nur so vor Selbstbewusstsein. Selbst Imatra schien überrascht. „Dann werde ich eben versuchen, eine Mitfahrgelegenheit zu finden, Cadeon.“ Sie wandte sich zum Gehen.

„Mitfahrgelegenheit?“, sagte er ungläubig. Er war im Nu bei ihr und ergriff ihr Handgelenk. „Wer zum Teufel sollte dich mitnehmen?“

In diesem Augenblick ertönte ein ganzer Chor von Männerstimmen. Sie grölten, die Walküre sei mit dem nächsten Drink dran.

Sie hatte ihr Haar gelöst, es fiel ihr in Wellen über die Schultern. Die Brille hatte sie in die Tasche gesteckt. Ihre Wangen waren vom Alkohol gerötet.

„Warum sind deine Haare offen?“, fragte er leise.

„Weil ich in einer Bar bin?“

„Du bist betrunken.“

„Und du bist ein Schnellmerker. Aber wirklich, ich möchte euch nicht weiter stören. Nur kurz Bescheid sagen, dass ich jetzt gehe.“

Imatra legte ihre Robe wieder an und rückte ihre Kleidung in übertriebener Weise zurecht. Das verfluchte Miststück versuchte es so aussehen zu lassen, als ob sie miteinander geschlafen hätten, und er konnte es nicht abstreiten, ohne preiszugeben, dass ihm etwas an Holly lag.

„Du gehst mit mir“, sagte er zu Holly. Er runzelte die Stirn – es schien ihr wirklich völlig gleichgültig zu sein, was sie gesehen hatte.

Er hatte geglaubt, sie fühle sich zu ihm hingezogen. Vielleicht sogar ein kleines bisschen besitzergreifend, nachdem sie sich geküsst hatten.

„Fein. Ich warte dann draußen.“ Sie schlenderte hinaus, während er vollkommen fassungslos dem Geräusch lauschte, das ihre kleinen Absätze auf dem groben Holzfußboden machten.

„Ich hatte mir ja über euch zwei so meine Gedanken gemacht“, sagte Imatra. „Aber wie ich sehe, gibt es absolut nichts, weswegen Groot sich Sorgen machen müsste. Sie hat nicht das geringste Interesse an dir.“ Irgendwie hatte die Dämonin gewusst, dass Cade etwas für Holly empfand, und angenommen, dass es umgekehrt genauso wäre.

Doch dann hatte Hollys Gleichgültigkeit ihr das Gegenteil bewiesen.

„Die Wegbeschreibung“, erinnerte er sie.

„Ihr fahrt in Richtung Michigan.“

„Die *genaue* Wegbeschreibung?“

„Immer mit der Ruhe, Dämon. Erst noch ein Drink.“

Cade hörte Männerstimmen johlen, als Holly wieder die Bar betrat. Es kostete ihn all seine Kraft, nicht auf der Stelle dort hinauszustürmen und eine Schlägerei anzufangen.

Als Holly zurückkehrte, zog Deshazior den Hocker neben sich für sie hervor. Die Augenbrauen fragend erhoben, bildete er mit Daumen und Zeigefinger einen Ring und steckte den anderen Zeigefinger hindurch.

„Oh ja“, sagte sie, immer noch fassungslos. Genau wie sie erwartet hatte, hatte er es dort hinten mit Imatra getrieben, die es sichtlich genossen hatte, dabei erwischt zu werden. Wieder hatte sie ihr diesen überlegenen Blick zugeworfen.

Nein, diese Welt war nicht das Richtige für Holly.

Aber das Trinken möglicherweise schon. Sicher in dem Wissen, dass sie nicht wieder vom rechten Weg abweichen würde, beschloss sie, diesen überaus kurzen Urlaub zu genießen. Sie würde ihr altes Leben zurückbekommen. Ergo konnte sie in ihrem neuen Leben ruhig noch ein paar Gläser mit ihren neuen Dämonenfreunden kippen.

„Hast du irgendwas Gutes zu sehen bekommen?“, erkundigte sich Deshazior hoffnungsvoll.

„Nein, ich glaube, sie waren gerade fertig.“

„Meinst du, sie legen nur mal kurz ’ne Pause ein? Ich hab gehört, dass Cade kein Kostverächter ist.“

„Ach, wirklich?“, fragte sie gelangweilt.

„Es überrascht mich, dass er sich noch nicht an dich rangemacht hat“, sagte er. „Dämonen lieben Walküren.“

„Kann ja sein, aber lieben Walküren auch Dämonen?"

„Aye, denn wir sind die Einzigen, die ein paar Runden im Bett mit euch überleben."

Auf diese Antwort klatschten sich die Dämonen an der Bar erst einmal alle ab. Sie zwang sich zu lächeln. Komisch, dass sie eine Tatsache erwähnten, die ihr selbst gerade erst heute Nacht bewusst geworden war.

Da sie fürchtete, Deshazior könnte an ihrem Gesichtsausdruck etwas ablesen, fragte sie: „Hast du mal einen Dollar für ein bisschen Musik?"

Er gab ihr ein paar Münzen in einer Währung, die sie noch nie gesehen hatte, und sie schlurfte zur Musikbox hinüber. Ihre Laune verbesserte sich gleich um ein Vielfaches, als sie entdeckte, dass ein Album von Stevie Ray Vaughan vorhanden war.

Als sie diesmal zurückkehrte, klopfte Deshazior mit der Hand auf seinen Schoß, um ihr einen Sitzplatz anzubieten. Er sah wirklich nicht übel aus, selbst mit seinen riesigen Hörnern. Sie überlegte, was die alte Holly wohl tun würde.

Wild entschlossen, diese bizarre Nacht zu genießen, tat sie genau das Gegenteil, zum Entzücken des riesigen Dämons.

Als Cadeon endlich wieder aus Imatras Höhle auftauchte, saß sie auf Deshaziors Knie, flüsterte ihm etwas ins Ohr und wiegte sich zu den Klängen von „Pride and Joy" hin und her.

Ihre Brille befand sich auf Deshaziors Nase. Sie trug inzwischen den Schwertgurt des Piraten und hatte den leisen Verdacht, dass einer der kleineren Dämonen auf dem Boden neben ihr saß und sein Gesicht zärtlich an ihrer freien Hand rieb.

Es war Cadeon deutlich anzusehen, dass er die Zähne fest aufeinanderbiss, und seine Augen wurden von Schwärze überflutet.

Im Hintergrund sang Stevie: „You mess with her you'll see a man get mean."

20

Meine Frau auf dem Schoß eines anderen Mannes, ihre Lippen an seinem Ohr …

Da bemerkte Deshazior ihn und hob grüßend das Kinn.

Und ich kann ihn nicht umbringen. Der Sturmdämon hatte nichts getan, was auch nur im Entferntesten als aggressiver Akt ausgelegt werden könnte. Ihre Rassen lagen nicht im Krieg miteinander. Zum Teufel, Cadeon hatte sich selbst schon mal mit ihm betrunken.

Wenn Cade irgendetwas tat, würde jeder wissen, dass es wegen der Frau sein musste. Durch seine knirschenden Zähne herrschte er sie an: „Hoch mit dir – sofort." Sie hatte gesehen, dass er eine andere geküsst hatte, und es schien sie fast amüsiert zu haben. Cade hatte sie nur mit einem anderen flirten sehen und wünschte sich nichts mehr, als irgendetwas abschlachten zu können.

„Probleme, Cadeon?", erkundigte sich Deshazior. Er musterte Cades Gesicht.

„Sie gehört zu mir, und wir gehen jetzt."

„Ich geh ja schon, ich geh ja schon." Holly erhob sich etwas wackelig und löste einen Schwertgürtel von ihrer Taille. Nachdem sie Deshazior ihre Brille abgenommen hatte, tätschelte sie kurz seine Hörner.

Mehr als einer der anwesenden Männer stöhnte auf, was sie gar nicht zu bemerken schien. Sie hatte keine Ahnung, dass diese Geste für einen Dämon dasselbe war, als ob sie ihm in den Schritt gepackt hätte. „Vielleicht noch einen für unterwegs …"

Cade legte sie sich über die Schulter. „Die Party ist vorbei, Kleines."

Die anderen sahen ihn an, als ob er völlig übergeschnappt wäre, eine Walküre derart unsanft zu behandeln, doch statt wütend zu werden, warf Holly ihrem Gefolge auf dem ganzen Weg nach draußen mit beiden Händen ein paar laute Küsse zu. „*Muahh*! Und vergiss nicht, mir zu simsen, Desh!"

„Cadeon, wo fahren wir eigentlich hin?", fragte sie, als sie endlich wieder unterwegs waren. Sie fuhren über einen dunklen, einsamen Highway.

Er war schon seit Ewigkeiten auffallend schweigsam. Als ob *er* wütend auf *sie* wäre. Ohne ein Wort reichte er ihr ein Stück Papier, auf dem stand:

Die Laughing Lady Bridge am Bloodwater River, obere Halbinsel von Michigan. Ab kommendem Freitag wird sich an drei aufeinanderfolgenden Nächten um Mitternacht eine Kontaktperson auf der Brücke befinden.

„Was zum Teufel hast du da drin gemacht?", sagte Cadeon schließlich.

„Ich hab nur ein bisschen Spaß gehabt, während du hinten mit Imatra ins Bett gehüpft bist."

„Ich muss mich nicht vor dir rechtfertigen."

„Aber selbstverständlich nicht." Sie lehnte den Kopf ans Fenster und blickte in den Himmel hinauf. *Sterne*. Strahlender als sie sie seit Jahrzehnten in der Gegend um New Orleans zu Gesicht bekommen hatte. *Richtig schön.*

„Es ist ja schließlich nicht so, als ob wir beide irgendein Abkommen getroffen hätten", sagte Cadeon.

„Das ist vollkommen richtig."

„Was soll denn das?", fragte er barsch. „Ist das irgend so eine Art umgekehrte Psychologie?"

Sie seufzte. „Cadeon, ist es denn so unbegreiflich, dass ich mich über diese Sache nicht aufrege, weil ich an dir nun mal nicht auf diese Weise interessiert bin?"

„Das ist doch Schwachsinn. Du weißt genau, dass wir uns zueinander hingezogen fühlen."

„Zueinander hingezogen? Du machst Witze, oder? Ich leide unter *Hypersensibilität*. Von dir höchstpersönlich diagnostiziert. Scheint wohl, als ob ich nicht ganz so anspruchsvoll wie sonst bin. Sogar du kommst mir inzwischen manchmal wie eine echte Option vor."

„Sogar ich? Was zum Teufel soll das denn heißen? Frauen finden mich nicht gerade abstoßend."

„Oder eingebildet." Seine Worte erinnerten sie daran, was die anderen über Cadeon gesagt hatten: ein Aufreißer. „Das sind vermutlich Frauen, die auf Hörner und Reißzähne stehen. Zu denen gehöre ich nicht."

Mit zusammengezogenen Augenbrauen fuhr er sich mit der Hand über seine Hörner. Als er merkte, was er da tat, zog er die Hand mit einem Ruck weg. „Du magst keine Hörner, was? Aber Deshs Hörner hast du begrapscht, als ob es kein Morgen gäbe. Nur zu deiner Information: Da hättest du ihm auch gleich den Schläger polieren können."

Sie wusste nicht, was dieser Ausdruck bedeutete, aber es klang nicht gut. „Woher sollte ich das denn wissen? Ist ja nicht so, dass diese wertvolle kleine Information im *Buch des Mythos* gestanden hätte. Und du bist genau der Richtige, um an meinem Benehmen in dieser Kneipe rumzumäkeln, Sankt Cadeon."

„Verdammt noch mal, Holly, es war nicht so, wie es ausgesehen hat."

„Ich habe wirklich keine Lust, mir deine Ausreden anzuhören, wo doch gar nichts passiert ist. Ich bin auch nicht daran interessiert, wie es ausgesehen hat. Geht mich schließlich nichts an.“

„Sogar nachdem wir uns gestern geküsst …“

„Der Kuss, den ich nicht wollte? Und ich hatte dich doch gebeten, ihn niemals zu wiederholen, nicht wahr?“ Sie verzog das Gesicht, als ihr plötzlich schwindelig wurde.

„Wunderst du dich denn gar nicht, *warum* ich letzte Nacht dich geküsst habe, und heute dann sie?“

Als ob das alles gewesen wäre, was er getan hatte.

„Weil du ein *Mann* bist?“ Sie zuckte mit den Achseln. „Vielleicht bist du ja wie so ein Löwe in seinem Rudel, der jedes Weibchen besteigen will, das er sieht.“

„Sie sagte mir, sie würde mir die Wegbeschreibung erst geben, wenn sie einen Kuss bekommen hat.“

„Und das hat eine ganze Stunde gedauert?“, sagte Holly schon wesentlich lebhafter. Aber dann wurde Cade klar, dass sie ihn auslachte.

„Eine Stunde? Du bist betrunken …“ Er verstummte nach einem Blick auf die Uhr im Armaturenbrett. Seine Augenbrauen zogen sich zusammen. „Diese Hexe! Sie muss die Zeit in ihrem Zimmer verlangsamt haben.“

Jetzt machte Holly aus ihrem Lachen keinen Hehl mehr. „Die Zeit verlangsamt. In ihrem Zimmer.“ Sie summte die Titelmelodie von *Akte X*. „Hör doch auf damit. Es ist mir egal.“

„Ich hätte erwartet, dass ich dir nach unserem Kuss letzte Nacht nicht mehr vollkommen gleichgültig wäre.“

„Du bist mir aber gleichgültig, genauso wie es dir gleichgültig war, dass ich mit Desh geflirtet habe.“

„*Desh*.“ In ihm kochte es vor Wut, sodass er eine ganze Weile schwieg. „Dein Freund ist auf einer Tagung, letzte Nacht hast du mich geküsst, vor ein paar Stunden hättest du mir fast die Kronjuwelen geknetet, und jetzt betrinkst du dich und schmeißt dich an einen fremden Mann ran. Ein Muster an Treue."

„Du hast es erfasst. Die untreue Jungfrau. Ich lass es so richtig krachen."

„Warum lächelst du?"

„Weil ich es genieße, zum ersten Mal einen Schwips zu haben."

„Genau darum geht es doch", sagte er, allerdings schon ein wenig entspannter. „Sobald du wieder nüchtern bist, wirst du stinksauer auf mich sein."

Sie kniff sich mit Daumen und Zeigefinger in die Stirn und murmelte. „Jetzt kapier ich endlich, was mit dem Begriff Spaßbremse gemeint ist."

„Du nennst mich eine … oh, das ist doch wohl das Allerletzte! Frau Schulmeisterin nennt den Dämon Spaßbremse."

„Frau Schulmeisterin? Ha! Damit beweist du nur wieder mal, was für ein alter Knochen du bist!"

Cade fühlte sich gezwungen, etwas zu tun, um Holly wachzurütteln. Er konnte alles ertragen, nur nicht diese Gleichgültigkeit.

Er hielt am Straßenrand an, griff nach ihr, umfasste mit beiden Händen ihr Gesicht und zog sie zu sich. Aber sie schubste ihn. Fest.

Ihre Kraft nahm weiter zu – sie hatte fast schon die Stärke einer Walküre erreicht.

„Wag es ja nicht!", zischte sie ihn mit silbern blitzenden Augen an. „Wenn ich eine Kostprobe von Imatras Lippen haben wollte, hätte ich sie selbst geküsst."

„Fein." Er zog sich wieder zurück. „Ist mir auch scheißegal, ob du mir glaubst oder nicht." Er legte unwirsch einen Gang ein und raste wieder los.

Nach einer Stunde des Schweigens murmelte sie: „Fahr mal langsamer."

„Nein. Wir müssen die Zeit wieder reinholen."

„Cadeon, jetzt fahr schon langsamer. Mir geht's nicht so gut."

„Wie viel hast du denn getrunken? Zwei Gläser? Drei?"

Sie lachte unsicher. „Bisschen mehr."

„Haben sie dir auch gesagt, dass es ein Weilchen dauert, bis die Wirkung einsetzt?"

„Das haben sie in der Tat."

„Holly, wie viel?"

„Ich kann mit … absoluter Sicherheit sagen, dass es sich um eine ganze Zahl handelt. Ein Vielfaches von drei. Größer als oder gleich neun …" Ihr Kopf sackte nach vorn.

Cade hatte ganze zwei Stunden gebraucht, um ein halbwegs anständiges Hotel zu finden. Holly war ohnmächtig geworden. Sie hatte die ganze Zeit über zusammengerollt auf ihrem Sitz gesessen.

Gerade als er sie zu ihrem Zimmer trug, blinzelte sie und schlug die Augen auf. Sie starrte direkt in seine Augen.

So hübsch. Seine Wut war längst verraucht, und jetzt ließ schon ihr bloßer Anblick sein Herz wie verrückt gegen seine Brust schlagen. Er seufzte. „Baby, nach neun Gläsern bist du hackedicht …"

Sie stöhnte auf. „Ich hab meine Jacke nicht?"

Er konnte nicht anders, er musste einfach über ihre todtraurige Stimme lachen. „Du bist betrunken – sternhagelvoll."

Als er sie aufs Bett setzte, ließ sie sich sofort nach hinten sinken, um gleich darauf loszukreischen: „Oh Gott, das Bett dreht sich!"

Er drehte sie schleunigst auf die Seite, damit sie mit dem Fuß den Teppich berühren konnte. „Besser?"

„Besser", murmelte sie nach einigen Sekunden.

„Ach, was ich dir alles beibringen könnte. So, und jetzt werde ich dich mal ausziehen."

„Kann ich selbst“, lallte sie. Sie versuchte, nach dem obersten Knopf ihrer Strickjacke zu greifen, doch stattdessen pikste sie sich mit dem Finger ins Auge. „Aua! Das hat wehgetan!“

„Lass mich das machen. Ich guck auch nicht hin.“

„Doch, das wirst du“, sagte sie in feierlichem Tonfall.

„Okay, du hast wahrscheinlich recht.“ Er zog ihr den Pulli aus. „Aber da ist nichts, was ich nicht schon gesehen hätte …“

Doch da hatte er sich geirrt, wie er merkte, als sie nur noch in Strümpfen und ihrer schwarzen Spitzenunterwäsche vor ihm lag. So was hatte er sein Lebtag noch nicht zu Gesicht bekommen. Fassungslos stieß er den Atem aus und murmelte: *„Oh ihr Götter. Ich könnte schon kommen, wenn ich dich nur ansehe, Halbling.“*

„Hmm? Was hassu gesagt?“

Sie war einfach atemberaubend in ihrer seidigen Wäsche und den halterlosen Strümpfen. Und diese ganze Schwimmerei hatte ihrem Körper verdammt gutgetan.

Ihre Arme und Beine waren durchtrainiert, trotzdem hatte sie sich ihre Weichheit bewahrt. Unter ihrer schmalen Taille wölbten sich die wohlgerundeten Hüften. Milchweiße Brüste ragten aus diesem verruchten Push-up-BH hervor.

Sie hatte den Körper einer Sexbombe und würde ihn für den Rest ihres unsterblichen Lebens behalten. Er hätte am liebsten vor Glück laut geheult, nur weil er sie ansehen durfte. Er streckte die Hände nach ihren Brüsten aus, es juckte ihm in den Fingern, sie zu kneten …

„Hast du was gesagt, Cadeon?“, fragte sie leise.

Er zog die Hände zurück und ballte sie zu Fäusten, bis seine Knöchel weiß hervortraten. Noch einmal streckte er sie aus und wieder zog er sie zurück. Er lief auf und ab, kämpfte gegen den Drang an, seinen Hunger zu befriedigen. Die Frau seiner Träume lag da auf dem Bett vor ihm wie eine in Seide gehüllte Opfergabe – und er durfte sie nicht berühren.

Dann kniff er die Augen zusammen. Wenn er die Gelegenheit schon nicht ausnutzen konnte, wollte er doch wenigstens ein paar Antworten von ihr. „Ja, Kleines. Ich hab eine Frage an dich …“

21

„Guten Morgen, Sonnenschein!“, dröhnte Cadeons Stimme in ihr Ohr.

Holly schoss hoch – und hielt sich augenblicklich den Kopf und stöhnte.

„Oder besser gesagt, guten Abend“, sagte er. „Ich hab dich schlafen lassen, solange es ging, aber wir müssen einen Zeitplan einhalten, weißt du. Und einer von uns hält sich gerne an einen ordentlichen Zeitplan.“

„Oh Gott … Ich bin in der Hölle.“

„Ich habe die Nacht schon verplant. Du gehst jetzt erst mal unter die Dusche, weil du nämlich wie ein Fass Hundertprozentiger riechst, und dann werden wir trainieren. Sobald wir losgefahren sind, suchst du uns auf der Karte unseren Zielort. Wenn du nicht zu verkatert bist. Hier, trink das.“ Er öffnete eine Flasche Gatorade, wobei er sich offensichtlich Mühe gab, den Rand nicht zu berühren.

Sie schielte auf die Flasche und dann auf ihre Hände, die sich beide auf das Getränk zubewegten. Im nächsten Moment hatte sie die Flasche leer getrunken.

„Iss das hier.“ Er reichte ihr eine ungeöffnete Schachtel gesalzener Cracker, auf die sie sich augenblicklich stürzte.

Aus irgendeinem Grund schmeckten ihr Gatorade und Cracker in diesem Moment geradezu *göttlich*.

Innerhalb von Minuten fühlte sie sich besser. „Danke schön.“

„Ich lebe, um zu dienen. Wo wir gerade davon reden, brauchst du Hilfe beim Anziehen? So wie beim Ausziehen?“

Bei seinen Worten kamen ihr all die Ereignisse der vergangenen Nacht wieder ins Gedächtnis, und sie riss die Augen auf.

Nicht nur dass Cadeon letzte Nacht mit Imatra im Bett gewesen war, er hatte auch noch schamlos Hollys ersten Rausch ausgenutzt.

Sie erinnerte sich durch den Dunstschleier aus Alkohol hindurch, dass er sie ausgefragt hatte. Dass er ihr die Antworten zu allen möglichen Dingen – *privaten* Dingen – entlockt hatte. Seine Stimme war so einlullend gewesen, seine Haltung so entspannt.

Jetzt erst wurde ihr klar, dass er sie reingelegt hatte.

Ihr Gesicht wurde knallrot, als sie sich an ihre Enthüllungen erinnerte. Sie berührte sich niemals selbst – weil sie nämlich immer ihre Bahnen schwamm, wenn ihr Verlangen zu groß wurde. Ansonsten bekäme sie nämlich überaus lebhafte Träume und würde mitten in einem *Orgasmus* – sie hatte das Wort doch tatsächlich ausgesprochen – aufwachen.

Beschämend, aber wahr. Sie hatte oft von leidenschaftlichem Sex geträumt, auf den sie auch körperlich reagierte …

Sie ballte die Hände. Wut kämpfte gegen ihre tiefe Scham. Und dann hatte sie ihm gegenüber zugegeben, dass sie sehr neugierig war, was Sex betraf, aber jede intime Situation, in der sie bisher gewesen war, immer damit geendet hatte, dass sie jemandem wehtat.

Sie schüttelte wild den Kopf. Sein Benehmen war wirklich allerunterste Schublade. Diesmal hatte er nicht mit ihrem Körper, sondern mit ihrem Geist Schindluder getrie…

Er begann, ihr die Decken herunterzuziehen. „Fein, Halbling, dann werde ich dir dabei helfen."

Sie zog ihm mit einem Ruck das oberste Laken aus der Hand und wickelte sich darin ein, während sie sich mühsam hocharbeitete, bis sie auf wackeligen Beinen stand.

„Okay, also, du kannst jetzt wirklich mal damit aufhören, immerzu die errötende Jungfrau zu geben. Ich hatte stundenlang Zeit, in aller Ruhe deinen Körper anzustarren. Genau genommen hätte die Zeit gereicht, um dich zu malen, statt nur ein paar Fotos mit dem Handy zu machen." Er hielt sein Telefon hoch und zwinkerte ihr zu.

„Ich verachte dich", sagte sie, während sie sich schwankend bückte, um ihre Kleider und Toilettenartikel aufzuheben. Auf dem Weg zum Bad warf sie ihm den bösesten Blick zu, den sie zustande brachte.

Eine lange, heiße Dusche spülte den Großteil der Spinnweben fort, die ihren Verstand umhüllten. Und ihrem Magen ging es auch wieder besser. Als sie aus dem Badezimmer zurückkam, fertig angezogen und für alles gerüstet, fühlte sie sich endlich wieder wie ein menschliches Wesen.

Sie seufzte. *Oder auch nicht.* Sie konnte es wirklich nicht sagen.

„Wie geht's dir?", fragte er.

„Es geht mir ausgezeichnet." *Ich glaube, ich fange an, dich zu hassen. Und das ist gut. Darüber sollte ich glücklich sein. Das wird mir dabei helfen, mein Ziel nicht wieder aus den Augen zu verlieren.*

„Du bist sauer wegen letzter Nacht."

„Sollte ich das vielleicht nicht sein? Du hast meine Lage ausgenutzt."

„Ich hab dich nicht angerührt!"

„Du weißt genau, was ich meine", fuhr sie ihn an. „Du hast mich ausgefragt."

„Du bist wütend, weil ich dir zufällig ein paar Fragen gestellt habe, als du zufällig gerade besoffen warst? Das glaub ich jetzt nicht. Aber das ist auch egal. Wenigstens bist du jetzt bereit fürs Training."

„Was ist denn das für ein Training, von dem du dauernd redest?"

„Ich muss dir beibringen, wie man kämpft. Kampftraining.

Selbstverteidigung." Als sie nicht das mindeste Anzeichen von Kooperation zeigte, sagte er: „Komm schon, das wird lustig."

Sie hob die Brauen. „Wenn ich mich recht erinnere, habe ich es ganz allein mit zwölf Dämonen aufgenommen."

„Du hast selbst gesagt, dass du eine Art Wutanfall hattest. Was ist, wenn du diesen Zustand nicht noch einmal erreichen kannst? Oder was ist, wenn du jemanden abwehren willst, ohne ihn gleich umzubringen? Solange dein Leben in Gefahr ist, musst du auf alles vorbereitet sein."

Manchmal ertappte sie sich dabei, dass sie völlig vergessen hatte, dass da draußen Mörder herumliefen, die es auf sie abgesehen hatten. „Würde ich dich dabei schlagen?"

„Kann sein."

In diesem Augenblick hätte nichts verlockender sein können. „Dann bin ich dabei. Was soll ich tun?"

„Zieh die Schuhe aus."

Sobald sie ihre Schuhe abgelegt hatte, gab er ihr ein Zeichen, sie solle sich ihm gegenüber aufstellen. „Wenn du vielleicht auch sonst nichts von dem behältst, was ich dir gleich beibringe, es gibt zwei Dinge, die du dir unbedingt merken musst. Erstens: Zögere nie. Wenn dir dein Instinkt sagt, du sollst zuschlagen, dann tu es. Und zweitens: Du musst dich nicht schämen wegzurennen, wenn die anderen in der Überzahl sind. Aber nur, wenn du sicher bist, dass du entkommen kannst. Sonst verschwendest du nur Zeit und deine Kraft."

Sie zuckte mit den Achseln. „Okay."

„Also, wie würdest du mich angreifen? Sagen wir mal, du musst an mir vorbeikommen oder du stirbst."

„Ich würde versuchen, dich zu schlagen?"

„Wenn du nicht gerade mit einer anderen Tussi kämpfst – wogegen ich gar nichts hätte, wenn ich zusehen könnte und jede

Menge Schlamm dabei eine Rolle spielen würde –, solltest du überhaupt nicht zuschlagen."

Sie schürzte die Lippen. „Ich hab das doch im Fernsehen gesehen. Was für ein Kampf wäre das denn ohne Schläge?"

„Na gut, dann verpass mir mal einen ordentlichen Schwinger."

Sie runzelte die Stirn. „Du guckst Fernsehen, aber kein Boxen? Vergiss es. Schlag einfach mit voller Wucht zu, so fest du kannst."

Bei der Vorstellung, ihm sein arrogantes Gesicht zu verbeulen, ballte sich ihre Hand zur Faust.

„Mach schon! Schlag zu …"

Das tat sie. Sie zielte auf sein Gesicht, doch er wandte sich ab, sodass ihr Hieb auf seinem Horn landete.

„Aua! Das war unfair!"

„Schlag einen Dämon niemals über der Kehle. Er wird nämlich im Kampf seine Hörner einsetzen. Und manche von uns können aus den Spitzen ein Gift absondern."

„Kannst du das?"

„Jep, aber nur wenn ich mich im letzten Stadium der Rage befinde."

„Du bist also nicht nur toxisch, sondern dazu auch noch hochgiftig?

Er warf ihr einen Blick zu, der deutlich sagte, was er von ihrem „Scherz" hielt, und fuhr fort: „Aber auch bei anderen Spezies solltest du nicht auf den Kopf zielen. Denk mal drüber nach – er besteht zum größten Teil aus hartem Knochen. Die Chance, eine verletzliche Stelle wie Nase oder Mund zu treffen, ist nicht sehr groß. Aber wenn du irgendwo anders hin triffst, wirst du vermutlich deine eigene Hand mehr verletzen als deinen Gegner. Aber das heißt nicht, dass du nicht sein Gesicht attackieren kannst. Du kannst ihm die Augen ausdrücken oder deinem Feind die Klauen über die Wangen ziehen. Oder du gibst ihm einen *Glasgow Kiss*."

„Was ist das?“

„Ein Kopfstoß. Nehmen wir mal an, ich hab dich fest im Griff und du kannst deine Arme nicht mehr bewegen. Dann stößt du einfach mit dem Kopf zu und versuchst, mit der Stirn den Nasenrücken deines Feindes zu treffen.“

„Was ist denn mit dem Klassiker: dem Kerl zwischen die Beine treten?“

„Versuch's mal.“

Aber gerne doch … Ohne jede Vorwarnung trat sie zu. Er fing ihren Fuß auf und zwang sie auf einem Bein zu hüpfen, um nicht ihr Gleichgewicht zu verlieren.

„Cadeon!“, schrie sie, und er ließ sie endlich los.

„Ich hätte dich auch einfach nach hinten schleudern können. Wenn du es auf die Weichteile abgesehen hast, dann nimm die Hände. Da kannst du mit wenig Kraft viel Schaden anrichten. Und die meisten Männer erwarten von einer zarten Frau nicht, dass sie da zuschnappt. Jetzt versuch mal, meinen Oberkörper zu treffen. Greif mich an! Na los! Mach schon!“

Als sie es tat, packte er ihre Hand. Er nutzte ihren Schwung aus, um sie herumzuwirbeln und ihr den Arm um den Hals zu schlingen.

„Und damit wärst du am Ende, Holly. Dein Gegner könnte dir einfach das Genick brechen.“

Inzwischen atmeten sie beide heftig. Plötzlich rutschte sein Unterarm zu ihrem Busen herunter. Sie kniff die Augen zusammen. Er hatte also dieses ganze Kampftrainingstheater nur deshalb inszeniert, um sie in diese Lage zu bekommen.

In diesem Augenblick machte es *klick*. Holly hatte offiziell genug von Cadeons Tricks. Jetzt würde sie es ihm mit gleicher Münze zurückzahlen.

Sie entspannte sich in seinen Armen, als ob sie auf seine Bewegung reagierte. Daraufhin drückte er seinen Mund auf ihren Hals, als ob ihre Reaktion ihn erfreute. Sie spürte schon, wie er hart wurde.

Dabei war er erst letzte Nacht mit einer anderen zusammen gewesen.

Nicht nachdenken – einfach nur instinktiv handeln? Sie drehte sich in seinen Armen herum, starrte auf seinen Mund und flüsterte: „Ich möchte dich küssen."

Seine Augen wurden groß, um sich gleich darauf zu verengen. „*Holly* …", sagte er mit rauer Stimme und beugte sich zu ihr hinab.

Kurz bevor seine Lippen ihre berührten, warf sie den Kopf zurück und ließ ihn dann mit voller Wucht vorwärts in sein Gesicht krachen. Ein Kuss nach Glasgower Art. Ein lautes Krachen war zu hören.

Während aus seiner Nase das Blut tropfte, packte er unsanft ihre Oberarme. „Holly, was zum Teufel …"

Sie nahm all ihre Kraft zusammen und rammte ihm das Knie zwischen die Beine.

Seine Hände legten sich augenblicklich schützend über seine Leistengegend, während seine Knie schon auf dem Boden aufkamen.

„Du hast recht, Cadeon." Sie wischte sich die Hände ab, als ob sie sie sich dreckig gemacht hätte. „Das hat *wirklich* Spaß gemacht."

22

„Du hast mir die Nase *und* die Eier gebrochen, und jetzt bist du diejenige, die sauer ist?“, sagte Cade, als er den Freeway entlangfuhr. Ihm entging nicht, wie nasal seine Stimme klang.

Ohne von ihrem Computer hochzusehen, sagte sie: „Du warst es doch, der Selbstverteidigung trainieren wollte.“ Ihr Tonfall klang distanziert und eindeutig desinteressiert.

„Da wusste ich noch nicht, dass ich mir deinen überaus femininen Zorn zugezogen hatte. Außerdem hatte ich dir doch ausdrücklich gesagt, dass du nicht zwischen die Beine zielen sollst. Wahrscheinlich werde ich nach deinem Kniestoß nicht mehr in der Lage sein, mich fortzupflanzen.“

„Arme Welt – ganz ohne kleine Cadeons.“

„Wenn du sauer warst, weil ich dir ein paar Fragen gestellt habe, hast du's mir jedenfalls ordentlich heimgezahlt.“

„Rache ist süß“, sagte sie in diesem desinteressierten Tonfall. Diese Seite an ihr hatte er noch nie erlebt.

Doch selbst in Anbetracht dieser Feindseligkeit – er würde trotzdem alles ganz genauso noch einmal machen. Er war bei seiner Befragung auf Gold gestoßen und hatte endlich aufgedeckt, wieso seine Frau noch Jungfrau war.

Sie hatte zu viel Angst gehabt, jemanden mit ihrer Kraft und Aggression zu verletzen. Außerdem hatte er erfahren, wie sie ihre Libido zügelte – mit Schwimmen bis zur Erschöpfung und feuchten Träumen. Wenn er an Letzteres dachte, regte sich selbst seine misshandelte Männlichkeit.

„Wird es jetzt die ganze Fahrt lang so weitergehen?“, fragte er sie.

„Ich habe dir einfach nichts zu sagen.“

„Na, dann bin ich eben derjenige, der redet. Und redet. Und seine Meinung sagt. Also, zuerst einmal habe ich nicht mit Imatra geschlafen.“

„Warum spielt es für dich eine Rolle, ob ich dir glaube oder nicht?“, fragte sie mit einem Seufzer.

„Weil sich meine Chance auf Sex mit dir drastisch reduziert, wenn du glaubst, dass ich es mit dieser Schlampe getrieben habe.“

Ohne aufzusehen sagte sie: „Cadeon, eine Chance, die gleich null ist, kann sich nicht reduzieren.“

„Ihr Götter, ich liebe es, wenn du in diesem Mathe-Slang redest.“

Dieses Mal würde er sie nicht mit seinem Charme einwickeln. Sie wandte sich ihm mit ausdrucksloser Miene zu.

„Na gut, du findest also nicht, dass die Sache besonders witzig ist“, sagte er. „Ich hab's kapiert. Aber Tatsache ist und bleibt, dass ich sie nicht gebumst habe.“

Sonderbarerweise kamen Holly winzige Zweifel. Ja, sie hatte gesehen, wie sie sich geküsst hatten – was an sich schon schlimm genug war, nachdem er sich in derselben Nacht an Holly rangemacht hatte. Aber hatten sie tatsächlich miteinander geschlafen? Was, wenn Imatra ihm wirklich die Wegbeschreibung vorenthalten hatte?

„Mag sein, dass du in dieser Angelegenheit die Wahrheit sagst, und mag sein, dass ich dir auch irgendwann glaube. Aber es gibt etwas, worüber du mich belügst. Das fühle ich. Also, überleg dir gut, wovon du mich überzeugen willst.“

Hatte da etwas in seinen Augen aufgeblitzt?

Was auch immer es gewesen sein mochte, er verbarg es umgehend. „Ich glaube nicht, dass ich dich überzeugen kann. Ganz egal, um was es geht."

Interessant. Er lenkt ein …

„Du glaubst, ich wäre von Grund auf verdorben? Ich hätte letzte Nacht mit dir machen können, was ich will, aber das hab ich nicht."

Ihr blieb der Mund offen stehen. „Erwartest du ernsthaft Lob, weil du einer hilflosen Frau nichts angetan hast?"

„Nein! Ja. Nein, verdammt noch mal …"

„Außerdem *hast* du mir etwas angetan! Du hast dein kleines Verhör durchgeführt, auf der Suche nach meinen tiefsten Geheimnissen." Sie bemühte sich, ihr Temperament zu zügeln. „Sieh mal, wir sind noch für eine ganze Weile aufeinander angewiesen. Also lass uns doch versuchen, die Unannehmlichkeiten auf ein Minimum zu reduzieren und das Ganze einfach hinter uns zu bringen."

„Dann nimm deinen Laptop, geh online und such mal unseren nächsten Checkpoint raus."

„Fein." Sie suchte über MapQuest, speicherte die Ergebnisse, und dann googelte sie das Ganze.

„Und, was hast du über die Brücke rausgefunden?"

„Offiziell heißt sie Bloodwater River Bridge. Es ist eine überdachte Brücke, die vor dreißig Jahren wegen Baufälligkeit stillgelegt wurde. Nur die Einheimischen nennen sie die Laughing Lady – die lachende Dame –, weil es dort angeblich spukt."

„Dann tut es das wohl auch wirklich."

„Du meinst, Geister sind ebenfalls real?"

„Klar. Aber sie gehören nicht zur Mythenwelt. Wir haben dafür Phantome, das ist eine Art mythisches Äquivalent eines Geistes."

„Was ist der Unterschied?"

„Phantome können nach Belieben menschliche Gestalt annehmen und sich frei in der Welt bewegen. Sie hängen nicht auf irgendeinem Dachboden fest, wo sie mit ihren Ketten rasseln oder so."

„Hast du schon mal einen Geist getroffen?"

„Ich hab noch nie einen gesehen. Ein Phantom auch nicht. Die sind ziemlich selten. Und, um was für einen Spuk soll es sich hier handeln?"

Die Frage war eher, was für ein Spuk wurde der Brücke *nicht* angedichtet ... „Der erste Todesfall ereignete sich während des Baus der Brücke im Jahr 1899. Ein Arbeiter stürzte in eine der Holzverschalungen, in der die Stützpfeiler der Brücke entstehen sollten. Unglücklicherweise war sie schon halb mit flüssigem Zement gefüllt. Bevor die anderen ihn rausfischen konnten, war er darin versunken. Das Material härtete rasch aus, und deshalb beschloss der Vorarbeiter, die Leiche einfach drinzulassen statt den Pfeiler zu sprengen. Nach diesem Vorfall, so behaupten die Einheimischen, habe der Fluss Appetit auf den Tod bekommen."

„Du meinst, die Stadt hieß bis dahin noch gar nicht Bloodwater River?"

„Doch, sie hieß schon so. Es gibt dort eine seltene Art von Lehm, die das Wasser rötlich färbt."

„Und was ist dann passiert?"

„Um 1900 hat ein Serienmörder dort seine Leichen entsorgt. Er ermordete insgesamt dreizehn Frauen und warf sie alle von der Brücke, angeblich um den Fluss zu füttern. Er wurde erschossen, kurz bevor er dem vierzehnten Opfer eine tödliche Wunde zufügte."

„Wie hat er sie umgebracht?"

Hier wurde die Sache wirklich gruselig. „Er suchte sich immer Opfer aus, die ein behütetes Leben führten, die bisher noch nie oder kaum je mit Not und Unglück in Berührung gekommen waren. Er entführte sie mitten in der Nacht aus ihrem Bett, brachte sie zur Brücke und fügte ihnen mit einem Messer eine Wunde seitlich in der Brust zu, oder irgendwo anders, jedenfalls immer so, dass sie nicht daran starben. Dann sagte er ihnen, er würde sie laufen lassen, wenn sie über ihre Lage lachen könnten. Wenn sie es schafften, mit Weinen aufzuhören, und stattdessen lachten, würde er ihnen nicht die Kehle durchschneiden. Aber das gelang natürlich keiner von ihnen. Darum nennt man die Brücke Laughing Lady Bridge."

„Und er wurde erschossen? Das war viel zu einfach für ihn."

„Warum sollen wir uns ausgerechnet dort mit jemandem treffen?", fragte sie.

„Weiß ich nicht. Aber du brauchst keine Angst zu haben. Ich werde nicht zulassen, dass dir etwas geschieht."

„Ich habe keine Angst. Ich bin eher aufgeregt. Ich habe mich schon immer für das Übernatürliche interessiert."

„Das Übernatürliche ist jetzt das Natürliche, Halbling."

„Nicht für mich. Jedenfalls noch nicht lange. Also, wenn es dir nichts ausmacht – ich hab noch zu arbeiten."

Mit arbeiten meinte sie spionieren. Cadeon hatte ihren Computer benutzt, ohne auch nur zu ahnen, dass sie eine Überwachungssoftware installiert hatte, die ihr alles verriet, was auf diesem Computer eingegeben worden war. *Blödmann*.

Und das Programm war soeben mit dem Sammeln der Daten fertig geworden, was ihr gestattete, seinen Cyber-Spuren zu folgen.

Nachdem er sich die Sportergebnisse angesehen hatte, hatte er jemandem eine E-Mail geschickt, mit der Nachricht: „Bezahl endlich, du Trottel." Er hatte einhunderttausend Dollar auf ein *Giro*konto überwiesen. Aber beim nächsten Eintrag verspürte sie plötzlich Gewissensbisse.

Der Dämonensöldner hatte folgende Begriffe nachgeschlagen: Clusteranalyse und extremale Kombinatorik.

Holly glaubte, er hätte Sex mit Imatra gehabt, und Cade wusste nicht, ob er versuchen sollte, seine Frau vom Gegenteil zu überzeugen. Holly hatte mit ihrer Bemerkung darüber, dass er sie wegen *irgendetwas* anlog schließlich voll ins Schwarze getroffen

Sie kamen an einer Unfallstelle vorbei und bewegten sich nur im Schneckentempo vorwärts. Die Strecke von Memphis nach Nord-Michigan betrug achthundert Meilen. Und während der letzten Stunde hatten sie sich mit einer Geschwindigkeit von zehn Meilen die Stunde fortbewegt.

Die nahezu mit Händen zu greifende Anspannung zwischen ihnen nahm noch weiter zu. Sie verhielt sich ihm gegenüber nicht etwa eisig, nur gleichgültig, während sie an ihrem Kriegerinnencode arbeitete.

So ließ sie ihn wissen, wie unbedeutend er für sie war. Fast so wie damals, als sie sich zum ersten Mal begegnet waren. Aber er beherrschte dieses Spielchen ebenfalls. Er würde sie einfach zurückignorieren.

Er rief Rök an, um auf dem Laufenden zu bleiben. „Was gibt's?", erkundigte er sich auf Dämonisch.

„Wir sind dem Hinweis auf die Spur der Vampire nachgegangen", sagte Rök. „Und heute Abend schlagen wir zu."

„Gute Neuigkeiten." Holly würde von nun an etwas sicherer sein. „Hey, wie lange dauert es, um jemandem beizubringen, Gedankenlesen abzublocken? Könnte Holly das in ein, zwei Wochen lernen?"

Dämonen besaßen diese Fähigkeit von Natur aus. Andere Mythenweltgeschöpfen konnten es lernen.

Rök stieß ein spöttisches Lachen aus. „Wohl eher in ein, zwei Jahren."

Nachdem sie das Gespräch beendet hatten, war Cade wieder sich selbst überlassen. *Ich ignoriere sie.* Diese Haltung behielt er so lange bei, bis sie sich mit unglücklicher Miene die Stirn rieb. „Alles klar bei dir?"

Sie zuckte die Schultern.

„Lass mich raten. Dir ist übel vom Autofahren? Und du hast Kopfschmerzen?"

Sie warf ihm einen überraschten Blick zu.

„Dir ist übel, weil du gelesen hast, während wir die ganze Zeit anhalten und wieder anfahren. Und dein Kopf tut weh, weil du immer noch unbedingt deine Brille benutzen willst, obwohl sich deine Sehkraft gebessert hat."

„Aber ohne meine Brille kann ich mich nicht konzentrieren."

„Weißt du was – wir machen heute mal etwas früher Feierabend. Ich hab ein Schild für ein Motel in einer Kleinstadt gar nicht weit von hier gesehen, so ein netter Familienbetrieb."

„Aber dann verlieren wir noch mehr Zeit."

„Ach was. Bei diesem Tempo kommen wir erst nach Mitternacht bei der Brücke an und müssen dann sowieso warten. Außerdem sind wir in der Nähe von Chicago, und es gibt noch ein paar Sachen, die ich mir morgen besorgen will."

„Was denn für Sachen?"

„Wirst du schon sehen …"

23

„Du bist ein richtiger Masochist, oder?“, fragte Holly, als er vorschlug, ihr Training fortzusetzen.

„Wir können heute Abend mal mit dem Schwert arbeiten“, sagte er. Obwohl Cadeon im Motel zwei nebeneinanderliegende Zimmer ergattert hatte, bestand er darauf, auf *ihrem* Bett zu liegen. Den Rücken gegen das Kopfende gelehnt und die Beine ausgestreckt, zappte er sich durch alle Programme, während sie alles neu anordnete, was nicht festgeschraubt war.

„Du meinst, ich sollte wissen, wie man ein Schwert benutzt, bevor ich wieder zurückverwandelt werde?“ Sie hätte schwören können, dass er sie und nicht den Fernseher im Auge behielt, über dessen Vorhandensein er sich so gefreut hatte.

„Viele Faktionen der Mythenwelt tragen Schwerter.“

„Okay. Also gut, dann lass uns mal mit dem Schwert kämpfen.“

„Gut. Bin gleich wieder da.“ Er erhob sich und verließ das Zimmer. Ein paar Minuten später kehrte er mit seinem Schwert und einem Besen wieder. Nachdem er den Besen abgebrochen hatte, warf er den Stiel aufs Bett, vermutlich für spätere Übungskämpfe.

Dann zog er mit ernster Förmlichkeit sein Schwert aus der Scheide.

„Wie alt ist das Ding denn? Hast du schon mal eine Kohlenstoffdatierung vornehmen lassen?“

Er wirkte so fassungslos, als ob sie seine Großmutter beleidigt hätte. „Hey, erweise dem Schwert bitte den ihm gebührenden Respekt. Es ist erst drei- oder vierhundert Jahre alt.“

„Erst? Ich hätte gedacht, dass es seitdem doch einige technische Fortschritte gegeben hat. Warum besorgst du dir kein neues?"

„Genau das hab ich vor, weißt du nicht mehr? Denk mal ein bisschen mit, Halbling."

Sie starrte ihn wütend an. „Ich meinte damit, in den letzten paar hundert Jahren."

„Solange es nicht kaputt ist … Diese Waffe hat mir unzählige Male das Leben gerettet."

„Wie viele hast du damit umgebracht?"

Ein Schatten huschte über sein Gesicht. „Zu viele." Er schien sich einen Ruck zu geben, um die trüben Gedanken abzuschütteln, und hielt die Waffe in die Höhe. „Also, das hier ist ein zweischneidiger Bidhänder. Damit kann man sogar Rüstungen durchschneiden und einen Mann zweiteilen."

„Du benutzt so ein Ding tatsächlich immer noch?"

„Feuerwaffen sind bei uns ziemlich nutzlos, wie du selbst gesehen hast, als ich dir vor zwei Nächten so heldenhaft das Leben gerettet habe." Er gab ihr die Waffe. „Es ist ein gutes Stück größer als die meisten anderen Schwerter. Darum könnte es sein, dass du Probleme hast, es zu halt…"

Sie hielt es ohne sichtbare Anstrengung mit einer Hand auf Augenhöhe, um seine Linien einer Prüfung zu unterziehen, und schwang die Klinge dann mühelos in einer kreisförmigen Bewegung durch die Luft.

„Ah, dann ist es also nicht zu schwer. Aber achte bitte auf den Griff – der ist dazu gemacht, mit zwei Händen gehalten zu werden, wie ein Baseballschläger." Er stellte sich hinter sie und schlang seine Arme um ihren Leib, um ihr zu zeigen, wohin sie die Hände legen sollte. „So etwa."

„Wirst du jetzt wieder an meinem Haar riechen?", fragte sie mit schneidender Stimme und ärgerte sich über sich selbst, weil sie nach wie vor auf seine Nähe reagierte.

„Kann ich was dafür, dass deine Haare für Männer so unwiderstehlich sind? Dennoch tust du so, als ob es meine Schuld wäre. So, und jetzt noch ein bisschen fester zupacken. So ist's richtig. Du musst ein Gespür dafür bekommen. Wir werden es jetzt langsam nach rechts schwingen und dann nach links", sagte er, während er ihre Bewegungen lenkte.

Mit jeder Sekunde gewann sie mehr Sicherheit im Umgang mit dieser bedrohlichen Waffe.

„Eine kleine Einführung in die Geschichte, während du dich eingewöhnst", sagte er, sein Mund direkt an ihrem Ohr. „Das englische Wort *sword* kommt vom altenglischen *sweord*, das wiederum auf die Wurzel *swer* zurückzuführen ist, das bedeutet so viel wie zustechen oder schneiden." Seine Stimme war so tief und grollend wie immer. „*Gladius*, das lateinische Wort für Schwert, bedeutet zugleich auch Penis."

„Tut es nicht." Unerklärlicherweise klang ihre Stimme belegt.

„Wollen wir wetten?" Sein Kinn strich über ihr Ohr hinweg und kitzelte die empfindliche Spitze. Sie musste ein Erschauern unterdrücken.

Sie ertappte sich dabei, dass die Hitze seines massigen Körpers in ihrem Rücken sie gegen ihren Willen erregte. Die harten Muskeln seines Oberkörpers spannten sich an und lockerten sich wieder, während er ihren Bewegungen folgte.

„Seit dem Tag, an dem das erste Schwert geschmiedet wurde, gilt es als ein Symbol von Manneskraft und Virilität. Warum das so ist, erkennst du, wenn du es aufrecht hältst. Sag mal, Holly, wenn du den Griff so festhältst, erinnert es dich nicht an etwas, das du erst kürzlich noch gesehen hast?"

„Cadeon", sagte sie warnend.

Todesmutig fuhr er fort: „Und wenn das lateinische Wort für Schwert auch *Penis* bedeutet, kannst du dir ja denken, wie die Bezeichnung für sein Gegenstück lautet. Richtig, Halbling, eine *Scheide* nennt man auch Va…"

„Hör sofort damit auf! Du erfindest das alles doch nur."

„Tu ich nicht. Wenn du Julius Caesars *De Bello Gallico* im Original liest, lachst du dich tot, weil die Soldaten immerzu ihre Scheiden fallen lassen oder ihre Scheiden sogar ihren Feinden um die Ohren hauen."

Wieder glitt sein Kinn mit leichtem Kratzen über ihr Ohr. Ob er wusste, dass er sie damit in den Wahnsinn trieb? Aber natürlich wusste er das.

„Man sagt, zu jedem Schwert gibt es die perfekte Scheide."

Sie würde nicht zulassen, dass er sogar einen Schwertkampf für seine sexuellen Spielchen nutzte. „Ich werde alles doppelt und dreifach überprüfen, was du da sagst."

„Von mir aus gerne."

„Dann hast du also Julius Caesar gelesen?"

„Im Original – auf Latein, Holly. Magst du mich jetzt lieber, wo du weißt, dass ich alte Sprachen lesen kann?"

„Ich wäre schon von einem Beweis beeindruckt gewesen, dass du überhaupt lesen kannst."

„Scharfzüngige Walküre. So, das ist deine Grundhaltung im Kampf. Die Füße schulterbreit auseinander." Er stieß ihren Fuß mit seinem an, damit sie die Entfernung noch ein wenig vergrößerte.

„Soll ich auf den Zehenspitzen stehen?"

„Gute Frage. Normalerweise nein. Um den Hieben des Gegners standzuhalten, musst du dein Gleichgewicht halten, und das fällt dir leichter, wenn du mit beiden Füßen fest auf dem Boden stehst. Du wärst erstaunt, wie heftig man mit einem Schwert zuschlagen kann. Das haut dich glatt um. Und um selber auch hart zurückschlagen zu können, musst du ebenfalls einen festen Stand haben. Dabei gilt es aber zu bedenken, dass der Kampfstil der Walküren von dem der meisten anderen abweicht."

„Wie?"

„Sie verlassen sich auf ihre Geschwindigkeit. Sie sind in der Lage, hinter ihren Gegner zu gelangen, noch bevor er Zeit hat, auch nur den Kopf zu wenden. Ihre Schwerter sind für gewöhnlich kleiner, eher wie ein Degen, und sie eignen sich vor allem zum Zustechen, für kurze Vorwärtsbewegungen, und nicht so sehr fürs Zuschlagen. Wenn eine von ihnen mit mir kämpfen müsste, würde sie zusehen, dass mein Schwert ihres gar nicht erst trifft. Sie töten meistens mit einem Hieb in den Rücken."

„Das kommt mir aber nicht sehr fair vor." Es verstieß gegen alles, was man sie gelehrt hatte. Oder was sie zumindest aus Western und Filmen mit galaktischen Wertvorstellungen gelernt hatte.

„Schwertkämpfe in der Mythenwelt sind nicht fair. Es geht nur darum, den Kopf auf den Schultern zu behalten. Okay, jetzt Brust hoch." Er legte ihr die Hände auf die Schultern und zog sie zurück. „Halt das Schwert vor die Nase und lass die Spitze dann ungefähr im Fünfundvierzig-Grad-Winkel nach vorne sinken. Das nennt man mittlere Position. Von hier aus kannst du Schläge von rechts und links abwehren. Und jetzt eine kleine Variation." Er rangierte ihren Körper so, dass ihre Schulter nach vorn zeigte.

Immer wieder berührte er sie, aber sie hätte nicht eine einzige Berührung benennen können, die überflüssig gewesen wäre.

„Wenn du dich seitwärts stellst, wird die sichtbare Fläche deines Körpers minimiert, und du bietest somit eine kleinere Angriffsfläche."

„Hast du eigentlich vor, deinen gestohlenen Besenstiel zu benutzen oder nicht?"

Er hob die Brauen. „Du glaubst, du bist bereit, die Klingen zu kreuzen? Also gut."

Als er sie losließ, um den Stiel zu holen, wäre sie beinahe ins Schwanken geraten und war nur froh, dass er das nicht mitbekam.

Er wandte sich ihr zu und sagte: „Ich werde jetzt zuschlagen und will, dass du den Schlag abblockst." Er hob den Stiel, der traf auf das Schwert, und damit begann der Kampf.

Während sie einander umkreisten, setzte er seine Belehrung fort. „Du darfst niemals zögern. Oder nervös erscheinen. Ellenbogen an die Seite. Immer schön kompakt bleiben."

Seine Hiebe waren so langsam, dass sie sie jedes Mal abwehren konnte. „Vermeide es, dich mit mehreren Kämpfern gleichzeitig einzulassen. Genau wie beim Faustkampf ist es keine Schande wegzulaufen, wenn deine Gegner in der Überzahl sind."

Als sich das Tempo erhöhte, begann Adrenalin durch ihren Körper zu fließen.

„Die meisten Schwertkämpfe der Geschichte sind mit dem allerersten Schlag entschieden worden. Nicht wie im Fernsehen. Jede Bewegung zählt."

Er schlug immer rascher zu, aber sie war nach wie vor in der Lage zu parieren.

„Nein, nein, nein. Diesem Schlag hättest du ausweichen können", sagte er, gerade als sie dachte, sie hätte ihre Sache besonders gut gemacht. „Niemals parieren, wenn du ausweichen kannst. Und denk immer dran: Deine Umgebung ist von entscheidender Bedeutung. Sei dir dessen immer bewusst. Alles kann eine Waffe sein." Er warf ihr ein Kissen zu, das sie sauber in zwei Teile zerschnitt. Das Füllmaterial flog durch die Luft …

Er schlug ihr mit seinem Stiel fest auf den Hintern. Und das machte sie ziemlich wütend.

„Es gefällt dir wohl nicht, wenn man dir den Hintern versohlt. Dann behalt deinen Feind im Auge."

Aggression flammte in ihr auf, und sie schlug mit einem lauten Schrei zu. Er wich ihr blitzschnell aus und das Schwert spaltete den Nachttisch samt Telefon.

Hollys Augen waren weit aufgerissen. „Cadeon! Ich hätte dich glatt umbringen können. Es tut mir so leid!" Er zuckte nur die Achseln. „Findest du das denn gar nicht beunruhigend?"

„Nein. Möbel zu zerschlagen macht Spaß. Was mich viel mehr beunruhigt, ist, dass wir mitten in einem Schwertkampf stecken und du einfach aufhörst, um dich zu entschuldigen. Wo bleibt denn da das Herz eines Killers? Wo ist deine gnadenlose Seite? Du kämpfst wie ein Weiberrock."

„Ein … *Weiberrock*?", wiederholte sie ungläubig.

„Hey, ich hab eine Idee. Wenn es dir gelingt, dass Blut fließt, ehe in zehn Minuten meine Show im Fernsehen anfängt, dann bekommst du von mir deine Pillen."

Sie warf ihm einen Blick zu, der ihm signalisierte *Ich bin dabei*, und startete einen Angriff. Er wehrte ihren nächsten Schlag ab, aber dann wurde ihm klar, dass sie sich dabei absichtlich zurückgehalten hatte, um gleich darauf wesentlich schneller noch einmal zu attackieren. *Flinkes Frauchen.* Es gelang ihm nur knapp auszuweichen und an seiner Stelle starb eine Lampe.

Sie wird mal eine von den ganz Großen, dachte er, sagte aber: „Mehr hast du nicht drauf?"

Mit verkniffenen Lippen schlug sie mit atemberaubender Geschwindigkeit in diagonaler Linie aufwärts gerichtet zu. Er musste mit seinem Besenstiel abblocken – der daraufhin ein Ende einbüßte.

„Oh du meine Güte, hab ich dir jetzt etwa die Spitze deines *gladius* abgehauen?"

Cade zuckte zusammen. Sie lechzte förmlich nach Blut, und ihre Wut wuchs von Minute zu Minute. Wieder und wieder umkreisten sie einander. Sie schlug zu, und er wich aus. Endlich konnte er sagen: „Deine zehn Minuten sind vorbei, Halbling. Du hast verl…"

Ihr Schwert sauste hinab und verfehlte seine Schulter nur um Millimeter. „Holly, beruhige dich. Wir sind fertig."

„Ich fang doch gerade erst an." Ihre Augen glitzerten silbrig.

Da wurde ihm klar, wenn er sie nicht verletzen konnte, dann musste er eben zu einem schmutzigen Trick greifen. Bei ihrem nächsten Angriff wirbelte er herum, um in ihren Rücken zu gelangen. Dann versetzte er ihr einen leichten Tritt in die Kniekehlen, sodass sie das Gleichgewicht verlor.

„Ooh!" Noch während sie nach vorne taumelte, gelang es ihr, einen Schlag nach hinten auszuführen, dem ein Bild an der Wand zum Opfer fiel.

„Hast du jetzt endlich gen…"

Jemand hämmerte gegen die Tür. Eine tiefe Stimme sagte: „Machen Sie auf, hier ist die Polizei."

Aus ihrem Gesicht wich mit einem Schlag alle Farbe, und ihr blieb der Mund offen stehen. Ihre Hand erschlaffte, und das Schwert sank nach unten. „Oh mein Gott!", flüsterte sie. „Was machen wir denn jetzt bloß?"

Cade für seinen Teil würde sich jetzt gleich prächtig amüsieren. „Oh Mann", murmelte er. „Du landest im *Knast*."

24

„Was meinst du damit?“, schrie sie.

„Na, Gefängnis, Kittchen, schwedische Gardinen …“

„Das weiß ich! Aber warum gehe *ich* da hin?“

„Deine Augen sind silbern. Und dieses Dämonenbräu ist noch *tagelang* in deinem Blut nachweisbar. Sobald die Cops die Tür eintreten und dich inmitten dieser ganzen Zerstörung sehen, werden dir deine Rechte verlesen, Baby.“

„Oh Gott, oh Gott! Dabei hatte ich bisher noch nicht mal einen Strafzettel für zu schnelles Fahren!“ Sie biss sich auf die Klauen. „Das ist alles deine Schuld! Du hast damit angefangen!“ Ihr panischer Blick huschte durch das Zimmer. „Schnell! Hilf mir aufzuräumen …“

Wieder wurde gegen die Tür gedonnert.

„Keine Zeit, Holly. Aber weißt du was – ich könnte das Ganze vermutlich für dich regeln.“

„Wie?“

„Das lass nur meine Sorge sein.“

Immerhin war er neunhundert Jahre alt. Da hatte er doch sicher Erfahrung mit solchen Situationen. Ja, Cadeon würde sich darum kümmern. Sie warf ihm einen dankbaren Blick zu.

„Aber dann musst du auch was für mich tun.“

Sie zog ein langes Gesicht. „War ja klar, dass du eine Bedingung stellst. Was willst du?“

„Du musst mit mir fernsehen, und zwar einen Film meiner Wahl.“

Was konnte das schon schaden? Sie liebte … „Oh! Du meinst, einen von *diesen* Filmen!“ Er hatte ihr ja angekündigt, dass er sie dazu bringen würde, sich einen von der Sorte anzusehen, noch bevor die Reise zu Ende war. „Niemals, Cadeon! Nicht in einer Million Jahren.“

„Nicht mal dann, wenn ich dafür sorge, dass das hier alles in Ordnung kommt?“

Von draußen meldete sich der Polizist zu Wort: „Aufmachen! Bei uns sind Beschwerden wegen Ruhestörung eingegangen.“

„Oh Gott!“, flüsterte sie. *„Eine* Szene. Ich seh mir eine Szene an. Wenn du dich um das hier kümmerst.“

„Abgemacht.“ Er ging in sein Zimmer, holte seinen Hut und einen Umschlag aus seiner Tasche. An der Schwelle zu seinem Zimmer blieb er dann noch einmal kurz stehen. „Versuch bitte, nicht noch einmal das Gesetz zu brechen, bevor ich wieder da bin.“ Mit diesen Worten schloss er die Tür.

Als sie hörte, dass er sein Zimmer durch die Vordertür verließ, wurde ihr klar, dass er vorhatte, sich als ein Nachbar auszugeben. Schlauer Dämon …

Aber was, wenn etwas schiefging? Was sollte sie tun, wenn sie trotzdem ihr Zimmer sehen wollten? Sie musterte die Trümmer um sich herum und erschauerte vor Angst.

Wie kann ich bloß die Beweise loswerden?

Doch dann kam ihr eine Idee. Sie begann, die Überreste des Tischs auseinanderzunehmen, brach ihm die Beine ab und stopfte die Einzelteile unters Bett. Zerbrochene Lampen und aufgeschlitzte Kissen wurden der Sammlung ebenfalls hinzugefügt.

Dreißig nervenzerreißende Minuten vergingen, ehe Cadeon zurückkehrte.

„Was ist passiert? Sag’s mir!“

„Alles in Ordnung.“

Sie runzelte die Stirn. „Du riechst nach Bier."

Er verdrehte die Augen. „Na klar doch, Holly, als ob der Cop und ich gemütlich einen trinken gegangen wären."

Selbstverständlich waren der Cop und er gemütlich einen trinken gegangen.

Sie hatten in einer Nische im Foyer des Motels gesessen, während Cade dem Kerl ein paar Geschichten erzählte, die dieser gar nicht mitbekam, weil er ununterbrochen nur auf das Geldbündel starren konnte, das Cade ihm hinhielt. Dieser Kleinstadtpolizist schien durchaus ein anständiger Kerl zu sein, aber er hatte fünf Kinder und Weihnachten stand vor der Tür. Was sollte er da schon tun?

„Und es will keiner mehr reinkommen?", fragte Holly.

Er schüttelte den Kopf. „Es sei denn, du rastest noch mal so aus. Übrigens – sieht toll aus, das Zimmer." Es war sauberer als bei ihrer Ankunft, allerdings standen inzwischen auch weniger Möbel darin. „Also, ich hab meinen Teil der Abmachung erfüllt, Holly. Jetzt ist Showtime."

„Ich kann nicht glauben, dass du mich dazu zwingen willst, mir etwas anzusehen, das ich strikt ablehne."

„Du machst die Filme schlecht, hast aber noch nie einen gesehen? Unsere Emanze ist ein klein wenig scheinheilig, oder nicht?"

„Ich habe auch noch nie Säure probiert und würde sie aber auch nicht trinken. Und nenn mich nicht Emanze. Es besteht überhaupt kein Grund, sich über meinen Feminismus lustig zu machen."

„Also, erstens mache ich mich nicht lustig – ich verarsch dich nach Strich und Faden. Und zweitens bin ich immerhin offen und ehrlich zu dir."

„Was soll das denn heißen?"

„Zumindest weißt du genau, wo ich stehe, wenn wir über dieses

Thema reden, und du hast die Chance, mich von deiner Meinung zu überzeugen. Kannst du dasselbe von den anderen Männern in deinem Leben behaupten? Den Jasagern?"

Sie kniff die Augen zusammen. „Du meinst Tim."

„Er ist nicht so perfekt, wie du meinst." Sicher, Cade verachtete und hasste ihn aus tiefstem Herzen, aber er hatte außerdem das Gefühl, dass Tim nicht das Schoßhündchen war, das er vorgab zu sein.

„Nein, vielleicht ist er nicht perfekt", sagte sie. „Aber ich wette, er hält Frauen nicht für *Schlampen*, die rund um die Uhr nur zu dem Zweck da sind, den Männern das Bett zu wärmen."

„Das hab ich doch nur zum Spaß gesagt. Ehrlich. Also, zum größten Teil."

Sie starrte ihn an.

„Damit du's weißt: Die Männer der Mythenwelt haben eine weitaus höhere Meinung von Frauen als ihre menschlichen Gegenstücke. In unserer Welt gibt es immerhin so was wie Chancengleichheit."

„Ha! Es fällt mir schwer zu glauben, dass Männer, die schon seit Jahrhunderten auf der Welt sind – und vielleicht noch aus dem Mittelalter stammen –, mehr an die Gleichberechtigung glauben sollen als menschliche Männer im Zeitalter von Madonna."

„Der Mythos ist die Heimat der Walküren, Furien, Hexen und Sirenen. Wenn man die Frauen unterschätzt, läuft man schnell Gefahr, seine Eier zu verlieren."

Während sie diese Information noch verdaute, fuhr er schon fort: „Du wirst mich jedenfalls nicht davon abhalten. Wir hatten eine Abmachung."

„Erzwungenermaßen. Hast du je einen Gedanken daran verschwendet, dass ich Pornografie vielleicht aus moralischen Gründen ablehne?"

Er stieß ein Schnauben aus. „Du bist nicht mehr das brave Mädchen von früher. Du betrinkst dich mit Dämonen, sitzt auf ihrem Schoß und reibst ihnen vor Publikum die Hörner. Dann führst du dich in einem armseligen kleinen Motel auf wie ein durchgeknallter Rockstar. Und erst letzte Nacht hast du mich dazu gebracht, mich vor dir vollkommen zu entblößen, obwohl ich von einer Schussverletzung geschwächt und hilflos war." Er schüttelte traurig den Kopf. „Sieh's endlich ein, Holly. Du bist ein *böses* Mädchen."

Ihr Mund öffnete sich. Wenn seine Version der Ereignisse auch vollkommen verzerrt war, blieb doch die Tatsache bestehen, dass all das bis zu einem gewissen Grad tatsächlich stattgefunden hatte.

Selbstzufrieden klopfte er auf das Bett. „Ich glaube, wir haben eine Verabredung. Komm schon, es ist eh nur ein Softporno. Wenn er sechs neunundneunzig kostet, kann es nur ein Softporno sein. Ach, was ich dir alles beibringen könnte, Halbling."

Sie biss die Zähne zusammen und setzte sich aufs Bett, so weit von ihm entfernt wie nur möglich. Sie legte die Hände in den Schoß. „Schön. Ich schulde dir eine Szene …"

Es fing ganz harmlos an. Ein attraktives Paar küsste sich und begann, sich gegenseitig auszuziehen. *Damit komm ich klar.*

Aber als die beiden dann nackt waren und sich zwischen den Beinen streichelten, lief sie feuerrot an. Ihre Brauen zogen sich zusammen, als sie merkte, wie grob sie einander berührten. Das musste doch wehtun …

Als der Mann schließlich in die Frau eindrang, war Hollys Mund staubtrocken, ihre Klauen waren ausgefahren, und sie schien kaum noch Luft zu bekommen.

Ihr verwirrtes Hirn kreischte: *Sieh weg! Sieh sofort weg!* Gerade als sie sich zwang, die Augen zu schließen, sagte der Dämon mahnend: „Holly."

Sie drehte sich rasch zu ihm um und zog die Stirn kraus. Cadeon hatte gar nicht auf den Film geachtet.

Sein Blick lag unverwandt auf ihr.

„Du siehst es dir ja nicht mal an."

„Ich bin ein Mann – ich seh mir das an, was mich am meisten anmacht …" Während sie einander anstarrten, war ein Stöhnen zu hören, ein Keuchen und schließlich laute Schreie, als das Paar zum Höhepunkt kam.

Sobald die Szene endlich zu Ende war, fragte sich Holly, ob sie wohl je wieder dieselbe sein würde, aber sie wollte sich um keinen Preis anmerken lassen, wie sehr sie das mitgenommen hatte.

„Na, das war doch mal wirklich erhellend." Sie täuschte ein Gähnen vor, stand auf und öffnete die Tür zu seinem Zimmer. Mit einer eindeutigen Geste forderte sie ihn auf zu verschwinden.

„Bist du sicher, dass ich gehen soll? Nach dem hier kommt noch: *Dralle Dinger – Teil acht*."

„Ich muss leider verzichten." Sie schloss die Tür hinter ihm und verriegelte sie, auch wenn sie wusste, dass ihn das nicht davon abhalten würde hereinzukommen, wenn er das wollte.

Und gerade jetzt … Würde sie den Dämon wirklich wegschicken, wenn er hereinkäme?

Sie ließ sich gegen die Wand sinken und grub ihre gekrümmten Klauen in die Tapete.

25

Holly fuhr mit einem Schrei im Bett hoch und presste die zerfetzten Laken an ihre Brust. Sie blickte sich verwirrt im Zimmer um und war überrascht, dass das soeben Erlebte nur ein Traum gewesen war. Der erotischste, den sie jemals hatte – auch wenn er sie nicht bis zum Äußersten geführt hatte.

Sie hatte geträumt, dass der Schwertkampf damit geendet hätte, dass Cadeon sie auf das Bett geworfen und erst ihr und dann sich selbst die Kleider vom Leib gerissen hätte. Genau wie der Mann im Film hatte er seine Erektion zwischen ihre Beine geführt und sich über ihr mit ausgestreckten Armen und angespannten Muskeln aufgestützt.

Sobald er in sie eingedrungen war, hatte er begonnen, die Hüften zu bewegen, zuerst langsam, aber nach und nach hatte er Geschwindigkeit und Kraft erhöht. Unter dem Ansturm seiner hämmernden Stöße war sie immer enger und enger geworden …

Und dann war sie erwacht.

Ich muss unbedingt schwimmen gehen. Muss einen Pool finden. Aber sie befand sich im Norden, und das im Winter!

Da lag sie nun in diesem verletzlichen Zustand, und gleich nebenan schlief ein pornophiler Dämon. Es gelang ihr mit etwas Mühe aufzustehen, dann schnappte sie sich die kaputten Laken und stopfte sie unter das Bett zu den anderen Dingen, die sie zerstört hatte.

Nachdem sie die Tagesdecke über dem Bett ausgebreitet hatte, rannte sie ins Bad, um eine eiskalte Dusche zu nehmen. Doch selbst nachdem sie sich angezogen hatte, bebte sie immer noch, und ihre Hand zitterte, als sie sich die Haare bürstete. Wiederholt versuchte sie, ihr Haar zu einem perfekten Knoten hochzustecken, so wie immer. Aber sie versagte.

Sie konnte weder ihr Haar noch ihren Körper oder ihre Gedanken kontrollieren.

Und die Blitze, die draußen den Himmel erhellten, schienen sich über ihre Anstrengungen lustig zu machen.

Als Cade aufwachte, war er hart wie ein Stein und stieß immer wieder gegen die Bettlaken.

Dieser Halbling wird noch mal mein Tod sein …

Laut stöhnend stand er auf und wankte ins Bad, wo er kochend heiß duschte. Als er unter dem Wasserstrahl stand, rief er sich ihre Reaktionen von letzter Nacht in Erinnerung, als sie zum ersten Mal andere Menschen beim Sex beobachtet hatte.

Während ihre Augen immer größer geworden waren, war ihre Atmung immer flacher geworden. Ihre Brüste hoben und senkten sich immer rascher, bis es ihn in den Fingern gejuckt hatte, sie zu kneten.

Er legte einen Unterarm gegen die Fliesen und lehnte den Kopf daran, dann umfasste er mit der anderen Hand sein Glied und begann es zu reiben.

Ihre Nippel hatten sich so verführerisch unter ihrem Pullover abgezeichnet, hatten ihn geradezu angefleht, an ihnen zu saugen …

Ein gewaltiger Donnerschlag unterbrach seine Gedanken. Als das Licht zu flackern begann, stand er kerzengerade in der Duschkabine. Seine Haut prickelte, als ob sie elektrisch aufgeladen wäre. *Holly …*

Er stürzte aus der Dusche und schüttelte sein Haar, während

er hastig seine Jeans überzog. Als er schon auf die Verbindungstür zwischen ihren Zimmern zutaumelte, gelang es ihm nur mit Mühe, die Hose über seiner Erektion zu schließen. Nachdem er das Schloss aufgebrochen hatte und eingetreten war, fand er sie vollkommen angekleidet auf dem Rand des frisch gemachten Bettes sitzen.

Sie schien benommen, starrte leer vor sich in. Hatte sie einen von *diesen* Träumen gehabt? War sie mitten im Orgasmus aufgewacht?

Ihren zittrigen Atemzügen zufolge war seine Frau scheinbar nicht so weit gekommen …

Er unterdrückte ein Stöhnen. Sie fühlte sich eindeutig unwohl, war voller Sehnsucht. Es wäre ihm sogar einen Mord wert, es ihr endlich zu geben.

Er ging zu ihr und half ihr aufzustehen. „Du zitterst ja." Er strich ihr mit der Rückseite seiner Finger über den Wangenknochen. Schon bei dieser Berührung beschleunigte sich ihre Atmung. „Ach, mein Kleines, du kommst ja gleich hier im Stehen."

Sie schüttelte heftig den Kopf, die Augen weit aufgerissen und zwischen Silber und Violett hin- und herwechselnd. Ihre Zunge fuhr über einen ihrer winzigen Fänge.

„Mich kannst du anlügen, aber nicht dich selbst."

„Darum brauche ich meine Tabletten, Cadeon."

„Das ist es nicht, was du brauchst." Sein Instinkt drängte ihn, seinen Körper einzusetzen, um sie zu befriedigen, aber das konnte er nicht. Als ob sie es ihm überhaupt jemals erlauben würde.

Was würde sie erlauben?

„Du fühlst dich zu mir hingezogen, und du weißt, dass ich mich zu dir hingezogen fühle. Ich schlage also vor, dass wir einander aushelfen."

„Was meinst du mit *aushelfen*"?

„Nicht, dass wir miteinander schlafen", erwiderte Cadeon. „Aber wir könnten uns gegenseitig behilflich sein, wenn einer von uns es nötig hat."

„Ganz schön anmaßend von dir. Ich bin nicht diejenige, die mehrmals am Tag Erlösung braucht", sagte sie und hob das Kinn. „Mir geht's gut."

„Quatsch. Du brauchst es genauso dringend wie ich."

„Das ist einfach nicht wahr. Ich mag dich ja nicht mal."

„Du musst mich nicht mögen."

Das ist wahr. Gerade weil er so ein unverschämter Kerl ist, könnte ich mich ohne schlechtes Gewissen seiner bedienen. Holly wusste inzwischen nur zu gut, dass sie nicht mehr erwarten durfte. Sie würde ihn einfach benutzen, so wie er es in der ersten Nacht vorgeschlagen hatte.

Er schob sie langsam an die Wand. Und sie ließ es zu.

Nein, das ist doch Wahnsinn. So was würde mir nie in den Sinn kommen ... „Es wäre falsch. Ich würde meinen Freund betrügen."

Cadeon stützte seine Hand an die Wand neben ihren Kopf und beugte sich vor. „Sieh es doch mal so. Wir können beide etwas Druck ablassen, sonst explodieren wir am Ende noch." An ihr Ohr gedrückt murmelte er: „Und wenn das passiert, dann werde ich dich ficken, bis das Feuer gelöscht ist. Und du wirst jede Sekunde genießen. Wenn du dann meinen Namen stöhnst, *dann* wirst du ihn betrügen." Er zog sich wieder zurück, während sie atemlos – und sterbensneugierig – stehen blieb.

„Wie genau würden wir das tun?"

„Du könntest mir einen runterholen, und ich würd's dir mit der Hand besorgen."

Es gelang ihr, trotz seiner rüden Ausdrucksweise nicht nach Luft zu schnappen. Sie rief sich wieder einmal in Erinnerung, dass er schließlich ein sehr alter *Dämon* war.

Wenn sie das taten, was er vorschlug, würde er sie nackt sehen, würde ihr Geschlecht berühren. Zum allerersten Mal.

Bin ich dafür bereit? Nein! Ganz egal, wie sehr sie sich auch wünschen mochte, es zu sein. „Du tust ja gerade so, als ob wir uns nicht in der Gewalt hätten."

Er streifte einen ihrer pochenden Nippel, und sie schrie auf.

„Klingt das etwa nach einer Frau, die ihren Körper in der Gewalt hat? Du hast es so dringend nötig, ich hätte dich innerhalb von drei Minuten so weit."

Sie stieß ein zittriges Lachen aus. Das war doch absurd. Doch dann stürzte sich ihr Verstand auf seine Aussage. Er glaubte, sie innerhalb von hundertachtzig Sekunden zum Orgasmus bringen zu können.

Ob er dazu tatsächlich in der Lage wäre? Wie wäre es wohl, von jemand anders zum Höhepunkt gebracht zu werden?

Aber wenn er das einmal für sie tat, würde sie nur wollen, dass er es wieder und immer wieder tat. Das lag in der Natur des Menschen.

Aber ich bin kein Mensch mehr.

„Du denkst drüber nach, stimmt's?"

So selbstzufrieden.

„Du weißt ganz genau, dass du es nicht innerhalb von drei Minuten schaffst. Du sagst das nur, damit ich mich darauf einlasse und du mich dann dazu bringen kannst, noch weiter zu gehen."

„Dann lass uns wetten. Was willst du, wenn du gewinnst? Riskier die Berührung – kassier die Belohnung."

Belohnung? Zufällig gab es etwas, was sie wirklich dringend wollte. Nach kurzem Zögern sagte sie: „Ich bekomme meine Medikamente."

„Holly, du willst doch diese Pillen nicht immer noch …"

„Und du darfst eine Woche lang nicht fluchen. Das sind meine Bedingungen. Entweder du gehst darauf ein, oder wir vergessen das Ganze."

„Also gut. Und wenn du verlierst, dann darfst du eine Woche lang kein Höschen tragen. Und du musst es mir mit den Händen besorgen, bis ich komme."

Der Gedanke, ihn zu streicheln, bis sein riesiger Körper erbebte und sich sein Samen ergoss, ließ sie erschaudern.

Nein, das war nicht der Grund, warum sie sich darauf einließ. Sie tat es für ihre Medikamente. Sie schluckte. „Muss ich dafür nackt sein?"

Er beugte sich über sie, sodass seine Hitze sie ganz umhüllte. „Nicht vollkommen. Nur so weit, dass ich an deinen Brüsten saugen und meine Hand zwischen deine Beine schieben kann."

Schon diese Worte erregten sie. „Ich nehme die Wette an." *Augenblick mal* … „Woher wissen wir denn, wie viel Zeit vergangen ist?"

Er legte seine Taucheruhr ab. „Die hat eine Stoppuhr." Er fummelte an den Knöpfen herum. „So. Die Zeit wird jetzt rückwärts gezählt. Du kannst selbst auf den Knopf drücken." Er reichte ihr die Uhr. „Aber die Zeit läuft erst, wenn du in Position bist."

„In Position?"

Ohne jede Vorwarnung hob er sie hoch und trug sie zum Bett, wo er sich neben ihr niederließ.

„Leg dich zurück", murmelte er, während er es sich neben ihr bequem machte. Schon seine Nähe auf dem Bett war erregend. Also drückte sie auf den Knopf.

Er nahm ihr die Uhr ab und warf sie auf den Nachttisch. Dann umfasste er ihre Handgelenke.

„Cadeon?"

„Ich werde deine Hände hinter deinem Rücken festhalten." Er ließ seinen Worten Taten folgen.

„Warum?"

„Damit du dir keine Sorgen machen musst, mir wehzutun. Versuch mal loszukommen."

Kurz überkam sie ein Anflug von Panik, aber sie tat es und bemühte sich mit aller Kraft sich zu befreien. Ohne den geringsten Erfolg. Es war, als ob sie von stählernen Fesseln gehalten würde.

„Du kannst mich nicht überwältigen. Du kannst mich nicht verletzen."

Dann würde dies hier nicht so sein wie bei den anderen Malen. Er war ein unsterblicher Krieger – kein menschliches Erstsemester. Holly merkte, wie sie sich in seinem Griff entspannte.

Sobald er das fühlte, zog seine freie Hand ihren Rock so weit hoch, dass ihr Höschen zum Vorschein kam. Sie begann zu zittern, als er es ihr bis zu den Knien herunterzog.

„Und jetzt mach deine hübschen Schenkel für mich breit."

Während sie seiner Aufforderung zögernd nachkam, schob er mit einem Griff Pulli und BH nach oben, sodass ihre Brüste nackt vor ihm lagen.

„Warte mal … Ich glaube, ich hab meine Meinung doch ge… Oh!", rief sie, als er seine Lippen um eine ihrer Knospen schloss.

Er saugte an ihr, leckte sie, bis sie stöhnte.

„Oh mein Gott."

Sie hatte das Gefühl, allein dadurch schon in kürzester Zeit zum Höhepunkt zu kommen. Aber während sie sich noch unter der köstlichen Hitze seines Mundes wand, fuhr er mit der Fingerspitze über ihr Geschlecht. Sie sog erschrocken die Luft ein.

„So heiß und so feucht." Seine Stimme klang gequält. „Noch viel mehr, als ich es mir vorgestellt hatte." Er benutzte ihre eigene

Feuchtigkeit, um mit dem Zeigefinger über ihre hochsensible Klitoris zu reiben.

Noch nie zuvor war Holly auf diese Art und Weise berührt worden. Sie hätte sich nicht träumen lassen …

Sie tat, was sie nur konnte, um sich zu beherrschen, um an andere Dinge zu denken, aber zugleich sehnte sie sich nach Erlösung, kam ihr mit jeder geschickten Bewegung seines Fingers und jedem Saugen an ihrem Nippel näher. Sie merkte noch undeutlich, wie sich ihre Hüften schamlos seinem Finger entgegenreckten, ohne etwas dagegen tun zu können.

„Spreiz die Beine noch etwas weiter."

In der Vergangenheit hatte sie jede Sekunde jeden Tages dagegen angekämpft, an die Bedürfnisse ihres Körpers zu denken. Jetzt schien es keinen Kampf mehr zu geben, es *konnte* keinen Kampf geben.

Sie ließ die Knie einfach auseinanderfallen.

Er stöhnte an ihrem geschwollenen Nippel. „So ist's gut."

Sie drohte die Beherrschung zu verlieren … Diese Triebe erwachten.

Doch sie konnte ihnen nicht nachgeben. Dafür hatte er gesorgt. „*Cadeon* …"

Schneller, immer schneller glitt sein Finger über ihre jetzt pulsierende Klitoris. Immer wieder wanderte er kurz nach unten, um neue Feuchtigkeit zu schöpfen. „Ich werde ihn jetzt in dich reinstecken, okay?", sagte er an ihre Brust gedrückt, während sein Finger schon in sie hineintauchte.

Mit lautem Stöhnen akzeptierte sie ihre Niederlage. Das war einfach zu köstlich, zu überwältigend, als dass sie hätte Widerstand leisten können. „Hör nicht auf …"

Zentimeter für Zentimeter arbeitete er sich vor, bis er ganz in ihr steckte. Und während er seinen Finger tief in ihr bewegte, begann sein Daumen langsam ihre Klitoris zu umkreisen. „Fühlt sich das gut an, Baby?“, fragte er heiser.

Vollkommen selbstvergessen warf sie ihren Kopf auf dem Kissen hin und her. „*Ja, ja!*“ Er würde es tun. Er würde sie zum Höhepunkt bringen. Der erste Mann, dem das gelang. „Hör bloß nicht auf, bitte …“

„Nicht ehe du für mich gekommen bist.“

„*Oh Gott*“, rief sie. „*Oh ja!*“

„Das ist es, Holly. Das war's, was ich schon die ganze Zeit über sehen wollte …“

Ihr Höhepunkt überwältigte sie. Sie riss die Augen auf, geschockt über seine fast erschreckende Intensität – stärker als alles, was sie je gespürt hatte. Nass, zuckend, er hörte einfach nicht auf, bis sie den Rücken wölbte und vor Lust schrie …

Sie beim Orgasmus zu beobachten war das Erregendste, was er je gesehen hatte. Er wurde so hart, dass er schon fürchtete, es ihr gleichzutun, noch bevor er seinen Schwanz aus der Hose befreien konnte.

Während er ihr noch das kleinste bisschen Lust abrang, drückte ihre enge Scheide seinen Finger zusammen, melkte ihn gierig, wieder und wieder.

Draußen zuckten Blitze über den Himmel und Donnerschläge ließen das Zimmer erbeben.

Endlich wimmerte sie: „Aufhören“, und schob seine Hand beiseite – gerade als die Uhr sich mit lautem Piepen meldete.

Er beugte sich über sie, schnappte sich die Uhr vom Nachttisch und zerdrückte sie in seiner Faust, um sie zum Schweigen zu bringen.

Als er sich ihr wieder zuwandte, sah er zu seinem Erstaunen, dass sie sich nicht gleich wieder bedeckt hatte, wie er es eigentlich erwartet hatte. Ihr Haar hatte sich gelöst. Ihr Pulli, der Rock, das Höschen, alles lag so da, wie er es hinterlassen hatte.

Es schien ihr völlig gleichgültig zu sein. So hatte er sie immer sehen wollen: entfesselt, außer sich vor Leidenschaft, bis ihre prüde Fassade zersprang. Sie atmete immer noch heftig, ihre Lider bedeckten die Augen, als ob sie zu müde wäre, sie zu heben, ihre geschwollenen Knospen waren immer noch feucht von seinem Mund.

Die blonden Locken zwischen ihren Beinen waren ebenfalls feucht, von ihrem Orgasmus, und sein Schwanz sehnte sich nach ihnen. Er fuhr sich mit der Hand über seinen Schaft und fragte: „Wirst du jetzt mir Erleichterung verschaffen, Holly?“ Seine Stimme war heiser.

Als sie sich auf die Lippe biss und nickte, riss er seine Hose mit einem Ruck auf und zog sie bis zu den Knien herunter. Sein Schwanz sprang heraus und blieb pulsierend zwischen ihnen stehen.

Den Blick unverwandt auf seine Männlichkeit gerichtet, setzte sie sich auf und murmelte: „Aber ich weiß nicht, wie. Ich will dir nicht wehtun.“

„Du kannst mir gar nicht mehr Schmerzen zufügen, als ich gerade spüre. Fass ihn einfach nur an.“

Zögernd streckte Holly ihre Hände aus. Bei der ersten Berührung sog er zischend die Luft ein, und sein Unterleib stieß unwillkürlich nach vorne. Er konnte nur immer wieder dasselbe denken: *Meine Frau hat ihre Hände auf meinem Schwanz.*

Sie begann mit ihren unglaublich weichen Händen über sein erhitztes Fleisch zu streicheln. Als seine Eichel feucht wurde, genau wie letzte Nacht, stöhnte er vor Entzücken auf. Sie tauchte den Zeigefinger in die Feuchtigkeit und verteilte sie kreisförmig.

„Das ist so gut, Baby“, stieß er mit rauer Stimme hervor. „Und jetzt kannst du ihn einfach reiben.“

Aber das tat sie nicht. Stattdessen fuhr sie fort, ihn mit zarten Berührungen zu erkunden, während er sich nach schnellen, reibenden Bewegungen sehnte. Als sie eine Hand nach unten gleiten ließ und seine schweren Hoden hochhob, schrie er gequält auf. Seine Hüften zuckten unkontrollierbar.

„Leg einfach die Finger drum! Den Rest mach ich." Er bemühte sich, seinen Ton zu mäßigen. „Wenn du nur wüsstest, wie weh das tut ..."

Er nahm ihre Hand und legte sie um seinen Schaft. „Ah! Schon besser ...", stöhnte er, sobald er in ihre Faust stoßen konnte, um sich Erleichterung zu verschaffen.

Seine Hand glitt nach unten, um ihre zarte, kleine Klitoris zu reiben. Mit der anderen Hand knetete er ihre Brüste, erst die eine, dann die andere.

Sie drückte ihr Gesicht gegen seinen Oberkörper und stöhnte, während sie ihn dort küsste. Ihr Stöhnen klang unglaublich sexy: kurz, scharf und voller Verlangen. Es machte ihn schier verrückt, weil er sich danach sehnte, sie zu befriedigen.

Ich könnte sie nehmen ... Innerhalb von wenigen Sekunden könnte er sie ficken. *Sie würde es zulassen.* Auch wenn er sich verzweifelt danach sehnte, in ihr zu sein, konnte er es doch nicht tun. Denn dann würde er sich verwandeln, ganz und gar zum Dämon werden.

Und dann würde er mit absoluter Sicherheit wissen, dass sie die Seine war.

Also stieß er noch härter zu, streckte den Arm weiter aus, um ihr Geschlecht zu umfassen, sie mit der ganzen Hand zu liebkosen. Sie drückte seinen Schaft zusammen und bewegte ihre Hand hoch und runter, bis er seine Hüften still hielt und sie die volle Kontrolle übernahm.

Er streichelte seine Frau, während sie ihn streichelte. *Noch nie hat sich etwas so gut angefühlt.*

Sie schloss die Augen, als ein weiterer Orgasmus sie überkam, und schenkte ihm noch mehr von diesem aufreizenden Stöhnen.

Sein dämonischer Instinkt erkannte deutlich, dass sie zu ihm gehörte. Er brüllte laut in ihm auf, drängte ihn, sie zu der Seinen zu machen. Während sie sich bebend an seine Handfläche schmiegte, begann er sich zu wandeln, doch er kämpfte dagegen an.

„Holly, du bringst mich dazu, so hart zu kommen ... mach weiter so." Er keuchte und sein Körper spannte sich an wie eine Sprungfeder. „Mach ... oh Scheiße!"

Erlösung ... Er hob den Kopf und brüllte zur Decke empor, als ihn eine überwältigende Welle der Ekstase überschwemmte. Auch wenn er nicht ejakulierte, schien der Orgasmus kein Ende zu finden, unerbittlich, bis er sich aus ihrem Griff befreite. Er fiel neben sie auf das Bett zurück und starrte verwundert die Decke an. Neunhundert Jahre lang hatte er darauf gewartet, seine Frau befriedigen zu können.

Und dann der Erste sein zu dürfen, der ihr all das zeigte ...? Sein männliches Ego verspürte einen Kick, als er sich ins Gedächtnis zurückrief, wie sie die silbrigen Augen überrascht aufgerissen hatte, kurz bevor sie gekommen war.

Endlich diese Erfahrung miteinander geteilt zu haben – es fühlte sich schicksalhaft an, folgenschwer.

Als er sie ansah, sagte sie: „Cadeon, du hast gar nicht ...?"

„Wutdämonen ejakulieren nicht. Erst wenn wir uns zum ersten Mal mit der uns bestimmten Frau vereinen."

„Das hast du also gemeint, als du gesagt hast, du würdest es wissen." Er nickte. „Hab ich auch nichts falsch gemacht?"

„Nein, Liebes." Er beugte sich zu ihr und strich mit dem Mund über ihr Ohr. Selbst nach seinem Wahnsinnsorgasmus bekam er bei ihrem Duft gleich wieder einen Steifen. Sein Schwanz drückte sich gegen ihren blassen Schenkel. „Natürlich nicht."

„Also gut." Sie zog ihre Kleidung zurecht und erhob sich mit einem entschlossenen Nicken. „Das war wirklich angenehm, Cadeon." Sie hätte sich auch genauso gut den Staub von den Händen wischen können. „Ich mach mich nur kurz frisch, und dann können wir uns auf den Weg machen."

Während sie sich ins Badezimmer begab, blieb er auf dem Bett zurück, die Hose in den Kniekehlen, und blinzelte ungläubig. Er fühlte sich … benutzt. Endlich verstand er, wie sich die Frauen, mit denen er in den vergangenen neunhundert Jahren im Bett gewesen war, wohl gefühlt haben mussten.

Das fühlt sich echt beschissen an. Hastig zog er die Hose wieder hoch. Verdammte Scheiße, sie hatte ihn benutzt. Schlimmer noch, er war bei ihr kein Stück weitergekommen, was ihn wirklich ärgerte.

Als sie zurückkam, warf er sie gleich zurück aufs Bett.

„Was machst du denn – hör sofort damit auf!", rief sie.

„Sieht so aus, als ob ich die Wette gewonnen hätte, Püppchen." Er ignorierte ihre trommelnden Fäuste, schob ihr den Rock hoch, riss ihr den Slip herunter und stopfte ihn in die Tasche. „Ich nehme mir nur meinen Preis."

26

„Ich kann nicht vergessen, was eben passiert ist", murmelte Cadeon. Seine Hände umklammerten das Lenkrad, dass die Knöchel weiß hervortraten.

Wem sagst du das, dachte Holly. Während der letzten beiden Stunden hatte sie immer wieder durchlebt, was er sie hatte fühlen lassen. Und tun lassen.

Zweimal.

Immer wieder sah sie den gequälten Ausdruck auf seinem schönen Gesicht, kurz bevor er kam, und wie sein geschwollenes Fleisch pulsiert hatte, als sie ihn gestreichelt hatte. Sein wilder Schrei hatte ihr einen Schauer den Rücken hinuntergejagt.

Dass sie jetzt keine Unterwäsche anhatte, war auch nicht gerade hilfreich. Das Wissen, dass sie sich in der Tasche des Dämons befand, wirkte auf sie überraschend erotisch. „Na, dann musst du dich eben noch mehr anstrengen."

Genau wie sie. Wenn sie sich seiner nur nicht so bewusst wäre. Sie litt definitiv an Hypersensibilität. Sein Duft ließ ihr das Wasser im Mund zusammenlaufen, lockte sie, sich ihm zu nähern, wenn sie nebeneinandersaßen – was in dem Wagen schließlich die ganze Zeit der Fall war.

Bisher war ihr der Geruch eines Mannes nie sonderlich aufgefallen, genauso wenig wie seine Stimme. Aber Cadeons Duft ließ ihr Herz schneller schlagen, ließ sie wünschen, sein Körper läge schwer und heiß auf ihrem.

„Wenn es nach mir ginge", fuhr er fort, „würde ich mich einfach ein paar Wochen lang irgendwo mit dir verkriechen und nichts tun als …“

„… es mir so richtig besorgen?“

„Oh ja.“

„Tja, das steht aber nicht zur Debatte. Du brauchst dein Schwert, und ich nähere mich mit jedem Tag mehr dem Punkt, von dem aus es kein Zurück mehr gibt.“

„Ich weiß, ich weiß.“

„Also werden wir das wohl einfach ignorieren müssen.“

Bis jetzt hatte sie nie so recht begriffen, was mit *sexuellem Erwachen* gemeint war. Jetzt wusste sie es. Er hatte Dinge mit ihr angestellt, die sie nie wieder vergessen würde. Holly würde nie wieder dieselbe sein. Sie hatte eine Linie überschritten. Sie hatte von etwas gekostet, und sie wollte mehr davon.

Was nicht möglich war. Und wie sollte sie jetzt bloß wieder zur Ruhe kommen?

„Ignorieren? Na klar doch. Lass mich einfach wissen, wie das bei dir so funktioniert“, sagte er, als er in ein exklusiv wirkendes Einkaufszentrum einbog, eine dieser superluxuriösen neuen Galerien. „Wir sind da.“

„Hier bekommst du deine Sachen?“

„Hier bekommen *wir unsere* Sachen. Du brauchst wärmere Klamotten. Sachen, in denen du dich bewegen kannst.“

Tatsächlich hätte sie nichts gegen ein, zwei neue Rollkragenpullis einzuwenden. Oder eine dickere Jacke.

Sobald er vor einem Kaufhaus der gehobenen Klasse geparkt hatte, stieg sie aus und schloss gedankenverloren die Tür hinter sich. Wieder waren ihre Gedanken ein einziges Durcheinander …

Seit so langer Zeit war jegliche Erregung, die sie verspürt hatte, immer von der Angst begleitet gewesen, jemand anders wehzutun.

Doch diese Angst war vorhin vollkommen verschwunden gewesen – weil sie ihm gar nicht hatte wehtun können. Sie hatte überhaupt nichts tun können, außer es zuzulassen, dass ihr Körper auf meisterliche Art und Weise zum Orgasmus getrieben wurde. Bei der Erinnerung daran spürte sie erneut ein Kitzeln in der Magengegend. Aber dann runzelte sie die Stirn. *Auf meisterliche Art und Weise.*

Schließlich war er ein Aufreißer. Ob er wohl Imatra die gleichen Wonnen bereitet hatte …?

„Hey, du hast deinen Computer vergessen", sagte er und winkte ihr flüchtig zu.

Mit großen Augen eilte sie zu ihm. Sie hätte um ein Haar ihren Laptop liegen gelassen? Das war das Einzige, worauf sie in ihrem Leben auf gar keinen Fall verzichten konnte. Er war ihr so wichtig, dass sie sich schon oft gewünscht hatte, sie könnte sich eine Festplatte in den Hüftknochen implantieren lassen.

„Du bist wohl mit den Gedanken ganz woanders, was?", fragte er in diesem arroganten Tonfall. „So viel zu deinem Vorschlag, es einfach zu ignorieren."

„Ich habe gerade an etwas ganz anderes gedacht." Als sie danach griff, hielt er es hoch über seinen Kopf. „Gib ihn wieder her! Du lässt ihn noch fallen!"

„Ich geb ihn dir zurück, aber erst, wenn du zugibst, dass du an mich gedacht hast."

„Na gut. Ich hab an dich gedacht, und nur an dich. Und jetzt gib her!"

Das tat er dann auch. Er wirkte etwas überrascht, wie schnell sie kapituliert hatte. Aber das war ihr *Computer*, die Quelle all dessen, was auf dieser Welt gut und richtig war.

Sobald sie den Gurt der Tasche über die Schulter gelegt hatte, platzierte er seine Pranke auf ihrem Rücken. Sie warf ihm einen vielsagenden Blick zu, den er ignorierte. Und schon schob er sie in das Kaufhaus hinein. In der Damenabteilung hielt er ihr sogar die Jeans an die Hüften, um zu sehen, ob sie wohl passen würden. *Der eingebildete Kerl!*

Sie fragte ihn durch zusammengebissene Zähne hindurch: „Und wie genau soll ich die Jeans jetzt ohne Unterwäsche anprobieren?"

Er klopfte sich auf die Tasche. „Willst du sie wiederhaben? Wir könnten uns da sicherlich einigen." Er drückte ihr ein paar Jeans in den Arm, schnappte sich einige Kaschmirrollis und schob sie zu den Umkleidekabinen.

Sie hatte angenommen, er würde im Sitzbereich davor auf sie warten. Aber so viel Glück hatte sie nicht. „Cadeon!", fuhr sie ihn an, als er ihr folgte und die Tür schloss. „Du darfst hier nicht rein!"

Er legte eine Hand an die Wand hinter ihr und beugte sich vor. „Ich muss aber hier drin sein. Weil du mich nämlich gleich küssen wirst."

„Ist das so?" Sie bemühte sich um einen herablassenden Tonfall, klang aber einfach nur fasziniert.

„Oh ja. Wenn du dein Höschen zurückhaben möchtest."

„Fein. Dann kaufen wir eben keine Jeans."

„Das wird aber ganz schön eisig, nur in Röcken herumzulaufen mit nichts drunter als deinen Strümpfen."

Sie seufzte ungeduldig. Es war in der Tat ziemlich kühl. „Ich werde dich küssen, aber nur wenn die Wette damit beendet ist, und zwar nicht nur für heute Abend."

„Dann muss es aber schon ein Zungenkuss sein, und nicht nur ein Küsschen auf die Wange."

Das lief ja bestens …

„Na gut. Aber ich weiß nicht so genau, wie ich anfangen soll." Ob er sich wohl innerlich gerade über ihre Unerfahrenheit totlachte? Sie mit Imatra verglich?

Holly wollte gerne eine bessere Küsserin sein als die Dämonin.

„Das hier brauchst du nicht", sagte er, zog ihr die Tasche von der Schulter und stellte sie auf die Bank hinter sich. „So, und jetzt musst du dich auf die Zehenspitzen stellen, um an mich dranzukommen."

„Willst du mir nicht auf halbem Weg entgegenkommen?"

„*Du* küsst *mich*, weißt du noch?"

Sie legte ihm die Hände auf die Schultern, um besser das Gleichgewicht zu halten, und erhob sich auf die Zehen.

„Selbst auf Zehenspitzen musst du immer noch mein Gesicht zu deinem hinunterziehen. Leg die Hand auf meinen Hinterkopf."

Als sie versehentlich die Spitze seines Horns berührte, stöhnte er. Sie schob die Hand eilig weiter, aber er sagte: „Es fühlt sich gut an, wenn du sie berührst."

„Ihr könnt wirklich damit etwas fühlen?", fragte sie. Ihr fiel wieder ein, was er ihr zu ihrem Betragen in der Bar gesagt hatte.

„Aber sicher. Männliche Dämonen lieben es, wenn man ihnen die Hörner streichelt."

Sie beschloss, sich diese Information für später zu merken.

„Als Nächstes legst du deine geöffneten Lippen auf meine, und dann leckst du meine Zunge. Sobald du zu diesem Punkt gekommen bist, machst du einfach, was sich gut für dich anfühlt."

Sie schluckte. Sie hätte gar nicht sagen können, ob sie sich schwindelig oder nervös fühlte oder vielleicht beides. Dann reckte sie sich empor, zog ihn zu sich hinunter und legte ihre Lippen auf die seinen.

Wie um sie zu ermutigen, streifte er ihre Zunge mit seiner. Dann überließ er ihr die Führung. Ohne sie zu drängen, ließ er sie mit behutsamen kleinen Bewegungen alles erforschen. Schließlich berührte er erneut ihre Zunge, gestattete ihr aber weiterhin, das Tempo zu bestimmen. Langsam verschmolzen ihre Zungen miteinander.

Der Kuss war gemächlich, aber unmissverständlich sinnlich. Sie schien einfach nicht damit aufhören zu können …

Da prusteten ein paar Teenager in der Kabine nebenan los.

Holly löste sich mit einem Keuchen von ihm. Sie bemühte sich, ihre Atmung zu beruhigen und wieder zur Besinnung zu kommen. Aber dann zogen sich ihre Augenbrauen zusammen, als sie Cadeon ins Gesicht blickte.

Seine Augen waren nun tiefschwarz, und seine Hörner hatten sich aufgerichtet und waren dicker geworden. So wie bisher jedes Mal, wenn sie einander nähergekommen waren.

Doch sie hatte nichts von alledem bemerkt, als er Imatra geküsst hatte.

Ob das daran lag, dass er schon befriedigt worden war? Oder war er alles andere als zufrieden gewesen?

„So." Sie duckte sich unter seinem Arm hindurch. „Ich hab's getan."

„Das hast du", sagte er mit heiserer Stimme. „Ich bin nur froh, dass ich den hier mitgenommen habe." Er setzte seinen wettergegerbten Lederhut auf, der ihr Herz schneller schlagen ließ. Sobald sich seine Augen wieder normalisiert hatten, sagte er: „Dann schleich ich mich jetzt mal hier raus und setz mich zu den ganzen anderen ratlosen Männern da draußen, die nicht wissen, wie sie eigentlich hierhergekommen sind."

„Warte!" Sie zeigte auf seine Tasche.

Er tat so, als missverstehe er sie. „Er steht dir ganz zu Diensten, meine Liebste."

Sie verdrehte die Augen und hauchte: „Mein *Höschen*."

Er überreichte es ihr mit einem schamlosen Grinsen. Und dann hatte sie die Umkleidekabine endlich für sich. Doch als sie den Reißverschluss einer Dreihundert-Dollar-Jeans zuzog, erstarrte sie. *Ich kann die Mädchen nebenan flüstern hören.*

Holly wusste, dass sie sich gegenseitig ins Ohr flüsterten, vermutlich hinter vorgehaltener Hand, aber sie konnte dennoch deutlich jedes Wort verstehen.

„Er ist so verdammt süüüß. So was hast du echt noch nie gesehen. Tu so, als ob du mir eine andere Größe holst und guck ihn dir selber an."

Und Holly hörte genau, wie ihre Herzen pochten, jedes Mal wenn sie an ihm vorbeigingen und in die Kabine zurückkehrten.

Was bedeutete, dass er sie ebenfalls hören konnte. Kein Wunder, dass er wusste, wie atemberaubend er war.

„Komm raus, damit ich dich sehen kann", rief er.

Sie betrachtete sich kurz im Spiegel und hätte ihr eigenes Spiegelbild fast nicht erkannt. Sie hatte keine Jeans mehr getragen, seit sie ein Teenager war. Und weil sich ihr Knoten beim Anprobieren der Rollis immerzu aufgelöst hatte, hatte sie ihr Haar schließlich einfach in zwei Zöpfe geflochten, die ihre Ohren bedeckten. Die Brille hatte sie nicht auf, weil sie sie nicht mehr brauchte. Ihre Wangen waren rosig, ihre Haut schien zu leuchten. Genau wie bei Nïx.

Sie schürzte die Lippen. Sie hasste es, zugeben zu müssen, dass es durchaus von Vorteil war, eine Walküre zu sein.

„Jetzt komm schon."

„Nur noch eine Minute!"

Und dann stand er schon vor ihrer Tür. „Ich konnte es nicht mehr erwarten, dich zu sehen, Kleines."

Eines der Mädchen in der Kabine nebenan seufzte, als sie das hörte.

„Die Jeans passt nicht." Obwohl sie an der Taille zu weit war, war sie hinten zu eng. Sie drehte sich um und betrachtete ihre Rückseite im Spiegel. Sie hatte gar nicht gewusst, wie riesig ihr Hintern war. Kein Wunder, dass Cadeon ihn ständig anstarrte.

„Dann hol ich dir eine andere Größe."

„Nein, sie sind sowohl zu groß als auch zu klein."

„Überlass das mal mir."

„Na gut." Sie öffnete die Tür.

Sein Mund öffnete sich. „Dreh dich mal um." Sobald sie sich verlegen einmal um sich selbst gedreht hatte, sagte er: „Also, ich hatte ja gedacht, dass dein Arsch in einem deiner Röcke schon atemberaubend ist, aber dein Arsch in Jeans ist sogar noch besser."

Als die Mädchen nebenan wieder zu kichern anfingen, warf sie ihm einen bösen Blick zu. Ungerührt streckte er die Hand aus und packte ihre Computertasche. Dann drehte er sich um und zog sie mit sich. „Was machst du denn?"

„Wir sind fertig."

„Aber die Hose passt nicht", wiederholte sie.

„Wir kaufen dir einen Gürtel."

„Warte, das ist doch nur *ein* Outfit!"

„Von wegen. Wir nehmen einfach fünf von diesen umwerfenden Jeans und den Pulli je einmal in jeder Farbe, und dann sind wir fertig. Klar?" Draußen im Laden angekommen, sagte er: „Verdammt, das war knapp. Ich hab dich gerade noch rechtzeitig da rausgeholt."

„Wovon redest du denn überhaupt?"

„Du warst so kurz davor, den Mädchen die Augen auszukratzen, weil sie sich für deinen Dämon interessierten. Gefahr im Verzug, nennt man das wohl – Menschenleben standen auf dem Spiel."

„Du bist nicht *mein* Dämon."

„Nein? Du hast mich aber geküsst, als ob es so wäre."

„Ooh!", stieß sie nur leise aus.

Er schnappte sich einen schwarzen Ledergürtel, der zusammengerollt auf einem Tisch auslag. „Probier den mal." Er schlang ihn ihr um die Taille und stand eine Ewigkeit so da, die Arme um sie gelegt. Jede Wette, dass er wieder an ihrem Haar roch.

„Er passt“, sagte sie. Also holte er ihr noch ein paar und sammelte sämtliche Jeans und Rollis ein.

Als sie an der Kasse an die Reihe kamen, begrüßte Cadeon die Kassiererin: „Guten Abend, mein Täubchen.“

Die Frau starrte ihn sprachlos an, unfähig irgendetwas zu tun, außer an ihren Haaren herumzuzupfen.

„Ma'am“, erinnerte Holly sie an ihre Pflichten, in schärferem Ton, als sie eigentlich vorgehabt hatte.

Sobald sie aus ihrem Dämmerzustand aufwachte und anfing, die Preisschilder zu scannen, murmelte Cade Holly ins Ohr: „Das war wieder knapp. Diese dummen Dinger flirten mit dem Tod.“

Holly trat ihm vors Schienbein. Seine Antwort bestand in einem tiefen, amüsierten Grunzen.

Als sie endlich ihre Taschen bekommen und die Schilder von den Kleidungsstücken abgenommen hatten, die sie schon trug, sagte er zu Holly: „Jetzt geh nach unten und probier ein Paar Wanderstiefel an.“ Er gab ihr eine schwarze American-Express-Karte.

Offensichtlich war der Dämon sehr reich. „Nimm die teuren, die man nicht erst einlaufen muss. Mit Gore-Tex gegen den Schnee.“

„Und wo gehst du hin?“

„Ich brauch noch einen Mantel und ein paar andere Sachen. Du bleibst hier in dem Geschäft, bis ich wieder da bin …“

In der Schuhabteilung suchte sie sich zwei Arten von Schuhen aus. Ein Paar war robust und mit Gore-Tex-Beschichtung, weil sie sie brauchte. Und dann suchte sie sich noch ein Paar schlanke schwarze Lederstiefel mit höherem Absatz aus – nur weil sie ihr so gut gefielen und sie einfach nicht an ihnen vorbeigehen konnte.

Als die Verkäuferin mit ihrer Größe zurückkam, probierte Holly sie an und ging ein paar Schritte auf und ab. Ob wohl jeder anders ging in solchen Stiefeln? Vielleicht ein kleines bisschen stolzierte?

Holly kaufte beide Paare und behielt die schwarzen an. Nachdem sie ihre Aufgabe erledigt hatte, setzte sie sich hin und wartete auf Cadeons Rückkehr. Da sie nichts zu tun hatte und auch niemand da war, mit dem sie sich hätte unterhalten können, ging sie in Gedanken noch einmal die jüngsten Ereignisse durch.

Jetzt war es offiziell: Sie war ihrem Freund untreu geworden. Und das sah ihr gar nicht ähnlich. Sie hatte noch nie bei einem Test geschummelt, hatte noch nie ein Versprechen gebrochen. Tim war ein viel zu netter Kerl, er hatte das nicht verdient …

Wie gut kennst du Tim eigentlich wirklich?

Der Gedanke kam aus dem Nichts. Sie verzog die Stirn.

Er war perfekt für sie. Ein zuverlässiger, ausgeglichener Mann, dem viel an seiner Karriere lag. Genauso wie ihr. Er war groß und schlank und auf eine freundliche, nicht einschüchternde Art gut aussehend. Und, wie sie schon zu Cadeon gesagt hatte, er würde einmal ein großartiger Ehemann und Vater sein.

Was weitaus mehr war, als sie von einem Mann wie Cadeon behaupten konnte, der ihr nur untreu werden und höchstwahrscheinlich ein Vater sein würde, der nie für seine Kinder da wäre, wenn er denn je welche bekommen sollte.

Doch vorhin hatte sie auch etwas Neues über Cadeon erfahren. Es gab Dinge an einem Mann, die man in einer sexuellen Situation sehr viel leichter herausbekam, wenn er sich nicht mehr unter Kontrolle hatte.

Cadeons Augen waren wollüstig gewesen, aber seine Berührungen waren zärtlich, fast als genieße er sie selber, nahezu … ehrfurchtsvoll.

Holly hatte diese Zartheit nicht von dem rauen Söldner erwartet und hätte diese Seite an ihm auch nie zu Gesicht bekommen, wenn sie nicht mit ihm im Bett gewesen wäre.

Was würde sie wohl in einer vergleichbaren Situation über Tim herausfinden? Sie versuchte sich vorzustellen, dieselben Dinge mit ihm zu tun. Aber das gelang ihr nicht. Weil sie immerfort nur den Dämon vor sich sah.

Nein, nein! Das war ein perfektes Beispiel für die neuen, fremdartigen Denkprozesse, die von ihr Besitz ergriffen. *Sie begründen scheinbar logisch, wieso es sinnvoll ist, mit einem Dämon zu knutschen: weil ich so etwas über ihn „lernen" kann. Über seine Persönlichkeit.*

Sie zweifelte nur deshalb an Tim, weil sie nicht sie selbst war. *Nicht* wegen irgendeines schwachen Verdachts, dass sie nur deshalb so an ihm hing, weil er ihr altes Leben verkörperte, das Leben, das hinter sich zu lassen sie fürchtete …

Und dann dachte sie gar nichts mehr, als sie Cadeon kommen sah, wie er mit seinen weit ausholenden Schritten auf sie zueilte, die Schultern durchgedrückt, das freche Grinsen mitten im Gesicht.

Vielleicht hatte er in einem Punkt wirklich recht, dachte sie verwirrt. Vielleicht sollte sie wenigstens *ein* Abenteuer erleben, bevor sie in ihr normales, geordnetes Leben zurückkehrte. Ein kleines sexuelles Experiment, ein bisschen Aufregung …

Als er sie erreichte, beugte er sich hinunter und gab ihr einen Kuss, bevor sie reagieren konnte. „Gib's zu, du hast mich vermisst."

Das war das erste Mal, dass sie in der Öffentlichkeit geküsst worden war. Es verschlug ihr fast die Sprache. „Wohl kaum."

„Aha. Dann frage ich mich nur, warum deine Augen ganz silbern wurden, als du mich gesehen hast."

„Stimmt doch gar nicht!" Sie sah sich hastig um. „Was ist, wenn das jemand gesehen hat? Oh Gott …"

„Entspann dich, Halbling. Die Menschen würden es einfach für eine Sinnestäuschung halten. Wenn du nur dreist genug bist. So, dann lass mich mal sehen, was du dir gekauft hast."

Er hob die Brauen angesichts ihrer neuen Stiefel. „Sehr hübsch.

Aber du hast nur zwei Paar? Ich hatte eigentlich mit extensivem Kreditkartenmissbrauch und Racheeinkäufen gerechnet."

„Tut mir leid, wenn ich dich enttäusche." Er trug diverse Einkaufstaschen. „Was hast du gekauft?"

„Das zeig ich dir beim Abendessen."

„Abendessen? Haben wir denn Zeit dafür?"

„Ich muss meinen Halbling doch füttern, sonst wird er unwirsch. Außerdem brauchen wir allerhöchstens fünf Stunden für die Fahrt, und jetzt ist es erst sechs."

„Aber was soll ich denn in einem Restaurant essen? Du weißt doch, dass bei mir alles abgepackt sein muss."

„Ich habe die Bestellung schon aufgegeben. Vertrau mir einfach."

27

Fünfzehn Jahre lang war Holly bei so ziemlich jeder Gelegenheit overdressed gewesen. Doch jetzt hatte der Dämon sie in Jeans gesteckt und führte sie in ein vornehmes Restaurant aus.

Während sie auf ihr Essen warteten, fragte sie sich, was er wohl für sie bestellt haben mochte. Eine Dose grüne Bohnen? Oder eine mit Obstcocktail? Aber da das hier ein Restaurant für Fischspezialitäten war, bekam sie vermutlich eine Dose Tunfisch.

„Dann sieh dir mal an, was ich alles erbeutet habe“, sagte Cadeon und griff tief in eine seiner Tüten. Er nahm seinen Hut ab, schüttelte die Haare, damit seine Hörner bedeckt waren, und sah mal wieder geradezu unerträglich gut aus.

„Hier.“ Er reichte ihr zwei Päckchen. „Ich hab dir eine Uhr gekauft. Früher hast du immer eine hübsche Uhr getragen.“

Selbst diese Kleinigkeit war ihm aufgefallen?

„Ich hab auch eine“, sagte er.

Ach ja, denn seine hatte er ja vorhin in der Faust zertrümmert. „Die sind aber nicht etwa … im Partnerlook oder so?“

„Holls, ich bin ein Dämon, kein Volltrottel.“

„Oh. Na gut.“ Sie nahm die Schachtel an und hob gleich darauf die Brauen. *Cartier*.

Sie hatte diese Marke bislang immer gemieden, da viele der Cartier-Uhren ziemlich diamantenlastig waren. Und das war nicht so gut für sie, weil sie bei jedem Blick auf die Uhr alles andere vergessen und nur noch verzaubert die funkelnden Steine anstarren würde.

Als sie das Päckchen öffnete, hätte sie beinahe gelächelt. Kein Diamant weit und breit. Platin – schlicht, aber elegant. Warum musste er nur so aufmerksam sein? „Cadeon, die ist wunderschön, aber das ist einfach zu viel – wirklich. Ich kann doch nicht zulassen, dass du …"

„Ich setz sie auf die Spesenabrechnung. Und jetzt halt dein Plappermaul und mach das andere Päckchen auf."

Sie starrte ihn finster an, tat aber, was er verlangte. Darin lag … ihre Brille. Smitten Kitten. Sie sah ihn verwundert an. „Du schenkst mir meine eigene Brille?"

„Ich habe Fensterglas in die Fassung einsetzen lassen. Du hast doch gesagt, ohne Brille kannst du nicht nachdenken, aber von den Gläsern hast du Kopfschmerzen bekommen."

Sie setzte sie mit offenem Mund auf. Wer unterstützte sie mehr? Tim, der sie mit Worten ermutigte, oder Cadeon, der es ihr ermöglichte, vernünftig zu arbeiten?

Hör endlich auf, die beiden zu vergleichen! Tim ging schließlich auch nicht hin und entkleidete Barbesitzerinnen der Sorte „sexuell unersättliche Dämonin".

„Fühlt sich perfekt an. Aber, Cadeon, ich werde mich wieder zurückverwandeln. Und dann werde ich auch wieder schlecht sehen."

„Dann kannst du die Gläser ja wieder umtauschen. Aber jetzt kannst du erst mal arbeiten", sagte er und fügte mit ernster Miene hinzu: „So ein Code schreibt sich schließlich nicht von allein, Holly." Er reichte ihr noch eine Tüte. „Und nun sieh dir mal die Jacke an, die ich für dich besorgt habe."

Sie griff in die Tüte und zog eine schmale, körperbetonte Skijacke heraus. „Die ist rot."

„Das sollte sie auch sein. Du hast sonst gar nichts Rotes."

Auch das war ihm also aufgefallen.

Sie war von seinem guten Geschmack überrascht, sagte aber trotzdem: „Sieht aber nicht sehr dick aus."

„Ein Wunder der neuen Technologie, Halbling. Die hält dich auch bei zwanzig Grad minus noch warm. Außerdem spürst du die Kälte auch nicht mehr so sehr wie früher, stimmt's?"

„Nein, ich schätze nicht …"

Der Kellner brachte ihnen ihre Getränke: ein Bier für Cadeon und für sie eine eisgekühlte Flasche Perrier – auf Wunsch von Cadeon ungeöffnet.

Sobald der Mann sich wieder entfernt hatte, um nach ihrer Bestellung zu sehen, sagte sie: „Warum ist es dir eigentlich immer so wichtig, dass ich genug esse?"

Cade atmete tief aus. Er hasste diesen Teil. *Weil ich kein guter Mann bin und dich in Kürze auf grausamste Art und Weise verraten werde …*

Es schien so, als ob jeder Glücksmoment mit seiner Frau ihn eine weitere Lüge kostete, und er sich immer tiefer und tiefer in die Scheiße ritt, bis für ihn keine Vergebung mehr möglich war.

Denk nicht dran. „Vielleicht kann es deine Verwandlung aufhalten, wenn du einige menschliche Verhaltensweisen beibehältst?"

Sie seufzte. „Ich habe immer weniger Hunger. Ich glaube, ich würde inzwischen von selber gar nicht mehr daran denken zu essen."

„Die Veränderung schreitet schnell voran. Ich glaube, du merkst gar nicht, um wie viel schneller und stärker du schon geworden bist."

Sie schwieg eine ganze Weile und faltete und entfaltete immer wieder ihre Serviette mit ihren schlanken, geschickten Fingern. Den Fingern, die noch vor wenigen Stunden seinen Schaft umfasst hatten. Er rutschte unruhig auf seinem Stuhl hin und her.

„Cadeon …"

„Was denkst du?"

„Ich hab mich nur gefragt … wie ist es, für immer zu leben?"

Anstrengend. Ohne Gefährtin und Familie war es einfach nur verdammt anstrengend. Aber seine Antwort lautete: „Für immer zu leben hat schon seine Vorzüge. Zum Beispiel der Teil, dass man nicht stirbt. Denkst du vielleicht daran, es doch mal mit der Unsterblichkeit zu versuchen?"

„Ich weiß nicht, was ich darauf antworten soll. Ich sehe schon definitiv die Vorzüge eines Lebens als Walküre. Aber ich will nicht das Gefäß sein. Ich will nicht *tot oder schwanger* sein. Und ich weiß auch nicht, wie ich mein gegenwärtiges Leben mit dieser Veränderung vereinbaren soll. Was passiert, wenn mitten im Unterricht plötzlich ein Ohr sichtbar wird?"

„Du wärst erstaunt, wie viele Mythenweltwesen mitten unter den Menschen leben, ohne dass die das je mitbekommen."

Sie neigte den Kopf. „Ehrlich, ich weiß gar nicht, ob ich überhaupt für immer leben will …" Sie verstummte, als der Kellner mit ihrem Essen zurückkehrte.

Für Cade: ein riesiges Porterhouse-Steak. Für sie: ungeschälte Bananen und gekochte Eier in der Schale, dazu ein eingeschweißtes Plastikbesteck.

Sie blickte von ihrer Mahlzeit zu seiner, wobei sich ihre Miene zusehends trübte.

„Du möchtest wohl was von meinem Steak abhaben?"

Sie schüttelte energisch den Kopf, auch wenn ihr Verlangen nach seinem Steak unverkennbar war. „Ich hab immer noch … Probleme."

„Ich weiß, ich weiß. Du magst Dinge, die nicht berührt wurden und noch eingepackt sind."

Sie runzelte die Stirn, als der Kellner mit einem weiteren Teller für sie zurückkam: Hummerschwänze und Krebsbeine, noch in der Schale.

Als sie wieder allein waren, sagte Cade: „Sieh und staune: das Nonplusultra an unberührtem, eingepacktem Essen. Du kannst die Schalen selber öffnen, ohne dass es zu irgendeiner Kontamination kommt, und das Fleisch mit der Plastikgabel essen."

Sie blickte ihn fassungslos an. „Weißt du, wie lange es her ist, dass ich frische Meeresfrüchte gegessen habe?"

Ein weiterer Punkt für den Dämon.

„Ich bin ein gutes Date, was?"

„Wenn du nur nicht so bescheiden wärst", erwiderte Holly vor dem Restaurant. In Wahrheit war er wirklich ein wunderbares Date gewesen. Wie kreativ er mit ihren Marotten umgegangen war ... Und das Abendessen war phänomenal gewesen.

Er ging zu einer Mülltonne und warf die Schachteln weg, in denen die Uhren verpackt gewesen waren. Dann drehte er sich um und warf ihr etwas zu. „Denk schnell nach!", sagte er.

Glitzerte da etwas?

Ein *Diamant*ring.

Mit großen Augen verfolgte sie seine Flugbahn durch die Luft, und ihre Hand schoss vor, um ihn aufzufangen.

Dann öffnete sie die Hand, bebend vor Staunen. „Wofür ist der denn?", fragte sie verwirrt.

„Aversionstraining. Jetzt musst du wegsehen", sagte er ihr ins Ohr. Seit wann stand er denn so dicht neben ihr?

Sie schob hastig einen Finger in den Ring, damit er ihn ihr nicht entreißen konnte, aber sie konnte den Blick nicht abwenden.

„Sieh nicht hin."

Sie schüttelte gereizt den Kopf. Er hatte ihn ihr zugeworfen und erwartete jetzt, dass sie ihre Augen abwendete?

„Sieh weg, oder ich werfe deinen Laptop in den öffentlichen Müllcontainer da drüben. Stell dir nur mal vor, was für Keime da drin wuchern. Glaubst du, dass man die Festplatte dann noch retten kann?“

Holly begann zu zittern vor lauter Anstrengung, den Blick abzuwenden. „Tu's nicht … bitte!“

Er umfasste ihre Hand und entrang ihren gierigen Fingern schließlich den Ring.

Nachdem die Trance gebrochen war, starrte sie ihn wütend an. „Das war nicht lustig!“

„Sollte es auch gar nicht sein. Du musst mit dem Ding üben, von mir aus zehnmal am Tag, wenn's sein muss. Du hast eine Schwachstelle, Püppchen. Eine ziemlich große sogar. Und die musst du loswerden.“

Wenn er auch schroff und rau war, schien er doch nur ihr Bestes im Sinn zu haben. Sie knabberte an ihrer Lippe. „Der Diamantring war echt, sonst hätte ich mich nicht so darauf gestürzt.“ Er nickte. „Wie viel verdient ein Söldner wie du eigentlich heutzutage?“

„Ich habe ein Vermögen in Gold. Ah, war das etwa ein Flackern in deinen Augen? Gefalle ich dir jetzt besser, wo du weißt, dass ich reich bin?“ Er legte ihr den Finger unters Kinn. „Denn damit hätte ich kein Problem.“

Er gab ihr einen raschen Kuss auf die Lippen.

„Hör auf damit!“

Das tat er natürlich nicht, er ergaunerte sich weiter kleine Küsse und behandelte sie, als wäre sie seine Freundin. Das verwirrte sie. Aber es erregte sie nicht.

„Und jetzt mach dich auf etwas gefasst“, sagte er. „Es ist Zeit, dass du mal ein richtig schnelles Auto fährst.“

28

„Es ist ideal für unsere Zwecke“, sagte Cadeon und blickte den Highway entlang.

Er war vollkommen menschenleer, sah fast aus wie eine aufgegebene Landebahn mitten im Wald, und man konnte den ganzen Weg bis zu den Bergen in weiter Ferne sehen. An den Seiten lag alter Schnee in dicken Klumpen, aber der Asphalt war schneefrei und trocken.

„Du lässt mich wirklich ans Steuer?“

„Wessen Wagen ist das?“

„Nicht unserer.“

„Braves Mädchen.“

Während er an den Straßenrand fuhr, musterte sie die Gegend. Der Wald wurde vom zunehmenden Mond erhellt, der Himmel war klar. „Ich kann nicht glauben, dass ich tatsächlich hier oben in Nord-Michigan bin und trotzdem kein richtiger Schnee zu sehen ist.“

„Das mag ja sein, aber dafür bekommst du jetzt das Nordlicht zu sehen.“

„Das gibt’s doch nicht! Wo denn? Ich sehe nichts – wo ist es denn?“

Er zeigte nach links, gleich über der Baumlinie. „Da ist sie – die Aurora Borealis.“

Ihr Blick folgte seinem Finger, und sie schnappte nach Luft. Am schwarzen Himmel tanzten leuchtend violette Lichter. In ihrem Wirbeln verdeckten sie immer wieder den Mond und die Sterne, um sie gleich darauf erneut hervorzuheben.

Der Anblick ließ ihr Herz singen. Sie murmelte: „Wunderschön."

„Es gibt eine Legende, die besagt, dass die Walküren das Nordlicht erschufen."

„Was für eine Legende?"

„Die frühen Nordmänner glaubten, dass es die Panzerung der Walküren sei, die dieses seltsame flackernde Licht über den Himmel schickt, wenn sie von Walhalla ausreiten, um tapfere Krieger auszuwählen, die auf ewig belohnt werden sollten."

„Wirklich?" Er nickte. „Du weißt so viel."

„Meinst du?", fragte er lässig, aber sie merkte ihm an, dass er sich über ihre Bemerkung freute.

Sie war in der Stimmung, nett zu ihm zu sein, nachdem er ihr dieses wunderbare Abendessen geboten hatte und nun auch noch bereit war, sie diesen Wagen fahren zu lassen.

„Bist du bereit?" Er drehte einen Knopf links vom Fahrersitz.

Sie spürte, dass sich der Wagen absenkte und hörte ein Summen hinter sich. „Der Heckspoiler …"

„Lässt sich in die Karosserie einfahren. Und die vorderen Diffusorklappen werden ebenfalls geschlossen. Das wird dich jetzt interessieren: Dadurch wird der Strömungswiderstandskoeffizient um 0,05 Prozent gesenkt."

Sie hob eine Augenbraue. Jetzt sprach er ihre Sprache. Sobald sie die Plätze getauscht hatten, ließ sie sich in den Fahrersitz sinken und stellte die Spiegel ein.

„Du kennst dich doch wohl mit einer Gangschaltung aus, oder?"

„Meine ersten Fahrerfahrungen habe ich in einem Carrera gemacht, danke der Nachfrage."

„Gut. Dann schnall dich an."

Sie befestigte den Sicherheitsgurt. „Du auch." Er warf ihr einen störrischen Blick zu. „Bitte!?"

„Na gut“, sagte er. Sie war erstaunt, dass er so leicht nachgab. „Und jetzt fahr ganz langsam an.“

Auch wenn das genau der Richtige sagte, legte sie pflichtbewusst den ersten Gang ein und lenkte den Wagen auf die Straße.

„Also gut, dann bring ihn jetzt mal auf Höchstgeschwindigkeit.“

Holly beschleunigte und schaltete in den zweiten und dann in den dritten Gang.

„Genau so. Das machst du gut. Wirklich gut. Was meinst du?“

Im fünften Gang angekommen, war sie davon überzeugt, dass die Kupplung die knackigste und das Gaspedal das sensibelste auf der ganzen Welt wären. Der Motor reagierte sofort. Es war mit nichts vergleichbar, was sie je zuvor gefahren hatte. „Unglaublich. Und er lässt sich so leicht manövrieren. Allradantrieb?“

„Weißt du doch.“

„Wie er sich an die Straße schmiegt.“ Wie eine Kugel auf einer magnetischen Bahn.

„Glaub es oder nicht, aber dieser Wagen ist so schwer wie ein Panzer. Ganze zwei Tonnen.“

„Das gibt's doch nicht.“

„Wenn er sich so leicht fahren lässt, dann gib doch jetzt mal so richtig Gas.“

Also beschleunigte Holly. Es versetzte ihr einen Kick, als sie sah, dass sie das Tempolimit für Highways überschritten hatten.

„Schneller, Kleines. Mach schon, drück mal so richtig auf die Tube!“

„Du willst es ja nicht anders.“ Sie trat das Gaspedal durch und der Wagen schoss nach vorne, sodass sie in ihre Sitze gedrückt wurden. *Hundert Meilen in der Stunde.* Schon die kleinste Korrektur am Lenker zog eine präzise Richtungsänderung nach sich. *Hundertvierzig*. Die Kraft, das Dröhnen des Motors, die Kontrolle – es war wie ein Rausch.

Die Straße verlief schnurgerade, wie eine Startbahn. Und Holly fühlte sich wie eine ganz neue Person. Jemand, der Stiefel trug und Meeresfrüchte aß, der einen Stringtanga trug und Wagen fuhr, die eine Million Dollar kosteten.

Als sie das nächste Mal auf den Tacho blickte, fuhren sie hundertachtzig.

Ihr Herz raste, Adrenalin floss. Aber sie verspürte dazu noch etwas, das sie nie erwartet hätte.

Sie fühlte sich regelrecht erregt.

Als sie mit zweihundert Meilen pro Stunde dahinraste, bestand nicht mehr der geringste Zweifel daran. Ihre Atmung wurde flacher, und sie rutschte auf ihrem Sitz hin und her. *Das wird ja immer schlimmer.*

Zweihundertzehn. Sie leckte sich über die Lippen. Geschwindigkeit. Verführerisch. *Sexy*.

Er war inzwischen still geworden. Sie warf ihm einen Blick zu.

Er starrte sie an, mit dunklen, unergründlichen Augen. „Fahr rechts ran", sagte er.

„Was denn? Hab ich was falsch gemacht?"

„Halt einfach an."

Sobald sie an die Seite gefahren war und den Gang rausgenommen hatte, griffen seine Hände nach ihr, umfassten ihr Gesicht und zogen sie zu sich heran, um ihr einen glühenden Kuss zu geben, den sie mit einem Aufschrei erwiderte. Sie presste ihre Lippen auf seine und ließ ihre Zunge hervorschnellen.

Ihre Hand zuckte zu seiner Erektion. Sie wollte sie berühren, so wie vor wenigen Stunden, aber sie kam einfach nicht dran. Er legte seine Hand zwischen ihre Beine, aber sie konnte sie nicht weit genug spreizen wegen des Lenkrads und der Mittelkonsole.

„Verdammter Scheißmist!", knurrte er, löste seinen Gurt und stürzte aus dem Wagen.

Gerade als sie enttäuscht in sich zusammensinken wollte, riss er ihre Tür auf und löste auch ihren Gurt. Dann packten seine großen Hände sie zu beiden Seiten, hoben sie aus dem Wagen und stellten sie draußen wieder auf die Füße.

„Cadeon?“ Als er an ihrem Reißverschluss riss, rief sie: „Wenn uns jemand sieht!“

„Hier kommt keiner vorbei.“

Als er ihr Jeans und Tanga bis über die Knie hinunterzog, rief sie: „Aber was, wenn do… *Oh*.“

Bevor sie auch nur auf die Idee kam, Widerstand zu leisten, hatte er sie schon auf das Wagendach gehoben und ihr die Beine gespreizt, sodass ihr Geschlecht offen vor ihm lag.

„Was hast du denn vor?“

„Ich werde dir etwas Neues zeigen.“ Er legte seine Wange an ihren Oberschenkel, seine Bartstoppeln kratzten über ihre zarte Haut. Sie fühlte seinen warmen Atem …

Sie zuckte zusammen, als ihr klar wurde, was er vorhatte. Aber sie brachte es nicht fertig zu protestieren. Bis jetzt war alles, was er ihr gezeigt hatte, unglaublich wundervoll gewesen. Warum sollte es jetzt anders …

„Oh – mein – Gott!“, stöhnte sie, als er ihre Klitoris mit seiner starken Zunge leckte.

Sie ließ sich hintenüber auf den Wagen fallen, vollkommen überwältigt spreizte sie ihre Beine einladend noch weiter. Unvorstellbare Wonnen waren das, und sie konnte ein lautes Stöhnen nicht unterdrücken.

Er spreizte ihr Fleisch mit zwei Fingern und leckte sie, fiel gierig über ihr Geschlecht her. „Zieh dein Oberteil hoch, über deine Brüste.“

„Ich werde erfrieren …“

„Wirst du nicht.“

„Warum …"

„Ich hab die Hände voll. Also tu es, oder ich hör auf."

Wo war denn seine andere Hand? Dann begriff sie. *„Oh …"* Die Vorstellung, dass er masturbierte, während er sie auf diese Weise küsste, verursachte ihr eine Gänsehaut am ganzen Körper.

Sie schluckte und zog Pullover und BH hoch, so wie er es im Hotel getan hatte. Es war ihr zuvor gar nicht aufgefallen, dass eine leichte Brise aus dem Wald wehte, aber jetzt streifte sie ihre sensiblen Knospen, die sich sofort aufrichteten. Wieder stöhnte sie.

Er packte ihre Hände und legte sie auf ihre Brüste. „Spiel mit ihnen", sagte er, bevor er den Mund wieder in Stellung brachte.

Während sie ihre Brüste umfasste, blickte sie mit halb geschlossenen Augen in den Himmel hinauf. Die Sterne über ihr leuchteten fast übertrieben hell. Das Nordlicht schimmerte in Rot- und Violetttönen, und die von ihr verursachten Blitze zerrissen die Luft. Schon jetzt drohte die Lust sie zu überwältigen.

„Deine Nippel", er klang, als ob er Schmerzen hätte, „kneif sie."

Während er mit seinem Tun fortfuhr, tat sie wie geheißen. Der Schock, ihre eigene Berührung zu fühlen, ließ sie abrupt den Rücken wölben. Dazu die Brise, die Sterne, seine hartnäckige Zunge …

„Bist du bereit?"

„Ja!"

„Ich auch", brachte er mit rauer Stimme heraus, und dann saugte er ihre Klitoris zwischen seine Lippen.

Mit einem gewaltigen Schrei richtete sie sich blitzartig auf, als ihr Orgasmus sie durchzuckte. Er leckte, stöhnte, benutzte Lippen, Zunge und Zähne, um ihr wirklich alles abzuverlangen.

Als er ein harsches Knurren gegen ihr Fleisch ausstieß, wusste sie, dass er bereit war, gleich nach ihr zu kommen. Selbst nachdem sie gekommen war, beendete er seinen Kuss nicht, als ob dieser seine eigene Lust noch steigerte.

Als er fertig war, legte er seinen Kopf auf ihren Oberschenkel und versuchte, wieder zu Atem zu kommen.

Irgendwann stützte sie sich auf ihre Ellenbogen.

Nachdem er ihre bloßen Brüste eine ganze Weile mit zusammengezogenen Augenbrauen angestarrt hatte, sah er ihr in die Augen. „Alle fünfhundert Meilen?“

Sie schüttelte den Kopf. „Vierhundertzwanzig.“

29

Laughing Lady Bridge,
Bloodwater River, Michigan

„Das ist es. Fahr auf den Seitenstreifen.“ Cadeon gab ihr ein Zeichen, sie solle neben einem Felsen parken, der gleich vor der Brücke aus der Erde ragte.

Holly tat es, zog die Handbremse und sah sich um.

Und sie hatte gedacht, die Sandbar hätte sich schon am Ende der Welt befunden.

In den letzten Stunden war der Veyron über kurvenreiche Straßen und durch nebelverhangene Wälder immer weiter abwärts auf den Bloodwater-Talkessel zugeschlichen. Die Gegend war bergig, die Straßen schienen in die Steilhänge eingemeißelt zu sein.

Cadeon und sie hatten nur wenig gesprochen. Er war sehr ruhig gewesen, gedankenverloren. Sie hingegen konnte immer noch nicht fassen, was sie gerade getan hatten. Und was sie nach weiteren hundert Meilen noch tun würden.

Er warf einen Blick auf seine neue Uhr. „Noch zwanzig Minuten bis Mitternacht. Wir sind früh dran.“

„Also, es ist auf jeden Fall sehr stimmungsvoll hier“, sagte sie.

Nebel bedeckte den Fluss, der zwischen hoch aufragenden Felswänden gefangen war. Der Dunst war so dicht, dass sie nicht einmal bis ans andere Ende der Brücke sehen konnte. Es entstand der Eindruck, dass die Brücke ins Nichts führte …

Dennoch verspürte sie eher Aufregung als Unbehagen. Das da war möglicherweise eine waschechte Geisterbrücke.

„Ich nehme an, es hat keinen Sinn dich zu bitten hierzubleiben?", fragte er.

„Nicht den geringsten", sagte sie, während sie schon ausstieg.

„Du scheinst ja prächtig gelaunt zu sein."

„Ich trage neue Klamotten, neue Stiefel und eine neue Jacke." Sie fühlte sich übermütig, jünger.

„Meinst du wirklich, dass das an den Klamotten liegt – oder an den drei Orgasmen, die du heute hattest?"

Nun, das war nicht von der Hand zu weisen. Doch sie tippte sich mit dem Finger ans Kinn, als ob sie erst gut über seine Frage nachdenken müsste, und sagte schließlich: „Nein, es liegt definitiv an den Klamotten", woraufhin er das Gesicht verzog.

Sie machten sich auf den Weg zur Brücke. Die Laughing Lady Bridge war früher einmal komplett überdacht gewesen, aber inzwischen waren Teile des Holzdaches und der Verkleidung verrottet, sodass das Skelett des Pfeilerwerks stellenweise sichtbar war.

Das rostige Eisen ächzte bei jeder Brise, die den Nebel verwirbelte.

Als Holly das Wasser erblickte, stellten sich ihre Nackenhärchen auf. Im dunstigen Mondlicht sah es wirklich wie Blut aus.

Nachdem sie die Straßensperre umgangen hatten, überquerten sie die Brücke, wobei sie es vermied, auf die Ritzen zwischen den Brettern zu treten. Nach sechs, sieben Metern warf sie einen Blick zurück und zögerte, als sie den Wagen nicht mehr sehen konnte.

„Bleib dicht bei mir, Holly."

Sie holte ihn rasch wieder ein. „Kann es sein, dass die Brücke … schwankt?"

„Ja. Der Boden gibt ein bisschen nach, damit er nicht bricht. Hier, nimm meine Hand."

Sie hob die Brauen. „Ich empfange gerade Schwingungen, die mir noch aus der achten Klasse bekannt vorkommen. Nimm das Mädchen an einen gruseligen Ort mit, und wenn sie Angst bekommt, wird sie sich ganz eng an dich kuscheln. Hattest du so etwas im Sinn?"

Er grinste sie ziemlich selbstzufrieden an. „Nach dem, was wir gerade auf dem Auto getrieben haben, kommt einem Kuscheln ziemlich altmodisch vor, oder? Außerdem *willst* du meine Hand halten." Er nahm ihre Hand. „Gib's ruhig zu."

Arroganter Dämon. „Nein, will ich *nicht*." Sie entzog sie ihm. „Nur weil wir *intim* miteinander waren, heißt das noch lange nicht, dass ich irgendwelche zärtlichen Gefühle für dich hege." Sie musste dringend wieder auf Distanz zu ihm gehen. Wer weiß, vielleicht war der nächsten Checkpoint ja wieder eine Bar, mit einer weiteren Dämonin …

Endlich konnte Holly zugeben, dass es sie verletzt hatte, ihn mit dieser Schönheit Imatra zu erwischen. Immer wieder musste sie das Bild, wie sich die beiden geküsst hatten, aus ihren Gedanken verbannen. Auch wenn Cadeon manchmal rücksichtsvoll sein konnte, wusste sie doch, dass er tief im Innern ein Halunke war.

„Was wir getan haben, ändert nichts zwischen uns", sagte sie. „Ich habe immer noch einen Freund, und du hast immer noch deine *jungen Dinger*, die auf deinen *Freudenspender* abfahren, oder wie auch immer du deine Eroberungen bezeichnen magst."

Er schien ziemlich sauer über ihre Bemerkung zu sein.

„Und du hältst dich für eine von denen?" Er packte erneut ihre Hand.

„Warum sollte ich nicht?" Sie wandte sich zum Gehen, doch er hielt sie fest. „Lass – los!", zischte sie wütend und riss an ihrer Hand.

In seinen Augen blitzte ein gefährliches Leuchten auf. „Entweder ich halte deine Hand, oder du gehst auf der Stelle zum Wagen zurück."

„Du kannst mich mal! Rede nicht mit mir, als ob ich ein kleines Kind wäre."

„Holly Ashwin hat gerade *Du kannst mich mal* gesagt", sagte er spöttisch. „Leider bin ich der einzige Zeuge ... Ich lass dich los, wenn du zugibst, dass das, was zwischen uns ist, mehr als nur rein körperlich für dich ist."

„Du warst es doch, der vorgeschlagen hat, ich solle dich benutzen, um meine Neugierde zu stillen, ich solle mir ein paar Wochen Zeit nehmen, um diesen ganzen Wahnsinn, der in mir ist, loszuwerden. Und wenn ich das dann tue, bist du auch wieder nicht glücklich, ehe ich zugebe, etwas zu fühlen, das ich in Wahrheit gar nicht fühle."

„Du meinst also, du kannst mich einfach benutzen, ohne dass das irgendwelche Auswirkungen auf dich hat?"

„Warum denn nicht? Als ob du nicht schon dasselbe gemacht hättest."

„Ich habe immer dasselbe gemacht!", brüllte er sie an. Seine Worte hallten von den Felswänden wider.

Plötzlich erklang ein unheimliches Gelächter, das Lachen einer Frau, ohne erkennbare Quelle.

Cadeon zerrte Holly hinter sich, während sie sich in dem dichten Nebel umsahen. „Wir gehen wieder zurück. Auf der Stelle."

„Sind das die Geis..."

Mit einem Mal wurde sein Körper durch die Luft gewirbelt. Sie schrie, als eine unsichtbare Kraft ihn gegen einen der Pfeiler schleuderte, sodass die ganze Brücke bei dem Aufprall bebte. Sein Rücken verformte den Eisenträger, gegen den er geschmettert worden war, eins seiner Hörner bohrte sich sogar hinein. Mit einem lauten Schmerzensschrei warf er den Kopf nach vorn, um es aus dem Metall zu befreien, und fiel auf die Füße.

Erneut ertönte Gelächter.

„Cadeon!“ Die Geister. Es mussten die Geister sein. „Oh Gott, sie sind real.“

„Bleib unten!“, brüllte er.

Sie kauerte sich zusammen, aber sie war gar nicht angegriffen worden. Warum nicht?

Als er versuchte, zu ihr zu gelangen, hagelte es von allen Seiten unsichtbare Hiebe auf ihn, bis er schließlich die ganze weite Strecke bis ans Ende der Brücke geschleudert wurde. Wütend sprang er wieder auf die Füße.

Wieder und wieder bemühte er sich, zu ihr zu gelangen, wurde jedoch jedes Mal zurückgetrieben. „Lauf zum Auto! Fahr weg!“

Als sie ihn noch einmal hochhoben, versuchte er verzweifelt, sich gegen sie zu wehren, aber es war vergeblich. Seine Gegner waren körperlos.

Mit einem Mal wurde ihr alles klar. Sie schoss auf die Füße und rannte durch den Nebel auf ihn zu.

Mit weit aufgerissenen Augen sah er sie auf sich zukommen. *„Holly, nein!* Hau sofort ab, verdammt noch m…“

„Wartet!“, schrie sie in die Nacht hinaus. „Er tut mir nicht weh.“

Endlich ließ die unsichtbare Kraft ihn zu Boden fallen.

Holly kniete sich neben ihn und half ihm, sich aufzusetzen. Sie spürte, dass sie von allen Seiten umzingelt waren, überall um sie herum gärte es bedrohlich. „Er gehört zu mir!“ Sie nahm Cadeons Hand und legte sie auf ihr Gesicht. Er umfasste es zärtlich, so wie sie es vorhergesehen hatte.

Der Angriff hörte unvermittelt auf.

„Was zum Teufel ist denn hier los?“, krächzte er. Er fuhr sich mit dem Ärmel über die blutende Lippe. In seiner Wange klaffte ein tiefer Riss, und sein Hemd bestand nur noch aus Fetzen.

„Ich glaube, sie dachten, du tust mir weh oder zwingst mich, auf die Brücke zu kommen“, sagte sie. „Vermutlich reagieren sie sehr empfindlich auf aggressive Männer, die Frauen durch die Gegend zerren.“

Misstrauisch beäugte er seine Umgebung. „Vielen Dank für die Rettung, Kleines.“ Als er versuchte aufzustehen, biss er die Zähne vor Schmerz zusammen und hielt sich mit der Hand die Rippen. „Aber hättest du das mit deinem Riesenhirn nicht schon ein bisschen früher herausfinden können? Vorzugsweise, bevor sie mir die Rippen zertrümmerten?“

„Ooooh! Ich hätte dich den Geistern – den weiblichen Geistern – überlassen sollen, damit sie dich noch ein bisschen durchprügeln!“

Ein Pfeil bohrte sich mit einem lauten Schwirren in das Eisen zwischen ihnen und blieb vibrierend stecken. Ihre Köpfe wirbelten herum, in Richtung Wagen, aber sie konnte nicht erkennen, wer ihn abgeschossen hatte.

„Lauf! In den Nebel!“ Innerhalb eines Sekundenbruchteils hatte Cadeon sie hochgezogen und rannte mit ihr in die entgegengesetzte Richtung, wobei er sich zwischen sie und den Feind positionierte.

„Ich dachte, dass es noch ein paar andere Faktionen gäbe, die sich mit mir fortpflanzen wollen!“, rief sie, während sie rannte. „Wo sind sie, Cadeon? Häh? Für mich sieht es eher danach aus, dass mich nur alle umbringen wollen!“

„Wenn sie dich hätten umbringen wollen, hätten sie nicht vorbeigeschossen!“ Eine ganze Wolke von Pfeilen flog auf sie zu. Zwei davon bohrten sich in seinen Rücken.

„Cadeon!“

„Lauf – weiter!“

Kurz bevor sie das andere Ende der Brücke erreichten, wurde

er von zwei weiteren Pfeilen getroffen. Er stieß Holly hinter einen Felsbrocken am Straßenrand und duckte sich mit ihr dahinter.

Sofort drehte er ihr den Rücken zu. „Zieh sie raus!“

„Oh Gott.“ Sie saßen so tief. Sie packte einen der Schäfte so weit unten, wie es nur ging. Dann schluckte sie und zog daran, bis er sich löste. Aus der Wunde tropfte Blut, und einen Augenblick lang glaubte sie ein bläuliches Schimmern wahrzunehmen. Doch als sie kurz blinzelte, war es schon wieder verschwunden. „Wer ist das?“

„Bogenschützen der Feen.“

„Ich dachte, die gehören zu den Guten“, sagte sie und zog den nächsten Pfeil heraus.

„Tun sie auch.“ Er spähte hinter dem Felsen hervor und zog den Kopf gerade noch rechtzeitig weg, bevor ein Pfeil an seinem Gesicht vorbeizischte. „Und sie glauben, wir sind die Bösen. Weißt du nicht mehr? Du bist möglicherweise die Quelle des ultimativen Bösen, und ich bin ein Dämonensöldner.“

Sie schloss ihre Faust um den dritten Pfeil und zog daran. Nichts. „Cadeon?“

„Er steckt im Knochen. Zieh fester.“

Er riskierte noch einen Blick und murmelte: „Wie zum Teufel haben sie uns bloß gefunden?“ Er reckte den Kopf über die Schulter und warf ihr einen Blick aus zusammengekniffenen Augen zu. „Du hast deine Perlen abgelegt, stimmt's?“

„Ich bin doch kein Idiot.“ Es gelang ihr, die Pfeilspitze loszureißen, und wieder quoll Blut hervor.

Die Kiefer vor Schmerz fest aufeinandergepresst, stieß er hervor: „Ich sage ja nicht, dass du ein Idiot bist. Aber wie sonst haben sie uns gefunden? Niemand ist uns gefolgt.“

Jetzt prasselten Pfeile auf den Felsen, einige prallten ab, andere hingegen bohrten sich tatsächlich in den massiven Stein.

„Jetzt gib's doch einfach zu, Halbling. Du hast einen Fehler gemacht. Das kommt vor. Selbst bei den Besten von uns. Aber ich muss wissen, ob …"

„Verdammt noch mal, ich hab sie nicht abgelegt!"

Wenn möglich, wurde seine Miene noch düsterer. „Dann hast du deinen Flachwichser-Freund angerufen und ihm erzählt, wohin wir fahren!"

Sie packte den letzten Pfeil. „Wenn ich Tim das mitgeteilt hätte, dann hätte ich es in unserem Code gemacht."

„Ihr beide habt einen Code?" Cadeon klang schwer getroffen.

„Vielleicht hat uns ja dein kleines Frauchen Imatra den Wölfen zum Fraß vorgeworfen. Häh?"

„Imatra ist *nicht* meine Frau!"

„Hmm. Du scheinst dir deiner Sache ja ziemlich sicher zu sein. Dabei hast du selbst gesagt, du könntest dir nicht sicher sein, solange du sie nicht *erprobt* hättest. *Endlich* rückst du mal mit der Wahrheit raus!"

„Ich habe sie nicht erprobt! *Endlich* bist du eifersüchtig."

Sie zog an dem Pfeilschaft – nichts. „Von wegen eifersüchtig. Ich hab's einfach nur satt, von dir belogen zu werden. Was hättet ihr denn sonst eine ganze Stunde lang da drin treiben sollen?"

„Verdammt noch mal, Holly, bei den Göttern, du machst mich noch fertig! Sie hat die verdammte Scheißzeit verlangsamt!", brüllte er so laut, dass sogar die Pfeile für kurze Zeit aussetzten. Seine Fänge fuhren sich aus, und seine Augen verdunkelten sich.

„Na, wie praktisch! Jetzt gib's doch einfach zu." Als sie den vierten Pfeil herausrupfte, riss sie ihm zugleich ein Stück Haut aus, sodass er vor Schmerz knurrte. „Du bist dir nur deshalb so sicher, weil du sie erprobt hast …"

„Ich weiß, dass sie nicht meine verdammte Frau ist. Denn das bist *du*!" Er drehte sich zu ihr um.

„Oh, als ob ich …“ Sie verstummte nach einem Blick in sein Gesicht.

Der Angriff wurde fortgesetzt. Bogensehnen sangen in der Ferne. Der Nebel waberte, aber sie und der Dämon starrten einander an.

„Cadeon?“ Er meinte es ernst. „Wann … wie … Du wusstest es?“

Er stieß den Atem aus und blickte zur Seite. „Von dem Tag an, an dem ich dir zum ersten Mal begegnet bin. Seitdem habe ich dich beobachtet.“

Als ob sie das letzte Stück eines Puzzles an seinen Platz gelegt hätte, sah sie das Ganze auf einmal in aller Deutlichkeit. Er *war* die beruhigende Präsenz, die sie seit einiger Zeit gespürt hatte. Er war von Anfang an auf Tim eifersüchtig gewesen. In jener ersten Nacht, als Cadeon sie gerettet hatte, hatten seine großen Finger ihr Gesicht gestreichelt, sie getröstet, während er die Kugeln abgefangen hatte, die für sie gedacht waren. *„Schsch, Frau“*, hatte er gesagt.

„Ich weiß gar nicht, was ich sagen soll.“ *Dieser unsterbliche Krieger will mich, und das seit einem ganzen Jahr?* Holly konnte es kaum glauben.

Und er hatte nichts mit Imatra gehabt.

Ein Pfeil segelte über den Felsen hinweg und blieb in der Erde zwischen ihren Beinen stecken.

„Verdammter Mist. Gleich wird es die Dinger nur so vom Himmel regnen.“ Seine Augen und Hörner verdunkelten sich, seine Fänge schossen hervor. „Hör mir gut zu. Du wirst mir unmittelbar folgen. Ich werde die Bogenschützen zurücktreiben, damit du den Wagen erreichen kannst, und dann siehst du zu, dass du hier wegkommst.“

„Und was machst du?“

Er richtete sich auf, in seiner ganzen brutalen Pracht – wie ein Dämon, den man in die Ecke getrieben hat. „Ich werde meine Frau beschützen.“

30

Als Cadeon sich in den dichten Nebel stürzte, rannte sie hinter ihm her. Sie zuckte jedes Mal zusammen, wenn wieder einer der Pfeile mit einem dumpfen Geräusch in ihm stecken blieb. Wieder und wieder zog er sie heraus und warf sie beiseite, wo sie mit leisem Klappern auf das Holz fielen.

Mit jeder Sekunde schritt seine Verwandlung weiter fort. Im gleichen Maß, wie er dämonischer wurde, wuchsen seine gewaltigen Muskelstränge. Obwohl er verletzt war, schirmte er ihren Körper nach wie vor mit seinem ab, so wie er es in jener ersten Nacht getan hatte.

Nicht nur für Geld. Sondern weil er glaubte, dass sie die Seine war.

Er forderte sie mit einer Geste auf, sich aus seiner Deckung zu lösen und zum Wagen zu laufen. Sie könnte den Motor anlassen, aber unter gar keinen Umständen könnte sie ihn hier zurücklassen …

Mit grauenhaftem Gebrüll griff Cadeon die Bogenschützen an. Gerade sprang er über die Felsen hinweg, hinter denen sie Deckung gesucht hatten, als Holly eine weibliche Stimme rufen hörte: „*Cade*?“

Schwankend gelang es ihm, mitten im Lauf innezuhalten. Eine Frau zeigte sich und fragte mit gebieterischer Stimme: „Was genau tust du mit dem Gefäß?“

Cadeon kannte auch diese Frau? Sie hatte langes, wallendes braunes Haar, spitze Ohren und eine schlanke, perfekte Figur. Sie war von überirdischer Schönheit, ihr Gesicht strahlte.

Und sie kannten einander. Noch eine unnatürlich schöne Frau, die auf irgendeine Art und Weise mit Cadeon verbunden war. Nïx, Imatra – Augenblick, Imatra konnte sie streichen …

Was hatte er bloß ständig mit all diesen hinreißenden Frauen zu schaffen?

„Warum zum Teufel schießt du auf mich?“, fuhr er sie an. „Nach alldem, was wir durchgemacht haben, hatte ich anderes von dir erwartet, Fee!“

„Ich habe nicht gesehen, dass du es warst.“

Sie hatten also irgendetwas gemeinsam durchgemacht. Wie ungewöhnlich.

Cade starrte Tera wütend an, die halsstarrig das Kinn hob.

„Wer ist das?“, fragte Holly hinter seinem Rücken.

Ohne den Blick von Tera zu lassen – sie hatte nach wie vor einen Pfeil mit gespannter Sehne auf ihn gerichtet –, sagte Cade: „Tera gehört zum Edlen Feenvolk. Während der letzten Talisman-Tour habe ich ihr wenigstens ein Dutzend Mal das Leben gerettet.“

Tera hob die Augenbrauen. „Ich glaube, ich habe mich auch das ein oder andere Mal revanchiert, Dämon.“

„Du hast an der Talisman-Tour teilgenommen?“, sagte Holly mit bewundernder Stimme, sodass sich seine Schultern aus eigenem Antrieb strafften.

Was der schlauen Tera nicht entging.

„Wieso bist du hier?“, fragte er barsch. Er verzog das Gesicht, als ihn auf einmal ein Schwindelgefühl packte. Dann schüttelte er sich.

„Ich würde mich wesentlich wohler fühlen, das zu besprechen, wenn wir erst einmal erfahren dürften, was du mit ihr vorha…“

„Sprich Dämonisch!“, unterbrach er sie.

Tera sprach sämtliche Sprachen und antwortete ihm auf Dämonisch. „Du willst das Gefäß zu einem bösen Hexenmeister bringen, Cade. Das werden die Faktionen nicht einfach so ignorieren."

Er kniff die Augen zusammen. „Wirst du mich töten, um sie mir wegzunehmen?"

„Was bedeutet sie dir?"

„Sie ist … die Meine."

Teras Augen weiteten sich kurz. „Ich hatte dir doch gesagt, du sollst die Hexe vergessen. Hab ich's dir nicht gesagt?"

„Ja, ja", sagte er. Er fragte sich, warum sich seine Zunge so schwer und dick anfühlte.

Tera warf Holly einen prüfenden Blick zu. „Hmm. Ich spüre, dass sie sowieso weitaus besser zu dir passt. Nun, du musst wohl irgendeinen Plan in der Hinterhand haben – es wäre dir unmöglich, sie preiszugeben."

So sah es wohl aus. Warum glaubten eigentlich alle Weiber, dass er nicht imstande wäre, Holly aufzugeben? Nïx, Imatra, und jetzt auch noch Tera.

Weil sie nicht wussten, wie dicht er mit dem Rücken zur Wand stand.

Statt auf ihre Frage zu antworten, sagte er einfach nur: „Ich habe neunhundert Jahre auf sie gewartet, Tera."

„Ich erinnere mich", sagte sie. „Und ich bin glücklich, dass das Warten für dich ein Ende hat. Ist es möglich, dass deine Frau bereits dein Kind trägt?"

Diese Frage ließ ihn vollkommen erstarren, während sein Herz wie wild schlug. *Seine* Frau, die *sein* Kind trägt. „Kann schon sein", log er.

Tera entspannte sich sichtbar und gab den vier Bogenschützen hinter ihr ein Zeichen, die Bögen sinken zu lassen. „Dann wird der Krieger einer der Guten sein."

Er musste diese Frage einfach stellen: „Glaubst du das wirklich?"

„Du hast einige … fragwürdige Dinge getan, und du kannst bedrohlich und brutal sein. Aber schlecht bist du nicht. Also, wie sieht dein Plan für Groot aus?“

„Darüber kann ich nicht sprechen. Nicht, wenn ich dadurch meine Frau in Gefahr bringe.“

„Nun gut“, sagte die Fee. „Benötigst du unserer Hilfe?“

„Allerdings. Du könntest unter den Guten die Nachricht verbreiten, dass Holly kein Freiwild ist.“

„Das werde ich gerne tun.“

„Und du könntest mir sagen, woher du wusstest, wo du uns findest.“

„Wir hatten einen Informanten in Imatras Bar.“

„Könnten andere diese Information ebenfalls erhalten haben?“

„Wahrscheinlich schon. Unser Kontakt war niemand aus dem Feenvolk. Seine Loyalität galt nur dem Geld.“

Cade fuhr sich mit der Hand über die Stirn und verzog verwundert das Gesicht, als er feststellen musste, dass sie schweißnass war. „Ich muss Holly hier wegbringen.“ Er würde morgen um Mitternacht alleine zurückkehren. Die nächsten Worte sprach er zu Holly. „Komm schon, Halbling. Wir gehen!“

Vorsichtig kam sie auf die kleine Gruppe zu.

Tera richtete noch einmal das Wort an Cade und Holly. „Dann trennen sich unsere Wege hier, in der Hoffnung, dass zwischen uns immer noch Frieden herrscht.“

Cade zuckte die Achseln. „Was sind schon ein paar Pfeilwunden unter Freunden?“

Tera zuckte zusammen. „Was diese Pfeile betrifft, Cade. Sie waren in Gift getaucht –“

„Gift!“, brüllte Cade. „Ach, das darf doch nicht wahr sein, Tera!“

Holly stieß einen Schrei aus. „Was für ein Gift? Du bist vergiftet?“

Cade wandte sich zu ihr um. „Nein, mir geht's gut. Es wird nur höllisch weh…"

Wie aus dem Nichts sauste Feuer mit der Wucht einer Rakete auf ihn hernieder. Cade stand sofort von Kopf bis Fuß in Flammen, und die Wucht des Aufpralls schleuderte ihn durch die Luft.

Während Holly „*Cadeon!*" schrie, brüllte einer der Bogenschützen: „Feuerdämonen auf den Felsen!"

Das Ding, das Cadeon getroffen hatte, sah aus wie eine Kanonenkugel, die aus einem Flammenwerfer abgefeuert worden war. Sein brennender Körper prallte gegen einen Felsvorsprung, der dabei zum Großteil zertrümmert wurde, ehe sein lichterloh brennender Körper zu Boden fiel.

Sie rannte sofort zu ihm und riss sich die Jacke vom Leib.

„Bögen hoch – schießt!", befahl Tera, deren zarte Stimme jetzt mit der Gewalt eines Donnerschlags dröhnte, während ihr eigener Bogen sich der Salve anschloss.

Noch während Holly rannte, riskierte sie einen Blick auf die Klippe über der Brücke. Durch den feinen Nebel hindurch sah sie vier Dämonen, in deren Handflächen flüssiges Feuer tanzte.

Sobald sie Cadeon erreicht hatte, breitete Holly ihre Jacke über ihm aus, um die Flammen mit dem Stoff zu ersticken. Als die Flammen gelöscht waren und sie die Jacke anhob, starrte sie geschockt auf den Schaden, den das Feuer an seinem Oberkörper angerichtet hatte.

Seine Hände waren … weg, zu bloßen Stümpfen zusammengeschmolzen, nachdem er versucht hatte, die Flammen mit ihnen abzuwehren. Auf der rechten Seite seines Kopfes waren Gesicht und Haare vollständig verbrannt. Das rechte Auge fehlte, und sie glaubte, Knochen sehen zu können.

„Haut ab!", schrie Tera ihr zu. Eine ganze Wolke von Pfeilen regnete auf die Dämonen herab, da die Feen ihre Pfeile mit übernatürlicher Geschwindigkeit abfeuerten. „Wir halten sie auf!"

Holly nickte, auch wenn sie keine Ahnung hatte, wie sie Cadeon zum Auto transportieren sollte. Sie bückte sich, um sich seinen verletzten Arm über die Schulter zu legen, so wie sie es im Fernsehen gesehen hatte, und versuchte, ihn hochzuhieven.

Was zum …? Sie hatte ihn ohne Probleme auf die Füße gestellt.

Cadeon krächzte etwas, das sich anhörte wie: „Nicht anfassen!"

„Was?"

„Gift …"

„Darüber reden wir später!" Sie hatte gehört, was Tera gesagt hatte, und war sich bewusst, dass sie eine ganze Menge von Problemen bewältigen mussten, aber darüber konnte sie in diesem Moment nun wirklich nicht nachzudenken!

Beim Auto angekommen, warf sie ihn auf den Beifahrersitz und hob dann seine langen Beine hinein, verzweifelt bemüht, nicht auszurasten angesichts der Schwere seiner Verletzungen.

Als sie ihre eigene Tür aufriss, entdeckte sie den Truck der Feen, der gleich hinter der nächsten Biegung stand. Er war seitwärts geparkt und blockierte die Straße, die auf beiden Seiten von steilen Felswänden begrenzt wurde.

Holly wandte den Kopf in die andere Richtung. Eine nicht allzu stabile Straßensperre, eine fragwürdige Brücke und ein Felsgrat voller Dämonen warteten dort auf sie.

Argumentationskette? *Dieser Wagen kann fliegen. Durch die Straßensperre brechen, auf der Brücke an Geschwindigkeit zulegen und dann genau unter den Dämonen hindurchschießen …*

Wenn die Brücke hielt. Hatte Cadeon nicht gesagt, dieser Wagen sei so schwer wie ein Panzer?

Nicht zögern … folge deinem Instinkt. Sobald sie im Wagen saß, drückte sie den Startknopf. *Ich brauch ordentlich Schwung, wenn ich auf die Straßensperre treffe. Oh Gott, oh Gott* ... Sie legte den Rückwärtsgang ein und trat das Gaspedal durch.

„Ich bring dich hier raus, Cadeon. Wir werden ihnen entkommen."

Ein weiterer Feuerball landete direkt hinter ihnen. Die Dämonen flüchteten vor den Pfeilen der Feen, konnten aber nach wie vor von ihrer günstigen Stellung aus feuern. Sie trat mit voller Wucht auf die Bremse und kam wenige Zentimeter vor dieser neuen Feuersäule schleudernd zum Stehen.

Cadeon wurde nach vorn geschleudert, sodass er mit der Stirn auf das metallene Armaturenbrett knallte, aber das schien ihn eher aufzuwecken. „Scheiße! Was machst du denn da?", brüllte er.

„Ich versuche, uns hier rauszubringen!" Holly schaltete in den ersten Gang und trat erneut aufs Gaspedal. Die Reifen drehten durch, und dann machte der Wagen einen Satz nach vorn. Ohne den Blick von der Straße abzuwenden, sagte sie: „Halt dich fest!"

„Pass auf die Sperre ..."

Schon krachte die vordere Stoßstange gegen die Straßensperre. Holztrümmer flogen in alle vier Himmelsrichtungen davon. Einige größere Holzstücke krachten wie Baseballschläger auf die Windschutzscheibe. Den Bruchteil einer Sekunde später fuhr der Wagen auf die Brücke. Das ganze Bauwerk unter ihnen und um sie herum geriet bedenklich ins Schwanken.

Ein weiterer Feuerball traf die Abdeckung der Brücke. Flüssiges Feuer sickerte durch die Lücken hindurch, strömte vom Dach herab und setzte die Brücke vor ihnen in Brand ... Sie packte das Lenkrad mit beiden Händen und brachte den Wagen auf Kurs. *Fast schon draußen, fast schon auf der Straße unter den Dämonen. Ich kann es schaffen!*

Der Motor ging aus.

Sie starrte mit offenem Mund fassungslos vor sich hin, während der Wagen mitten auf der Brücke langsam ausrollte, kaum dreißig Meter von der Stelle entfernt, wo sie gestartet waren.

„Nein, nein, nein!“ Hastig schaltete sie in den Leerlauf und drückte noch einmal den Startknopf. Nichts.

„Die Batterie ist am Ende …“, krächzte Cadeon. „Kein Saft mehr.“

„Warum?“, rief sie.

„Weiß nicht. Lauf, Holly! Renn in den Wald … geh am Fluss entlang zurück.“

„Ich lass dich hier nicht zurück.“

Mühsam sah er sie mit seinem übrig gebliebenen Auge an. „Wieso nicht?“

„Weil … weil ich es einfach nicht mache! Also, sag mir, wie ich dieses Ding wieder in Gang kriege!“

Eine weitere Explosion dröhnte über ihnen. Das Feuer hatte sich inzwischen durch das hölzerne Dach hindurchgefressen und nichts als das Skelett aus verrosteten Streben hinterlassen. Nach einem Blick auf den aufgewühlten Fluss unter ihnen wusste sie, was sie als Nächstes tun musste. Der Aufruhr in ihrem Magen war fast genauso groß wie der im Wasser unter ihnen. „Cadeon, uns bleibt nur eine Möglichkeit: der Fluss …“

Sie verstummte, als auf der beschlagenen Scheibe ihres Seitenfensters auf einmal Buchstaben erschienen. Einer der Geister versuchte mit ihr zu kommunizieren! Holly schluckte.

„Siehst du das, Cadeon?“, flüsterte sie.

„Ein Auge … hab ich ja noch.“

„Zahlen? Sieht nach Längen- und Breitengrad aus.“ Das musste der Hinweis auf den nächsten Checkpoint sein! Sie prägte sie sich rasch ein und fragte Cadeon: „Bist du bereit zu schwimmen?“

„Wir werden’s nicht bis nach unten schaffen“, stieß er mit rauer Stimme hervor. Mit dem Kinn zeigte er auf das Ende der Brücke, wo einer der Dämonen aufgetaucht war. Er hob die von Flammen umspielte Hand, bereit, den nächsten Feuerball direkt auf sie zu schleudern.

Ihr Blick huschte zum Rückspiegel. Ein weiterer Dämon blockierte das andere Ende.

Jetzt gab es keinen Ausweg mehr, sie konnten nirgendwohin …

Auf einmal knickte der Hals des Dämons zur Seite, sodass sein Kopf im rechten Winkel zu seinem Körper hing. Er fiel auf die Knie und stürzte dann mit dem Gesicht voran zu Boden. Die Flamme in seiner Hand erlosch.

Den Dämon hinter ihnen ereilte dasselbe Schicksal. Die Geister!

„Vielen Dank!“, sagte Holly zu diesen unsichtbaren Wesen. Dann drückte sie erneut auf den Startknopf.

Nichts.

Das Holz unter dem Wagen begann laut zu stöhnen, unfähig, das Gewicht länger zu ertragen. Erst brach eine Planke, dann eine weitere. Das ganze brennende Gebilde bebte und schwankte um sie herum.

Dann erschienen weitere Worte auf dem Fenster, hastig und mit zittriger Hand geschrieben: *EXORZIST. Befreie uns.*

„Oh Gott! Ja, natürlich!“, sagte Holly und nickte hektisch. „Ja, ich werde euch einen bringen, sobald ich kann!“, schwor sie.

Augenblicklich sprang der Motor wieder an und schnurrte wie ein Kätzchen. Ihre Augen weiteten sich. *Gang einlegen.* „Festhalten, Cadeon!“ *Das Gaspedal durchtreten.*

Trotzdem bewegten sie sich nicht einen Millimeter.

Sie warf einen Blick in den Seitenspiegel. Das Hinterrad drehte sich an der Kante eines Eisenträgers. Im anderen Seitenspiegel sah sie das andere Rad durchdrehen, das nirgends mehr Halt fand.

„Mehr Gas“, krächzte er.

„Du hast doch gesagt, das Ding hat Allradantrieb!“ Sie trat das

Gaspedal bis zum Boden durch. Von den durchdrehenden Vorderreifen stieg Rauch auf.

„Darum … sind wir auch noch nicht … im Arsch."

Endlich griffen die Vorderräder. Sie wurden gegen die Rückenlehnen geschleudert, als der Wagen einen Satz nach vorne machte, über berstende, laut dröhnende Planken hinweg.

Eine Mauer aus Flammen erhob sich mitten auf ihrem Weg.

„Oh Gott, oh Gott", murmelte sie. Sie umklammerte das Lenkrad mit aller Kraft.

„Tu es."

„Wenn du gläubig bist, Cadeon", murmelte sie, „dann wäre jetzt genau der richtige Zeitpunkt zum Beten."

31

Der Wagen wurde von wütenden Flammen umtost, dann umgab sie für den Bruchteil einer Sekunde die klare Nacht, bevor die nächsten beiden Feuerkugeln landeten.

Einer konnte Holly ausweichen, durch die zweite fuhr sie hindurch. Dann gab sie Gas und holte auf der kurvenreichen Straße alles aus dem Motor raus.

Sie riskierte einen Blick auf Cadeon, wünschte sich aber fast, sie hätte es nicht getan. Panik drohte sie zu überwältigen. Der größte Teil seines Oberkörpers hatte massive Verbrennungen erlitten, einige der Wunden waren so beträchtlich, dass keine Ähnlichkeit mehr mit dem ursprünglichen Körperteil vorhanden war. Der Großteil seines sichtbaren Fleisches schien einfach weggeschmolzen zu sein.

Eine Minute verging. „Sie verfolgen uns nicht." Eine weitere Minute. „Sie müssen auf der anderen Seite geparkt haben und können die Brücke jetzt nicht mehr überqueren. Oder vielleicht haben auch die Bogenschützen die letzten beiden erwischt?"

Ein widerlicher Geruch kam auf, wie brennendes Gummi. War das Rauch, der von ihrem Hinterreifen aufstieg? In dem Nebel war das kaum zu erkennen.

Vier Minuten vergingen. „Wir haben's geschafft, Cadeon!", sagte sie, fest entschlossen, einfach weiter mit ihm zu reden. „Mein Gott, war das knapp! Hast du gefühlt, wie die ganze Brücke gewackelt hat? Die Fahrbahn hinter uns ist zusammengebrochen wie eine Reihe Dominosteine."

Aus dem Flusstal schimmerte Scheinwerferlicht empor.

„Da sind sie schon wieder! Warum krepieren die nicht einfach?"

„Du musst … schneller sein … als sie. Du kannst das …"

„Na, dann mal los!" Auf einer geraden Strecke schaltete sie einen Gang zurück, um dann noch mehr zu beschleunigen. „Dann wollen wir mal sehen, was dieses Baby so drauf…"

Ein lauter Knall. Der Wagen begann zu eiern. „Was ist denn jetzt schon wieder?"

„Geplatzter Reifen. Wirst du mich … verdammt noch mal … jetzt endlich verlassen?"

Cadeon zurückzulassen war einfach keine Option. Sie behielt den Fuß auf dem Gaspedal und kämpfte verzweifelt darum, den Wagen in der Spur zu halten, kämpfte um jeden Zentimeter … Diese ganzen Verbrecher im Fernsehen fuhren doch auch immer noch meilenweit mit einem kaputten Reifen!

Denk, Holly, denk!

Sie hatten jetzt eine ziemlich lange gerade Strecke hinter sich gebracht und vor ihnen lag eine scharfe Kurve. Die Straße war auf beiden Seiten von steilen Felswänden flankiert. Da kam ihr eine Idee.

„Cadeon, wem gehört dieses Auto?"

„*Nicht … uns*", krächzte er.

„Ich wollte mich nur vergewissern."

Von seinem Platz aus – angelehnt an eine Birke ein Stück den Abhang hinauf – beobachtete Cade Holly dabei, wie sie den Rest ihrer Ausrüstung aus dem Wagen holte und die Falle fertigstellte.

Das würde ganz sicher nicht funktionieren. Aber es musste … ihr Leben hing davon ab.

Denn aus irgendeinem Grund weigerte sie sich, ihn zu verlassen. Und er war hilflos, unfähig, sie zu beschützen. Das Gift von den Pfeilen nagte innerlich an ihm, und wenn sein Körper versuchte, es auszuschwitzen, brannten die Chemikalien wie Säure auf seinen Verbrennungen und hielten sie davon ab zu heilen.

Ihm war jetzt dauernd schwindelig. Vor seinen Augen tanzten schwarze Punkte, während er darum kämpfte, bei Bewusstsein zu bleiben.

Jetzt kam sie die Anhöhe hinaufgetrabt und ließ ihre Sachen zu Boden fallen, bis auf das Schwert, das sie aus der Scheide zog. Sie kauerte sich neben ihn und legte die Waffe auf ihre Knie. In Bereitschaft.

Könnte sie wissentlich einen Dämon töten oder möglicherweise auch mehrere? Könnte sie bewusst die Entscheidung treffen, ein Leben zu vernichten?

„Wie stehen unsere Chancen?“, erkundigte sie sich.

„Eins zu fünfzehn. Keine Ahnung … ob ich das riskieren würde.“

„Das würdest du, wenn sonst gar keine Chance bestände.“

Der Truck näherte sich rasch über die gewundene Straße. Mal waren seine Scheinwerfer sichtbar, dann wieder nicht … In den Haarnadelkurven quietschten Reifen, bevor sie wieder schwiegen, wenn der Fahrer ein gerades Stück Straße erreichte und Gas gab.

„Da sind sie“, murmelte Holly. „Fünf … vier … drei … zwei … *eins*.“

Beim ersten flüchtigen Blick auf ihre improvisierte Veyron-Straßensperre trat der Fahrer voll auf die Bremse.

Zu spät.

Da es keinerlei Möglichkeit gab, auszuweichen, fuhr der Truck frontal in den schweren Wagen. Der einzige Insasse – ein Dämon – wurde durch die Windschutzscheibe hindurchkatapultiert und flog ein gutes Stück durch die Luft.

Bei seiner Landung brachen ihm hörbar mehrere Knochen. Dann ließ ihn die Wucht des Aufpralls noch einige Meter über den rauen Asphalt rutschen, was ihn einen Großteil seiner Haut kostete. Endlich blieb er liegen, bewusstlos.

„Und das ist der Grund, wieso selbst Unsterbliche ihren Sicherheitsgurt anlegen sollten.“ Während es über dem Tal zu blitzen begann, erhob sich Holly, Cadeons Schwert in der Hand. Er hörte, wie sie geistesabwesend sagte: „Bleib ruhig hier sitzen. Ich bin gleich wieder da.“

Holly näherte sich der Stelle, wo der Feuerdämon lag. Er sah aus wie ein Klumpen Fleisch ohne jeden Knochen.

Sie stand kurz davor, ein wehrloses Lebewesen zu töten, aber eine andere Lösung gab es nicht. Er hatte schon angefangen zu heilen und auf seiner zerschundenen Handfläche hatte sich eine winzige Flamme gebildet.

Sie beschleunigte ihren Schritt. Jetzt erkannte sie, wieso Cadeon ihr beigebracht hatte, einen Gegner ohne jedes Mitleid umzubringen. In Kürze würde dieses übel zugerichtete Wesen wieder eine Bedrohung für sie sein.

Sobald sie über ihm stand, hob sie das Schwert über seinem Hals. *Nicht zögern!* Mit einem gellenden Schrei ließ sie es nach unten sausen, und ein Funkenschauer tanzte über die Fahrbahn, als sie den Kopf abtrennte.

Geschafft. Das wäre schon mal erledigt.

Sie verbot sich, auch nur einen Blick zurückzuwerfen, als sie auf den Truck des Dämons zulief und betete, dass er noch fahrtüchtig sein möge. Durch den Qualm des Zusammenpralls hindurch sah sie, dass der Motor immer noch lief, da er durch eine schwere Winde vorne am Wagen geschützt wurde. Die Winde hatte den Veyron praktisch zweigeteilt.

Allerdings hatte sie sich in dem Sportwagen verkeilt, sodass die beiden Fahrzeuge einen einzigen Klumpen schartiger Metallteile bildeten. Sie legte das Schwert weg und zerrte an der Vorrichtung, um zu sehen, ob sie sie bewegen könnte.

Sie zog mit ihrer ganzen Kraft und stellte überrascht fest, dass sie den ganzen verfluchten Truck anhob …

Mit einem Ruck löste sich die Winde. Schmerz durchzuckte ihren Arm, als sie sie fallen ließ. „Verdammt!“ Sie blickte nach unten. Das scharfkantige Metall hatte ihr den Arm bis auf den Knochen aufgerissen.

Sie riss den Saum von ihrem Pullover ab, wickelte den Stoff um die Wunde und machte einen Knoten. Sie musste definitiv genäht werden, aber darüber konnte sie sich jetzt nicht den Kopf zerbrechen.

Als sie zu Cadeon zurückkehrte, hatte er das Bewusstsein verloren. Ihr Herz setzte kurz aus, auch wenn sie wusste, dass er auf diese Weise gar nicht sterben konnte.

Oder?

Hatte wirklich schon mal irgendein Unsterblicher vergiftete Feenpfeile auf ihre Kontraindikation mit Verbrennungen durch Dämonenfeuer überprüft?

Nachdem sie ihn und ihre Sachen in den Truck geschafft hatte, stieg auch sie ein. Sie legte den Rückwärtsgang ein und fuhr den Wagen aus den Überresten des Eine-Million-Dollar-Autos heraus.

Ohne die Stütze des Trucks krachte der Veyron in sich zusammen. Er sah aus wie eine von Cades zerdrückten Red-Bull-Dosen.

32

Dem Dämon sein Dämonenbräu wegzunehmen, als er verbrannt, vergiftet und splitterfasernackt in seiner Badewanne lag, war eindeutig eine schlechte Idee.

„*Gib mir auf der Stelle meine gottverdammte Flasche wieder!*", brüllte er, dass seine Worte noch sekundenlang in dem winzigen Badezimmer ihres Motelzimmers widerhallten.

Sie wrang seelenruhig einen nassen Lappen über ihm aus und sagte: „Du hast doch sowieso keine Finger, mit denen du sie festhalten könntest."

Wie ein kleiner Junge schob er ihr die zwei schrumpeligen kleinen Finger unter die Nase, die sich inzwischen regeneriert hatten.

„Fein", seufzte sie. Als sie ihm die Flasche zurückgab, presste er sie fest an seine Brust. „Du solltest aber besser aufpassen", erklärte Holly heiter. „Ich habe mir sagen lassen, dass es ein Weilchen dauert, bis die Wirkung von dem Zeug einsetzt."

„Verpiss dich!"

Sie überhörte das einfach. Schließlich wusste sie, was es einen stolzen Krieger wie Cadeon kosten musste, sich in so einer verletzlichen Lage zu befinden.

„Du hättest mich … in diesem verdammten … Truck lassen sollen."

„Hiermit erkläre ich dich offiziell zum griesgrämigsten Mann, den ich je getroffen habe."

„Und du behandelst mich, als ob ich schwer verletzt wäre", sagte er. Eine eher dümmliche Bemerkung angesichts der Tatsache, dass sein Oberkörper nach wie vor nur von halb so viel Haut bedeckt war, wie dort eigentlich sein sollte.

Unterwegs, auf der Suche nach einem unauffälligen Motel, wo sie den gestohlenen Truck verbergen konnten, war Holly aufgefallen, dass sich seine Haut schon zu regenerieren schien, nur um dann erneut Gift auszuschwitzen, woraufhin wieder sein wächsernes Fleisch zum Vorschein kam.

Sobald sie das Zimmer besorgt hatte, hatte sie sein Murren einfach ignoriert, die Überreste seiner verbrannten Kleidung entfernt und ihn dann zur Badewanne geführt.

Nachdem sie den Eiskübel des Zimmers mit Wasser und Eis gefüllt hatte, um ein Tuch darin nass machen zu können, kniete sie sich neben ihn und ließ das eiskalte Wasser sanft über seine Haut rinnen. Dabei hielt sie den Blick von seinen Genitalien abgewandt – nahezu die ganze Zeit.

Das Gift wies eine bläuliche Färbung auf und ließ sich ziemlich leicht abwaschen. Wenn bloß nicht immer neues nachkommen würde.

Die Schmerzen mussten höllisch sein.

„Warum bist du so … nett zu mir?“, fragte er mürrisch. Dann hob er die Flasche und nahm einen großen Schluck.

„Weil du verletzt bist und Hilfe brauchst.“

„Nicht wegen dem, was ich dir gesagt habe?“, fragte er.

Nun ja, das mochte auch ein Grund sein. Sein Geständnis hatte sie glatt umgehauen. Es fügte dem, was zwischen ihnen war – was auch immer das sein mochte –, eine ganz neue Dimension hinzu, es verlieh einem Flirt einen Aspekt der Dauerhaftigkeit.

Seine ganzen Annäherungsversuche hatten nicht etwa nur aus dem Grund stattgefunden, dass der Job sie beide zufällig zusammengeführt hätte. Er hatte sie aufgespürt und sich dann angeboten, sie zu beschützen.

„Nicht nur wegen dem, was du gesagt hast." Sie tauchte den Lappen wieder ein und wrang ihn über seiner Brust aus.

Als der Kübel leer war, war seine Haut endlich von jeglicher bläulichen Verfärbung befreit und hatte vor ihren Augen begonnen, sich zu regenerieren. Bis zum Morgen sollte er wieder vollständig genesen sein.

Jetzt konnte sie endlich an ihre eigene Verletzung denken. Sie entfernte den provisorischen Verband – und starrte verwundert auf ihren Arm. Die Haut war bereits teilweise abgeheilt.

Wenn ich mich entschließen würde, Walküre zu bleiben, könnte ich diese Fähigkeit zu heilen behalten …

Sie runzelte die Stirn. *Oder ich könnte bei lebendigem Leib von Dämonen verbrannt werden, weil ich das Gefäß bin.*

„Ich denke, du bist jetzt in Ordnung. Lass uns zu Bett gehen." Sie half ihm aufzustehen und hielt seine schwankende Gestalt aufrecht, während sie ihm ein Handtuch um die Hüften legte. Nicht dass er prüde gewesen wäre. Das Einzige, was ihn zu stören schien, waren seine Verletzungen.

„Kannst du sitzen?", fragte sie, als sie am Bett ankamen.

„Das war eins der ersten Dinge, die ich als kleines Kind gelernt habe."

„Okay, dann hole ich jetzt mal eine Kompresse für deine Stirn." Doch sobald sie ihn losließ, fiel er nach hinten, genau auf seine Verbrennungen. Er sog zischend Luft ein. „Cadeon! Hier …" Sie half ihm, sich lang hinzulegen, und deckte ihn bis zur Taille mit einem Laken zu.

Als sie mit neuem Eiswasser und einem Lappen zurückkehrte, murmelte er irgendetwas auf Dämonisch. Er schien nicht ganz bei sich zu sein.

War es das Delirium von seinen Verletzungen oder setzte jetzt die Wirkung des Dämonenbräus ein? Oder beides?

„Cadeon, bist du betrunken?“

„Total besoffen.“

Sie fragte sich, wie er sich wohl fühlen würde, wenn sie seine Betrunkenheit ausnutzen würde. Dann wurden ihre Augen groß. *Genau das sollte ich tun!* Sie hatte noch so viele Fragen an diesen Mann. Je länger sie darüber nachdachte, desto klarer wurde ihr, wie wenig er bislang über sich selbst preisgegeben hatte.

Und schließlich hatte er ihr dasselbe zuerst angetan. *Rache ist süß.*

Sie setzte sich neben ihn. „Cadeon, kannst du mich hören?“

Er hielt die Augen geschlossen. „Mit meinen Ohren … is alles in Ordnung.“

„Selbstverständlich.“ Sie legte ihm den Lappen auf die Stirn. „Also … Tera und du, ihr scheint euch nahezustehen.“

„Wir haben einiges miteinander durchgemacht.“

„War sie deine Freundin?“

Er stieß ein Lachen aus, das mehr wie ein Grunzen klang. „Ach was.“

„Und du hast wirklich nicht mit Imatra geschlafen?“

„Nein, verdammte Scheiße, hab ich nicht. Sie is ’ne Schlampe.“

„Und warum hast du sie dann geküsst?“

„Die Wegbeschreibung … und ich wollte mal sehen …“

„Was denn sehen?“

„Ob es ohne dich vielleicht doch nicht so übel sein würde.“

Das war interessant. „Und, bist du zu einem Entschluss gekommen?“

Er lachte bitter auf. „Es wäre ganz grauenhaft.“

Oh Cadeon. „Du weißt schon seit einem Jahr, dass ich die dir zugedachte Frau bin?“ Er nickte. „Warum ich?“

„Das Schicksal entscheidet … mit wem ich am zufriedensten wäre.“

Sie nagte an ihrer Unterlippe. „Hast du mit irgendeiner anderen geschlafen, seit du weißt, dass ich deine Frau bin?"

„Ich hab da mal so 'ne Hexe angebaggert ... aber die wollte lieber einen Werwolf."

Es führte kein Weg drumherum – Holly musste zugeben, dass sie eifersüchtig auf die Hexe war.

Aber dann sagte Cadeon: „Und ich wollte nur dich."

Sie tauchte den Lappen ein und legte ihn sanft auf seinen Kopf. „Warum hast du nie Kontakt mit mir aufgenommen oder es mir zumindest vor ein paar Tagen erzählt?"

„Ich darf keine menschliche Frau haben ... verboten. Sie würde es nicht überleben, wenn ich meinen Anspruch auf sie erhebe."

„Anspruch erheben? Du meinst, wenn ihr das erste Mal Sex hättet?" Er nickte. „Was passiert denn dann Gefährliches?"

„Ich werde ganz und gar zum Dämon. Ich würde dich beißen ... dich betäuben, und das, bis ich in dir komme."

„Oh." Sie hätte nicht sagen können, ob diese Auskunft sie eher entsetzte oder erregte. Wieder einmal wurde sie daran erinnert, dass er ein Dämon war, eine vollkommen andere Spezies als sie. „Möchtest du dann nicht, dass ich eine Walküre bleibe? Damit ich es überlebe?" Warum sollte er ihr dabei helfen, die Wandlung rückgängig zu machen?

Er wurde ganz still. „Ich werd meinen Anspruch sowieso nicht anmelden. Das weiß ich."

„Warum weißt du das?"

„Is nur so 'n Gedanke."

Sie merkte, dass er dazu nichts weiter sagen würde, und fragte stattdessen: „Warst du eifersüchtig auf meine Beziehung mit Tim?"

„Hätte den Scheißkerl am liebsten umgebracht ... nicht gut genug für dich."

„Aber du schon?"

„Nee … ich wünschte, es wär so“, sagte er. „Du kannst was Besseres kriegen als einen Söldner.“

„Aber bist du nicht auch ein Prinz?“

Er erstarrte. „Einer verlorenen Krone …“ Er fuhr mit spöttischer Stimme fort: „Ich kann jeden König auf einen Thron setzen, bis auf den, den ich verloren habe.“

„Welchen Thron hast du denn verloren?“

Er atmete tief aus. „Rydstroms.“

Ihre Augen wurden groß. „Wie?“

Seine Stimme wurde heiser und sogar sein Akzent veränderte sich, als er murmelte: „Mein Fehler. Ganz allein meine Schuld.“

„Wie kann das denn deine Schuld sein?“

„Fehler. *Wer die Burg beherrscht* …“

„Was soll denn das bedeuten?“

„Sie sind alle *tot*.“

„Wer, Cadeon?“ Keine Antwort. „Gibt Rydstrom dir die Schuld für den Verlust seines Königreichs?“

„Das tut er … hat er immer schon. Das sollte er auch.“

Sie spürte Wut in sich aufsteigen. War es möglich, dass ihm sein älterer Bruder – der König – seit neunhundert Jahren das Leben zur Hölle machte? „Warum redest du überhaupt noch mit ihm? Warum wohnst du auf seinem Besitz? Warum bist du immer noch die eine Hälfte der Woede-Brüder?“

„Den König beschützen.“

„Ja, ja, aber das musst du doch nicht bis in alle Ewigkeit machen.“

„… wär viel einfacher, wenn ich ihn einfach hassen könnte.“

Ihre Wut verflog unter dem Gewicht des Mitgefühls, das sie für diesen Mann empfand. „Du willst ihn hassen?“

„Kann ich nicht.“

„Wieso nicht?“

„Er is mein Bruder. Wenn er geschlagen wird … dann fühl ich

es auch. Seltsam." Er versuchte, mit den Schultern zu zucken, und biss die Zähne vor Schmerz zusammen, als seine neue Haut sich spannte. „Holly?"

„Ich bin hier."

„Sehr stolz ... heute Nacht ... meine Frau ist mutig", murmelte er. Nach und nach wurden seine Atemzüge immer tiefer.

Holly war in der Tat mutig gewesen. Sie hatte all ihre Kraft zusammengenommen und Cadeon und sich selbst in Sicherheit gebracht. Was nicht bedeutete, dass sie den Wunsch verspürte, sich jemals noch einmal auf solche Art und Weise bewähren zu müssen. Dieses Abenteuer war doch verdammt knapp ausgegangen. Ihr Leben hätte jederzeit enden können ...

Er schlief jetzt, seine breite Brust hob und senkte sich regelmäßig. Sie biss sich auf die Lippe, als ihr Blick auf seine Hörner fiel.

Die Versuchung war einfach zu groß. Sie streckte die Hand aus und berührte eines vorsichtig. Es fühlte sich weich an. Ihre Finger glitten darüber hinweg.

Wann hatte sich ihre Skepsis über diesen Teil seiner Anatomie eigentlich in Faszination verwandelt? Sie spürte, wie sich ihr Magen verkrampfte, als sie ihn betrachtete. *Verlangen* ...

Nein! *Kein Verlangen*. Sie traute weder ihren Gefühlen noch ihren Gedanken.

Schließlich gelang es ihr, sich von ihm loszureißen, um zu duschen, aber als sie sauber und fertig fürs Bett war, fühlte sie sich immer noch hellwach. Also brachte sie erst einmal das Zimmer in Ordnung. Dann fuhr sie ihren Laptop hoch, um herauszufinden, wo sich der nächste Checkpoint befand.

Als sie online war, sah sie, dass Tim es auch noch war, obwohl es in Kalifornien schon Mitternacht sein musste. Sie war überrascht, wie sehr sie sich danach sehnte, mit ihm zu reden, einfach etwas ganz Normales zu tun. *Ich brauche dringend eine Dosis Normalität.*

Ob sie ihn so spät noch anrufen sollte? Während sie hin- und herüberlegte, dachte sie daran, was für ein Glück sie mit ihm hatte. Sie würde bestimmt niemals befürchten müssen, eine andere Frau im Hintergrund zu hören, oder aufgrund seiner undeutlichen Aussprache feststellen zu müssen, dass Tim betrunken war.

Diese Gewissheit spendete ihr Trost.

Holly liebte Sicherheit. Sie liebte es, ihr Leben nach einem vorhersagbaren, geregelten Stundenplan zu führen, auf der Grundlage ihres Unterrichts an der Universität. Allein schon an ihr altes Leben zu denken beruhigte sie jetzt.

Die einzige Gewissheit, die es in der Mythenwelt zu geben schien, war, dass nichts je gewiss war. Warum sollte jemand wie sie dieser chaotischen, gewalttätigen Welt angehören wollen? Noch viel weniger wollte sie sich darüber Sorgen machen müssen, wie ihr Kind wohl sein oder ob sie gleich wieder von Dämonen angegriffen werden würde.

Brauche – Normalität. Sie griff nach ihrem Handy und rief ihn an.

„Holly?" Tim war sofort dran. „Ist irgendwas passiert? Ich habe gesehen, dass du noch auf bist, und in Memphis ist es zwei Uhr. Ist mit deiner Familie alles in Ordnung?"

„Ähm, ja, alles in Ordnung." *Lügnerin. Lügnerin.* „Hier läuft alles bestens. Wie geht's dir auf der Tagung?"

„Es wäre besser, wenn du hier wärst."

„Vielleicht komme ich das nächste Mal mit." Wie schwierig konnte so eine Tagung schon sein, verglichen mit dem, was sie heute Nacht getan hatte? Sie war Feuerbomben ausgewichen. Sie hatte getötet …

„Ich fänd's wunderbar, wenn du mit mir mitkommen würdest", sagte er. „Bist du denn wieder in New Orleans, wenn ich zurückkomme?"

Das hing davon ab, wo sich der nächste Checkpoint befand. Der Checkpoint, der auf den Koordinaten basierte, die ihr ein *Geist* gegeben hatte. Holly fühlte sich, als ob sie gleich in hysterisches Gelächter ausbrechen würde. Stattdessen sagte sie: „Ich bin nicht sicher, aber morgen weiß ich mehr."

„Mir ist aufgefallen, dass du gar nichts mehr auf den Datenspeicher hochgeladen hast. Kommst du nicht weiter mit deiner Arbeit?"

Sie seufzte. „Ja, es läuft gar nicht gut."

„Tut mir leid, Holly", sagte Tim. „Ich bin da, wenn du jemanden zum Zuhören brauchst."

„Ich weiß. Du bist immer für mich da." Zuverlässiger, solider Tim.

„Du klingst … anders. Bist du sicher, dass alles in Ordnung ist? Es kommt mir so vor, als ob du irgendwas auf dem Herzen hättest."

Um ehrlich zu sein … „Tim, was würdest du dazu sagen, wenn ich mir einen Job außerhalb der Uni suchen würde? Vielleicht könnte ich nach der Promotion bei irgendeiner Firma arbeiten."

„Du weißt doch, dass ich dich bei allem unterstützen würde, ganz egal, was du tun möchtest." Er zögerte. „Es ist nur so, dass …"

„Was?", fragte sie.

„Manchmal … kommst du außerhalb der Uni, na ja, nicht so gut zurecht."

Eine nette Art zu sagen, dass sie gelegentlich arbeitsunfähig war. „Was wäre, wenn sich das gebessert hätte?"

„Ich bin mir sicher, du kannst alles tun, was du dir vornimmst. Aber ich dachte, du möchtest Kinder haben."

„Na ja, viele Frauen, die in der Wirtschaft arbeiten, haben Kinder."

„Das ist richtig", stimmte er ihr zu, aber aus irgendeinem Grund zuckte ihr Ohr.

„Hältst du das für falsch?“

„Aber natürlich nicht.“ Er seufzte. „Holly, es kommt mir fast so vor, als ob du es auf einen Streit abgesehen hättest. Hab ich irgendwas falsch gemacht?“

Sie rieb sich die Stirn. Sie war hier die Schuldige, die auf dem Dach eines Sportwagens untreu gewesen war, und trotzdem reagierte sie aggressiv und gereizt auf ihn.

Auch wenn ihr das sehr wohl bewusst war, musste sie einfach fragen: „Warum hast du eigentlich nie darauf bestanden, dass wir Sex haben?“ Als er daraufhin nur dummes Zeug erzählte und zu keiner klaren Antwort fähig zu sein schien, wusste sie, dass ihre ungewöhnliche Unverblümtheit ihn glatt umgehauen hatte.

Schließlich sagte er: „Weil du so strikt dagegen warst.“

„Aber du möchtest schon mit mir schlafen?“

„Aber selbstverständlich, Schatz.“ Wieder dieses Kosewort. Klang es etwa gekünstelt? Cadeon nannte so nur Frauen, die er nicht begehrte.

„Du bist wunderschön und begehrenswert“, fuhr Tim fort.

Und warum hast du dann nicht ein Mal versucht, mir näherzukommen?

Wo kamen denn jetzt diese Gedanken schon wieder her? Sie war eine feste Bindung mit Tim eingegangen, und jetzt sah sie alles plötzlich mit anderen Augen, nur weil ihr Leben gegenwärtig ein einziges Chaos war?

Triff keine Entscheidung, ehe nicht alles wieder normal ist. Lass die Konstanten konstant bleiben.

Tim war ein guter Mann. Jedes Mädchen konnte sich glücklich schätzen, ihn zu haben. Sogar ihre Eltern hatten ihn gemocht.

Oder hatten sie sich etwa nur darüber gefreut, dass sie endlich einen Freund hatte?

„Tut mir leid, Tim. Ich weiß auch nicht, was im Moment mit mir los ist. Vielleicht kann ich dich morgen noch mal anrufen?"

„Ist schon in Ordnung. Solche Tage haben wir doch alle mal."

Tim nicht.

Nachdem sie das Gespräch beendet hatten, stierte sie geistesabwesend auf den Bildschirm ihres Laptops.

Selbst wenn sie sich dazu entschied, mit Tim Schluss zu machen, war die Alternative *nicht* Cadeon. Der Dämon mochte noch so aufregend und sexy sein, und sicher konnte man viel Spaß mit ihm haben, aber eine Beziehung mit ihm konnte niemals funktionieren. Dazu war er zu impulsiv, zu launisch. Sie wusste ja nicht mal, ob Cadeon überhaupt zu einer tiefen, dauerhaften Liebe fähig war.

Holly wünschte sich eine beständige Liebe, so wie die ihrer Eltern. Sie hatte immer gehofft, dass sich zwischen ihr und Tim einmal etwas Ähnliches entwickeln könnte.

Aber warum ist das in den zwei vergangenen Jahren nicht passiert? Du klammerst dich an ihn, weil du Angst hast.

Halt die Klappe, dunkle Seite!

Holly wollte etwas Zuverlässiges, Normales. Sie würde ihren Traum nicht aufgeben.

Was bedeutete, dass sie zu Groot gelangen musste. Als sie endlich wieder wusste, was sie wirklich wollte, öffnete sie Google Earth. Nachdem sie festgestellt hatte, dass der Längengrad durch die Spitze von Idaho verlief, ließ sie den Mauszeiger mit gerunzelter Stirn langsam gen Norden wandern, verwundert, dass sie bisher noch nicht einmal in der Nähe des angegebenen Breitengrades war.

Weiter, weiter …

Als der Zeiger schließlich ihren Zielort erreichte, blieb ihr der Mund nach einem erstaunten Ächzen offen stehen.

33

Cade schreckte im Bett hoch, schweißnass und mit klopfendem Herzen.

Er hatte von jener stürmischen Nacht vor wenigen Wochen geträumt, in der er die Sterbliche Néomi getötet hatte. Die Nacht, in der er ihre Chancen bei dem Vampir unwiderruflich zerstört hatte.

Cade nahm seine Träume sehr ernst, und diesen hatte er schon einmal geträumt. Er musste sich wegen dieser Sache wohl doch schuldiger fühlen, als er gedacht hatte. Sicher, der Tod war ein Unfall gewesen, aber *er* hatte ihn verursacht – nicht Rydstrom oder Rök, die auch beide anwesend gewesen waren.

Ihn überlief ein Schauer, als er sich an das widerliche Gefühl erinnerte, als seine Klinge in ihren Körper eingedrungen war. Ihr bleiches Gesicht hatte genauso entsetzt ausgesehen, wie er sich gefühlt hatte. Aus ihren Lippen waren Blutbläschen hervorgequollen, als sie versucht hatte zu schreien.

Als sie von seinem Schwert herunter- und zu Boden geglitten war, hatte Cade den Blick seines Bruders gesehen. Durch den Regen hindurch hatte er erkannt, dass Rydstrom ihm denselben Blick zuwarf wie vor neunhundert Jahren: Mitleid, gepaart mit Verachtung …

Cade blinzelte überrascht, als er feststellte, dass Holly neben ihm im Bett lag, auch wenn sie ihren Bademantel trug und nicht mit ihm unter der großen Decke lag, sondern sich unter einer eigenen Decke zusammengerollt hatte. Ihre rosigen Lippen waren leicht geöffnet, ihre dichten Wimpern ruhten auf ihren Wangen.

Eine wilde Masse rotgoldener Locken leuchtete auf dem Kopfkissen.

Er beugte sich hinüber, nahm eine Strähne in die Hand und rieb sie zwischen Daumen und Zeigefinger. Während er auf sie hinabblickte, stieg die Erinnerung an die letzte Nacht in ihm auf. Er dachte daran, wie mutig sie sich gegen die Feuerdämonen behauptet hatte und wie sie sich geweigert hatte, ihn zurückzulassen. Stattdessen war es ihr gelungen, sie beide aus der Gefahrenzone zu bringen.

Sie hatte auf dem gesamten Weg zu diesem Motel ununterbrochen mit ihm geredet, weil sie zu wissen schien, wie wichtig es für ihn war, ihre Stimme zu hören. Die ganze Nacht hatte sie sich um ihn gekümmert.

Cade erinnerte sich, dass er verdammt stolz auf sie gewesen war, darauf, wie sie mit allem fertig geworden war und wie sie die Führung übernommen hatte.

Ihm wurde klar, dass das, was er für sie fühlte, mehr war als der Sog des Schicksals …

Er ließ ihr Haar los und stieg vorsichtig aus dem Bett. Dann schlurfte er ins Badezimmer. Er musterte sein Gesicht im Spiegel. Alles verheilt.

Sie schlief immer noch, nachdem er sich geduscht und angezogen hatte. Nach dieser Nacht musste sie völlig erschöpft sein.

Er sah, dass ihr Laptop offen und eingeschaltet war. Sie hatte die Koordinaten bereits überprüft und den Weg geplant. Wohin würde er sie führen …?

„*Verdammter Mist*!“, murmelte er. *Die Nordwest-Territorien.* Gleich unter dem Polarkreis.

Sie würden die Grenze überqueren und dann einmal durch fast ganz Kanada immer in Richtung Norden fahren müssen. Die Fahrzeit betrug ihren Berechnungen nach siebenundsechzig Stunden – wenn das Wetter mitspielte.

Wie immer lag ihr Handy parallel zum Laptop. Er runzelte die Stirn, als er sich vage an ihre gesenkte Stimme erinnerte. Ob sie jemanden angerufen hatte? Er überprüfte die Anrufliste. *Heilige Scheiße!* „Holly!", brüllte er.

Sie schoss sofort im Bett hoch und schob sich die verwuschelten Locken aus dem Gesicht. „*Waaaas?* Ich bin wach!"

„Du hast letzte Nacht diesen kleinen Wichser angerufen?"

„Du hast mein Handy ausspioniert?", rief sie und rappelte sich auf die Füße. „Wie kannst du es wagen!?"

„Trotz allem, was ich dir auf der Brücke gesagt habe?"

„Ich musste mit jemandem reden." Als sie merkte, dass er kurz davorstand, ihr Telefon zu zertrümmern, riss sie es ihm aus der Hand.

Augenblick mal ... Jetzt fiel ihm noch mehr ein. Sie hatte ihn ausgefragt! Cade versuchte sich an alles zu erinnern, was er ihr erzählt hatte. „Kommt mir so vor, als ob du ziemlich lange mit mir geredet hättest! Du hast mich ausgequetscht!"

„Jetzt weißt du wenigstens, wie es sich anfühlt, wenn man ausgenutzt wird. Rache ist süß."

„Das ist ja wohl etwas ganz anderes! Du warst betrunken, während ich vergiftet war und schwere Verbrennungen erlitten hatte."

„Und betrunken warst du obendrein", fügte sie hinzu.

„Du hast ihn angerufen, obwohl ich verletzt war? Du hast mit ihm geredet, während ich hier bewusstlos lag?"

„Ja, Cadeon, nachdem ich mich aufopferungsvoll und unermüdlich um dich gekümmert hatte und ich schließlich festgestellt hatte, dass du auf dem Weg der Besserung warst, habe ich tatsächlich telefoniert."

Cades Augen wurden groß. „Um mit ihm Schluss zu machen?"

„Nein! Nur weil du mir erzählst, ich sei die Frau, die dir das Schicksal zugedacht habe, ist das noch lange nicht die logische Folge daraus. Wir haben nach wie vor keine Beziehung."

„Mit anderen Worten: Die Quadratwurzel von einem Scheißdreck ist ein Scheißdreck."

„Du willst nicht, dass ich mit Tim zusammen bin, aber eine andere Möglichkeit bietest du mir auch nicht an."

„Was soll das denn wieder heißen?"

„Du hast mir gesagt, ich sei die Frau, die für dich bestimmt ist, aber du hast offenbar nicht vor, eine irgendwie geartete feste Bindung mit mir einzugehen."

Er knirschte mit den Zähnen. *Weil ich es nicht kann!* „Würdest du dich denn darauf einlassen, wenn ich dich darum bitte?", fragte er. Er war jetzt ganz ruhig, als er auf ihre Antwort wartete.

„Nein, Cadeon", sagte sie schließlich. „Das würde ich nicht."

Ein Angstschauer jagte ihm den Rücken hinauf; eine Möglichkeit, die er verwerfen musste. „*Liebst* du diesen Menschen?"

„Er ist das, was ich will", sagte sie mit entschlossenem Blick.

Die Taxifahrt vom Motel bis zum nächsten Autohändler verging in eisigem Schweigen.

Und jetzt stritten sie sich darüber, welchen Wagen sie für den Rest ihrer Reise kaufen sollten, während sie ein leicht verwirrter Verkäufer über den Platz führte. Sie wollte einen neuen, kleineren Geländewagen, und Cade wollte ein gebrauchtes „benzinfressendes Ungeheuer", wie sie es nannte. Auch als er auf die verschiedenen Vorteile des Wagens seiner Wahl hinwies, weigerte sie sich einfach, vernünftig zu sein.

Es gelang ihm ruhig zu bleiben, bis sie sagte: „Aber dieser Hersteller ist überhaupt nicht umweltbewusst."

Jetzt reicht's! „Oh Mann, das geht mir doch am Arsch vorbei! Ich will einfach nur einen anständigen Wagen und mich so schnell wie möglich von hier verpissen."

Der Verkäufer nutzte die Gelegenheit, um sich mit weit aufgerissenen Augen und einer gemurmelten Entschuldigung davonzumachen.

„Aber ein neues Auto wird vermutlich auch nicht so schnell eine Panne haben", sagte sie, offensichtlich selber mit ihrer Geduld am Ende.

Er schüttelte den Kopf. „Die Trucks werden heutzutage nicht mehr so solide gemacht."

„Das sehe ich aber anders", sagte sie. „Außerdem finde ich, dass wir mit den Optionen, die neuere Modelle bieten, wesentlich sicherer und komfortabler fahren würden."

„Mehr Optionen bedeutet einfach nur, dass auch mehr Dinge kaputtgehen können. Also, es gibt wirklich absolut nichts, was gegen diesen weißen Bronco spr…"

„Oh, ich bitte dich!", fuhr sie ihn an. „O. J. hat angerufen, er will sein Auto wiederhaben."

„Warst du überhaupt schon auf der Welt, als diese Verfolgungsjagd stattfand? Oder musstest du dir den Film auf YouTube ansehen?"

„Ich hab's live gesehen. Ich war schon *zwölf*, Uropa! Also, was stimmt denn nicht mit dem kleinen Range Rover?"

„Der Verkäufer könnte es etwas merkwürdig finden, wenn ich einen Achtzigtausend-Dollar-Wagen *bar* bezahle. Außerdem sollte man meinen, dass du jetzt erst mal ein bisschen sparsamer sein würdest, nachdem du gerade erst einen Schlitten geschrottet hast, der einen siebenstelligen Betrag wert war."

„Weißt du eigentlich, wem der Wagen gehört hat, den ich gestern erledigt habe? *Mir – nicht!* Ist das jetzt der Dank dafür, dass ich dir das Leben gerettet habe? An deiner Stelle würde ich mich lieber nicht darauf verlassen, dass ich dir noch einmal den Arsch rette. Wenn du das nächste Mal in Flammen stehst, lass ich dich einfach grillen!"

In diesem Augenblick klingelte Cades Satellitentelefon, wie die Glocke, die eine Runde beim Boxen beendet. „Ich geh da mal eben dran. Hey. Da kommt mir eine Idee. Warum versuchst du nicht einfach, Vernunft anzunehmen, während ich weg bin. Falls du dazu überhaupt in der Lage bist."

Er stürmte über den Parkplatz davon. „Was?", brüllte er in das Telefon.

„Du klingst ja echt beschissen", sagte Rök.

„Hast du was von Rydstrom gehört?"

„Meine Spione in Tornin sind sich fast sicher, dass er dort festgehalten wird."

„Und von Tornin entkommt niemand", sagte Cade. Bei diesem Gedanken fiel seine schlechte Laune weiter ins Bodenlose.

Es war an der Zeit, dass Cade, der Meister im Verdrängen unangenehmer Wahrheiten, der grausamen Realität ins Auge sah.

Sein Bruder: wurde von einer bösartigen Zauberin dazu missbraucht, sie zu schwängern.

Seine Frau: klammerte sich hartnäckig an ihre Beziehung mit diesem Oberdeppen und würde Cade in ungefähr zwei Wochen sowieso nur noch aus tiefster Seele hassen.

Er selbst: mitten in einer Identitätskrise. Der Auftragsmörder ohne Gewissen musste feststellen, dass es sich anfühlte, als ob er Ruß im Mund hätte, wenn er Holly anlog. Und der große, böse Söldner hatte Albträume wegen eines Todes, den er unabsichtlich verursacht hatte …

„Aber ich habe Neuigkeiten", sagte Rök. „Weißt du noch, die Sterbliche, die du aufgespießt hast?"

Wenn man vom Teufel spricht …

Cade zog eine finstere Miene. „Néomi. Was ist mit ihr?"

„Ich hab sie gerade im Cat's Meow gesehen, wie sie Karaoke gesungen hat."

Cade klappte der Unterkiefer nach unten. „*Gesungen*?"

„Jep. Am Anfang hatte sie Probleme, den richtigen Ton zu treffen, aber am Ende klang's dann gar nicht mal so ü..."

„Rök! Willst du damit vielleicht sagen, sie hat's überlebt?"

„Es sei denn, sie hat einen Zwilling ... Aber mein Bauchgefühl sagt mir, es war die Braut des Vampirs, die ich gesehen habe."

Röks Instinkte hatten ihnen öfter das Leben gerettet, als er zählen konnte. Wenn das wahr war ...

Néomis Mann kannte einen anderen Weg, Omort zu töten – eine Alternative zu dem Schwert. Wenn es Cade gelang, sich diese Information zu beschaffen, würde er Holly nicht hintergehen müssen.

„Warum hast du die Sterbliche nicht gleich mitgenommen? Du weißt doch, wie wertvoll sie ist."

„Sie ist schnell. Es war fast so, als ob sie sich vor meinen Augen in Luft aufgelöst hätte. Aber ich finde sie. Ich habe ein paar gute Hinweise."

Wenn sie Néomi hatten, würde der Vampir alles tun, um seine Braut zurückzubekommen, ihnen sogar mitteilen, wie man einen Hexenmeister töten konnte ...

„Du musst sie fangen, egal was es kostet, Rök."

„Wir sind schon dabei. Aber du machst immer noch weiter – falls wir es nicht schaffen, oder?"

Er atmete aus. „Das mach ich. Ich muss. Aber ihr werdet sie finden. Tut, was immer ihr tun müsst." Sobald sie das Gespräch beendet hatten, blickte Cade zu Holly hinüber. Sein Herz schlug wie wild,

Hoffnung – ein Ausweg. Eine Möglichkeit, *alles* zu bekommen, was er sich je gewünscht hatte.

Er hatte sich bei ihr zurückgehalten, weil er wusste, dass er ihr Schlimmeres würde antun müssen, als sie je erlebt hatte. Aber diese Entwicklung bot ihm die Möglichkeit einer Zukunft mit ihr …

Ja, eine *Möglichkeit*. Zuvor war alles zwischen Cade und Holly von vornherein zum Scheitern verurteilt gewesen, wegen all dieser gewaltigen Hindernisse: Verrat, uralte Gelübde, dunkle Lügen, der Wille böser Hexenmeister.

Jetzt, wenn das Einzige, was noch zwischen ihnen stand, ein verdammter Mathematiker war …? Schließlich hatte sie nicht einmal sagen können, dass sie ihn liebte.

Das ist doch so gut wie erledigt. Cade musste sie einfach nur noch überzeugen, warum er der bessere Mann für sie war.

Und das war doch etwas, worauf er sich freuen konnte, dachte er, während er über den Platz auf sie zuging. Als sie ihn erblickte, knabberte sie an ihrer Unterlippe und musterte sorgfältig seine Miene. Sie hatte ihr Haar wieder zu einem Knoten aufgesteckt, aber diesmal etwas lockerer. Es sah sehr hübsch aus. Sie war so schön, dass es in seiner Brust schmerzte.

In Cades Abwesenheit hatte sich der Verkäufer zurückgetraut, allerdings wirkte er jetzt wieder sehr nervös.

Als Cade Holly erreichte, wirbelte er sie herum und küsste sie.

„Cadeon!", rief sie empört, als er ihre Lippen freigab. Aber er hielt sie mit beiden Armen umschlossen, während er dem fassungslosen Verkäufer mitteilte: „Wir nehmen, was auch immer die Lady hier will. Und zwar ein bisschen dalli, dalli." Dann sah er ihr in die Augen. „Wir müssen heute noch genau *vierhundertzwanzig Meilen* hinter uns bringen, bevor sie zufrieden ist."

34

Ihr neuer fahrbarer Untersatz raste über den Highway.

Cadeons dramatischer Stimmungswechsel – den zu erklären er sich geweigert hatte – war für sie dermaßen überraschend gekommen, dass sie einen Kompromiss mit ihm geschlossen hatte. Sie hatten einen brandneuen Truck gekauft, der allerdings eine abgeschlossene Ladefläche hatte, wie ein Geländewagen.

Und nun blickte der Dämon ständig auf den Kilometerzähler, während er mit einer Geschwindigkeit dahinsauste, die weit über dem Tempolimit lag.

Sie seufzte. „Sieh mal, ich weiß ja, ich habe gesagt, wir könnten alle vierhundertzwanzig Meilen … intim werden, aber ich habe es mir anders überlegt, nach allem, was letzte Nacht passiert ist. Ich möchte nicht, dass du dir etwas erhoffst, was niemals sein kann."

„Was niemals sein kann wegen deinem Freund? Dem Kerl, von dem du nicht mal sagen konntest, dass du ihn liebst?"

„Es ist nicht nur das. Du musst verstehen, dass ich mir immer einen ruhigen, zuverlässigen Partner und ein normales Leben gewünscht habe. Du bist nicht … normal." Ihr Blick wanderte zu seinen Hörnern. Als er das sah, rieb er mit wütendem Blick darüber. „Es liegt nicht nur an dir. Es ist diese ganze Welt. Die Mythenwelt."

„Was stimmt denn nicht mit der Mythenwelt?"

„Hmm, ich weiß nicht … lass mich mal überlegen … dass sie einfach voller Gewalt steckt? Wie die letzte Nacht deutlich bewiesen hat."

„Das war schon verdammt extrem, selbst für die Mythenwelt",

sagte er. „Und nur damit das klar ist, ich bin ganz und gar nicht undankbar, dass du mir meinen Hintern gerettet hast. Ich weiß schon, in welcher Verfassung ich war. Gift wirkt bei Dämonen ziemlich heftig. Wir sind echt verdammt anfällig für seine Auswirkungen."

„Warum?"

„Spezies, die selber Gift absondern können, reagieren auf die Gifte anderer Spezies besonders sensibel", erklärte er. „Hast du das eigentlich ernst gemeint, was du den Geistern da letzte Nacht versprochen hast? Dass du mit einem Exorzisten zurückkommen willst?"

„Natürlich. Ich werde meine Tante bitten, mir bei der Suche nach einem zu helfen. Warum wurden denn überhaupt die Geister damit beauftragt, die Koordinaten weiterzugeben?"

„Sie sind perfekt dafür. Man kann sie nicht bestechen und auch nicht foltern, um die Informationen aus ihnen herauszukriegen. Nach diesem Checkpoint sind alle, die versuchen uns zu folgen, aufgeschmissen. Solange du deine Perlen trägst."

„Woher wussten die Geister die Koordinaten denn?"

„Einer von Groots Gefolgsleuten wird sie ihnen vorher mitgeteilt haben."

„Und warum waren sie damit einverstanden, bei dieser Sache überhaupt mitzumachen?"

„Vielleicht hat Groot ihnen ja diesen Exorzismus versprochen, den sie sich wünschen."

Sie runzelte die Stirn. „Wenn er es ihnen versprochen hat, wieso haben sie mich dann darum gebeten?"

„Äh, vermutlich wollten sie einfach nur sichergehen. Also, was hab ich dir denn so alles erzählt, letzte Nacht?"

„Du meinst, abgesehen von der Tatsache, dass ich die Frau bin, die das Schicksal für dich ausersehen hat?"

„Ich finde, das Schicksal hat eine ausgezeichnete Wahl für mich getroffen. Die beste."

Er konnte so charmant sein, wenn er wollte. „Außerdem habe ich erfahren, dass du *Probleme* mit deinem Bruder Rydstrom hast."

„Wenn du wüsstest", sagte er trocken.

„Warum?"

„Wir sind einfach grundverschieden. Er ist der Vernünftige, betrachtet alles vom logischen Standpunkt aus, während ich meistens auf mein Bauchgefühl vertraue. Er ist gebildet, wortgewandt und einfach ... königlich. Ich bin verantwortungslos, das berühmtberüchtigte schwarze Schaf der Familie", erwiderte er mit einem Achselzucken, als ob das eine in Stein gemeißelte Tatsache des Lebens wäre. „Was hab ich noch gesagt?"

„Du hast mir gesagt, du würdest mich beißen, um mich zu lähmen oder so, während du deinen Anspruch auf mich erhebst. Wie denn? Ist das eine Art Gift, wie das aus deinen Hörnern?"

„Nein, ich versenke meine Fangzähne in einen Muskel zwischen deinem Hals und deiner Schulter."

„Und dann wirst du voll und ganz zum Dämon?" Er nickte. „Wie ist das?"

„Meine Haut wird dunkler, rötlich. Das soll auf Frauen anziehend wirken. Mein Körper wird größer, meine Hörner und Klauen wachsen zu ihrer vollen Größe heran. Und mein Gesicht verändert sich. Sämtliche Flächen treten schärfer hervor."

Sie biss sich auf die Lippe. „Du hast außerdem noch gesagt, dass du deinen Anspruch auf mich einzig und allein in deinem Kopf anmelden wirst. Was soll das heißen? Hast du irgendwelche Fantasien über mich?"

Seine Lider sanken ein Stück nach unten, als er antwortete: „Oh ja."

„Hast du dir beispielsweise schon mal vorgestellt, wie ich … *nackt* aussehe?“

„Ach, Halbling. Ich habe dich in meinen Träumen schon tausendmal ausgezogen. Ich habe dich genommen, als du nichts als deine Perlen anhattest, so hart, dass sie an deinem Hals auf und nieder gehüpft sind.“

Sie unterdrückte ein Schauern.

„In meinen Fantasien bist du ein ziemliches Luder. Und du genießt es, mir bei jeder Gelegenheit einen zu blasen.“

Ihre Wangen röteten sich. „Einen zu blasen …?“ Hörte sich ihre Stimme etwa belegt an? Sie versuchte sich vorzustellen, wie das sein würde.

„Ich möchte nicht, dass du dir jetzt ausmalst, wie du das mit mir machst. Wirklich nicht. Schlag es dir schleunigst aus dem Kopf, bevor du noch Gefallen an der Vorstellung findest, und dann kannst du auf einmal an nichts anderes mehr denken …“

Zentral-Saskatchewan
Kanada

„Bist du bereit, die Selbstverteidigungstechniken noch mal durchzugehen?“, erkundigte sich Cadeon, während er einen besonders öden Abschnitt des Highways entlangfuhr.

Sie nickte. „Lass mich nur noch kurz etwas hochladen und dann den Computer runterfahren.“ Sie musste in dieser abgeschiedenen Gegend über das Satellitentelefon ins Internet gehen, und die daraus resultierende Geschwindigkeit glich der eines Gletschers.

Nicht dass sie große Fortschritte zu vermelden hätte. Obwohl sie kontinuierlich an ihrem Code gearbeitet hatte, war ihr der entscheidende Durchbruch immer noch nicht gelungen.

Während sie abwartete, überdachte sie die vergangenen drei

Tage. Kanada war an ihr vorbeigeflogen, ohne dass sie mehr als ein paar verschwommene Flecken von dem Land gesehen hätte.

In der ersten Nacht, als sie gerade die Grenze in Michigan überqueren wollten, war sie völlig am Ende gewesen, weil sie felsenfest damit gerechnet hatte, als Mythenweltwesen erkannt zu werden. Aber Cadeon war so cool gewesen, so entspannt. Die ganze Sache hatte gerade mal eine halbe Minute gedauert.

Da die Dunkelheit im Winter so weit im Norden fast den kompletten Tag anhielt, waren sie auch den größten Teil des Tages unterwegs. Cadeon brauchte nur vier Stunden Schlaf, und sie hatte festgestellt, dass es bei ihr inzwischen nicht viel anders war.

Während sie das Land durchquerten, hatte sich eine ungezwungene Vertrautheit zwischen ihnen entwickelt. Nach dieser ganzen gemeinsamen Zeit in ihrem Truck schien der Rest der Welt sehr weit weg zu sein. Sie beendeten inzwischen sogar schon die Sätze des anderen. Er wies sie regelmäßig auf Dinge hin, von denen er glaubte, sie würde sie gerne sehen, damit sie ab und zu von ihrer Arbeit hochschaute.

Sie hatten schon sehr früh einen Kompromiss wegen des Radios geschlossen. Während sie arbeitete, gab es Blues Rock, und zu jeder anderen Zeit hörten sie die flotte Ska-Musik, die er mochte. Sie würde es ihm gegenüber nicht zugeben, aber mittlerweile gefiel sie ihr ebenfalls.

Sie kauften ab und zu ein, wenn sie etwas brauchten und ein entsprechender Laden auf dem Weg lag. Er hatte ihr eine neue Jacke gekauft, zum Ersatz für die, die sie in jener Nacht auf der Brücke verloren hatte, und ein Satellitentelefon, für den Fall, dass sie getrennt werden würden.

Auch wenn sie nicht wieder intim miteinander geworden waren – irgendwie hatte sie seinen Annäherungsversuchen widerstehen können –, ließ er in seinem Werben nicht nach.

Und möglicherweise funktionierte seine Taktik sogar.

Sie dachte inzwischen immer seltener an Tim, und manchmal ertappte sie sich dabei, dass sie sich über die Schuldgefühle ärgerte, die sie wegen ihrer Beziehung mit ihm verspürte. Aber gleich darauf wuchsen ihre Gewissensbisse nur noch mehr – ein Teufelskreis.

Es war ihm gegenüber nicht fair. Im Verlauf der letzten Tage war sie zu einem Entschluss gelangt. Sie würde vermutlich nicht mit Cadeon zusammenkommen, aber sie war auch nicht mehr davon überzeugt, dass sie auf jeden Fall zu Tim gehörte.

Ihr fiel wieder die Verletzung an ihrem Arm ein. Sie war bis zum nächsten Morgen vollständig geheilt, ohne auch nur die kleinste Narbe zu hinterlassen. Holly war inzwischen zu der Überzeugung gelangt, dass es für die Umkehrung sowieso zu spät war. Und dieser Gedanke machte ihr gar nicht so viel aus, wie sie erwartet hatte.

Genau genommen hatte sie angefangen, sich mehr und mehr in einer Beziehung mit Cadeon zu sehen. Inzwischen hatte sie sich an seinen rauen Humor gewöhnt. Er brachte sie zum Lachen und sorgte dafür, dass sie sich nicht zu ernst nahm. Und sie könnte stundenlang in seine grünen Augen starren …

Außerdem hatte er sich als durchaus fürsorglich erwiesen. Unermüdlich kümmerte er sich um ihre Bedürfnisse, nahm Rücksicht auf ihre Marotten. Solange er in der Nähe war, musste sie nicht mal eine Flasche selbst öffnen.

Und er trainierte unermüdlich mit ihr. Jedes Mal wenn sie für ein paar Stunden in einem Hotel abstiegen, erteilte er ihr eine weitere Übungsstunde in Sachen Selbstverteidigung. Wenn sie dann wieder unterwegs waren, fragte er sie nach allem aus, was sie gelernt hatte.

Als sie endlich fertig war, nahm sie die Brille ab und klappte den Computer zu. „Okay, ich bin bereit."

„Na gut. Was ist das Erste, was du tust, wenn du mehreren Angreifern auf einmal gegenüberstehst? Und warum?"

„Ich zähle sie, denn wenn ich beschließe, die Flucht zu ergreifen, werden sie sich wahrscheinlich aufteilen. Das hilft mir dann dabei festzustellen, ob ich umzingelt bin."

Ein kurzes Nicken. „Du triffst auf einen Feind – wohin siehst du zuerst?"

„Die Augen. Sie verändern ihre Farbe, wenn er aufgebracht ist. Danach sehe ich auf seine Hände, um zu überprüfen, ob er bewaffnet ist."

„Sagen wir mal, er ist stinkwütend und hat eine Waffe in der Hand. Wie ist deine Position?"

„Ich biete ihm ein möglichst kleines Ziel, indem ich einen Fuß vor den anderen stelle und eine Schulter nach hinten nehme." Bevor er fragen konnte, fuhr sie fort: „Meine *linke* Schulter, weil ich Rechtshänderin bin."

„Nenne mir zwei Beispiele, wie du dir deine Umgebung zunutze machst."

„Ich bringe Hindernisse zwischen mich und meinen Angreifer", sagte sie. „Und ich nutze die Blitze zu meinem Vorteil – denn Schatten verzerren die Wahrnehmung."

„Wie viel Druck braucht es, um ein Knie zu brechen?", fragte er.

„Nicht mal ein Bar."

„Und was machst du, wenn dich ein menschlicher Mann bedroht?"

„Ich polier ihm die Fresse und zeig ihm, wo der Hammer hängt."

„Das ist mein Mädchen." Er tätschelte ihr zärtlich das Kinn, und sie errötete vor Freude.

„Warum muss ich eigentlich immer noch trainieren?"

„Weil wir noch lange nicht fertig sind. Es gibt noch genug Leute, die dich umbringen wollen, und wir haben noch mindestens einen Checkpoint vor uns. Der könnte sich als genauso gefährlich erweisen wie der letzte."

Cadeon hatte sich auf die Suche nach gedämpften, ungeöffneten Schalentieren gemacht und Holly im Hotel zurückgelassen, „denn Codes schreiben sich nicht von selbst“.

Aber sie war blockiert, unfähig zu arbeiten. Also beschloss sie, Mei anzurufen, um sich zu vergewissern, dass mit ihren Studenten alles in Ordnung war. Die Jungs konnten manchmal ziemlich … ungestüm sein.

„Alles ist bestens“, sagte Mei, ohne das weiter auszuführen. „Und wie geht's deiner Familie?“

„Langsam besser. Viel besser. Ich denke, alles wird gut.“

„Das freut mich.“

Hollys Ohr zuckte, und sie runzelte die Stirn. „Mei, willst du mir noch irgendwas sagen?“

„Also, ich wollte dich deswegen nicht anrufen, weil ich weiß, dass du im Moment viel um die Ohren hast, aber es wäre möglich, dass die Zeit bei deiner Arbeit eine ganz entscheidende Rolle spielt, und ich hab es so satt, dass Frauen bei diesen Jobs immer übergangen werden.“

In Hollys Bauch machte sich ein unangenehmes Gefühl breit. „Worüber redest du?“

„Du weißt doch, dass Scott auf dieser Tagung in Kalifornien war, oder?“

„Sicher, er hat sich in letzter Sekunde dazu entschlossen.“ Scott war Meis Freund, ein respektierter Mathematiker und überhaupt ein netter Kerl.

„Heute Morgen hat er mich angerufen, mit ziemlich beunruhigenden Neuigkeiten …“

„Sag's mir einfach, Mei.“

Sie holte tief Luft. „Tim hat deine Arbeit geklaut – und gibt sie als seine aus.“

35

Während Cade auf das Essen wartete, meldete er sich kurz bei Rök. „Irgendwas von Néomi?"

„Es war wieder genau dasselbe: Wir machen uns an sie ran, und sie scheint einfach zu ... verschwinden", sagte Rök. Es klang, als ob er sich am Kopf kratzte.

„Eine *Sterbliche*, die euch entkommt? Also wirklich, Rök. Uns läuft die Zeit davon! Du musst jetzt dein Allerbestes geben."

„Ich habe einen echt guten Hinweis. Diesmal erwischen wir sie."

Rök klang durchaus zuversichtlich, aber sobald sie das Gespräch beendet hatten, überkam Cade ein unbehagliches Gefühl, was ihre Aussichten betraf.

Inzwischen war er auf eine neue Idee gekommen; eine Möglichkeit, wie sie alle als Gewinner aus dieser Situation hervorgehen konnten. Es wäre allerdings extrem gefährlich. Riskanter als alles, was er je versucht hatte.

Wenn sein Plan fehlschlug, würden alle *verlieren*.

Egal welche Zeitspanne seines Lebens er betrachtete – Cade hatte noch nie eine richtige Glückssträhne gehabt. Und wenn er etwas vermasselte, dann so richtig.

Er sollte sich an Rydstroms Anweisungen halten und die Operation genauso durchführen, wie der König es vorgehabt hatte. Cade würde sich seine Idee aus dem Kopf schlagen.

Aber was wäre, wenn ...?

„Was?“, kreischte Holly.

„Tim hat den Ruhm für eure Arbeiten ganz allein eingeheimst und sich als alleiniger Urheber ausgegeben“, erklärte Mei. „Scott dachte zuerst, er wäre vielleicht einfach nur ein bisschen durcheinander gewesen und hätte vergessen, dich zu erwähnen. Aber später hat Scott ihn dann mit den Anwerbern von Lockheed Martin sprechen gehört. Tim hat es so hingestellt, als ob dein Anteil bei euren ganzen früheren gemeinsamen Projekten minimal gewesen wäre. Und ich weiß doch, dass du mit deinem Hintergrund diejenige bist, die einen Großteil der Arbeit erledigt hat.“

„Es war fast alles ausschließlich meine Arbeit“, sagte Holly geistesabwesend.

„Hätte ich es dir erst dann erzählen sollen, wenn du wieder da bist?“

„Nein, du hast das Richtige getan. Ich bin froh, dass du es mir erzählt hast.“

„Was machst du denn jetzt?“, fragte Mei.

„Ich weiß noch nicht.“ Tim würde ihr so etwas doch sicher nie im Leben antun können.

Wie gut kennst du ihn eigentlich wirklich …?

„Holly, wenn du Tim deswegen zur Rede stellst, kannst du ihm ruhig sagen, von wem du das gehört hast. Scott ist stinkwütend.“

Jemandem seine Forschungsergebnisse zu stehlen war so ziemlich das Schlimmste, was man tun konnte, in ihrer kleinen Gemeinschaft. Sie schufteten alle viel zu viel, um sich dann die Früchte ihrer Arbeit stehlen zu lassen. Ganz abgesehen davon, dass die Resultate ihrer Arbeit auf ihrem Gebiet Millionen – oder sogar Milliarden – wert sein konnten.

Scott wurde von all seinen Kollegen respektiert. Wenn er sagte, dass Tim dies alles getan hatte, dann stand Tim eine Kreuzigung bevor …

Nachdem Mei und sie das Gespräch beendet hatten, saß Holly wie betäubt auf dem Bett. Sie hatte immer darauf vertraut, dass ihr Freund sie sexuell nicht betrügen würde. Hatte er sie jetzt auf dem Feld der Wissenschaft betrogen? War das der Grund, warum er sie wegen des neuen Codes so bedrängte?

Nein, nein. Sie war sicher, dass es für all das eine vernünftige Erklärung gab. Das war doch lediglich vom Hörensagen. Vielleicht hatte Scott einfach nur etwas missverstanden.

Tim war ein guter Mann. Er war *normal*.

Sie rief ihn auf seinem Handy an. Er meldete sich nach dem ersten Klingeln.

„Tim, ich bin so froh, dass ich dich erwische. Hast du eine Minute für mich?"

„Klar doch. Meine nächste Präsentation ist erst in einer Stunde."

„Also, Mei hat mich gerade angerufen ..."

„Ach? Was hat sie denn gesagt?"

Hollys Ohren begannen erneut zu zucken. Irgendetwas war anders an ihm ... Seine Stimme klang anders als sonst. *Er ist nervös.* Sie war inzwischen in der Lage, so etwas in aller Deutlichkeit festzustellen. *Die Sinne einer Walküre.*

Zum Teufel mit „Im Zweifel für den Angeklagten". „Als du unsere Arbeit vorgestellt hast, hast du da so getan, als ob du der alleinige Urheber wärst?"

„Wovon redest du da überhaupt?"

„Hast du meine Rolle bei unseren Projekten bei den Personalleuten von Lockheed heruntergespielt?"

„So was würde ich doch nie tun! Natürlich nicht. Ich weiß doch besser als jeder andere, wie hart du an unserem Projekt gearbeit..."

„Hör auf mit dem Scheiß! Ich weiß, dass du lügst. Das kann ich an deiner Stimme hören."

Stille. Schließlich sagte er: „Kann schon sein, dass ich meine Rolle bei der Arbeit ein bisschen mehr hervorgehoben habe, aber ich hab's doch für *uns* getan. Du weißt doch, dass die großen Firmen in unserem Gebiet für gewöhnlich Männer einstellen. Ich hatte einfach die besseren Chancen auf diesen Job. Denk doch nur mal dran – ich könnte uns ein Haus kaufen. Du würdest gar keinen Job mehr *brauchen*."

Sie sog scharf die Luft ein. „Wer *bist* du? Keinen Job brauchen? Ich brauche jetzt schon keinen Job – ich liebe meine Arbeit. Hast du das die ganze Zeit schon vorgehabt?"

„Das war doch nicht so geplant. Wir arbeiten einfach besser als Team, mit mir als Frontmann."

„Was zum Teufel soll das jetzt heißen?"

„Wir müssen zusammenhalten und weiterhin zusammenarbeiten. Niemand könnte uns stoppen."

Dieser Mann wollte sie tatsächlich nur wegen ihres Gehirns haben. Oder zumindest wollte er das nutzen, wozu es imstande war.

„Sei doch realistisch, Holly. Ohne mich schaffst du es ja kaum in deinen Hörsaal. Wie würdest du da in einer Riesenfirma zurechtkommen?"

„Oh mein Gott." Sie sah nur noch rot. Wie hatte Cade Tim doch gleich noch genannt? *Oh ja* … „Weißt du was, du dämlicher Flachwichser? Du kannst diese gottverdammte Arbeit behalten." Draußen regnete es Blitze herab, und das fühlte sich gut an. „Ich bin an etwas viel Größerem dran. Etwas, das unsere ganze Wirtschaft revolutionieren wird."

„Holly, warte doch mal …"

„Versuch bloß nie wieder, Kontakt mit mir aufzunehmen. Sonst nagle ich dir deine Eier an die Wand!" Klick.

Tief einatmen, ausatmen. Sie wartete darauf, dass ihr die Tränen kamen. Und wartete.

Doch alles, was sie spürte, war ein Gefühl der Erleichterung.

Wie befreiend ... Sie war ihre Schuldgefühle los, und ihre Unentschlossenheit hatte endlich ein Ende.

Es lagen keine Hindernisse mehr vor Holly. Wenn Cadeon sich noch ein bisschen mehr um sie bemühte, würde sie ihn nicht abweisen. Diese Vorstellung jagte ihr einen Schauer freudiger Erregung über den Rücken.

Genau genommen könnte doch auch *sie* sich ein bisschen mehr bemühen. Mehr noch, als Cadeon erwartet hätte ...

„Dein Mann ist mit dem Essen zurück ..." Er verstummte, als sie auf einmal vor ihm stand, einzig mit diesem schwarzen Seidenfähnchen bekleidet, das sie manchmal zum Schlafen anzog und das dafür sorgte, dass er stundenlang hellwach und hart wie Stahl dalag.

„Ich hab keinen Hunger." Das Licht war gedämpft und die Tagesdecke weggezogen.

„Aber du musst etwas essen", sagte er geistesabwesend, während sie auf ihn zuschlenderte.

Ihre Augen glitzerten silbrig. „Vielleicht habe ich ja auf etwas anderes Appetit." Sie nahm ihm den Beutel mit dem Essen aus der Hand und schleuderte ihn in die Ecke.

Er zog die Augenbrauen zusammen. „Äh, was ist denn passiert zwischen dem Zeitpunkt, als ich rausgegangen bin, und jetzt?"

„Ich habe mit Tim Schluss gemacht."

Cades Herz begann wild zu schlagen. War ja klar, dass ihr das nicht entging.

„Diese Neuigkeit gefällt dir wohl, was?" Sie lächelte.

„Na, und ob. Aber warum jetzt?"

„Er hat die Lorbeeren für meine Arbeit eingeheimst. Und er war hinter dem Code her, an dem ich gerade arbeite."

Cade erstarrte, aber innerlich kochte er vor Wut. „Dafür werde ich ihm die Gurgel rausreißen und dir zum Geschenk machen, Holly."

„Oh, du sagst immer so süße Sachen, Dämon." Sie stellte sich auf die Zehenspitzen und drückte ihm einen zarten Kuss auf die Lippen.

Er entspannte sich, nachdem er beschlossen hatte, Tim auf alle Fälle für sie umzubringen, und sagte: „Ich weiß eben, was dir gefällt, was?"

Sie öffnete Cades Gürtel. „Ich habe ihn *dämlicher Flachwichser* genannt."

„Das ist mein Mädchen." Er zog ihr das Oberteil aus und entledigte sich seines Hemdes. „Machst du mich an, um dich an ihm zu rächen?"

„Vermutlich." Sie zog seinen Reißverschluss auf.

„Ist mir recht."

Und als er dachte, dass es gar nicht besser kommen könnte, biss sie sich auf die Unterlippe und sagte: „Du hast mir doch erzählt, dass du davon träumst, dass ich dir … äh, einen blase. Was wäre, wenn ich das jetzt ausprobieren möchte?"

Er bemühte sich, cool zu bleiben, und grinste auf sie hinab. „Dann wärst du mein *allerbestes* Mädchen …"

Sobald sie nackt im Bett lagen, bahnte sie sich mit Küssen einen Weg seinen Oberkörper hinab. Er schluckte heftig. Würde sie die Nerven verlieren? *Verlier jetzt ja nicht die Nerven, Holly* …

Sie nahm ihn in die Hand. Einem ersten zögerlichen Lecken folgte ein zweites. Bald umkreiste sie die Eichel mit feuchten Zungenschlägen.

„Das ist es, Holly", stöhnte er. *„Genau so."*

„Du schmeckst so gut", murmelte sie entzückt.

Er kämpfte mit aller Kraft dagegen an, ihr seinen Schaft nicht in den Mund zu stoßen, aber der Drang, seine Hüften zu bewegen, war zu mächtig. „Nimm ihn in den Mund", sagte er mit rauer Stimme. Als sie seinen Worten Folge leistete, bäumte er sich auf. „Oh, was machst du nur mit mir?“

Sie zog sich hastig zurück. „Mach ich irgendwas falsch?“

„Im Gegenteil, alles ist einfach zu gut.“ Er legte ihr die Hand auf den Kopf und drückte sie wieder nach unten. „Ich fürchte, ich werde gleich kommen, noch bevor ich dazu bereit bin.“

Mit zufriedenem Lächeln rieb sie ihre Wange an seinem Schaft und machte dann weiter. Er zog ihr Haar beiseite, damit er zusehen konnte, wie ihn seine Frau auf diese Weise beglückte.

Ein wahr gewordener Traum. Nach so langer Zeit.

Er beugte sein Knie und zog das Bein an, sodass sie rittlings auf ihm saß und sich ihr nasses Geschlecht an ihn drückte.

Sie stöhnte um seinen Schwanz herum – einer dieser spitzen, verlangenden Laute, die in ihm den fieberhaften Wunsch erweckten, sie auf der Stelle zu befriedigen. Er griff sofort nach ihren Hüften und zog sie in seine Richtung.

„Cade? Das hat mir gefallen …“ Sie verstummte, als er sie in eine neue Stellung brachte: ihre Knie zu beiden Seiten seines Gesichts und ihr Mund an seinem Schwanz.

„Dann wirst du das hier lieben“, brachte er noch heraus, bevor er sich darin verlor, ihre rotblonden Locken zu lecken. Ihr Geschlecht war so heiß, ihre Haut so unglaublich zart. Er versank in Glückseligkeit.

Doch sie erstarrte. „Cadeon?“ Sie klang verdutzt. Er grub seine Fersen in das Bett und stieß nach oben. Nach kurzem Zögern nahm sie ihn wieder in den Mund, und bald saugte sie gierig an ihm. Die schüchterne Jungfrau existierte nicht mehr. Eine gierige, fordernde Walküre war an ihren Platz getreten, die erwartete, Vergnügen zu spenden und zu erhalten.

Die Hände auf ihren Hintern gepresst, hielt er sie fest, während sie sich auf verruchte Weise an seinen Mund drückte.

Als er mit einem Finger in sie eindrang, spreizte sie ihre Knie mit einem Aufschrei noch weiter. Sie stand kurz davor, die Kontrolle zu verlieren. Krachende Donnerschläge ließen die Zimmerwände beben.

Er wünschte sich, dieser Augenblick würde kein Ende nehmen, aber er würde nicht mehr lange durchhalten. *Sie muss zuerst kommen.* Während er mit seinem Finger in sie stieß, saugte er ihre harte, kleine Klitoris zwischen die Lippen und ließ seine Zunge darüber hinweggleiten.

Sie schrie auf und nahm ihn tief in sich auf. Ihr Stöhnen um seinen Schwanz herum brachte ihn an den Rand des Wahnsinns. Als sie dann kam, keuchte er laut auf, ohne aufzuhören, sie zu lecken, bis er es ihr gleichtat …

Sie wälzte sich von ihm herunter und blieb mit ausgestreckten Armen und Beinen neben ihm liegen, während sie versuchten, wieder zu Atem zu kommen.

„Wer hätte ahnen können, dass Dämonen so köstlich sind?", fragte sie, während er sie an seine Brust zog.

„Dämon. Einzahl. Komm mir bloß nicht auf irgendwelche dummen Gedanken."

36

Die Nordwest-Territorien
In den Ausläufern des Mackenzie-Gebirges

Der sechzigste Breitengrad war der letzte vor dem Polarkreis. Sie hatten das Schild, auf dem dies verkündet wurde, vor ein paar Stunden hinter sich gelassen.

In den letzten vier Tagen waren sie beständig in Richtung Norden gefahren, auf die kanadischen Rockies zu. Das Land war von einer schroffen Schönheit, die Temperatur lag fast durchgängig bei milden fünfzehn Grad unter null. Die Sonne stieg nie höher als die Spitzen der Fichten, und sie ging zwei Stunden vor der Mittagsstunde auf und zwei Stunden danach schon wieder unter.

Holly wartete auf dem Parkplatz der White Tail Lodge auf Cadeon, dem letzten Außenposten der Zivilisation vor der echten Einsamkeit der Wildnis.

In anderen Worten: ihrem Ziel.

Die Lodge selbst war eine seltsame Mischung aus Wohnwagen und Blockhaus. Auf die graue Verkleidung waren Geweihe genagelt, die die Buchstaben *Wh te T il Lo ge* ergaben.

Holly fand, dort müsste eigentlich stehen: *Und dafür haben wir unser Leben riskiert?*

Während Cadeon noch einige Vorräte einkaufte, verkabelte sie ihr Laptop mit dem Satellitentelefon, um die Ergebnisse ihrer Arbeit von diesem Tag auf ein Tim-freies Konto hochzuladen.

Die einzigen Nachwirkungen, die Tims Verrat hinterlassen hatten, waren ihre Wut und ein brennendes Verlangen, ihren Code zu vervollständigen. Und ohne das Hindernis, das ihr Exfreund dargestellt hatte, hatte Holly Cadeons Anziehungskraft wenig entgegenzusetzen.

Die Situation erinnerte sie an den Anblick des Veyron. Ohne die stützende Hilfe des Trucks war er haltlos in sich zusammengefallen. Und ohne das schlechte Gewissen und das Gefühl, Tim etwas zu schulden, war Holly leichte Beute für den Dämon.

Sie und Cadeon genossen ihre Leidenschaft – immer wieder. Er gestattete ihr nur zu gerne, ihn zu erforschen. Er zog einfach ein Knie an und sagte: „Dann leg mal los." Anschließend schliefen sie im selben Bett, wobei er sie jedes Mal so eng an sich zog, wie es nur ging, und sie quasi mit seinem ganzen Körper einhüllte. Sie fragte sich, ob er wohl irgendeinem angeborenen Dämoneninstinkt folgte, sie zu beschützen. Und sie duschten zusammen – einer der Höhepunkte des Tages für sie.

Aber er versuchte nie, mit ihr zu schlafen, selbst nachdem sie angedeutet hatte, dass sie dem Gedanken, ihre Jungfräulichkeit zu verlieren, durchaus offen gegenüberstand. Sie merkte wohl, wie sehr er sich danach sehnte, sie ganz und gar in Besitz zu nehmen, trotzdem machte er keinerlei Anstalten, es zu versuchen.

Lag es nur daran, dass er ihr nicht wehtun wollte? Jeden Tag machte er eine Bemerkung darüber, wie stark sie wurde. Zweifelte er daran, dass sie dieses entscheidende erste Mal überstehen könnte?

Oder gab es einen anderen Grund für seine Zurückhaltung ...?

Als er zurückgekommen war und alle Einkäufe verstaut hatte, fragte sie ihn: „Was hast du alles gekauft?"

„Essen, nur das Nötigste. Offensichtlich sind Eier und Butter hier oben genauso wertvoll wie Gold, falls wir nördlich von hier irgendjemanden treffen sollten. Dazu noch so viele Benzinkanister, wie wir transportieren können. Außerdem hab ich herausgefunden, dass wir eine Winterstraße überqueren müssen.

Winterstraße – ein Euphemismus für Eis unter den Reifen, und sonst vermutlich nicht allzu viel.

„Können wir die nicht umfahren?"

„Es gibt nur einen Weg von hier nach dort, Liebes."

„Das ist der Checkpoint? Es ist wunderschön!" Holly sprang aus dem Truck und starrte mit glänzenden Augen auf die schneebedeckte Blockhütte. „Das sieht aus wie im Märchen!"

Die Laune seiner Frau hatte sich seit der Eisstraße eindeutig gebessert. Die völlig normalen, aber lautstarken Bewegungen des Eises hatten ihr schreckliche Angst eingejagt, und sie hatte sich die ganze Zeit ans Armaturenbrett geklammert.

Als ein Fuchs durch die meterhohen Schneeverwehungen sprang, schlug sie vor Entzücken ihre behandschuhten Hände zusammen. „Und jetzt noch ein Fuchs, wie aufs Stichwort. Alles ist perfekt."

Ein bisschen *zu* perfekt, fand Cadeon, mit der Schneedecke auf dem Dach und dem altmodischen Kamin an der Seite.

„Bist du sicher, dass das der richtige Ort ist?", fragte sie.

„Laut GPS sind wir da."

„Ich schätze, irgendjemand will sich hier mit uns treffen?", fragte sie und ging auf die Tür zu.

Aber er zog sie mit einem Ruck zurück. „Du weißt doch gar nicht, was uns hier erwartet! Das könnte genauso gut ein Fahrstuhl in die Hölle sein. Ich seh erst mal nach. Du kommst nicht rein, ehe ich es dir sage."

Die Tür war unverschlossen, und er trat vorsichtig ein. Der Kiefernholzboden unter ihm knarrte. Die ganze Blockhütte war so makellos, dass sogar Holly nichts daran auszusetzen gehabt hätte.

„Siehst du irgendwelche Hinweise für uns?", rief sie von draußen. „Ich komme rein!"

„Noch nicht!", rief er zurück. „Ich seh mich immer noch um."

Die Hütte war mit einigen wenigen einfachen Möbelstücken aus Holz ausgestattet. Es gab noch ein Badezimmer, ein Schlafzimmer und eine Küche mit einem Holzofen und einer Pumpe über dem Waschbecken. Im Wohnraum stand eine Badewanne mit klauenbewehrten Füßen vor dem riesigen Kamin.

Die Vorstellung, Holly darin baden zu sehen, vor einem Feuer …

Jedes Mal wenn sie sich in den vergangenen paar Tagen nähergekommen waren, war es ihm zunehmend schwerer gefallen, nicht endlich seinen Anspruch auf sie zu erheben. In seinem Kopf war für nichts mehr Platz, außer für die Vorstellung, endlich in ihr zu sein. Seine Vernunft hatte seinem Verlangen kaum noch etwas entgegenzusetzen.

Sie hatte immer wieder das Thema Sex angesprochen, Andeutungen gemacht, Fragen gestellt, und er glaubte zu wissen, warum.

Holly wollte, dass er sie nahm. Vollständig. Dieser Gedanke ließ ihn vor Glück ganz schwach werden, doch zugleich wusste er auch, dass er es nicht konnte. Selbst wenn er sie nicht im Austausch für das Schwert an Groot übergab, blieb doch die Tatsache bestehen, dass Cade sie immer wieder getäuscht und hintergangen hatte. Er hatte ihr weitaus mehr angetan, als sie ihm vermutlich jemals vergeben könnte, mehr als genug, um sich ihren Hass zu verdienen. Sie unter diesen Umständen zu entjungfern, erschien sogar ihm falsch.

Und er wollte mehr als bloß Sex von ihr. Er wollte *alles*. Seinen Anspruch auf sie zu erheben sollte der Beginn von etwas Größerem sein, und kein schuldbewusster, flüchtiger Akt.

Cade schüttelte sich und begann die Blockhütte von oben bis unten zu durchsuchen. Er überprüfte auch die beiden Wandschränke und die wenigen kleineren Schränke. Dann ging er zum Kamin hinüber. Der einzige Ort, an dem er noch nicht nachgesehen hatte, war der Schornstein. Er hockte sich neben die Öffnung, streckte die Hand aus und tastete blind …

Und schon fühlte er ein gefaltetes Wachspapier, das am Rauchabzug befestigt worden war. Er riss es los.

Eine Karte mit dem Weg zu Groots Festung.

Sie konnten sich noch heute auf den Weg zum Hexenmeister machen. Holly würde das sicherlich begrüßen, da sie fürchtete, ihre Wandlung könnte bald abgeschlossen sein. Aber Cade musste Rök mehr Zeit verschaffen.

Selbst wenn Rök versagte, würde jede einzelne Sekunde, die Cade das Unvermeidliche aufschob, ihre Wandlung zur Unsterblichen vorantreiben, sie stärker machen und ihre Verletzbarkeit verringern.

So beschloss er, die Karte vor ihr geheim zu halten, und steckte sie in die Jackentasche.

„Was hast du da?“

Sie stand direkt hinter ihm.

„Eine Karte, die uns zu Groot führt“, sagte er nach einem kaum merklichen Zögern.

„Also, wann fahren wir?“

„Uns bleiben immer noch fast zwei Wochen, bis wir dort sein müssen. Vielleicht sollten wir ein, zwei Tage hierbleiben, um uns von der Fahrt zu erholen.“

„Okay“, sagte sie zu seiner Überraschung. „Ich würde schrecklich gerne ein Bad nehmen.“

Er fuhr sich mit der Hand über den Mund.

Obwohl Cadeon so darauf versessen gewesen war, hierherzukommen, zögerte er jetzt, den letzten Abschnitt ihrer Reise in Angriff zu nehmen. Aber es war Holly nur recht, noch ein wenig Zeit in dieser entzückenden Blockhütte zu verbringen.

In einem der Schränke entdeckte sie dicke Quilts, frisches Bettzeug und ein Fell, das als Kaminvorleger diente, alles in Tüten sicher verstaut. Sobald sie alles zu ihrer Zufriedenheit angeordnet hatte, würde es perfekt sein.

Nachdem er ihre Petroleumlampe und die Vorräte hereingebracht hatte, machte er sich auf den Weg, um Feuerholz zu hacken. Erst holte er gerade genug, um ihr Badewasser zu erhitzen und die Hütte aufzuwärmen, dann kehrte er gleich wieder in die Kälte zurück, um noch mehr Holz für die Nacht zu holen.

Während Holly ihre Sachen und das Essen auspackte, schaute sie ihm durchs Fenster verträumt dabei zu und vergaß völlig die Zeit. Es versetzte ihr einen kleinen Stich ins Herz, diesem wunderbaren Mann dabei zuzusehen, wie er sich draußen im Schnee abrackerte. Sie liebte die Art, wie er sich bewegte, diese Sicherheit und Präzision. Jetzt, wo sie jeden Quadratzentimeter seines Körpers kannte, wusste sie ihn mehr denn je zu schätzen.

Holly wollte ihn ganz und gar, aber er weigerte sich, nachzugeben. Er hatte sich selbst *ihren Dämon* genannt. Aber das war er nicht. Noch nicht.

Verlangen. Sie wünschte, sie hätte jemanden, mit dem sie über all das sprechen könnte, jemanden, dem sie gewisse Fragen stellen …

Sie verzog das Gesicht, als ihr Satellitentelefon plötzlich klingelte. Der Einzige, der ihre Nummer kannte, war Cadeon, und den sah sie immer noch draußen arbeiten.

„Hallo?“, meldete sie sich.

„Du wolltest mit mir sprechen?“, fragte Nïx.

„Woher wusstest du … Ach, vergiss es. Weißt du, wo ich bin?“

„Ich weiß, dass es dort kalt ist und Schnee liegt. Perfekt, um dich an deinen Dämon zu kuscheln. Hast du dich schon entschlossen, ob du ihn behältst? Oder ist er zu groß, um ihn im Haus zu halten?"

Holly seufzte. „Ich bin gerne mit ihm zusammen, und ich denke, ich möchte ihn behalten. Aber das würde bedeuten, dass ich auch meine Unsterblichkeit behalten muss."

Unglücklicherweise blieb sie aber auch das Gefäß, wenn sie eine Walküre war. Und es würde weiterhin zu Vorkommnissen wie an der Laughing Lady Bridge kommen.

„Was glaubst du – wofür wirst du dich letztendlich entscheiden?"

Mit Cadeon zusammen zu sein ... „Ich denke, ich lasse alles so, wie es ist."

„Wusste ich's doch, dass du dich dem Gruppenzwang beugen würdest! Gute Entscheidung! Nachdem deine Wandlung beinahe vollkommen ist."

Den Verdacht hatte Holly schon seit Tagen gehabt. „Aber was bedeutet das für eure Abmachung mit Groot? Cadeon bekommt doch trotzdem das Schwert, oder?"

„Aber sicher. Also, wann darf Tante Nïx denn mit dem ersten kleinen Wämon von euch beiden rechnen?"

„Wämon – oh, verstehe. Eine Walküre und ein Dämon. Haha. Freu dich nur nicht zu früh. Er will einfach nicht ... also, er weigert sich, mit mir zu schlafen."

„Warum das denn? Das klingt aber gar nicht nach Cadeon."

Holly starrte bei diesen Worten wütend vor sich hin. „Er will seinen Anspruch auf mich noch nicht erheben, weil dann der Dämon in ihm zum Vorschein kommt."

„Ja, aber was willst *du*? Hör auf deinen Instinkt. Was sagt er dir?"

Wieder sah sie durch das Fenster zu ihm hinaus. *Was ich will?* „Mein Instinkt *sagt* mir gar nichts – er brüllt mich an, ich soll endlich richtig mit ihm zusammenkommen. Aber ich nehme ja schließlich auch nicht die Pille. Und er kann auch nicht mal eben in die nächste Drogerie fahren, um sich Kondome zu besorgen.“

Ihre Periode war sowieso schon überfällig. Das lag zweifellos am Stress, also würde sie auch keinen Eisprung haben, richtig? Sie hatte das sogar schon im Internet überprüft. Sie glaubte nicht, dass es möglich war, schwanger zu werden, aber *wenn* es passieren sollte …

„Wäre es denn so entsetzlich, einen Baby-Wämon zu bekommen?“

Zuerst war Holly diese Vorstellung vollkommen abwegig erschienen, aber je mehr sie darüber nachdachte, desto besser gefiel sie ihr.

Warum sollte Holly diese ganze Stärke besitzen, wenn sie niemanden zum Beschützen hatte? Was sollte sie mit dem Vermögen ihrer Familie, wenn sie es mit niemandem teilen konnte?

Das Konzept, erst einmal abzuwarten, bis sich gewisse Dinge ereignet hatten, bevor sie ein Kind bekam, hatte für ihr Leben einfach keine Relevanz mehr. Sie würde möglicherweise ewig leben. Wenn sie also etwas Anstrengendes und Anspruchsvolles für sich tun wollte, konnte sie das genauso gut in achtzehn, neunzehn Jahren wie jetzt.

„Das spielt sowieso keine Rolle“, sagte Holly seufzend. „Er wird es nicht tun.“ Er hatte bereits bewiesen, dass er sich im Zaum halten konnte, jedes einzelne Mal wenn sie Zärtlichkeiten austauschten.

„Ich bin verwirrt. Er ist ein Dämon mit dem instinktiven Bedürfnis, seine Frau zu befriedigen. Du bist seine Frau. Er wird alles tun, was du nur willst.“

„Was meinst du?“

„Schätzchen, es ist an der Zeit, dass du den Dämon bei den Hörnern packst.“

37

„Wir sind gerade noch rechtzeitig hergekommen. Im Süden zieht ein Unwetter auf …“ Er verstummte, als er Holly in der Badewanne sitzend vorfand, mit nichts als ihren Perlen bekleidet.

Sie krümmte ihren Zeigefinger in einer lockenden Geste. „Hier drin ist genug Platz für zwei.“ Überall um sie herum stieg Dampf auf, und der Schein des Feuers flackerte über ihre Haut. Genauso, wie er es sich eben vorgestellt hatte.

„Das musst du mir nicht zweimal sagen.“ Er ließ das Holz fallen, das er trug, und entledigte sich seiner Kleider.

„Ist das genug Holz, um uns heute Nacht warm zu halten?“

Behutsam ließ er sich hinter ihr ins Wasser sinken und zog sie zwischen seine Beine, bis die sanften Kurven ihres Hinterns sich an seinen steifen Schaft schmiegten. „Ich halte dich warm. Mach dir deswegen mal keine Sorgen.“ Er strich mit seinen Lippen über ihren Nacken, bis sie erschauerte.

Dann ließ er in aller Ruhe seine Hand über ihren Körper bis zu ihrem Geschlecht hinabwandern und streichelte sie ausgiebig und genüsslich. Als er seinen Finger in sie tauchte, stellte er fest, dass ihre intimsten Hautfalten schon schön schlüpfrig waren. Mit einem Stöhnen ließ sie ihre Beine auseinanderfallen, bis sie gegen seine stießen.

Mit seiner anderen Hand kniff er sie in die Brustwarzen, erst in die eine, dann in die andere. Er knetete sie zwischen Daumen und Zeigefinger. Sie hob die Arme über seinen Kopf und verschränkte die Finger in seinem Nacken.

Als er den Handteller gegen ihre Klitoris drückte, begann sie sich auf seinem Finger auf und ab zu bewegen, und er führte einen weiteren Finger in sie ein.

Ihr Rücken wölbte sich, und ihr kesser Hintern drückte noch fester gegen seinen Schwanz. Zischend sog er den Atem ein, als seine geschwollene Eichel sich an ihren Kurven rieb. Es wäre so einfach, seine Finger herauszuziehen und in sie einzudringen. Schon im nächsten Moment könnte er sie aufspießen. Und er wusste, dass sie ihn nur allzu gerne gewähren lassen würde …

Als ob sie seine Gedanken lesen könnte, murmelte sie in diesem Augenblick: „Cadeon … Ich möchte, dass du mich entjungferst."

Es kam ihm wie eine Szene aus seinen Tagträumen vor – wo sie auch bleiben sollte. Aber wie oft konnte er ihr noch widerstehen, bevor er die Kontrolle über sich verlor? „Ich kann nicht. Ich will dir nicht wehtun." Das meinte er nicht nur in Bezug auf ihren Körper. Cade hatte vielleicht keine andere Wahl, als sie zu belügen, aber in diesem Fall hatte er die Wahl.

Sanft schob sie seine Hand beiseite und drehte sich zwischen seinen Beinen um, sodass sich ihre nassen Brüste an seiner Brust rieben. „Ist das der einzige Grund?"

„Du nimmst die Pille nicht, und schließlich bist du das Gefäß …"

„Aber es sind gar nicht meine fruchtbaren Tage, und selbst wenn ich schwanger würde, wäre das doch nicht das Ende der Welt."

„Leider doch, wenn ich der Vater bin. Erinnerst du dich noch an die Sache von wegen ‚das ultimativ Böse'?"

„Du bist nicht böse."

Dieser Meinung würde sie nicht mehr lange sein. „Holly, du hast ja keine Ahnung." Er schob sie von sich, stieg aus der Wanne und schnappte sich ein Handtuch vom Stuhl daneben.

„Du kannst mich nicht vom Gegenteil überzeugen, also versuch's erst gar nicht. Es liegt an der Sache mit der Schwangerschaft, oder?

Ich weiß doch, das ist alles nicht so leicht. Aber ich würde die Verantwortung ganz allein übernehmen …"

Er riss die Schultern zurück und verengte die Augen. „Meinst du vielleicht, ich wäre nicht imstande, mich um meine Frau und mein Kind zu kümmern?"

Sobald er diese Worte ausgesprochen hatte, erstarrte er. Genau wie auf der Brücke, als er mit Tera geredet hatte. *Es ist doch offensichtlich.* Warum hatte er das Gefühl, als ob soeben etwas an den richtigen Platz gerückt wäre?

„Aber sicher kannst du das. Ich wollte doch nur …"

„Das hat nichts damit zu tun. Du hast mich noch nie von meiner schlechtesten Seite gesehen. Holly, ich könnte dich umbringen."

„Nein, Cadeon", sie streckte die Hand aus und nahm ein spitzes Stück Holz, „das kannst du nicht." Sie ritzte sich damit den Unterarm auf.

„Holly! Was tust du denn …?" Er verstummte, als der Riss augenblicklich zu heilen begann.

„Du kannst mir nicht mehr wehtun. Ich bin jetzt eine Unsterbliche."

„Aber die Wandlung … ich dachte, du willst das alles nicht."

Sie stand auf und ging langsam auf ihn zu, während Wassertropfen über ihren schlanken Körper rannen. „Ich will so bleiben." Ihre Augen leuchteten silbrig. Er konnte den Blick nicht abwenden, konnte nicht zurückweichen, sogar als sie unter sein Handtuch griff und anfing, seinen Schwanz zu massieren.

„Was hat dich dazu gebracht, deine Meinung zu ändern?" *Sag, dass ich es war. Sag es!*

„Du. Ich will mit dir zusammen sein. Ganz und gar. Ich will dich lieben."

Ein Traum wurde wahr. Und trotzdem zwang er sich zu sagen: „Dazu wird es nicht kommen, Holly."

Sie hatte versucht, vernünftig mit Cadeon zu reden, doch sein Entschluss schien festzustehen. Es war wohl an der Zeit, andere Geschütze aufzufahren.

„Du hast gewonnen." Sie warf das Handtuch fort und fuhr ein paarmal mit der Hand an seinem Schaft auf und ab. „Wie wär's, wenn wir dann jetzt einfach ein bisschen Dampf ablassen."

Sie küsste seine Brust, seinen Oberkörper, bis hinunter zu der Linie feiner Härchen unter seinem Nabel, bevor sie sich vor ihn auf den Kaminvorleger kniete. Die Hände flach auf seine Brust gelegt, nahm sie seinen Schaft zwischen die Lippen und leckte über seinen breiten Kopf.

„Ah, Holly, so ist es gut ..." Seine Finger glitten durch ihr Haar und er führte ihren Kopf. „Ihr Götter, es fühlt sich so gut an, wenn du das tust ..."

Schon bald stieß er kaum merklich mit den Hüften nach vorne, wie er es immer tat, wenn er kurz vor dem Höhepunkt stand. Sein Körper spannte sich an, seine Erektion pulsierte.

Ihre Hände glitten langsam zu seinen Fußknöcheln. Sie umfasste sie, so fest sie konnte, und zog mit aller Kraft.

Damit hatte er nicht gerechnet, und er fiel flach auf den Rücken. „Holly!", brüllte er. „Verdammte Scheiße, was ..."

Aber sie war schon dabei, sich rittlings auf ihn zu setzen.

Er warf sie zurück auf das Fell. „Soll das etwa so bei uns laufen?", krächzte er. Er erkannte seine eigene Stimme nicht mehr wieder.

Als er ihre Arme über ihrem Kopf auf den Boden drückte, streifte sein Schwanz ihr feuchtes Geschlecht, und vor Verlangen überlief ihn ein Schauern. Zur selben Zeit bewegte sie ihre Hüften, womit sie um ein Haar ihrer beider Schicksal besiegelt hätte – denn für einen perfekten Moment hatte sich seine Eichel direkt vor ihrem Eingang befunden.

Sein Blick wanderte von ihrem Gesicht zu ihren Brüsten, die sich unter ihrer hektischen Atmung hoben und senkten. Mit einem Stöhnen senkte er den Kopf, um an ihnen zu saugen.

Während seine Zunge einen ihrer Nippel umkreiste, stieß er noch einmal mit seinem Schwanz gegen die zarten Hautfalten ihrer Scham – er konnte einfach nicht anders, wollte noch einmal ihre Nässe spüren, diese Verbindung spüren.

Auch sie sehnte sich danach und ließ die Hüften kreisen. *„Cadeon … bitte."* Sie wusste nicht, wie sie um das, was sie jetzt brauchte, bitten sollte.

„Spürst du einen ziehenden Schmerz in dir?"

„Ja!"

Er hob die Hüften und ließ seinen Schaft zwischen ihren Schamlippen auf und ab gleiten … und wieder begann diese Enge ihn zu umschließen, gab ihm einen aufreizenden Ausblick darauf, wie es sein könnte. „Du willst mich in dir spüren?" Warum quälte er sie so? Wo er doch nicht die Absicht hatte, aufs Ganze zu gehen? „Aber bist du auch nass genug, um ihn aufzunehmen?"

„Oh ja …", stöhnte sie.

Gleich neben ihrem Ohr flüsterte er: „Willst du, dass ich ihn dir in deine kleine Scheide stecke? Dich reite, bis sich alles in dir zusammenzieht, und du ihn melkst, bis sich meine Saat in dich ergießt?"

Als sie das hörte, warf sie wie von Sinnen den Kopf auf dem Fell hin und her. *„Cadeon, warum?"*

Er wusste nicht, warum er sie so reizte, sie aufstachelte. Aber irgendetwas brauchte er von ihr. Während er an ihrer Brust saugte, versuchte er herauszufinden, was das sein könnte … Was sagte sein Instinkt? Es war ein Schmerz, eine Notwendigkeit, die weit darüber hinausging, einfach nur in sie einzudringen.

Nein! Das Einzige, was er wirklich brauchte, war der Wille, sofort damit aufzuhören.

Aber warum? Er konnte ihr keine dauerhafte Verletzung zufügen. Sie war unsterblich. Sie wollte es sein, weil *er* es war.

„Bitte …"

Holly … so nass, für ihn … und sie flehte ihn an, sie zu nehmen … Er versuchte sich an die Gründe zu erinnern, wieso das keine so gute Idee war. Aber er hatte sich so lange nach ihr gesehnt.

„Lass meine Hände los", murmelte sie. „Ich bin auch brav."

Er ließ sie los, während seine eigenen Hände unter ihren Hintern wanderten und beide Pobacken umfassten. „Oh ihr Götter!", stieß er aus, als er erneut ihre intimste Stelle berührte. Der Duft des Verlangens, den seine Frau ausströmte, diese flehentlichen Seufzer … das waren Auslöser, gegen die er einfach nicht ankam. Er begann sich zu verwandeln. „Ich werde gleich … die Kontrolle verlieren."

Mit einem Mal wollte er sie beißen, seine Saat in ihr vergießen, sie als die Seine kennzeichnen.

Nein! Ich kann nicht haben, wonach es mich verlangt … Er zog sich von ihr zurück …

Da packte sie seine Hörner fest mit beiden Händen.

„Ooooh …", stöhnte er. Er verdrehte die Augen, bis nur noch das Weiße zu sehen war. Er war nicht mehr in der Lage zu sprechen oder sich zu bewegen.

Sie führte ihn auf ihren Körper zurück. „Ich brauche dich. Ich muss dich in mir fühlen." Als er versuchte, sich ihr zu entziehen, zog sie ihn mit einem entschlossenen Ruck nach unten.

Was bedeutete – es war aus.

38

„Lass mich los …“ Seine Stimme war nur mehr ein heiseres Flüstern.

Als sie seine Hörner berührt hatte, war er schier außer Rand und Band geraten und hatte seinen gewaltigen Körper wieder auf ihren hinabgesenkt. Jetzt schienen seine Augen verstört, während sie ihn weiter festhielt. „Cadeon, ich will dich.“

Er benutzte seine Knie, um ihre Oberschenkel noch weiter zu spreizen. Groß und gewaltig ragte er über ihr empor. Sie spürte seinen Atem an ihrem Ohr.

„Ich will dir nicht wehtun.“

„Du tust mir weh, wenn du es nicht tust!“

Sofort packte er seinen Schaft, um ihn in sie hineinzuführen. „Holly …“, stöhnte er, als seine breite Eichel in sie eindrang. „Ich muss dich endlich ficken.“

„Dann tu es“, rief sie und bäumte sich auf.

Zentimeter für Zentimeter drängte er sich in sie hinein, dehnte sie, füllte sie aus. „Du bist so klein … so eng.“ Auf seiner Stirn bildeten sich Schweißtropfen. Er hatte die Brauen zusammengezogen, als ob er Schmerzen hätte, aber seine Augen waren geschlossen, als genieße er jeden Moment.

Das war es, was Holly brauchte, wonach sie sich so verzweifelt gesehnt hatte, aber es tat wirklich weh. Wenn sie das als Sterbliche versucht hätte, hätte sie vor Schmerzen vermutlich das Bewusstsein verloren.

Jetzt biss sie die Zähne zusammen und konzentrierte sich voll und ganz darauf, dass ihr Körper ihn aufnahm. Sie wollte diesen Teil hinter sich bringen, damit sie endlich wieder Lust verspüren konnte.

Währenddessen begann er sich zu wandeln. Seine Hörner wuchsen in ihren Händen. Auch seine Haut veränderte sich. Er hatte gesagt, das würde auf Frauen anziehend wirken. Er hatte ihr nicht gesagt, dass es sie geradezu in den Wahnsinn treiben würde.

Während sich seine Haut mit Schweiß überzog, wurde sie immer dunkler, bis sie eine glänzend rote Färbung angenommen hatte, die den Wunsch ihr weckte, sie abzulecken, sie zu kosten.

Sie ließ seine Hörner los, um seinen wunderbaren Körper zu streicheln, richtete sich auf, um mit der Zunge über seine Brust zu fahren, daran zu knabbern. Davon wurde sie noch feuchter, und der Schmerz begann nachzulassen.

„Jetzt ist es so weit. Ich fühle, wie du mich aufnimmst." Als er die Augen wieder öffnete, waren sie schwarz und blickten in ihre hinab. „Wirst du die Meine sein?"

„Ja!" Das war mehr als Sex. Es ging weit darüber hinaus, ihre Jungfräulichkeit zu verlieren. Er erhob Anspruch auf sie, und sie war dafür bereit.

Du gehörst mir – das war es, was sie in aller Deutlichkeit in seinem lodernden Blick las. *„Ich werde dich nie wieder gehen lassen."* Seine Stimme war tief und fast beängstigend rau.

„Genauso soll es sein", flüsterte sie.

Als sein Schaft so tief in sie eingedrungen war, wie es ihr Körper zuließ, hatte sich sein Äußeres vollkommen verändert.

Das Licht des Feuers warf seinen flackernden Schein auf seine Muskeln und seine straffe dunkle Haut. In dieser Erscheinungsform wirkte sein Gesicht grimmiger, brutaler, aber immer noch unglaublich schön auf sie. In seinen Augen lagen Gier und eine verheißungsvolle Verruchtheit. Das Armband über seinem Bizeps glitzerte im Licht.

Ein Dämon mit unsterblichem Verlangen saß tief und fest in ihr. Doch sie verspürte keine Angst, im Gegenteil, sie verzehrte sich dermaßen nach ihm, dass es schon schmerzte.

Endlich zog er die Hüften zurück und stieß gleich darauf wieder zu. *„Mein"*, sagte er heiser.

Vor Schmerz stieß sie einen Schrei aus. Und doch hörte sie sich gleich darauf sagen: „Mach das noch einmal!" Nachdem er sich für einige Sekunden aus ihr zurückgezogen hatte, stieß er sogar noch härter zu. Lust begann jegliches Unbehagen zu verdrängen, als er dann wieder und wieder in sie hineinstieß.

Holly verstand nicht einmal annähernd, was gerade vor sich ging. Alles geschah so schrecklich schnell. Sie veränderte sich merklich – ihre Krallen krümmten sich, kurz bevor sie sie in seinen muskulösen Hintern grub, ihn antrieb, ihn drängte. Sie begann zu keuchen, während sich gleichzeitig die Luft um sie herum elektrisch aufzuladen schien.

Seine Verwandlung ging weiter – aber nicht nur äußerlich. Er schien aggressiver zu werden, ging rauer, herrischer mit ihr um. „Du musst … mehr von mir aufnehmen. Ich muss … tiefer in dir sein." Er war derb, animalisch und weckte damit in ihr den Wunsch, es auch zu sein. „Mehr!" Er stieß härter zu.

Ihr entfuhr ein Schrei des Entzückens.

„Wölbe deinen Rücken."

Als sie es tat, hob er ihre Hüften an und zog sie mit einem Ruck auf seinen Schaft.

„Oh ja!"

Seine Hand grub sich in ihr Haar, und er umfasste ihren Kopf. Sein anderer Arm legte sich eng um ihr Hinterteil und zog ihren Po dicht an seinen Körper heran. Sie hörte seine raue Stimme an ihrem Ohr: „Du wirst mich tief in dich aufnehmen … und dann werde ich für dich kommen."

Bei diesen Worten stöhnte sie auf und wand sich in seinen Armen. *„Cadeon …"*

Die Lust war so intensiv, dass sie schon an Schmerz grenzte. Aber es fühlte sich auch unvertraut an, so als hätte er niemals vorher Sex gehabt.

Er hatte gar nicht gewusst, dass sich sein Hodensack dermaßen schwer und schmerzhaft anfühlen konnte. Nie zuvor hatte er die Zähne zusammenbeißen müssen, angesichts des pulsierenden Drucks, als sein Samen in seinem Schaft emporstieg.

Der feste Griff, mit dem ihre Scheide ihn umschlossen hielt, schien es von ihm zu verlangen. *Ihre Hitze …*

Als er sich näher über ihren Körper beugte, rieb sich seine Brust an ihren festen, aufgerichteten Nippel. Ihr Rücken wölbte sich ihm entgegen, ihre Brüste schienen ihm entgegenzudrängen.

Er wurde von Urtrieben beherrscht. Sein Blick wurde unwiderstehlich von der zarten Haut zwischen ihrem Hals und ihrer Schulter angezogen, gleich unter dem schimmernden Band ihrer Perlen.

„Holly … ich kann mich nicht mehr zurückhalten."

„Hör bloß nicht auf!"

„Mein." Er versenkte seine Fänge in ihr Fleisch.

Ihre Arme sanken schlaff über ihrem Kopf nach unten, ihr Körper wurde ganz ruhig, während er seinen Trieben folgte. Sie schrie vor Wonne auf, als sie kam, ohne sich rühren zu können.

Ihre Scheide krampfte sich um seinen Schwanz zusammen, melkte ihn, in ihrer Gier auf seinen Samen, den er ihr endlich schenken konnte.

Blindwütig knurrte er in ihr Fleisch hinein, während er wieder und wieder in sie stieß. Der Schmerz, der Druck, dieses Pulsieren in ihm …

Sein Bedürfnis zu ejakulieren trieb ihn schier in den Wahnsinn. Er stieß und grunzte und drängte. Dann gab er ihren Hals wieder frei und warf den Kopf zurück, um loszubrüllen, als seine Saat aus ihm herausspritzte. Sein Rücken bog sich durch, so gewaltig waren die Kräfte, die ihn jetzt beherrschten, während er sein Sperma in einer Welle nach der anderen verspritzte.

Er hatte seinen Anspruch auf sie erhoben. *Holly gehört mir … endlich.*

Dann brach er über ihr zusammen. Sein keuchender Atem blies auf ihren gezeichneten Hals.

Sobald er wieder halbwegs bei Sinnen war, hob er den Kopf, um nachzusehen, wie groß die von ihm verursachte Wunde war, eine Entschuldigung auf den Lippen. „Holly, ich …" Er verstummte, als er ihr Gesicht sah.

Sie schaute ihn jetzt sogar noch gieriger an.

„Ist das alles, was du zu bieten hast?", schnurrte sie.

Er riss die Augen auf, um sie gleich darauf mit zusammengekniffenen Augen zu mustern. „Oh, ich hab noch mehr drauf, Baby." Er legte ihr die Hand in den Nacken. „Viel mehr."

„Dann lass mal sehen." Ihre Klauen senkten sich noch tiefer in seinen Hintern.

Zischend sog er die Luft ein, sein Schwanz pulsierte in ihr. „Später werde ich es dir schön langsam besorgen, aber im Augenblick muss ich erst mal ein wenig austesten, wozu dieser kleine sexy Körper so alles in der Lage ist …"

„Ich hoffe nur, du kannst auch mithalten, Dämon."

39

Er hatte sie bis an den Rand der Erschöpfung getrieben. Holly lag neben ihm und schlief tief und fest. Ihr schlanker Arm lag ausgestreckt über seiner Brust, während seine Finger durch ihr Haar glitten.

Cade war unerbittlich mit ihr gewesen, hatte sie immer wieder bis zum Höhepunkt getrieben. Denn er wünschte sich, dass sie diese Nacht bis ans Ende ihres Lebens nicht vergaß.

Er küsste ihre Schulter an der Stelle, wo er sie gebissen hatte, und stellte erfreut fest, dass die Wunde rasch abheilte. Ihre Wandlung war tatsächlich vollendet. Sie war eine Unsterbliche. *Seine* kleine Unsterbliche.

Er hatte seinen Anspruch auf sie erhoben. Jetzt gab es kein Zurück mehr, selbst wenn er das gewollt hätte. Und er wollte es nicht.

Morgen früh würde er wieder wissen, warum dies eine schlechte Idee gewesen war, aber in diesem Augenblick verdrängte er jeden Zweifel. Diese eine Nacht gestand er sich zu.

Zutiefst befriedigt hatte er die letzte halbe Stunde einfach nur vor sich hin gegrinst. Die prüde Miss Ashwin hatte ihn ganz schön fertiggemacht und den alten Dämon dazu gebracht, sich wieder wie ein dummer Junge ohne Standvermögen zu fühlen. Sie war ohne jede Scham und kannte keine Zurückhaltung.

Auch wenn sie die ganze Zeit über ihre eleganten Perlen trug.

Er hätte sich nie träumen lassen, dass er sich je so vollständig fühlen könnte. Und was, wenn er ihr ein Baby gemacht hatte? Wieder grinste er. *Meine Frau und mein Kind.*

Wenn Holly schon dachte, dass Cade ihre Geduld auf eine harte Probe stellte, wie würde sich dann erst seine Dämonenbrut aufführen?

Vielleicht Walkürentöchter und Dämonensöhne …

Sein Telefon klingelte und holte ihn in die raue Gegenwart zurück. Er raffte sich auf und verließ das Bett, um den Anruf entgegenzunehmen. Er wusste schon, wer dran war.

Rök meldete sich mehrmals täglich bei ihm. Und niemals mit guten Neuigkeiten.

„Was hast du?", fragte Cade.

„Nicht viel. Es scheint, als bekämen sie jedes Mal einen Tipp, wenn wir Néomi auf die Pelle rücken wollen."

Die Frist lief bald ab. Mit jeder Nacht, in der seine Leute die Braut des Vampirs vergeblich suchten, schwanden Cades Hoffnungen mehr und mehr dahin. Sollte er seine Männer anweisen, weiterhin die Stadt nach ihr abzusuchen?

Oder sollte er damit beginnen, den riskantesten Plan zu schmieden, der ihm je in den Sinn gekommen ist: einen Angriff auf die Festung eines Hexenmeisters?

„Versucht es noch weitere sieben Nächte lang."

„Ich bin … *glücklich*?", sagte Holly mit lauter Stimme und gerunzelter Stirn. Ja, das war es, was sie in der vergangenen Woche im Blockhaus gefühlt hatte. Tiefste Zufriedenheit.

Sie schaffte ein wenig Ordnung, während sie darauf wartete, dass ihr Laptop im Auto wieder aufgeladen wurde, aber es fiel ihr schwer, sich auf das Putzen zu konzentrieren. *Das ist ja was ganz Neues.*

Und möglicherweise war sie sogar noch mehr als einfach nur glücklich.

Hollys Eltern hatten diese seltene Art von Liebe erlebt, über die man sonst nur in Büchern las. Vielleicht kam sie doch öfter vor, als Holly geglaubt hatte.

Vielleicht … erlebe ich sie ebenfalls.

Ihr Dämon war erst seit einer Stunde fort – er war zum Eisfischen gegangen –, aber sie vermisste ihn schon, vermisste seine donnernde Stimme und seine schweren Schritte. Sie sehnte sich nach seinem süchtig machenden Duft – nach Kälte und Kiefern und Cadeon.

Vorhin hatte er noch zu ihr gesagt: „Wenn ich mir die Mühe mache, den Fisch zu fangen, sauber zu machen und zu kochen, dann wirst *du* dir die Mühe machen, ihn zu essen."

Um seinetwillen würde sie es … versuchen.

Die letzte Woche mit ihm war unglaublich gewesen. Jetzt wusste sie, wie sich ein Tag anfühlte, der nur von Sex bestimmt wurde. Im Grunde war es so, dass Cadeon sie einfach überall da nahm, wo es ihm gerade gefiel.

Er war unersättlich. Selbst im Schlaf war er noch erregt. Dann drückte sich seine Erektion gegen ihren Hintern, er knurrte ihr leise irgendetwas ins Ohr und rieb sich an ihr.

Sie hatte ihn mehr als einmal aufgeweckt, um *es ihm mal so richtig zu besorgen*, womit sie ihm offensichtlich eine unglaubliche Freude bereitet hatte.

Das Seltsamste am Sex war, dass sie auf diesem Gebiet keinerlei bizarre Marotten zu haben schien. Das war der einzige Bereich ihres Lebens, in dem sie *normal* war.

Na ja, wenn man ihr Verlangen, von einem Dämon überwältigt zu werden, normal nennen konnte.

Cadeon hatte auch ihr Training fortgesetzt. Sie hatten sowohl mit dem Schwert als auch mit dem Diamanten gearbeitet. Es gelang ihr inzwischen bei drei von zehn Malen, den Blick von dem Edelstein abzuwenden, allerdings nur wenn er ihren Computer bedrohte.

Sie spielten Jagdspiele und Verstecken. Ihre Nachtsicht war nahezu perfekt, und sie konnte sechs Meter hoch springen, als ob es nichts wäre. Er brachte ihr bei, sich mit Kiefernnadeln einzureiben, um ihren Eigengeruch zu überdecken, und sie hatte gelernt, sich so leise und geschickt zu bewegen, dass sie sich sogar an ihn anschleichen konnte.

Unterdessen setzte sie aber auch ihre eigene Arbeit fort. Es drängte sie, ihren Code zu vervollständigen, damit sie am Ende dieser Reise nichts anderes mehr zu tun brauchte, als nur noch ihren Dämon zu genießen.

Nur zwei Dinge beeinträchtigten diese Zeit. Das erste waren seine heimlichen Telefonate. Immer wieder hörte sie, dass er draußen stand und ziemlich unwirsch etwas auf Dämonisch zischte, während er zwischen den Kiefern auf und ab lief. Wenn er dann wieder zu ihr ins Haus zurückkehrte, war sein Verhalten ihr gegenüber immer sehr distanziert, und es dauerte eine Weile, bis er sich wieder entspannt hatte.

Das zweite war seine Einstellung zur Zukunft. Sein Verlangen, Kanada so rasch wie möglich zu durchqueren, um zu Groots Festung zu gelangen, war … abgekühlt.

Selbst nachdem er seinen Anspruch auf sie erhoben hatte, redete er nicht über die Zukunft, ja, er wich dem Thema sogar aus, wenn sie einmal die Sprache darauf brachte. Zuerst war sie unsicher gewesen und hatte sich gefragt, ob sie vielleicht irgendetwas getan hätte, das ihn enttäuscht oder abgeschreckt hätte.

Aber das war lächerlich. Sie kamen bestens miteinander aus, waren gemeinsam weitaus besser, als sie es einzeln je gewesen wären.

Nein, inzwischen war sie davon überzeugt, dass er sie genauso begehrte wie sie ihn.

Rätselhaft …

„Hast du mich vermisst, Halbling?“, fragte er von der Tür aus.

Sie rannte auf ihn zu und sprang in seine Arme. „Ganz schrecklich.“

„Ich habe eine Überraschung für dich.“

„Lass mich raten – ist es ein *Fisch*?“

Er zwickte sie in die Spitze ihres Ohrs, was ihr immer wieder einen Schauer über den Rücken jagte. „Zieh dich an und komm zu mir nach draußen. Das Wetter ist richtig angenehm.“

Die Überraschung war ein mit Schnee gefüllter Sack, der von einem Ast hing.

„Auweia, Cadeon, und ich hab gar nichts für dich.“

„Der ist fürs Schwerttraining.“

Mit einem Seufzer, der zum Ausdruck brachte, was für eine schwer geprüfte Frau sie war, holte sie sein Schwert, obwohl sie das Training insgeheim genoss.

Er gab ihr Anweisungen, während er seinen Fang ausnahm. „Zustoßen, abwehren, Gegenangriff, abblocken und zuschlagen. Gut. So ist es richtig, Halbling.“

Selbst in der trockenen arktischen Luft begann sie zu schwitzen. Ihre Kampftechnik wurde immer besser. Er hatte ihr sogar einmal gesagt, dass sie besser wäre als so mancher Krieger, der ihm auf dem Schlachtfeld gegenübergestanden hätte.

Holly wusste nicht, ob das der Wahrheit entsprach, aber sie wusste, dass sie sich jedenfalls nicht lächerlich machte.

„Nenn mir zwei hinterlistige Schwertkampftechniken“, sagte er.

Sie antwortete, während sie weiterhin ihre Übungen ausführte. „Ich könnte meinem Gegner die Sicht nehmen, indem ich ihm meine Jacke über das Gesicht werfe oder ihm Sand in die Augen schmeiße. Und zweitens könnte ich das vorgesetzte Bein meines Gegners verwunden.“

„Wozu?“

„Ich versuche, ihm so viele Wunden wie nur möglich zuzufügen, denn Blut ist gleich Kraft."

„Sehr gut. Und jetzt noch eine dritte Möglichkeit. Manchmal ist es weise, den Gegner einen Treffer landen zu lassen, um zu sehen, was er draufhat oder um ihn glauben zu lassen, man wäre schwach", fuhr er fort. „Dann wird er übermütig, vor allem wenn es sich um so ein kleines Mädchen wie dich handelt."

Sie nickte.

„Oder du gibst vor, verletzt zu sein. Ziehst ein Bein nach, um einen Jäger in falscher Sicherheit zu wiegen. Du gibst ein bisschen und erhältst dafür eine Menge."

Sie erstarrte. In ihrem Kopf wirbelte alles durcheinander. „Oh mein Gott, das ist es!"

„Was ist was?"

„Mein Code! Wie ich zwischen Freund und Feind unterscheiden kann. Ein bisschen geben! In der Quantenkryptografie sind in einem Dialog zwischen zwei Parteien weder Messungen noch Wahrnehmung möglich, ohne das System zu stören, womit sich der Außenseiter verrät …"

„Äh, ja?"

„Wenn du weißt, dass der Hacker da ist, lässt du ihn einfach rein! Du lässt zu, dass er sich Informationen verschafft! Das macht ihn noch aggressiver, und dann kommt er dir mit BFC und dann legst du sie alle still. Es ist gar nicht nötig, einen unknackbaren Code zu haben. Du musst nur deine eigenen Daten infizieren, und zwar so, dass sie nicht überleben können, sobald sie die Umgebung deines Systems verlassen haben. In so einem Fall löschen sie sich selbst, zusammen mit allem, was sie umgibt."

„Geh schon!", befahl er. „Hör auf zu quatschen und sieh zu, dass du das alles schön in deinen Computer eintippst."

Laut Lachend rannte sie los, um sich ihren Laptop zu schnappen.

„Aber denk dran“, rief er ihr hinterher. „Offensichtlich hilft Sex auch bei Mathe, ergo …“

Später an diesem Abend lagen sie eng aneinandergekuschelt in ihrem schmalen Bett. Sie strich mit ihren Fingern über seine Brust und sagte: „Du scheinst es ja gar nicht mehr eilig zu haben, zu Groot zu gelangen.“

„Ich habe mich um deinetwillen so beeilt. Uns bleiben noch einige Tage vor dem nächsten Vollmond und dem Ablauf der Frist. Und wir brauchen nur einen Tag, um dorthin zu kommen, wenn wir durchfahren. Da du jetzt eine Walküre bleiben willst, haben wir Zeit.“

„Dann rede mit mir. Erzähl mir mehr über dich selbst, zum Beispiel, warum bildest du dir ein, dass du die Schuld am Verlust der Krone deines Bruders trägst?“

Es gefiel ihm, wie sie es ausgedrückt hatte. So als ob *sie* nicht daran glaubte. „Von mir wurde erwartet, mich nach Tornin zu begeben, dem Regierungssitz von Rothkalina, um meinen Bruder als Staatsoberhaupt zu vertreten, bis er von dem Krieg gegen die Vampirhorde zurückkehrte. Das hab ich nicht getan. Ich war vollkommen zufrieden mit meiner Pflegefamilie, und sie brauchten mich.“

„*Das* ist der Grund, warum sie dir die Schuld geben?“, fragte sie ungläubig.

„Omort sah das als Zeichen der Schwäche und griff an.“ Cade hatte versucht, sich seine Schuldgefühle auszureden, hatte sich daran erinnert, dass tausend Faktoren bei dem ganzen Geschehen eine Rolle gespielt hatten. Doch im Laufe der langen Jahre seines Lebens hatte er immer wieder Beispiele dafür gesehen, wie Katastrophen durch die unbedeutendste Handlung oder Entscheidung verursacht wurden.

„Warte mal, hast du Pflegefamilie gesagt? Hattest du Pflegebrüder und -schwestern?"

„Die hatte ich." Er schluckte. „Aber sie wurden alle von Omorts Armee ermordet."

„Oh Gott, Cadeon, das tut mir ja so leid."

„Unser Hof wurde von Wiedergängern angegriffen."

„Von denen hab ich gelesen. Ein Hexenmeister reanimiert eine Leiche, holt sie von den Toten zurück, stimmt's?"

Er nickte. „Da diese Kreatur bereits tot ist, kann man sie nicht umbringen."

„Wie bekämpft man sie dann?"

„Man kann sie nur zerstören, indem man den Hexenmeister tötet. Was ein weiteres Problem ist, da Omort weder durch Köpfen noch durch übernatürliche Hitze getötet werden kann."

„Gibst du dir auch die Schuld für den Tod deiner Pflegefamilie?"

Er nickte mit grimmiger Miene.

Ihr Augen waren von Trauer erfüllt, als sie sagte: „Du trägst diese ganze Schuld seit neunhundert Jahren mit dir herum? Was ist denn mit dem Sprichwort – die Zeit heilt alle Wunden."

Er sah ihr in die Augen. „Das ist eine Lüge."

„Ich will kämpfen", verkündete er Rök, nachdem Holly eingeschlafen war. „Bereite alles vor."

„Bist du sicher? Denk nur mal dran, auf wie viele Arten so ein Angriff schiefgehen kann. Du würdest das Leben deines Bruders und die Freiheit eures Königreichs für eine Frau aufs Spiel setzen."

„Nicht irgendeine Frau. *Meine* Frau." Heute war ihm eines klar geworden: Wenn Holly etwas zustieß, solange sie unter seinem Schutz stand, dann hätte er noch einmal dasselbe getan, wofür er sich schon tausendmal die Schuld gegeben hatte – dann hätte er seine Familie im Stich gelassen.

„Gib mir noch eine Nacht“, sagte Rök. „Wir können innerhalb von vierzehn Stunden zu deinen Koordinaten gelangen, wenn's sein muss.“

Suchen wir weiter nach der Sterblichen oder gehen wir direkt zur Attacke über, fragte sich Cade. „Nein, uns bleibt keine Zeit mehr“, sagte er schließlich. „Das Risiko wäre zu groß. Wir ziehen in den Krieg.“

Nach dem Gespräch legte sich Cade wieder zu Holly ins Bett und blickte auf die friedlich Schlafende hinab.

Was ging nur in ihrem unglaublichen Gehirn vor, während sie sich vertrauensvoll an ihn schmiegte? Ob sie wohl von Kriegercodes und Formeln träumte?

Oder möglicherweise von ihm?

Holly schlief tief und fest, in der Gewissheit, dass er für ihre Sicherheit sorgen würde. Er strich ihr mit der Rückseite seiner Klauen über den Arm und murmelte: *„Ich werde um dich kämpfen.“*

40

„Was zum Teufel meinst du damit, ihr könnt nicht hier heraufkommen?", brüllte Cadeon ins Telefon. Die Frist lief morgen ab. „Ihr seid Söldner, verfluchte Scheiße, und ich bin bereit, in den Krieg zu ziehen."

„Die Eisstraße ist total zugeschneit." Rök musste gegen den stürmischen Wind anschreien, der dort wehte. „Und das ist der einzige Weg von hier nach da."

„Und wenn ihr erst nach Westen fahrt und dann nordwärts?" Cade lief im Schnee zwischen den Kiefern auf und ab.

„Das könnten wir, aber dann kommen wir auf keinen Fall noch rechtzeitig."

„Dann transloziert euch ..."

„Wir können uns nur so weit translozieren, wie wir sehen können, und das ist im Moment ungefähr ein halber Meter", sagte Rök. Cade hörte eine Tür zuschlagen und gleich darauf nahm der Lärm im Hintergrund ab. „Die Schneewehen haben die Sicht praktisch auf null reduziert. Und nach einem Hubschrauber hab ich mich auch schon erkundigt. Es würde einen Tag dauern, bis er hier bei uns wäre."

Cade boxte den nächststehenden Baum.

„Tut mir sehr leid, mein Freund, aber du bist auf dich allein gestellt. Du musst deine Frau zu Groot bringen, um dieses Schwert zu bekommen. Dir bleibt keine Wahl."

Und ob mir eine Wahl bleibt. Scheiß auf meine edle Herkunft. Scheiß auf Selbstlosigkeit. *Das ist nicht mein Leben.* Er würde ihm den Rücken zukehren, so wie schon früher. *Ich werde mit ihr durchbrennen.*

Cade würde einen anderen Weg finden, um Rydstrom aus Sabines Gefangenschaft zu befreien. Und dann würde sein Bruder endlich lernen müssen, ohne seine Krone zu leben.

„Ich sag ja nicht, dass du ihm Holly tatsächlich überlassen sollst", meinte Rök.

„Wenn ich sie auch nur in Groots Nähe bringe, setze ich ihr Leben aufs Spiel. Ich kann sie einfach nicht dieser Gefahr aussetzen. Ich werde …"

„Hör mal, ich wollte dir das eigentlich gar nicht sagen, aber es steht weitaus mehr auf dem Spiel, als du denkst. Die Nachricht von Rydstroms Verschwinden und deiner Suche hat sich verbreitet. Die Dämonen in eurem Königreich erwarten Resultate. Cade, sie sind bereit, erneut in den Krieg zu ziehen."

„Was meinst du damit?" Ihr Volk war so grausam behandelt worden, dass ihnen der Mut und die Kraft für Revolutionen immer gefehlt hatte.

„Wenn du dir dieses Schwert verschaffen kannst, werden sie es als Zeichen dafür werten, dass eine Revolte möglich ist. Das Schwert ist inzwischen zum Symbol geworden, einem Symbol der Hoffnung und neuer Zuversicht. Sie wollen sehen, dass selbst wenn die eine Hälfte der Woede-Brüder außer Gefecht gesetzt ist, die andere Hälfte auch allein mit allem fertig wird."

Als ob nicht schon genug Druck auf mir lastet …

„Und ich muss dir noch was sagen. Es werden inzwischen jede Menge Wetten darüber abgeschlossen, ob das schwarze Schaf es schafft oder nicht. Also, hier wäre mein Vorschlag: Du wirst Groot davon überzeugen müssen, dass du nur gekommen bist, um deine Ware abzuliefern, die Bezahlung dafür zu kassieren und dass du danach sofort wieder abhauen willst, sonst wird er dir das Schwert mit Gewissheit nicht überlassen. Also, überzeuge ihn und schlag ihn dann mit seiner eigenen Waffe."

„Hast du eine Ahnung, was bei diesem Plan alles schiefgehen kann?"

„Na gut, sagen wir mal, er wird misstrauisch und lässt dich von seinen Wachen hinausbegleiten", sagte Rök. „Du bist jetzt in der Lage, jederzeit den Dämonenzustand zu erreichen, um deine Frau zu beschützen. In diesem Zustand könntest du es mit einer ganzen Armee aufnehmen. Und dann schaffst du es auch, sie da rauszuholen."

Ich tu so, als ob ich nur meinen Teil der Abmachung erfülle, hol mir das Schwert, töte Groot – das klingt so einfach. „Und wenn auch nur die kleinste Kleinigkeit danebengeht, muss Holly dafür bezahlen." Cade fuhr sich mit der Hand übers Gesicht. „Würdest du so was tun, wenn du in meiner Lage wärst?"

„Das kannst du mich nicht fragen. Ich kapier ja gar nicht, was du für sie empfindest, dass du auch nur einen Gedanken daran verschwendest, ihretwegen ein ganzes Königreich zu riskieren. Geschweige denn das Leben deines Bruders."

Cade war dazu geboren, sie zu beschützen, und dennoch zog er es jetzt in Erwägung, sie einem Risiko auszusetzen. Was er vorhatte, war der ultimative Verrat.

Um Groot davon zu überzeugen, dass dies nur eine geschäftliche Transaktion unter vielen war, würde Cade sich wie ein gewissenloser Söldner aufführen müssen. Einer, der eine naive junge Frau übers Ohr gehauen hatte. Was in vielerlei Hinsicht ja auch der Wahrheit entsprach.

„Seit eurem Exil bist du nicht mehr in Rothkalina gewesen, aber ich schon", fügte Rök hinzu. „Es sieht dort nicht gut aus. Viele Leute zählen auf dich."

Cade schluckte. *Jetzt endlich, nach all diesen Jahren, habe ich die Gelegenheit, für meine Taten zu büßen, endlich etwas wiedergutzumachen.*

„Auch Rydstrom zählt auf dich. In diesem Augenblick betet dein Bruder irgendwo dafür, dass du Erfolg hast. Auch wenn er sicher ist, dass du es nicht schaffen wirst."

Ungewollt stieg eine Erinnerung in Cades Gedanken hoch, an eine Nacht vor langer Zeit, eine Nacht des Kummers und der Schuld, in der er nie gekannte Schmerzen ertragen musste.

Als Cade die Gräber für seine Pflegefamilie ausgehoben hatte, hatte Rydstrom ihn aufgesucht. Ohne ein Wort hatte er eine Schaufel genommen. Schulter an Schulter hatten sie gemeinsam gearbeitet.

Cade hatte Rydstrom soeben um seinen Thron gebracht, und trotzdem hatte sein Bruder ihm schweigend geholfen, das Schlimmste durchzustehen, was Cade je zu tun hatte …

Als Cadeon in die Hütte zurückkehrte, legte er sich hinter Holly und hüllte sie mit seinem warmen, nackten Körper ein.

Er zog sie eng an sich, wie er es immer tat. Draußen heulte der Wind aus der Arktis und peitschte über das Blockhaus hinweg, aber sie fühlte sich sicher, beschützt von ihrem großen Dämon.

Sie konnte sich nicht vorstellen, jemals wieder eine Nacht ohne ihn zu verbringen. Bevor sie einschlief, war ihr letzter Gedanke: *Ich habe mich in Cadeon Woede verliebt.*

41

Sie machten sich frühmorgens auf den Weg und sprachen in den ersten Stunden ihrer mühsamen Fahrt Richtung Norden kaum.

„Was ist los?“, fragte Cade sie schließlich. „Du bist so still.“ Er fragte sich, ob sie wohl Verdacht geschöpft hatte. Sie war ihm gegenüber früher schon misstrauisch gewesen. Doch sein Gefühl sagte ihm, dass sie sich mit Herz und Seele auf ihn eingelassen und beschlossen hatte, ihm vollkommen zu vertrauen.

Was die ganze Sache umso niederschmetternder für sie machen würde.

„Ich bin nur traurig, dass wir fortmüssen“, sagte sie. „Vielleicht können wir uns auf dem Nachhauseweg ja noch einmal eine Woche hier verkriechen? Du könntest mir das Eisfischen beibringen.“

Er sah sie nicht an, als er antwortete. „Ja, das machen wir vielleicht. Hat Nïx dir eigentlich gesagt, wie du sie im Notfall erreichen kannst?“

„Nein, wieso?“

„Ich hätte nichts gegen einen kleinen Ratschlag der alten Besserwisserin einzuwenden.“ Er hatte das Gefühl, sein Bauch wäre voller schwerer Steine, während er sich fragte, ob er wohl das Richtige tat. Gab es überhaupt eine richtige Entscheidung? Egal was er machte, er würde immer jemanden im Stich lassen, der sich auf ihn verließ. Es fühlte sich falsch an, Holly zu hintergehen und zu verletzen, aber er konnte auch nicht die Freiheit seines Bruders aufs Spiel setzen oder die Bedürfnisse eines ganzen Königreichs ignorieren.

Er sah Hollys enttäuschten Gesichtsausdruck schon vor sich, wenn sie von seinem Verrat erfuhr. Ob er überhaupt fähig war, die Fassade der Gleichgültigkeit aufrechtzuerhalten, nachdem er sie doch mehr begehrte als alles andere im Leben?

Zunächst waren sie noch einer Art Straße gefolgt, doch inzwischen war der Weg nicht mehr als eine primitive Piste und das Gelände wurde immer bergiger. Alle paar Meilen musste Cade aussteigen, um einen Baumstamm aus dem Weg zu räumen.

Er hatte diesen letzten Abschnitt ihrer Reise so lange hinausgezögert, dass schon das kleinste Missgeschick seinen Plan zunichtemachen konnte. Ein Teil von ihm wünschte sich, dass sie die Frist versäumen würden, hoffte auf irgendetwas, das ihn davon abhalten würde, Holly an Groot auszuliefern, das ihm die ganze Angelegenheit aus der Hand nehmen würde, damit es – so oder so – nicht länger seine Entscheidung war.

Doch dann fiel Cade wieder sein Bruder ein, und seine Schuldgefühle überwältigten ihn von Neuem.

Holly wurde munter. Nachdem sie sich stundenlang mühsam mit Allradantrieb immer tiefer in die Berge vorgearbeitet hatten, wurde der Weg endlich wieder besser.

Als er dann irgendwann sogar einer Straße ähnelte, öffnete sich der dichte Kiefernwald und gab den Blick auf ein kleines Tal frei.

Es war erst kurz vor zwei, was bedeutete, dass die Sonne noch nicht untergegangen war, darum waren sie in der Lage, die spektakuläre Aussicht zu genießen. Ein reißender Fluss schlängelte sich durch das Tal. Über ihnen lag eine Schicht wild durcheinanderwirbelnden Nebels, als ob über allem eine Decke aus hauchzarten Spinnweben hinge.

Cadeon beugte sich nach vorne. „Hier sollte eigentlich alles kahl und öde aussehen, und der Fluss müsste gefroren sein."

Stattdessen besaßen Birken und Espen immer noch ihr Laub, und es war nicht eine einzige Schneeflocke zu sehen.

„Vielleicht hat das Tal sein eigenes Mikroklima? Ich habe mal gelesen, dass heiße Quellen ihre Umgebung schnee- und eisfrei halten können."

„Ja, daran wird's wohl liegen", sagte er, aber er hörte ihr gar nicht richtig zu.

Sie folgten der Straße, die parallel zum Fluss verlief.

„Sieh mal, eine kleine Stadt", sagte Holly. Dann runzelte sie die Stirn. „Eine *Geister*stadt." Und diesen Begriff nahm sie inzwischen nicht mehr leichtfertig in den Mund.

„Das ist ein altes Bergarbeiterdorf. Früher wurde hier Kohle abgebaut, ich hab vorhin den Eingang zum Schacht gesehen. Groot muss sich hier niedergelassen haben, weil es genug Brennmaterial für seine Schmiede gibt."

Sie passierten ein erstaunlich gut erhaltenes Schild, auf dem stand: *Prosperity, NWT, gegr. 1902, Bev. 333.*

Am Flussufer standen vierzig, fünfzig verlassene Gebäude, die sämtlich aus dem frühen zwanzigsten Jahrhundert zu stammen schienen. Dächer und Fassaden bestanden aus Holzschindeln. Sie wirkten sehr karg, erbaut im schmucklosen, fast gruseligen Stil der Quäker.

Obwohl nirgends Schnee lag, bedeckte eine kristallklare Eisschicht alles wie eine Glasur.

„Hier sieht es im wahrsten Sinne des Wortes aus, als ob die Zeit stehen geblieben wäre. Warum sind die Einwohner fortgezogen? War die Mine pleite?"

„Sie sind nicht fortgezogen", sagte er ruhig und bog auf die Hauptstraße ein.

Da erst bemerkte sie, dass die Türen weit offen standen oder schief in den Angeln hingen. Sie erblickte ein antik wirkendes

Fahrrad, das mitten auf der Straße lag, als ob jemand es in seiner Panik hingeworfen hätte.

„Cadeon, was hat das zu bedeuten?“

„Wendigos. Sie haben das Dorf angegriffen. Wie ich hörte, wimmelt es in diesen Bergen nur so von ihnen. Sie bilden eine Art natürliche Grenze für Groot.“

„Ich habe von ihnen gelesen. Wendigos waren früher Menschen, die dann zu Kannibalen wurden. Sie ernähren sich von Leichen. Sie essen sogar … lebende Menschen.“

Er nickte. „Sie sind mit den Ghulen verwandt, werden von einem niemals endenden Heißhunger auf Menschenfleisch angetrieben und sind hoch ansteckend, und das gilt selbst für andere Unsterbliche. Es reicht schon ein Biss oder ein Kratzer.“

„Wie?“

„Ein Toxin, das von Klauen und Fängen abgesondert wird.“

„Wie lange dauert die Wandlung?“

„Drei bis vier Tage“, erwiderte er. „Lange genug, dass das Opfer merkt, was geschieht, sich damit abfindet und entscheidet, was zu tun ist.“

„Was? Was ist denn zu tun?“

Statt einer Antwort deutete Cade auf eine hochgewachsene Birke am Straßenrand, von deren Ästen verwitterte Schlingen hingen.

„Sind die Wendigos nach all dieser Zeit denn immer noch hier?“

„Vermutlich schon. Sie können sich zur Not auch von Tieren ernähren.“

Sie näherten sich der Kirche.

„Ist es das, was ich denke, da auf der Kapelle?“

Das Gebäude wirkte unheimlicherweise immer noch makellos, zumindest von der Seite. Doch die Fassade war bis zu einer Höhe von wenigstens fünf Metern mit rötlichen Farbspritzern bedeckt.

Er nickte. „Es ist Blut.“

„Oh Gott …“

„Die Dorfbewohner, die noch am Leben und nicht infiziert waren, haben sich vermutlich in der Kirche verbarrikadiert. Die Fenster sind von innen mit Brettern vernagelt.“

Die Eingangstüren hingen schief in den Angeln. Dahinter konnte Holly aufeinandergestapelte Kirchenbänke erkennen. Sie konnte sich die Szene nur allzu deutlich ausmalen. Sobald die vordere Blockade durchbrochen worden war, saßen die Menschen in der Kirche in der Falle, hinter ihren eigenen Verteidigungsmaßnahmen. Die Wendigos hatten die schreienden Dorfbewohner vermutlich hinausgeschleppt und sie der wartenden Meute vorgeworfen …

„Cadeon, auch wenn ich nicht mehr zum Menschen werden will, bin ich dir dankbar, dass du mich hergebracht hast.“

„Wie das?“, fragte er in scharfem Ton.

„Für den Fall, dass du mich zur Rückendeckung brauchst“, sagte sie. Sie runzelte die Stirn, als sie sah, wie sich seine Hände um den Lenker verkrampften.

Doch als sie fragen wollte, was denn los wäre, sagte er: „Da ist Groots Festung.“

Als der Nebel sich lichtete, erhaschte sie einen Blick auf einen wunderbaren Wasserfall, der über einhundert Meter hoch sein musste. Gleich darüber stand eine Burg, die am Rande des Wasserfalls errichtet worden war.

Fünf Türme vereinigten sich zu einem zentralen Wohnturm über dem Wasser. Darüber erhob sich ein riesiger Kamin aus Stein, der grauen Rauch ausstieß. Selbst aus dieser Entfernung war die gewaltige Schmiede zu sehen.

„Darum ist der Fluss nicht gefroren und darum der ganze Nebel“, sagte er. „Das Wasser wird aufgeheizt …“

„Cadeon!“ Sie schluckte. „Ich glaube, ich habe gerade etwas über diese Seitenstraße laufen sehen.“

42

Cade hatte sie ebenfalls gesichtet. Wendigos jagten in Rudeln – und sie pirschten sich gerade an sie heran.

„Verfolgen sie uns immer noch?", fragte sie und blickte sich wild um.

„Jep."

Die Straße führte weiterhin die Böschung hinauf, sodass sie immer höher und immer näher an die Festung heranfuhren. Er schaltete die Scheibenwischer ein, als der Nebel, der vom Wasserfall ausging, so dicht wie Regen wurde. Schließlich ließen sie auch ihn unter sich zurück.

Die Sonne war am Horizont verschwunden, und der Mond begann aufzugehen, als sie einen Begrenzungszaun erreichten. Metallene Zacken waren nach außen gerichtet, wie bei einem altmodischen Bollwerk, doch Cade konnte sehen, dass sie mit Zahnrädern verbunden waren. Er vermutete, dass sie sich im Falle eines Angriffs bewegen würden.

Das Vordertor ragte hoch vor ihnen auf und wirkte extrem kompliziert. Ein Teil ließ sich auf einer Schiene zur Seite rollen, und ein anderer konnte hochgezogen und heruntergelassen werden. Als der Truck genau vor dem Tor stehen blieb, bewegten sich die beiden Komponenten gerade weit genug auseinander, dass er hindurchfahren konnte, um sich wenige Zentimeter hinter seiner Stoßstange wieder zu schließen.

Sie waren drin. *Nur noch ein paar Minuten, bis es losgeht.*

„Die Wendigos haben keine Chance an diesem Tor vorbeizukommen. Du kannst dich jetzt wieder entspannen", sagte er, während er innerlich zusammenzuckte.

Dieser Abschnitt ihrer Fahrt schien Cade endlos zu sein. Seine Hände auf dem Lenkrad waren schweißnass, und er wäre am liebsten umgekehrt.

Aber das tat er nicht, sondern er parkte stattdessen vor zwei riesigen Eingangstüren aus Eisen, die ein paar Stockwerke hoch zu sein schienen und zu beiden Seiten von brennenden Fackeln in Mannsgröße beschienen wurden.

Als Cade sich seinen Schwertgurt schnappte, um ihn sich über die Schulter zu schnallen, hob sie die Augenbrauen. „Nur für den Fall, dass wir vielleicht überstürzt abreisen müssen."

Der Krach vom Wasserfall war ohrenbetäubend, als sie aus dem Truck stiegen. Die gigantischen Türen öffneten sich augenblicklich unter lautem Dröhnen vor ihnen, als ob sie einen eigenen Willen hätten.

„Bist du bereit?", fragte er mit lauter Stimme, um den Krach zu übertönen.

„Ich bin bereit, dem Ganzen endlich ein Ende zu setzen!"

Als Holly und er den leeren Hof betraten, fanden sie niemanden vor, der sie in Empfang genommen hätte. Die Türen schlossen sich gleich wieder hinter ihnen, während sich eine weitere Tür auf der anderen Seite des Burghofs auftat. Sie hatten keine andere Wahl, als dem einzigen Weg zu folgen, der sie immer tiefer ins Herz der Festung führte. Ihre Schritte auf dem Steinfußboden hallten laut von den Wänden wider.

So sehr der Dämon Groot auch verabscheute, der Krieger in Cade war gegen seinen Willen von der Konstruktion der Burg tief beeindruckt. Die Anlage war ein Meisterstück auf dem Gebiet defensiver Baukunst.

Es gab fünf Burghöfe in Gestalt eines X, die sämtlich durch enge

Gänge mit dem größten Turm in der Mitte verbunden waren. Nur einer dieser Höfe lag an Land, die anderen vier waren entweder auf künstlichen Pfeilern oder auf natürlichen Felsflächen im Wasser errichtet worden.

Im Falle eines Angriffs konnte Groot einfach den Gang zerstören, der vom Land aus zu den anderen Türmen über dem Wasser führte, und wäre unerreichbar.

Selbst wenn ein Feind den Entschluss fasste, sich über das Wasser zu nähern, wären zwei der Türme unangreifbar, da sie direkt über dem Rand des Wasserfalls lagen. Die reißende Strömung ließ keinerlei Annäherung zu.

Auch ein Luftangriff würde nicht funktionieren. Aus der Schmiede stieg derart dicker Rauch auf, dass die Festung von oben vollkommen uneinsehbar war.

Als sie die gegenüberliegende Tür passierten, gelangten sie auf einen Weg, der über das Wasser zur Schmiede führte. Cade warf einen Blick über die Steinbalustrade. Unter ihnen stürzte das schlammige Wasser über einhundert Meter in die Tiefe, wobei es mächtige Strudel und Wirbel und Unmengen hochsprühenden Schaum bildete. Der Lärm war so gewaltig, dass er schon hätte schreien müssen, um gehört zu werden.

Die Schmiede im Hauptturm besaß große, offen stehende Tore, ähnlich denen einer Lagerhalle. Überall lagen die Werkzeuge eines Schmieds herum: Schmiedezangen, Greifzangen und ein Amboss, so groß wie ein Auto. In der riesigen Esse loderte ein gewaltiges Feuer. Gleich dahinter befand sich eine mit Zinnen bewehrte Brüstungsmauer.

Sie betraten jetzt eine lang gezogene, spärlich erleuchtete Halle innerhalb des Hauptturms. Überall entlang den Wänden sah er weiß leuchtende Augen, wie kleine, von einem milchigen Film überzogene Stiftlampen. Es roch nach Fäulnis.

„Was ist das?", flüsterte Holly.

„Wiedergänger", erwiderte er mit heiserer Stimme. Imatra hatte ihn ja gewarnt. Seine Kiefer mahlten aufeinander. Sie hatte lediglich vergessen zu erwähnen, dass es Hunderte waren.

„Ich dachte, nur *böse* Hexenmeister erwecken die Toten wieder zum Leben", sagte Holly.

„Das gehört zum Standardrepertoire eines Hexers", entgegnete Cade. „Das machen sie alle."

Die Haut der Wiedergänger war faulig. Ihre Körper befanden sich in verschiedenen Stadien der Verwesung, und jedem Einzelnen war ein widerlicher Metallnagel in die Schläfe getrieben.

„Was sind das denn für Nägel?"

„Weiß ich nicht", murmelte Cade. „So was hab ich auch noch nie gesehen."

Nachdem sich noch einige Türen geöffnet und geschlossen hatten, gelangten sie schließlich in ein Arbeitszimmer mit dicken Teppichen, prächtiger Holzvertäfelung und einem einladenden Feuer. Der anheimelnde Raum sah aus, als fehlte bloß noch ein Engländer mit Pfeife, der laut aus einem Klassiker vorlas.

Trotzdem sagte sie: „Dieser Ort gefällt mir ganz und gar nicht."

„Mir auch nicht, Kleines."

Minuten später spazierte ein hoch aufragender, muskulöser Mann herein, dem sechs Wiedergänger folgten.

„Groot?", fragte Cadeon ungläubig.

Sie konnte seine Fassungslosigkeit verstehen. Holly hatte sich Groot als zerbrechlichen, weißhaarigen Zauberer vorgestellt, geradewegs aus *Der Herr der Ringe*.

Stattdessen war er ein Hüne, dessen gewaltige Muskeln sich unter seiner altmodischen Hose und dem Kittel abzeichneten. Seinen Körperbau hatte er vermutlich der Arbeit als Schmied zu verdanken. Seine Haut war fahl und bleich, als hätte sie seit Jahren kein Licht, sondern nur mehr den Schein des Feuers zu sehen bekommen.

„Und du bist der berühmt-berüchtigte Cadeon der Königsmacher", sagte der Hexenmeister. Dann huschten seine tief liegenden blassen Augen zu ihr. „Willkommen in meinem Heim, Holly. Ich bin Groot der Metallurge."

Sein Auftreten wirkte ziemlich salbungsvoll, und er musterte sie aufmerksam, sogar … *süffisant*? Unwillkürlich trat sie einen Schritt näher an Cadeon heran.

Dieser ganze Ort war falsch, zerrte an den Nerven. Sie wusste tief in ihrem Herzen, dass dieser Mann böse war.

„Du hast das Schwert?", fragte Cadeon.

„Ich habe es."

„Und es wird Omort töten?"

„Ich gelobe es beim Mythos und wünsche dir viel Erfolg damit. Möge dir gelingen, was du dir vorgenommen hast." Seine affektierte Art zu reden wirkte bei einem so vierschrötigen Mann völlig fehl am Platz. „Ich würde dieses Gelände ab und zu gerne mal verlassen. Sagen wir, einmal alle hundert Jahre." Groot lächelte in ihre Richtung. „Um meine neue Braut auszuführen."

Warum sieht er dabei denn mich an?

„Cadeon …?", murmelte sie. Als er nicht antwortete, blickte sie ihm in die Augen.

Und sie sah einen Mann, der ihr völlig unbekannt war.

Er wirkte nicht einfach nur großspurig wie früher, nein, er wirkte *grausam*.

„Was soll das?", fragte sie. Vor Angst krampfte sich in ihrem Bauch alles zusammen.

„Es ist ein Geschäft. Ich brauche dieses Schwert und Groot braucht ein Gefäß."

Ihr Mund öffnete sich. „Ein Gefäß“, wiederholte sie dumpf. *Das alles passiert gar nicht wirklich. Das kann nicht sein.*

„Hast du sie essen lassen?“, fragte Groot.

„Drei Mahlzeiten am Tag“, erwiderte Cadeon.

Sie erinnerte sich an all die Male, wenn Cadeon sie gedrängt hatte zu essen. Jetzt wusste sie, warum.

Um sicherzustellen, dass ich schön fruchtbar bin für den bösen Hexenmeister.

Sie schien keine Luft mehr zu bekommen. „Meine Wandlung zur Walküre ist gar nicht umkehrbar?“

„Nein. Ich musste nur dafür sorgen, dass du kooperierst, damit ich dich problemlos zu meinem Auftraggeber hier bringen konnte.“

Oh Gott … oh Gott. *Atme.* „Ich war also nur ein Teil einer … geschäftlichen Transaktion?“

„Jep, das siehst du richtig.“

Jetzt meldete sich Groot zu Wort. „Dein Beschützer hat dich verkauft. Für eine Waffe.“ Er schnipste mit knotigen Fingern, und diese widerwärtigen, verfaulenden Soldaten packten sie bei den Armen. „Bringt sie in meine Gemächer.“

„Cadeon?“ Sie zerrten sie aus dem Zimmer. „Das kann nicht dein Ernst sein!“, schrie sie über die Schulter hinweg zurück.

Cade biss die Zähne zusammen und kämpfte mit jedem bisschen Willenskraft, das er besaß, dagegen an, zu ihr zu gehen. Als er spürte, dass Groot ihn musterte, zwang er sich, mit den Schultern zu zucken. „Vertraue niemals einem Dämon, Liebes …“

Vorhin hatte er sich noch gefragt, ob sie wohl einen Verdacht hegte. Als er jetzt ihren Gesichtsausdruck sah, wusste er es. *Sie hat wirklich an mich geglaubt.* Sie hatte ihm vollkommen vertraut.

Sie begann, sich gegen die Wiedergänger zu wehren, und wirkte schockiert, als sie deren Griff nicht abschütteln konnte. Als Tränen in ihre Augen stiegen, fühlte er einen Schmerz, als ob ihm jemand ein Messer durchs Herz gejagt hätte.

Beherrsch dich, nur noch fünf Minuten lang. Solange der Hexenmeister in Cadeons Nähe war, konnte er Holly nicht wehtun.

Groot wird mir das Schwert geben, ich bring ihn um und dann komme ich dich holen. Wir werden das gemeinsam durchstehen …

Die Tür schloss sich hinter ihr. Cade zwang sich dazu, ein- und auszuatmen.

„Sie ist exquisit", sagte Groot mit einem Seufzen. „Das wird den Prozess sehr viel erfreulicher gestalten."

Cade hatte sich noch nie im Leben so sehr gewünscht, jemanden zu töten. Dieser kranke Scheißkerl dachte, er könnte Cades Frau besitzen, stellte es sich bereits vor.

Zudem war Groot der Bruder der Zauberin, die Rydstrom in ihrer Gewalt hatte. In diesem Augenblick fasste Cade den Entschluss, jedes einzelne Mitglied dieser Familie mit dem Schwert, das Groot ihm gleich übergeben würde, umzubringen.

„Die Wiedergänger scheinen stärker als früher zu sein", sagte Cade in täuschend beiläufigem Tonfall.

„Der Metallnagel. Damit ist es mir möglich, ihre Kraft um ein Hundertfaches anwachsen zu lassen und ihre Handlungen noch genauer zu kontrollieren. Sie sind wirklich sehr praktisch. Sie sind sogar stärker als, sagen wir mal – ein Wutdämon."

Holly mochte keinerlei Verdacht gegen Cade gehegt haben, doch Groot tat es ganz gewiss.

„Ich bin nicht hier, um Ärger zu machen. Ich will nur das Schwert, dann bin ich sofort wieder weg."

„Nun gut. Ich habe es hier", sagte Groot und ging zu einem Waffenkabinett hinüber. Sobald er das Schwert an sich genommen hatte, zog er es aus der Scheide.

Die Waffe war unglaublich schön anzusehen, wie sie im Licht schimmerte.

Groot ging einen Schritt in den Raum hinein in Cades Richtung, doch dann zögerte er. „Nun, wenn es dir nichts ausmacht, bleibe ich lieber auf Abstand.“ Er bewegte den Arm, so als wollte er Cade das Schwert zuwerfen. Sobald der Dämon die Hand erhob, um es aufzufangen, setzte Groot sein Vorhaben in die Tat um.

Als Cade den Griff auffing, spürte er einen winzigen Stich in der Handfläche. Er nahm die Waffe in die andere Hand und warf einen Blick in seine Handfläche, in deren Haut sich ein winziger Silberdorn eingegraben hatte. Er zog ihn heraus und ein Tropfen Blut quoll hervor.

„Was zum Teufel soll das, Groot?“ Aber er wusste es …

„Entspann dich, Dämon. Das ist nur ein harmloses Toxin, das dich einschlafen lässt. Deine Spezies reagiert überaus empfindlich darauf. Du wirst ein paar Hundert Meilen von hier unverletzt aufwachen, ohne jede Erinnerung daran, wie man diesen Ort finden kann.“

Blinde Panik … Wut … Cade griff den Hexenmeister laut brüllend an. „Du gottverdammter Bastard! Ich werde dir dein Herz …“

Und dann wurde es schwarz um ihn herum.

43

Während die Wachen sie auf einen anderen Turm zuführten, war Holly vor Schock wie betäubt. Sie nahm all ihre Willenskraft zusammen, um nicht auf der Stelle in Tränen auszubrechen. Denn wenn sie erst einmal anfing zu weinen, würde sie vermutlich nie wieder damit aufhören können.

Cadeon hatte sie hintergangen. Er hatte sie in diese Falle gelockt und ihr vorgemacht, ihre Wandlung wäre umkehrbar. Und er hatte dafür gesorgt, dass sie für einen anderen Mann fruchtbar blieb.

Holly hatte ihn geliebt, doch er hatte nur vorgetäuscht, sie zu lieben, um sie hierherzuschaffen. Ob ihm wohl je wirklich etwas an ihr gelegen hatte?

Als die Wachen sie in ein Schlafzimmer zerrten, wehrte sie sich nach Kräften, aber trotz ihrer neu gewonnenen Stärke hatte sie keine Chance. Dann schloss sich die Tür deutlich hörbar hinter ihr.

Das Zimmer wurde von einem riesigen Bett mit Seidenlaken dominiert, eine ekelhafte Erinnerung an das, was dieser Verrückte mit ihr vorhatte.

Wie konnte Cadeon sie nur derart hintergehen ...?

Nein, jetzt reiß dich mal zusammen, Holly! Sie wischte sich mit dem Ärmel über die Augen. Sie musste jetzt erst einmal ihre Umgebung erkunden. Ja, es war falsch gewesen, Cadeon zu vertrauen, aber das bedeutete nicht, dass ihr sein Training nicht in dieser Lage helfen konnte – oder dass sie es nicht bald brauchen würde.

Holly suchte das Zimmer nach einer Fluchtmöglichkeit ab. Abgesehen von den Haupteingangstüren gab es noch zwei weitere

Doppeltüren. Sie rannte zu der einen, etwas schmaleren, und fand sie verschlossen. Dann versuchte sie es bei der nächsten. Ebenfalls verschlossen. Aber sie fühlte sich kälter an. Sie musste nach draußen führen. *Dachte* sie.

Der Grundriss der Burg verwirrte sie, und sie war so entsetzt gewesen, als man sie hierhergeschleppt hatte, dass sie nicht genügend aufgepasst hatte.

Kein Ausweg? Dann würde sie kämpfen. Sie sah sich nach möglichen Waffen um. Ihr Blick landete auf zwei Streitäxten, die über Kreuz hoch über dem Kamin hingen. Gerade als sie zum Sprung ansetzen wollte, um eine der beiden von der Wand zu reißen, trat Groot ein.

Die Tür verschloss sich automatisch hinter ihm. Kein Schlüssel, den sie entwenden könnte. „Du wirkst aufgebracht."

Sie bemühte sich, ihm in gleichmütigem Ton zu antworten. „Darauf war ich einfach nicht vorbereitet." Was für eine Untertreibung.

Er warf ihr einen ungläubigen Blick zu. „Nicht ein bisschen?"

Sie biss die Zähne zusammen. Sie erinnerte sich daran, dass sie dem Dämon anfangs niemals völlig vertraut hatte, dass immer ein nagender Zweifel geblieben war. Aber sie hatte sich dazu gezwungen, ihre dunkle Vorahnung zu ignorieren.

„Nun ja, ich bin sicher, dass er dir jedes nur erdenkliche Versprechen gegeben hat, um dein Vertrauen zu gewinnen. Hat er dir das Märchen erzählt von der Frau, die ihm vom Schicksal zugewiesen worden sei?" Als Holly den Blick abwandte, rief er: „Ach, diese alte Geschichte hat er also versucht!" Er seufzte. „Ich fürchte, du bist auf den ältesten Trick der Mythenwelt hereingefallen."

Moment mal ... Sie sah ihm mit hoch erhobenem Kinn in die Augen. „Es gibt einen Weg festzustellen, ob ich wirklich die Seine bin. Ich hatte Beweise."

„Und wer hat dich über die Art dieser Beweise informiert?"

Oh mein Gott. Ihr Mut verließ sie wieder. Offensichtlich hatte Cadeon auch gelogen, was gewisse Aspekte der Physiologie von Wutdämonen betraf. *Ich bin so ein Idiot!* Wie er hinter ihrem Rücken gelacht haben musste.

„Alles, was er dir erzählt hat, war eine Lüge. Die kommen ihm wesentlich leichter über die Lippen als die Wahrheit."

„Aber Nïx sagte mir ebenfalls, dass ..."

„Nïx? Du hast dieser verrückten Kreatur Glauben geschenkt? Sie spielt mit dem Schicksal. Das amüsiert sie. Ich nehme an, wenn man so lange lebt, amüsiert man sich eben, so gut man kann."

Nïx hatte sie also auch verraten.

„Nun, wir wissen beide, warum du hier bist", sagte Groot. „Wirst du es unerquicklicher machen, als es unbedingt sein muss?"

Denk nach! Spiel mit. Verschaff dir mehr Zeit. „Nein, ich bin es leid, fortzulaufen. Ich bin es satt, dass auf mich geschossen wird. Im Augenblick erscheint mir jeder gut, der mich verborgen und am Leben erhalten kann."

„Genau. Ich werde dich hier beschützen. Du bist ohne Cadeon wesentlich besser dran."

„Und ich bin es satt, hintergangen zu werden. Zumindest weiß ich bei dir von Anfang an, dass man dir nicht trauen kann."

„Kluge Walküre. Also, ich muss mich nur noch eben vergewissern, dass uns der Dämon auch tatsächlich verlässt." Er durchquerte das Zimmer bis zur schmaleren Tür, die sich automatisch öffnete. Er betrat ein kleines Vorzimmer, das so eine Art Hauptschaltraum zu sein schien, mit zwei Reihen von Bildschirmen und Monitoren, diversen Tastaturen und wenigstens vier leise summenden Hauptprozessoren.

Versuch, ihn abzulenken. „Nette Anlage. Du weißt wirklich, wie man das Herz eines Computerfreaks erobert." Sie registrierte, dass sämtliche Bildschirme Bilder zeigten, die von Sicherheitskameras aufgezeichnet wurden. „Aber das ist doch ein bisschen paranoid, oder?“

Er antwortete in amüsiertem Ton: „Es ist nicht einfach, wenn dir der mächtigste Hexenmeister der Welt nach dem Leben trachtet.“

„Warum die ganze Technologie? Warum keine Magie?“

„Ich nutze beides.“ Er zeigte auf die zweite Reihe von Monitoren. „Das äußere Tor wird auf magische Weise beschützt. Nicht einmal ein Panzer würde ihm auch nur einen Kratzer zufügen können. Es kann nur von diesem Bedienungselement aus geöffnet werden.“

Sie betrachtete den Bildschirm mit hochgezogenen Augenbrauen. „Das sind Wendigos.“ Und zwar die, die ihrem Truck gefolgt waren.

Ihre Gesichter waren lang und hager, so als hätte man ihre normalen menschlichen Gesichter wie Knetgummi in die Länge gezogen. Ihre gräuliche Haut war von strähnigen Haarbüscheln bedeckt. Ihre Rücken waren deformiert, und die Körper wirkten ausgezehrt. Einige von ihnen trugen noch Fetzen von Kleidung.

Ihre roten Augen glühten in einem überirdischen Hunger.

„Ja, da am Tor stehen meine kleinen Barbaren. Es sind ausgezeichnete Wächter, die das Tal auf brutalste Art und Weise schützen.“ Seine Stimme klang bewundernd. „Einige von ihnen verfolgen jedes Fahrzeug, das sich zufällig hierher verirrt, auf der Suche nach Frischfleisch. Die meisten halten sich im Dorf auf.“

Frischfleisch. Holly gelang es mit einiger Mühe, ihm keinen empörten Blick zuzuwerfen, obwohl ihre Wut wuchs. Sie konnte nicht aufhören, an die Dorfbewohner zu denken, die in der Kirche in der Falle gesessen hatten. Diese grauenhaften Scheusale waren das Letzte gewesen, was sie auf dieser Welt gesehen hatten …

Dann wurden ihre Gedanken durch ein Bild auf einem der zahlreichen Monitore abgelenkt. „Ist das … ist das die Blockhütte, in der wir gewohnt haben?“

„Oh ja.“

Übergib dich jetzt bloß nicht.

„Du hast uns ausspioniert?“ Noch nie zuvor hatte sie jemanden so schnell und heftig gehasst wie diesen Mistkerl.

„Dachtest du denn, dass es für einen derartig unverfänglichen Checkpoint keinen Grund geben würde? Es sieht so ländlich aus, dass man dort niemals Kameras vermuten würde. Ich hatte sie anbringen lassen, um mich zu vergewissern, dass ihr beide kein Komplott gegen mich schmiedet. Aber davon abgesehen gab es auch noch andere … Vorzüge.“ Er streckte seine knotige Hand nach ihr aus, und sie zwang sich, nicht vor ihm zurückzuschrecken, als er ihr damit über die Wange strich. „Je mehr ich zusah, umso mehr begehrte ich dich.“

Die Erniedrigung und der Ekel, die sie empfand, waren schier überwältigend.

„Ich konnte es kaum erwarten, dass du mir ausgeliefert wurdest, aber der Dämon wollte erst noch seinen Spaß mit dir haben.“

Als es ihr endlich gelungen war, die aufsteigenden Tränen wegzublinzeln, konzentrierte sie sich auf sein Gesicht. „Dann weißt du auch, dass die Möglichkeit besteht, dass der Dämon mich geschwängert hat.“

„Das hatte ich vermutet. Seine Brut ist vermutlich mit ebenso großer Wahrscheinlichkeit böse wie die meine.“

„Ach, wirklich?“

„Er ist in der Mythenwelt als brutaler Mörder bekannt. Allerdings will ich, dass das Kind von *mir* ist. Wenn du tatsächlich schwanger bist, werde ich mich darum kümmern.“

„Darum kümmern …?“ Ihr dämmerte, was er damit meinte. „Warum willst du überhaupt ein Kind haben?“

„Um den Krieger des ultimativen Bösen zu besitzen. Ich möchte ihn formen, gestalten.“

Sie wandte den Blick ab und betrachtete wieder die Bildschirme.

Sie bemühte sich, sich den Grundriss der Burg einzuprägen, einen Fluchtweg zu finden. Sie fühlte sich, als ob sie in einem Videospiel gefangen wäre. Level eins, Perversling besiegen. Level zwei, Armee der Wiedergänger ausschalten. Level drei, Fahrzeug entwenden und den Wendigos aus dem Weg gehen.

Dann lenkte ein anderer Bildschirm ihre Aufmerksamkeit auf sich. Sie kniff die Augen zusammen. „Ist das da ein … weiblicher Wiedergänger? Ich dachte, nur Männer werden von den Toten wiederauferweckt?"

Groot warf ihr ein verstörendes Lächeln zu. „Es ist zuweilen recht einsam hier draußen."

Jetzt reicht's. Sie würgte hinunter, was in ihrer Kehle aufstieg. „Weißt du was? Ich kann das nicht. Keine Ausflüchte mehr. Du bist einfach zu widerlich, als dass ich mich länger verstellen könnte."

Der Dämon, von dem sie geglaubt hatte, er würde sie lieben, hatte sie einem Ungeheuer ausgeliefert, das mit wiederbelebten Leichen schlief.

Tims Verrat schien dagegen geradezu lächerlich zu sein.

„In diesem Fall muss ich darauf bestehen, dass du auf der Stelle mein Willkommensgeschenk annimmst." Er öffnete eine Schublade und entnahm ihr ein mit Filz ausgekleidetes Kästchen. Darin lag ein glänzender Nagel, der aussah wie eine neue, auf Hochglanz polierte Eisenbahnschwelle.

„Wofür ist der?", fragte sie.

Er erhob sich und ging auf sie zu. „Er ersetzt deinen Willen durch meinen."

Die Nägel in den Köpfen der Wiedergänger. „Du glaubst allen Ernstes, du kannst mir dieses Ding in die Schläfe jagen?" Ihre Klauen schärften sich wie Dolche. Mit ihrer Hilfe würde sie ihm seine fleischige Kehle aufschlitzen. *Zögere niemals.*

„Es wird nur einige wenige Monate schmerzen, bis er dauerhaft in deinen Kopf eingewachsen ist."

„Nur über meine Leiche, Groot. Ich werde dich bekämpfen bis zum Tod. Ich werde …"

Urplötzlich erschien vor ihr der größte Diamant, den sie je gesehen hatte.

Er hatte einen glitzernden Edelstein von der Größe seiner Handfläche hinter seinem Rücken hervorgezogen. „Sieh nur, wie er funkelt, Walküre."

Makellose Reinheit, hochfeines Weiß. Sie starrte ihn fasziniert an. *Muss wegsehen. Oder mich erwartet ein Schicksal, das schlimmer ist als der Tod.*

Vor Panik schlug ihr Herz wie wild. *Reiß dich los! Ich kann es schaffen …*

„Deine Augen haben sich in Silber verwandelt", sagte er. Seine Stimme klang belegt. Als er direkt vor ihr stand, hob er den Nagel. „Entspanne dich für mich, Walküre …"

Da schoss ihre Hand hervor und packte ihn zwischen den Beinen.

Sie unterbrach den Blickkontakt mit dem Edelstein, während sich seine Augen weiteten. Er ließ den Diamanten und den Nagel fallen und versuchte, sich ihrem Griff zu entziehen. Sie zerrte mit all ihrer Kraft nach unten und zischte: „Es wird nur ein kleines Weilchen wehtun. Entspann dich für mich."

Als er sich krümmte, benutzte sie ihre freie Hand, um sein Gesicht nach unten zu drücken, während sie zugleich das Knie hochriss.

Knirsch. Sobald er mit einem erstickten Stöhnen zusammengebrochen war, wirbelte sie herum, um mit einem Sprung eine der Streitäxte an sich zu reißen, aber schon stürmten Wiedergänger in das Zimmer. Er musste irgendeine Art stillen Alarm ausgelöst haben.

„Haltet sie fest!", befahl er, immer noch auf dem Boden liegend.

Er wischte sich mit der Hand über sein blutiges Gesicht. Mit einem Grunzen schnappte er sich den Nagel und stand mühsam auf.

Die Wachen kamen auf sie zu. Sie zählte zwanzig von ihnen, alle mit Schwert und Panzer ausgerüstet. Mehrere feindliche Kämpfer, die sich auf sie zubewegten. Sie musste fliehen, aber der Hauptausgang war versperrt. Die zweite Tür führte in den Kontrollraum. Ihr Kopf drehte sich in die andere Richtung. Nur eine einzige Option.

Sie rannte auf die Doppeltür zu und warf sich mit lautem Gebrüll mit der Schulter dagegen. Die Türen platzten auf.

Sie preschte hindurch und fand sich auf einer Art Balkon wieder – direkt über dem Rand des Wasserfalls. Die Türen führten tatsächlich nach draußen.

Sie saß in der Falle. Vor ihr versperrten ihr die Wiedergänger den Weg zurück. Hinter ihr … ging es über hundert Meter senkrecht in die Tiefe.

Als Groot sich einen Weg durch die Wachen bahnte und drohend vor ihr aufragte, den Nagel in der Hand, sprang sie auf die schlüpfrige Steinbalustrade.

„Komm herunter, Walküre“, brüllte er gegen die donnernden Wassermassen an. „Du weißt nicht, was du tust.“

Ich muss fliehen. Und es stand ihr nur ein einziger Weg offen. Der nach unten.

Argumentationskette: Spring in den Wasserfall und du verlierst womöglich den Kopf, was sogar eine Unsterbliche tötet. Falls ich überlebe, werde ich wahrscheinlich geradewegs den Wendigos in die Arme getrieben, die mich bei lebendigem Leib verspeisen.

Oder du akzeptierst diesen Nagel.

Konnte sie sich tatsächlich überwinden zu springen?

„Du wirst es nicht überleben“, herrschte Groot sie an. „Und wenn du es doch wie durch ein Wunder tust, wirst du dir wünschen, es wäre anders gekommen.“

44

Ihr Schrei hatte die Dunkelheit seines Geistes zerrissen und zog ihn vom Abgrund zurück. *Kämpfe …*

Ihre Elektrizität ließ seine Haut prickeln, als weigerte sie sich zuzulassen, dass er wieder in die Tiefen seiner Bewusstlosigkeit zurückverfiel. Überall um ihn herum erschallte lautes Donnergrollen.

Sie ist in Gefahr. Sie braucht mich, um für sie zu kämpfen …

Seine Dämoneninstinkte begannen sich in ihm zu regen, kämpften gegen die Wirkung des Giftes an und brachten ihn wieder zu Bewusstsein.

Zwei Wachen schleppten Cade fort von ihr. Immer weiter weg von ihr, mit jedem Schritt, bei dem er keinen Widerstand leistete.

Irgendwie gelang es ihm, die Augen einen Spaltbreit zu öffnen. Sein Blut begann schneller zu fließen, versorgte seine Muskeln mit Energie und ließ seinen Zorn wachsen.

Mit lautem Gebrüll sprang er auf die Füße und stieß die beiden Wachen von sich. Als sie ihre Schwerter schwangen, zog er seines aus der Scheide, die er sich auf den Rücken geschnallt hatte. Für einen Sekundenbruchteil runzelte er die Stirn.

Es war Groots. Dieser Bastard hatte tatsächlich die Bedingungen ihrer Abmachung eingehalten und Cade sein Schwert mitgegeben.

Also zog er das Schwert des Hexenmeisters gegen dessen eigene Wachen und hieb auf sie ein, bis sie am Boden lagen. Noch bevor sie sich wieder erheben konnten, rannte er an ihnen vorbei, um jedoch am Verbindungsgang zur Schmiede abrupt innezuhalten.

Dort wimmelte es nur so vor Wiedergängern, die den schmalen

Weg versperrten. Doch der einzige Weg, um zu Holly zu gelangen, führte durch die Schmiede.

Auch wenn die Wirkung des Gifts langsam nachließ, verhinderte es doch immer noch, dass er seine Dämonengestalt annahm. Und es war unmöglich, seine Gegner zu töten. Wieder und wieder erschlug er sie mit dem Schwert, aber jedes Mal erhoben sie sich aufs Neue. Die Waffe konnte nichts gegen sie ausrichten.

Also steckte Cade sie wieder in die Scheide auf seinem Rücken. Als er die Szene vor sich noch einmal musterte, wurde ihm klar, was er zu tun hatte. Er griff sie an und schubste die Wiedergänger über die Balustrade des Verbindungswegs ins Wasser. Er dachte, die Strömung würde sie erfassen und davontreiben. *Leichen … darf ich euch die Leichenfresser vorstellen.*

Stattdessen sanken sie in ihren schweren Rüstungen wie Steine.

Indem er sie mit seinem massigen Körper aus dem Weg schaufelte, bahnte er sich seinen Weg zur Schmiede. Dort angekommen, standen ihm drei Gänge zu drei verschiedenen Türmen zur Auswahl. *Welchen soll ich bloß nehmen?* Weitere Wiedergänger erschienen. *Wohin hat der Mistkerl Holly gebracht?*

Seine Frage wurde beantwortet, als er sie erblickte.

Sie stand auf dem Geländer eines Balkons – direkt über dem Rand des Wasserfalls.

Noch während er voller Panik versuchte, sich zu ihr durchzukämpfen, glitt sie aus und wedelte mit den Armen, um das Gleichgewicht wiederzuerlangen. Ihm blieb fast die Luft weg. „*Holly!*" Aber sie konnte ihn bei dem Lärm des Wasserfalls nicht hören.

Ihr langes Haar wehte im Wind, während sie den Blick über ihre Gegner wandern ließ. *Sie sitzt in der Falle, und sie weiß, dass sie sie nicht bekämpfen kann.*

„*Holly, nein!*", brüllte Cade und rannte auf sie zu. „*Tu das nicht!*"

Sie schluckte … und sprang von der Brüstung.

Oh ihr Götter, nein! Das Herz schlug ihm bis zum Hals, als er lossprintete, um unmittelbar hinter ihr in die Fluten zu tauchen. Er hörte, wie Groot irgendetwas schrie. In wenigen Sekunden würde er am Geländer ankommen, schon spannte er die Muskeln an, um darüber hinwegzusetzen …

Wie eine Kugel flog sein Körper durch den Raum, um gleich darauf an die Mauer der Schmiede geschmettert zu werden, aufgespießt von einem Dutzend Schwerter.

Sie traf mit zerschmetternder Wucht auf dem Wasser auf. Ein Schrei entrang sich ihrer Brust. Sie wurde von einem Strudel erfasst und unter Wasser gezogen. *Krieg keine Luft.* Hilflos war sie der Macht des Strudels ausgesetzt.

Verzweifelt trat sie um sich, reckte die Arme zur Oberfläche empor, die sie wohl sehen, aber nicht erreichen konnte.

Eine Unterwasserströmung erfasste sie, und sie schoss den Fluss hinab wie eine Kugel durch einen Gewehrlauf. Das Wasser schleuderte sie gegen einen Felsen, an den sie sich mit ihren Klauen festklammerte, sodass es ihr gelang, daran aus der Tiefe nach oben zu klettern.

Endlich durchbrach sie die Wasseroberfläche und sog gierig die Luft ein, aber die Wellen spülten sie rasch von ihrem Zufluchtsort herunter und wirbelten sie davon wie ein Stück Holz.

Da, ein umgestürzter Baum vor ihr. Sie schwamm verzweifelt darauf zu. *Darf ihn nicht verfehlen. Gleich bin ich da … nur noch ein Stückchen … Hab ihn!*

Sie hangelte sich an ihm entlang bis zum Ufer und kroch dann auf Händen und Füßen über die Felsen an Land.

Ich hab's geschafft. Bei jedem keuchenden Atemzug musste sie husten, bis ihre Rippen höllisch schmerzten. *Ich hab überlebt. Ich …*

Ihr Ohr zuckte. Mühsam hob sie den Blick … und sah in rote Augen, in denen ein schauerlicher Hunger glühte.

Auf sie.

„Wenn du mich nicht loslässt, wird sie sterben!", brüllte er, als Groot näher kam. Cade hatte noch nie etwas so sehr gewollt, wie sich über diese Brüstung zu schwingen. Mit aller Kraft wand er sich hin und her, riss sich die Haut an den Schwertern auf und biss sich ins eigene Fleisch, um freizukommen.

„Sie wird den Sturz vermutlich nicht überlebt haben", sagte Groot. Mit einem Griff an die gebrochene Nase richtete er den Bruch. „Aber selbst wenn es anders wäre, erwartest du tatsächlich, dass ich dich gehen lasse, mitsamt der Frau, dem Schwert und dem Wissen um den Standort meiner geheimen Festung?"

„Zum Teufel mit dem Schwert!" Endlich kam Cades Verwandlung in Gang. „Behalt es! Und ich schwöre beim Mythos, dass ich niemandem von diesem Ort erzählen werde."

„Selbst wenn die Walküre es überlebt haben sollte, ist sie infiziert oder aufgefressen, ehe jemand zu ihr gelangen kann. Außerdem gibt es in ein paar Hundert Jahren ein neues Gefäß. Und wenn ich etwas habe, dann ist es Zeit."

Cade brüllte vor Wut. Seine Hörner richteten sich auf und wurden schärfer, seine Fänge und Klauen wurden länger.

„Ich hatte aufrichtig gehofft, du würdest meinen Bruder töten, aber jetzt erkenne ich, dass du nicht zu bändigen bist."

Du hast ja keine Ahnung.

Groot schleuderte ein weiteres Schwert, das direkt auf Cades Kehle zuwirbelte. Ohne Rücksicht auf die zahllosen heftig blutenden Wunden, die er dadurch verursachte, riss sich Cade los und duckte sich gerade eben noch unter der Klinge weg. Wieder rannte er auf die Brüstung zu, hatte es fast schon geschafft … In seinem

Wutzustand war es ihm kaum noch möglich, zusammenhängend zu denken. *Muss zu meiner Frau … sie beschützen …*

Diesmal erwischte Groot selbst Cade mit der Wucht eines Güterzugs. Er schlang seinen kräftigen Arm um Cades Hals. „Ich kann das Leben aus dir herausquetschen, Dämon …"

Ich will über diese gottverdammte Brüstung! Cades Kopf fuhr zurück, und die scharfen Spitzen seiner Hörner senkten sich in Groots Gesicht wie die Fänge einer Viper.

Der Hexenmeister war auf der Stelle gelähmt und brach zusammen. Sogleich kamen von allen Seiten Wiedergänger auf Cade zu.

Er hieb, ohne nachzudenken, mit Klauen, Hörnern und Fängen auf sie ein. Aber sie konnten nicht getötet werden, solange ihr Herr und Meister am Leben war. Cades Blick fiel auf Groot, und er kämpfte sich an den Wachen vorbei zu ihm durch.

Der Hexenmeister lag mit weit aufgerissenen Augen da, die grotesken Muskeln angespannt. Er bekam alles mit, war aber unfähig sich zu rühren.

Cade gelang es schließlich, den riesigen Körper aufzuheben, und mit dieser Last auf den Armen kämpfte er sich weiter bis zur Schmiede durch, ohne den Schwerthieben, die auf ihn niederprasselten, mehr Beachtung zu schenken als ein kurzes, wütendes Knurren. Dann hob er Groot hoch über den Kopf.

Der Mistkerl hatte sich inzwischen weit genug erholt, um ihn anzuflehen: *„Bitte …"*

Mit lautem Gebrüll schleuderte Cade ihn ins Feuer.

Die Flammen verschlangen Groots Körper und schossen hoch in die Luft, zu gewaltig, um sich vom Kamin zurückhalten zu lassen. Die ganze Burg bebte.

Mörtel platzte, Steine lösten sich. Cade stand den Wiedergängern gegenüber, die sich zwischen ihm und dem Wasser aufgebaut hatten. Der Nächste, den er erschlug, blieb am Boden liegen. Doch die Burg kam nicht zur Ruhe, zitterte und bebte auf den gebrechlichen Stützpfeilern. Er fühlte, wie die Hitze um ihn herum wuchs.

Cade kämpfte sich weiter an die Brüstung heran, zu Holly, um sie zu beschützen.

So nahe …

Die Feuerstelle schien wie ein Vulkan auszubrechen, und die ganze Schmiede explodierte und spuckte kochendes Metall aus. Die Explosion erfasste ihn und schleuderte seinen versengten Körper gegen eine Mauer, an der er leblos herabsank.

Der Boden unter ihm löste sich auf, die ganze Burg brach zusammen.

45

Die Explosion in der Ferne lenkte die Wendigos gerade lange genug ab, damit Holly auf die Füße springen und an ihnen vorbeirennen konnte. Es regnete Asche und glühende Funken vom Himmel, während eine Druckwelle nach der anderen die Burg erschütterte und die Türme zum Einstürzen brachte.

Sie hatte die Hände schützend auf die Rippen gelegt, während sie am Flussufer entlangrannte, wobei sie immer wieder auf den Felsen ausrutschte. Die Wendigos verfolgten sie mit schwerfälligem, holprigem Gang, die langen messerartigen Klauen hoch erhoben.

Aus den Schatten vor ihr tauchten noch mehr von ihnen auf und zwangen sie, zurück in Richtung Dorf zu flüchten. Ihr war klar, welche Absicht dahinter stand, aber sie konnte nichts dagegen zu tun …

Sobald sie auf der Hauptstraße angekommen war, musterte sie prüfend die Gegend. Hinter jeder Hausecke glühten ihre Augen, von Dächern hinab, aus den Häusern … Dutzende von ihnen.

Ich brauche eine Waffe … ganz egal, was.

Da! Hinter einem der Häuser. Ihr Blick fiel auf eine ganz gewöhnliche Holzaxt, die in einem Baumstumpf steckte. Sie hinkte dorthin und zog die Axt aus dem Holz. Dann packte sie den Griff und schwang sie ein paarmal durch die Luft, um sich an die Waffe zu gewöhnen, während sie ihre Feinde fixierte.

Die Wendigos kamen näher.

Monströs. Von Nahem sah sie die Fänge, von denen Geifer triefte, und sie roch den Gestank verfaulenden Fleisches.

Es kam nicht infrage, mit der Axt zuzuhacken – sie konnte es nicht riskieren, dass die Klinge in einem der Körper stecken blieb.

Nein, sie würde die Axt mit voller Wucht um sich schwingen lassen und ihnen so die Köpfe abrasieren.

Gerade als die Größeren von ihnen sich bereit machten, um sich auf sie zu stürzen, verwandelte sich die Nacht zum Tag. Der letzte mächtige Turm explodierte in einer Feuersäule, die das gesamte Tal in gleißendes Licht tauchte.

Die nachtaktiven Wendigos hielten sich schützend die Klauen vor die Augen. Während sie sich sabbernd und zischend zusammenkauerten, rannte Holly einfach an ihnen vorbei.

Sie warf einen Blick zurück. *Ich* bin schneller als sie! Sie konnten sie nicht mehr einholen.

Als sie sich dem Rand des Dorfes näherte, hatte sie sie weit hinter sich gelassen. Frei! Immer noch rennend, passierte sie das Schild.

Und wurde langsamer …

Prosperity.

Dreihundertdreiunddreißig Dorfbewohner hatten versucht, hier ein Auskommen zu finden. Aber es war nicht Wohlstand – Prosperity –, der sie hier erwartet hatte, sondern nur grauenvolle Angst und ein qualvoller Tod. Sie waren durch ein Versprechen hierher gelockt worden, das nichts mit der Wirklichkeit zu tun hatte. Genau wie sie.

Verlockt durch die Hoffnung auf ein besseres Leben oder durch die Liebe eines Dämons – wo war der Unterschied?

Sie blieb stehen, und ihr Atem bildete in der zunehmenden Kälte kleine Dampfwolken. Die Wendigos glaubten, hier warte eine schmackhafte Mahlzeit auf sie. Durchdringende Wut erfüllte sie. Wie es ihnen wohl gefallen würde, selbst einmal die Beute zu sein?

Furien sind Raubtiere. Walküren sind Kriegerinnen. Ich bin beides.

Irgendetwas in ihr machte *klick*. Alles wurde auf einmal ganz klar.

Sie wandte sich um und musterte das Dorf. Nachdem die Hitze der Schmiede jetzt nicht mehr allgegenwärtig war, hatte ein leichtes Schneetreiben eingesetzt.

Die alte Holly hätte aufgeschrien, dass sie nicht rational denke. Aber sie war nicht die alte Holly.

Sie setzte die Axt kurz ab, wrang ihre Kleidung und ihre Haare aus und schlug das Eis von einem Kiefernzweig. Dann rieb sie sich von oben bis unten mit den Kiefernnadeln ein, um ihren Duft zu verbergen.

Anschließend schlich sie zurück, suchte sich ihren Weg zwischen den Häusern hindurch bis zur Kapelle. Dort angekommen, stahl sie sich hinein, und ihr berechnender Blick wanderte über die zugenagelten Fenster.

Die Axt in der Hand, sprang sie auf einen der Querbalken über ihr. Dort hockte sie sich hin und wartete darauf, dass sich ihre Atmung und ihr Herzschlag beruhigten. *Warte*.

Und dann kamen sie, einer nach dem anderen. Sie witterten sie, jagten sie. Sie neigte den Kopf zur Seite und betrachtete ihre Opfer unbewegt, so wie ihre Ahninnen es vor ihr getan hatten.

Als die Kapelle voll war, zuckte ein Blitz über das Tal hinweg. Der größte der Wendigos hob endlich den Kopf.

Mit lautem Kreischen ließ sie sich fallen und befand sich nun zwischen ihnen und dem einzigen Ausgang.

Sie lebt.

Cade zwang sich wieder einmal, die Augen aufzuschlagen. Sie hatte geschrien, aber nicht vor Angst, sondern vor Zorn.

Die Explosion hatte ihn bis ins Tal hinunter geschleudert. Der Aufprall hatte seinen Körper übel zugerichtet, zersplitterte Knochen ragten ihm aus Armen und Schenkeln.

Aber sie lebt. Und sie war wieder in Gefahr. Er biss die Zähne zusammen und begann damit, die Knochen zurück unter die Haut zu drücken, während er seine Umgebung nicht aus den Augen ließ, auf der Hut vor seinen Feinden.

Warum hatten die Wendigos ihn bisher noch nicht angegriffen? Warum wurden sie vom Geruch seines Bluts nicht angezogen?

Obwohl er nicht mal stehen konnte, musste er irgendwie zu ihr gelangen. *Sie hat an mich geglaubt.*

Verdammte Scheiße, er würde zu ihr kriechen, wenn es nötig war.

Gerade als er dabei war, seinen Oberschenkelknochen wieder in die richtige Lage zu bringen, erstarrte er. *Dieses verfluchte Schwert …*

Es hing immer noch auf seinem Rücken.

„*Wohin soll ich jetzt gehen?*", flüsterte sie, als sie die Kirchentüren hinter sich schloss. Doch sie erhielt keine Antwort. Nichts als widerhallende Stille umgab sie.

Sie hatte den Tod an diesen Ort gebracht. Doch sie verspürte wenig von der Befriedigung, die sie erwartet hatte, nur herzzerreißende Traurigkeit nach Cadeons Verrat.

So allein …

Als sie erneut den Rand des Dorfes erreichte, waren ihre Kleidung und ihre Haare gefroren. Auf ihren Wimpern hatte sich Eis gebildet.

Während sich Holly benommen um sich selbst drehte, vor Kälte und Schock am ganzen Leib zitternd, spürte sie auf einmal eine Wärme von oben. Sie hob verwirrt das Gesicht.

Das Nordlicht.

Es wogte und floss so friedlich am Himmel dahin, rief nach ihr, so einladend wie ein Paar weit geöffneter Arme.

Ohne zu überlegen rannte Holly Hals über Kopf darauf zu, in die finsterste Wildnis, ohne einen anderen Gedanken, als dem Licht zu folgen …

46

Holly entkam ihm seit vier Tagen immer wieder, doch Cade war ihr dicht auf der Spur. Er trabte über eine vereiste Straße auf ein weiteres Bergarbeiterdorf zu. Inzwischen suchten noch mehr seiner Männer die Gegend nach ihr ab.

Cade hatte sie in jener Nacht in Prosperity verloren. Nachdem er das Blutbad vorgefunden hatte, wurde Cadeon klar, dass dies der Grund war, wieso die Wendigos ihn nicht angegriffen hatten: Sie hatte sie bis zum allerletzten abgeschlachtet und ihm damit unwissentlich das Leben gerettet hatte.

Doch danach hatte sie sich nicht in Richtung Süden aufgemacht, wie es jeder andere in ihrer Lage getan hätte. Wenn sie in diese Richtung gegangen wäre, hätte sie in demselben Engpass festgesessen, der seine Männer aufgehalten hatte.

Genauso wenig war sie dem Fluss oder der Straße nach Osten gefolgt, wo sie auf weniger schwieriges Gelände gestoßen wäre.

Nein, sie hatte sich schlauerweise in Richtung Nordwesten aufgemacht, direkt ins Herz der Berge.

Er war nur durch Zufall auf ihre Spur gekommen, nachdem er einen Bergarbeiter mit einem blauen Auge und einem gebrochenen Arm getroffen hatte. Der Mann hatte sich ziemlich zugeknöpft gegeben, nachdem Cade ihm Hollys Beschreibung gegeben hatte. Offensichtlich hatte sie ihm die Fresse poliert. *Gutes Mädchen …*

Cade hatte dem Mann auch noch den anderen Arm gebrochen, weil er ihr Umstände bereitet hatte.

Als er erst einmal auf ihrer Spur war, konnte Cade ihrem Pfad leicht folgen, da sich die Männer in den Territorien an sie erinnerten. Mitten im Winter waren dort nicht allzu viele Frauen unterwegs, erst recht keine so schönen.

In der Unterkunft, in der der Bergarbeiter sich zuvor aufgehalten hatte, hatte man Cade auf den nächsten kleinen Ort im Norden verwiesen. Dort hatte Holly ihre Uhr für eine Mahlzeit und ein Paar Schneeschuhe verkauft und sich dann zu Fuß auf den Weg zu einem anderen Lager gemacht. Nachdem sie dort für die Dauer eines Sturms Unterschlupf gefunden hatte, war sie in Richtung der kleinen Bergbaustadt aufgebrochen, zu der Cade auf dem Weg war.

Er glaubte, nur wenige Stunden hinter ihr zu sein – dort würde er sie endlich finden. Der Gedanke spornte ihn zu noch größerer Geschwindigkeit an.

Sie hatte kein Geld mehr und konnte niemanden anrufen. Mit ihren menschlichen Freunden würde sie sowieso keinen Kontakt aufnehmen, und sie hatte Nïx' Nummer nicht. Nicht dass sie ihre Tante anrufen würde. Holly musste wissen, dass Nïx von Anfang an in den Plan eingeweiht gewesen war.

Der Plan ... Cades Blick wanderte zu dem Schwert, das er gegen den Beifahrersitz gelehnt hatte. Cade hasste schon seinen bloßen Anblick – die ständige Erinnerung daran, dass er wieder einmal gezwungen worden war zu wählen.

Früher hatte er mit dem Begriff „Pyrrhussieg" nicht viel anfangen können – *ein Sieg ist ein Sieg, was soll denn daran schlecht sein?* –, aber jetzt verstand er sehr wohl.

Der Nichtsnutz hatte sich endlich einmal nützlich gemacht.

Er hatte sich noch nie zuvor mehr wie ein Versager gefühlt.

Wegen ihm befand sich Holly in ständiger Gefahr. Zweifellos war sie verängstigt und verwirrt. Sicher, sie war stärker als früher, aber sie war doch immer noch so jung und hatte New Orleans kaum je verlassen, geschweige denn, dass sie je zuvor mitten im Winter durch Nordkanada gewandert wäre.

Er litt unter dieser ständigen Angst um sie. In seinem Leben war Cade schon oftmals gefoltert worden. Und er hatte schon sehr kurz davor gestanden, geköpft zu werden. Doch keine dieser Torturen war auch nur annähernd so quälend wie dieser ständige Schmerz in seiner Brust.

Cade hatte sich in Holly verliebt. Verdammt noch mal, er wollte seinen Halbling wiederhaben.

Holly kauerte sich in einer kleinen Nebenstraße auf einem Haufen schmutzigen Schnees zusammen. Und es fiel immer noch mehr von diesem schrecklichen Zeug vom Himmel herab. Sie wünschte sich, nie wieder im Leben auch nur eine Schneeflocke sehen zu müssen.

Sie hatte keine Ahnung, wo sie sich befand. In irgendeinem dieser öden Bergbaustädtchen. Sie konnte sie schon nicht mehr auseinanderhalten.

Nachdem sie vier Tage lang nicht mehr geschlafen hatte, war sie am Ende ihrer mentalen und physischen Kräfte. Der Hunger, den sie wochenlang nicht mehr verspürt hatte, war jetzt umso stärker wieder zurückgekehrt und verursachte ihr ein ständiges Schwindelgefühl.

Ihr war das Geld ausgegangen, ihre Uhr hatte sie längst verkauft, und es gab keine Banken, an die ihr jemand hätte Geld überweisen können. Es gab nicht einmal ein Postamt. Nicht dass es jemanden gegeben hätte, den sie um Hilfe bitten könnte.

Ich bin vollkommen allein …

Das Münztelefon an der Ecke klingelte. Als eine junge Frau, die Technik zutiefst verehrte, wollte Holly sich nicht an einem Ort aufhalten, an dem es noch Münztelefone gab. Münztelefone bedeuteten, dass sie unter gar keinen Umständen hier sein sollte.

Irgendwann hörte das Klingeln auf.

Also, was mach ich jetzt? Ich kann entweder weitergehen oder ich kann hier auf diesem dreckigen Schneeklumpen sitzen, bis ich erfriere.

Inzwischen konnte sie tatsächlich problemlos im Dreck sitzen. Es machte ihr nicht mehr das Geringste aus. Das Schicksal hatte Holly eine umfassende Konfrontationstherapie spendiert. Sie hatte seit Tagen nicht geduscht, konnte ihre Zähne nicht mehr putzen. Sie hatte in dreckiger Bettwäsche geschlafen, in schäbigen Unterkünften übernachtet, die nach gekochten Zwiebeln und Männerfüßen rochen.

Was kommt als Nächstes? Sie konnte versuchen, eine Mitfahrgelegenheit zu finden …

Das Telefon klingelte wieder, und dieses Mal ging es ihr wirklich auf die sowieso schon über Gebühr strapazierten Nerven. Sie erhob sich etwas unsicher und ging zu dem Telefon hinüber, um einfach nur den Hörer von der Gabel zu nehmen. Aber nachdem sie abgehoben hatte, zwang ihre Neugier sie, sich zu melden.

„Hallo?“ Ihre Stimme klang heiser.

„Halt nach uns Ausschau!“, schrie Nïx gegen laut plärrende Musik an. „Wir sind die mit den geilen Bassboxen.“ Klick.

Was zum Teufel …? Holly hängte wieder ein und starrte eine ganze Weile auf das Telefon, als ob es ihr mit etwas gutem Willen sagen könnte, wie und warum Nïx sie gerade angerufen hatte.

Minuten später kam ein roter Geländewagen, aus dem ein rhythmisches Stampfen dröhnte, schlitternd vor ihr zum Stehen. Hinter dem Steuer saß eine Walküre mit strahlendem Gesicht und sarkastischer Miene. Nïx saß auf dem Beifahrersitz und winkte Holly zu, sie solle einsteigen.

Holly zeigte ihr den Stinkefinger und schlurfte zu ihrem Schneehaufen zurück.

Die beiden Frauen folgten ihr.

„Wow, du siehst ja echt wie ein Eimer voll Scheiße aus", sagte die Strahlende zu Holly.

In fröhlichem Ton klärte Nïx sie auf: „Das ist deine Tante Regin die Ränkevolle. Wir glauben nicht, dass sie dazu fähig ist, ein Blatt vor den Mund zu nehmen. Und jetzt komm bitte, Schätzchen. Sonst verpassen wir noch unseren Flug."

Holly hob die Augenbrauen. „Mit euch gehe ich nirgendwohin."

Nïx blinzelte verwirrt. „Aber warum denn nicht?"

Holly starrte sie einige Sekunden lang mit offenem Mund an, bevor sie endlich die Sprache wiederfand. „Vielleicht liegt es daran, dass du mich angelogen hast, mich mit deinen Tricks dazu gebracht hast, mit einem bösen Dämon mitzugehen? Einem, der mich an einen Hexenmeister ausgeliefert hat, der vorhatte, mich mit dem Kind des *ultimativen Bösen* zu schwängern!"

Nïx klopfte sich mit einem behandschuhten Finger gegen das Kinn. „Ich schätze, du konntest Cade nicht allzu weit werfen."

Die mach ich fertig. Ich werde sie mit dem Gesicht in den schönen gelben Schnee da drüben tunken.

„Also, Schätzchen, das ist aber nicht sehr nett ...", sagte Nïx in tadelndem Ton.

„Ich möchte mit Holly allein sprechen", sagte Regin.

Nïx zuckte die Achseln und kehrte zum Wagen zurück. Sobald sie und Holly allein waren, sagte Regin: „Es gibt vier Gründe, wieso du auf der Stelle mit mir kommen solltest. Erstens haben wir im Auto etwas zu essen und offensichtlich bist du immer noch aufs Kauen angewiesen. Zweitens könntest du in weniger als zwei Stunden eine warme Dusche und ein sauberes Bett genießen.

Drittens, Nïx ist total durchgeknallt, und du bist nicht die Erste von uns, die sie wegen einer Vision auf so eine bescheuerte Reise geschickt hat. Und der letzte Grund, wieso du mit mir kommen solltest? Ich hab dich nicht verarscht."

Irgendwie gefiel Holly diese Regin. Nach dieser ganzen Doppelzüngigkeit, mit der sie es zu tun gehabt hatte, war es vielleicht ganz nett, mal jemanden um sich zu haben, der Klartext redete.

Aber dann griff sogar Regin in die Trickkiste. „Na gut. Ich wünschte, ich müsste das jetzt nicht tun, Holly." Sie seufzte. „Aber du lässt mir keine andere Wahl." Sie zog ein Päckchen antibakterieller Feuchttücher aus der Tasche und winkte verführerisch damit. „Sieh nur, was Tante Reege hat. Wer ist deine beste Freundin? Wer ist deine Lieblingswalküre?"

Nachdem es Holly irgendwie gelang, der Verlockung zu widerstehen, seufzte Regin. „Zum Teufel mit dem ganzen Scheiß." Dann hob sie Holly einfach hoch und klemmte sie sich unter den Arm. Obwohl Holly sich wehrte, trug sie sie bis zum Truck, und sobald Nïx nach hinten gegriffen hatte, um die Tür zu öffnen, warf Regin Holly einfach auf den Rücksitz.

Holly brachte immer noch lautstark ihren Protest zum Ausdruck und strich sich das verfilzte Haar aus den Augen, als der Wagen losfuhr und sie die Stadt verließen.

Nïx drehte sich zu ihr um. „Und, hattest du Spaß bei deinem Abenteuer?"

Ich bin im Delirium. So fühlt sich das also an. „Na, und wie."

„Gut." Nïx reichte ihr ein paar Müsliriegel, die Holly auf der Stelle hinunterschlang, ohne sich auch nur die dreckigen Handschuhe auszuziehen.

„Bald sind wir wieder in New Orleans, und da kannst du dann deinen Koven kennenlernen. Dein Zimmer ist auch schon fertig. Du wirst ab sofort bei uns in Val Hall leben."

„New Orleans?" Holly wäre fast an ihrem Müsliriegel erstickt. „Du hast mich quer über den ganzen Kontinent geschickt, wo ich von Anfang an in derselben Stadt gewohnt habe wie meine Verwandten?"

Als sie nickte, stieß Holly ein hohes, irres Kichern aus. Dann begann sie zu lachen und schien damit einfach nicht mehr aufhören zu können, selbst nachdem sie begonnen hatte, gleichzeitig zu weinen.

„Na, ist ja schon gut", sagte Nïx. „Wenn ich dich nicht auf diese Reise geschickt hätte, hättest du nicht deine eigene Seite im *Buch der Kriegerinnen* bekommen."

„Wir sind da", sagte Regin und bog auf einen Weg ein, der wie ein Rollfeld aussah.

„Also wirklich, Schätzchen, du musst dringend mal ein bisschen chillaxen."

„Warum denn, Tante Nïx? Warum muss ich überhaupt irgendwas tun?"

„Weil du in wenigen Minuten den Dämon am Heliport sehen wirst."

Zwei Dinge kamen in Hollys völlig vernebeltem Hirn an. Sie würde gleich mit einem Helikopter fliegen.

Und sie würde lieber sterben als zuzulassen, dass Cadeon sie weinen sah. Sie wischte sich mit einem dreckverkrusteten Ärmel übers Gesicht.

„Warum kommt er hierher?", fragte sie, als sie gleich neben einem schnittigen silberfarbenen Hubschrauber mit geschwärzten Fenstern parkten.

„Weil er hinter dir her ist", sagte Nïx und sprang aus dem Wagen.

Als ihre Tanten auf den Helikopter zuliefen, folgte Holly ihnen einfach. „*Warum* ist er hinter mir her?", fragte sie Nïx, wobei sie gegen den Lärm der Rotoren anbrüllen musste.

Regin war als Erste beim Hubschrauber und öffnete die Tür. „Ich liebe den Geruch von Napalm am Morgen!“ Sie ließ Nïx einsteigen, half dann Holly hinauf und kletterte schließlich als Letzte an Bord. Eine Pilotin begann alle möglichen Knöpfe zu drücken und Schalter umzulegen. Die Rotoren beschleunigten und wurden noch lauter.

Holly schrie: *„Nïx!“*

„Ach ja, natürlich. Wo war ich nur wieder mit meinen Gedanken? Holly, das ist deine Tante Cara die Holde.“

Die Pilotin legte zum Gruß zwei Finger an den Helm, auf dem *Nur Fliegen ist schöner* stand.

„Sie ist auch zum Teil Furie“, fuhr Nïx fort. „Sie fliegt uns auf direktem Weg nach Hause, und dann muss sie auch schon wieder nach …“

„Kolumbien“, beendete Cara den Satz an ihrer Stelle.

„Nïx, verdammt noch mal, jetzt rück schon raus mit der Sprache!“

Sie zog die Augenbrauen zusammen. „Was meinst du denn, Schätzchen?“

„Lass mal gut sein“, sagte Regin. „Sie ist im Augenblick nicht ganz bei uns.“

Gerade als sie abhoben, kam ein Truck schlitternd zum Stehen und aus der Fahrerkabine sprang Cadeon.

Sie runzelte die Stirn, als er auf sie zugerannt kam, die Augen schwarz, die Arme pumpend, um noch schneller zu laufen. Er wirkte entschlossener, als sie ihn je gesehen hatte. Aber wieso?

Was glaubte er denn, was er noch alles im Tausch gegen das Gefäß erhalten könnte? Einen magischen Bogen samt Pfeilen? Einen verzauberten Schild?

Regin schlug sich auf die Knie. „Oh ihr Götter, jetzt seht ihn euch nur mal an, wie er da rennt, als ob sein Leben davon abhinge, uns einzuholen.“ Sie öffnete die Tür. „Genau wie in *Platoon*, was?

Willem!“, rief sie und streckte die Hand aus. „Lauf, Willem!“ Und dann lachte sie, bis sie nicht mehr konnte.

„Warum macht er das?“, flüsterte Holly vor sich hin, aber sogar bei dem Lärm, den die Rotoren veranstalteten, hörte Regin sie.

„Wieso kümmert es dich? Rein historisch gesehen – wenn irgend so ein Arsch mich an einen widerlichen, abartigen Hexenmeister verkauft, der mich dann als Zuchtstute missbrauchen will, höre ich auf, seine Motive zu analysieren. Rein historisch. So, jetzt winkst du ihm noch einmal nett mit dem Mittelfinger zu und dann schlägst du ihn dir aus dem Kopf.“

47

Val Hall – Heimat des Walküren-Kovens in New Orleans – war ein Albtraum.

Geister in zerlumpten roten Umhängen umkreisten die alte Vorkriegsvilla, der Hof war ein einziges Chaos aus Blitzableitern und verkohlten Bäumen, und dichter Nebel waberte durch die Luft, ohne sich um die gerade vorherrschende Windrichtung zu kümmern, als ob es sich um ein lebendes Wesen handelte.

Nach einem ersten Blick auf ihre zukünftige Heimat war Holly versucht gewesen, auf der Stelle kehrtzumachen, wieder in den Wagen zu steigen und in Richtung Norden und Schnee zu fahren. Nur war das nicht möglich, weil Nïx sie und Regin dort abgesetzt und gezwitschert hatte, sie wäre in einer Woche wieder da, aber „im Kühlschrank sind Snacks".

Auf dem Flug nach New Orleans hatte Holly von Nïx nur wenig über Cadeons Handlungen erfahren. Das Einzige, was sie den weitschweifigen Reden ihrer Tante hatte entnehmen können, war, dass Cadeon dringende Gründe für sein Tun gehabt hatte. Sie erfuhr aber weder, was das für Gründe waren, noch, wie er Holly so kaltherzig im Stich lassen konnte. Sie war davon ausgegangen, dass sie alle Zeit der Welt hatte, um Nïx auszufragen. Und jetzt stand Holly da, genauso verwirrt wie zuvor, und niemand in Sicht, der sie hätte aufklären können.

Als Regin sie ins Haus führte, sah Holly, dass einige Walküren auf dem Dach saßen, während andere es sich auf dem Balkon im ersten Stock, der sich um das ganze Haus zog, in Korbschaukelstühlen bequem gemacht hatten, einen Fernseher vor sich und Wii-Controller in Händen.

Drinnen angekommen, schob Regin eine ganze Reihe weiterer Walküren aus dem Weg. „Macht mal ein bisschen Platz … weg mit euch. Sie ist neu hier."

Die meisten von ihnen musterten Holly neugierig, einige mit Argwohn. Und dann prasselten die Fragen auf Regin nieder.

„Bist du sicher, dass sie wirklich eine von uns ist?"

„Wenn sie die Neue ist, dann dürfen wir sie doch ein bisschen schikanieren, oder? Ich will ihre Klamotten!"

„Kann sie Poolbillard spielen?"

„Wie gut ist sie denn bei Videospielen?"

„Gut bei Videospielen?", fragte Holly die Ansammlung. Die checkten sie ab, genau wie früher die Sportskanonen an der Uni oder die Gäste in der Sandbar. Also sagte Holly einfach nur: „Ich kann Videospiele *entwerfen*."

Offensichtlich hielten die meisten das für Angeberei.

„Ihr habt sie gehört", sagte Regin. „Sie ist auf jeden Fall jetzt schon jemand, der sich nicht verarschen lässt."

„Wie?"

„Sie bekommt eine Seite im *Buch der Kriegerinnen*. Sie hat ein ganzes Rudel Wendigos erledigt und das Mitgliederverzeichnis des Ordens von Demonaeus um ein Viertel gekürzt. Und das alles nur in diesem Monat."

Das bist du jetzt also, Holly. Eine Mörderin. Ein Wesen, das sogar die gewalttätigen Walküren bewundern.

Holly war überwältigt. Kleine Schweißtröpfchen traten auf ihre Oberlippe.

„Also, ich möchte um ein bisschen Boo-Yah-Respekt für Holly die …" Regin verstummte und runzelte die Stirn. „Wie soll dein Walkürenname lauten?"

Sie drängten sich viel zu nahe an sie heran, ihr war schon ganz schwindelig, und sie schwankte. Sie legte sich eine Hand auf die Stirn und murmelte: „Mir ist schlecht. Vielleicht sollte ich mich erst mal hinlegen."

„Hey, ich hab doch gleich gesagt, dass sie keine Walküre ist. Wir übergeben uns nicht."

Regin musterte sie mit zusammengezogenen Brauen. „Was geht ab?"

Was geht denn hier ab? Das hatte Cadeon zu Holly gesagt, an dem Tag, an dem sie ihn zum ersten Mal gesehen hatte. Bei der Erinnerung an diesen Mistkerl musste Holly würgen und gab den Inhalt ihres Magens von sich.

Die Ansammlung sprang entsetzt zurück.

„Also, die gute Nachricht ist, dass ich einen Namen für dich gefunden habe", sagte Regin. „Willkommen, Holly die Schwangere."

Es waren jetzt fünf Tage vergangen, seit sie Holly nach Val Hall geschmuggelt hatten. Am Heliport war Cade nur Sekunden zu spät gekommen, und jetzt stand sie unter der Fuchtel der Walküren.

„Ich kann's einfach nicht fassen, dass die Männer, die du geschickt hast, sie nicht abfangen konnten, bevor sie da drin verschwunden ist", sagte er zu Rök, der mit ihm zusammen zwischen den verbrannten Bäumen des Grundstücks auf der Lauer lag.

„Dieser Koven verfügt über eine dreitausend Jahre alte Hellseherin, und ein paar der Hexen spielen auch noch für ihr Team", sagte Rök. „Die haben unsere kleine Ausreißerin gut vor uns versteckt. Vermutlich haben sie ein Portal, das wir nicht sehen können."

„Jetzt ist Holly bei ihrer Familie", sagte Cade. Er nahm einen Schluck Dämonenbräu. „Die werden ja nicht gerade auf meiner Seite sein."

„Um ganz offen zu sein – deine Chancen waren sowieso gleich null, ob mit oder ohne den Einfluss der Walküren. Meiner Erfahrung nach gibt es nichts, was *Vielleicht sollten wir uns mal für ein Weilchen nicht sehen* so prägnant ausdrückt wie ein ausgestreckter Mittelfinger, der einem aus einem davonfliegenden Helikopter entgegengestreckt wird."

Cades Miene verfinsterte sich.

„Ich hätte vielleicht nicht ganz so offen sein sollen, stimmt's?", sagte Rök. Er forderte Cade mit einem Fingerschnipsen auf, ihm die Flasche zu geben. „Also, schieß mal los. Wie ist das so?"

„Wie ist was?"

„Du weißt schon – das." Er wedelte mit der Hand vor Cades Gesicht herum und zeigte dann in Hollys Richtung.

„Eine Zwei-Dämonen-Belagerung von Val Hall?" Er wusste natürlich, was Rök meinte, hatte aber nicht vor, ihm die Sache zu erleichtern.

„Du willst unbedingt, dass ich es in aller Deutlichkeit ausspreche, wie?"

„Wenn du es unbedingt wissen willst: ja."

Nach einem weiteren Zug aus der Flasche sagte Rök: „Wie ist es, wenn einem jemand anders wichtiger ist als man selbst? Ich frag ja nur, weil das die erste Erfahrung ist, die du mir voraushast."

„So wie ich mich im Moment fühle, kann ich dir nur empfehlen, auf diese Erfahrung zu verzichten."

Rök hob die Augenbrauen.

„Stell dir einfach vor, jemand spießt dich mit einer Lanze auf, mitten durch die Brust."

Rök nickte ernsthaft. „Wäre nicht das erste Mal."

„Und dann stell dir vor, wie du dich fühlen würdest, wenn dieses riesige Loch nie verheilt."

„Nicht so gut."

„Gar nicht gut. Wenn ich nur ein einziges Mal mit ihr reden könnte, bevor wir uns auf den Weg nach Rothkalina machen." Die harte Realität seiner Lage war: Selbst wenn er Holly irgendwie rumkriegen könnte, müsste er sie gleich darauf wieder verlassen.

„Du musst mit ihr reden, bevor du gehst. Tatsache ist, dass mit dir im Moment einfach nichts anzufangen ist. Du isst nicht, du schläfst nicht. Du bist von etwas besessen, aber es ist nicht der Sieg über Omort. Auf diese Art und Weise führt ein Anführer seine Leute höchstens in den Tod."

„Holly könnte noch monatelang da drin bleiben und an ihrem Code arbeiten." Cade fuhr sich mit der Hand übers Gesicht. „Immer noch kein Glück mit Nïx?"

„Ich lass die ganze Mannschaft nach ihr such…"

„Wen suchen wir denn?", flüsterte hinter ihnen eine Stimme.

Cade und Rök krabbelten hastig ein Stück zurück. Nïx hatte direkt hinter ihnen gehockt und zusammen mit ihnen die Villa beobachtet. Keiner der beiden hatte sie gehört.

Cade erholte sich als Erster von dem Schock und sagte: „Ich bin auf der Suche nach dir."

„Na, das hab ich ja noch nie gehört." Nïx wirkte so verrückt wie immer, aber auch … erschöpft.

„Wie geht's Holly?"

„Wunderbar. Sie gewöhnt sich gut ein. Sie hat sogar schon eine Verabredung nächste Woche, mit jemandem namens Desh. Er ist ein Dämon. Vielleicht kennst du ihn ja?"

Das war ein Schlag ins Gesicht.

„Also, was wolltest du von mir?"

„Ich möchte sie sehen, bevor ich nach Rothkalina aufbreche. Ist mir egal, auch wenn's nur fünf Minuten sind. Kannst du ein Treffen arrangieren?"

„Wo?"

„Wo auch immer, verdammt noch mal!“

„Du wirst dich schon ein bisschen mehr anstrengen müssen“, sagte Nïx. „Holly hat mir letztens erst erzählt, dass sie so furchtbar gern ein riesig großes Haus hätte.“

„Wirklich?“, rief er. Er würde ihr das größte, beste …

„Nein, nicht wirklich.“ Nïx seufzte. „Vielleicht? Sicher! Ich kann mich nicht erinnern. Na ja, Tatsache bleibt, dass Holly dir vielleicht tatsächlich irgendwann vergeben könnte, und was passiert dann? Erwartest du etwa, dass meine Nichte mit dir und dem Rauchdämon in eurer Männerhöhle im Poolhaus wohnt?“ Sie machte eine vage Geste in Röks Richtung, der grüßend die Flasche erhob. „Die Tage deiner ungeplanten Schlendrianexistenz sind vorbei, Cade. Eine eigene Frau zu haben, das bedeutet eine große Verantwortung.“

„Hab's kapiert. Verschaff mir einfach nur ein Treffen.“

„Ich werde dir helfen, unter einer Bedingung: Du und deine Leute, ihr hört auf, nach Néomi und dem Vampir zu suchen.“

Néomi war also tatsächlich am Leben. „Wie hat sie überlebt?“

„Nachdem du sie auf so grobe Weise aufgeschlitzt hast? Sie ist jetzt ein Phantom. Das ist eine lange Geschichte. Aber es hatte etwas mit Hexerei zu tun.“

„Ein Phantom!“, rief Rök. „Kein Wunder, dass ich sie nicht finden konnte. Ich hatte nicht die geringste Chance, oder?“

Nïx schüttelte traurig den Kopf. „Vor allem nicht, da ich sie über jede deiner Bewegungen informiert habe …“

Das verschlug beiden Männern die Sprache. Nach einer ganzen Weile sagte Cade: „Du wusstest, dass sie am Leben ist? Und trotzdem hast du uns gesagt, sie wäre gestorben. Du hast uns ange…“

„Ja, und Leute, die lügen, sind *böse*. Oh, aber ich hab doch nicht *dich* gemeint.“ Ihr Blick wurde ausdruckslos. „Ich habe dich angeschwindelt, aber nur damit die Schicksalsgöttinnen euch herführen konnten und ihr hier heute um Mitternacht um Val Hall herumschleicht. Und Groot ist tot, du besitzt ein mystisches Schwert und Holly ist …"

„Was ist mit Holly?"

„Nichts." Sie erhob sich anmutig. „Ich werde mich dann mal um unseren Plan kümmern", sagte sie und stolzierte davon. Sein Herz klopfte wild bei dem Gedanken, Holly möglicherweise zurückgewinnen zu können. „Übrigens", rief sie über die Schulter hinweg zurück. „Dein Bruder ist wieder in der Stadt."

48

„Wie gefällt es dir hier in Val Hall?“, fragte Nïx.

„Es gefällt mir gut“, erwiderte Holly. Sie fragte sich, ob ihre Tante wohl gerade bei Sinnen war.

Nïx war eine Quelle der Information. Aber um an diese Informationen zu kommen, musste man sie erst einmal in einem ihrer klaren Momente erwischen. Im Verlauf der beiden letzten Wochen hatte Holly mit beidem wenig Glück gehabt.

„Du gewöhnst dich also ein?“

Holly wurde nervös. Worauf wollte Nïx hinaus? „Ja, das tue ich“, sagte sie langsam. In der Tat kam sie im Großen und Ganzen mit ihrem neuen Leben ganz gut klar.

Da sie nicht in ihr Loft zurückkehren konnte, hatte sie das Zimmer angenommen, das die Walküren ihr in Val Hall angeboten hatten. Regin hatte ihr beigebracht, wie man im Herrenhaus überlebte: wie man anderen die Klamotten klaute und seine eigenen davor bewahrte, entwendet zu werden; wie man erfuhr, wer seine Kleidung gerade aus der Reinigung zurückbekommen hatte, wenn man auf etwas wirklich Gutes aus war; und wie man Streiche vorhersah und abwendete.

Es wurde erwartet, dass Holly mehrmals die Woche mit Waffen trainierte, vor allem jetzt, wo die Akzession nahte. Regin hatte ihr dabei geholfen, verschiedene Schwerter auszuprobieren, um sich das auszusuchen, das ihr am besten gefiel. „Alles, nur kein Bidhänder“ war alles, was Holly sich gewünscht hatte.

Außerdem erwartete man von ihr, ausgiebig mit der Wii zu

trainieren, weil die Hexen selbst dann noch gewannen, wenn sie betrunken waren, und sich inzwischen ganz schön was auf ihre Fähigkeiten einbildeten.

In ihrer Freizeit konnte Holly an ihrem Code arbeiten, von dem alle fälschlicherweise annahmen, es handle sich um ein Videospiel, und sie darum in Ruhe ließen.

„Und was ist mit der Uni?", erkundigte sich Nïx.

„Ich habe diese Woche herausgefunden, dass ich meine Dissertation auch von hier aus fertig machen kann." Als Holly ihre Betreuerin angerufen und ihr Projekt beschrieben hatte, hatte diese ihr gesagt, dass ein solcher Code mehr als ausreichend wäre, um ihren Abschluss zu erhalten. Kein Unterricht mehr – weder als Studentin noch als Dozentin. Mei hatte ihre Pflichten bei den Sportskanonen übernommen und voller Schadenfreude erzählt, dass Tim sich vor einem Ethikausschuss würde rechtfertigen müssen und vermutlich seine Stipendien verlieren würde …

Holly hatte gewusst, dass ihr Code für den Doktortitel reichen würde. Die Forschungsergebnisse der Studenten gehörten der Universität, und ihr Code würde der Uni zu ungeheuren Reichtümern verhelfen.

Aber es war ihr egal, dass sie nicht davon profitieren würde. Die Universität war immer gut zu ihr gewesen.

„Aber du weißt schon, dass du ab und zu auch ausgehen darfst?", fragte Nïx.

Sie nickte. „Nur nicht allein." Holly schwebte inzwischen nicht mehr in so großer Gefahr, nachdem Cades Leute zwei ganze Faktionen ausgeschaltet hatten und Tera, die Fee, überall rumerzählt hatte, dass Holly nichts geschehen dürfe.

Außerdem würde Hollys Ruf als blutrünstige Walküre den Angriffseifer ihrer Feinde vermutlich ein wenig dämpfen, wie Regin es ausdrückte.

Trotzdem sollte sie ohne eine andere Walküre nirgendwohin gehen.

„Ich bin froh, dass Regin dich unter ihre Fittiche genommen hat", sagte Nïx. „Wenn es mich auch ein wenig wundert, denn sie ist nicht gerade die großzügigste unter uns Walküren."

„Sie hat schon zugegeben, dass sie sich nur um mich kümmert, weil ihr das die Zeit vertreibt, und mir geraten, nicht zu viel hineinzuinterpretieren", sagte Holly. *Typisch Regin, mir das einfach so vor den Latz zu knallen.*

Regin würde ihr sogar dabei helfen, einen Exorzisten für die Lachenden Ladys zu finden, wenn sie sie auch nicht zur Brücke begleiten würde. Die grimmige Regin hatte Angst vor Geistern.

Ja, Holly gewöhnte sich langsam ein. Alles lief bestens. Bis auf die Tatsache, dass sie die Brut eines bösen Dämons in sich trug.

In einem ihrer seltenen klaren Momente hatte Nïx ihr erklärt, dass, selbst wenn Cadeon „ihn doppelt und dreifach eingepackt" hätte und Holly die Pille genommen und eine Spirale benutzt hätte, er trotzdem noch einen seiner „Bälle über die Torlinie gebracht" hätte.

Das Gefäß war einfach superfruchtbar, in Erwartung der ersten Schwangerschaft. Selbst wenn ihr ein potenter Mann auch nur eine Kusshand zugeworfen hätte, hätte Holly ihm nach neun Monaten eine freudige Botschaft zu verkünden gehabt.

Gut zu wissen. *Jetzt.* Ein weiterer Punkt für Nïx, die ihr diese kleine Perle der Weisheit frühzeitig hätte mitteilen können, es aber nicht getan hatte.

Holly glaubte nicht, dass Cade wahrhaft böse war. Ihre allgemeine Einstellung zu der Tatsache, dass sie ein Dämonenbaby zur Welt bringen würde, war eher: *Was soll's?* Die Aussicht weckte weder gute noch schlechte Gefühle in ihr. Sie erwartete jeden Tag, dass sich endlich etwas tun würde, hoffte, so etwas wie Aufregung zu verspüren.

Ihrer Tante hatte sie inzwischen zum größten Teil vergeben. Ohne Nïx' Einmischung würde sich Holly immer noch hartnäckig an ihr altes Leben klammern, wo das neue ihr doch viel mehr entsprach.

Holly war klar geworden, dass sie nicht nur deshalb so glücklich gewesen war, weil sie mit Cade zusammen war. Und auch wenn es ihr jetzt kaum vorstellbar erschien – sie vermisste ihn immer noch schrecklich, selbst nach allem, was passiert war –, glaubte sie sogar daran, irgendwann wieder glücklich sein zu können.

Alles, was sie sich je gewünscht hatte, war, sich normal zu fühlen. Und das tat sie in der Mythenwelt. Selbst mit ihren verbliebenen Marotten und Zwängen passte Holly hier herein.

Nïx hatte ihr gesagt, dass sie auf ihrer Reise irgendwann ein Gespür dafür entwickeln würde, wer sie war, und so war es auch gekommen. Holly hatte entdeckt, dass sie Holly die Leuchtende war.

So lautete ihr neuer Walkürenname. Er gefiel ihr. Vor allem im Vergleich zu den ersten Einfällen des Kovens: Holly die Fruchtbare, Holly die beherzte Singlemutter und Holly Crocker.

Nïx meinte, sie hätten diesen Namen wegen ihrer Intelligenz ausgewählt, aber auch weil sie dem Nordlicht gefolgt war, um sich in Sicherheit zu bringen.

„Und, ist dir noch was zu Cadeon eingefallen?", fragte Nïx. „Du kannst ihm nicht ewig aus dem Weg gehen."

Wie sie herausgefunden hatte, hatte er Holly nicht angelogen, was ihre schicksalhafte Verbindung anging. Und Nïx hatte ihr auch gesagt, dass der Dämon seine Frau zurückhaben wollte.

In der ersten Woche war er jeden Abend in Val Hall aufgetaucht. Anfangs hatte er sich aufgeführt, als wäre er der Herr hier, und war einfach bis vor die Haustür marschiert – oder hatte es zumindest vorgehabt. Die Geister hatten sich ihn geschnappt und seine riesige

Gestalt mit solcher Wucht in eine Eiche geworfen, dass es den Baum gespalten hatte.

Die Walküren, die auf der Veranda saßen und Wii spielten, hatten schadenfroh gekichert.

Wenn er nach ihr brüllte, hatten ihr die Tanten Kopfhörer aufgesetzt und ihm erneut die Geister auf den Hals gehetzt.

Aber dann, vor fünf Nächten, war er nicht mehr gekommen ...

Jetzt, wo Holly Zeit gehabt hatte, alles zu überdenken, hatte sie sich an Cadeons unermüdliches Training erinnert. Sie begann zu glauben, dass er tatsächlich etwas für sie empfunden und darauf vertraut hatte, dass Holly sich selbst befreien würde, nachdem er sie ausgeliefert hatte.

Die Erwartungen und Forderungen, die an ihn gestellt wurden, hatten ihn zerstört. Er hatte eine Wahl treffen müssen, und sie war dabei die Verliererin gewesen.

Das konnte Holly beinahe nachvollziehen. Sie konnte jedoch nicht begreifen, in welcher Art und Weise er sich in Groots Festung von ihr „verabschiedet" hatte. Holly war völlig verängstigt gewesen, wie betäubt von dem Schock, und er war so grausam gewesen, gefühllos und gleichgültig.

Oh ja, sie war auf ihn hereingefallen. Sie würde niemals den Ausdruck auf seinem Gesicht vergessen, als er sagte: „Vertraue niemals einem Dämon ..." Die Leichtigkeit, mit der er sie getäuscht hatte, erstaunte sie immer noch. Sie konnte nicht einmal annähernd zählen, wie oft er sie im Laufe ihrer Reise angelogen haben musste.

Wenn Holly vom heutigen Standpunkt aus ihre Beziehung betrachtete, war es ihr unmöglich zu beurteilen, ob überhaupt irgendetwas echt gewesen war. *Wie konnte er mich nur zurücklassen* ...

Als sich Nïx räusperte, wurde Holly bewusst, dass sie für eine Weile genauso den Draht zur Gegenwart verloren hatte wie sonst ihre Tante.

„Hast du etwas auf dem Herzen, Schätzchen?“

„Ähm … nein, alles bestens. Danke, dass du dich so um mich kümmerst.“

„Ich bin wirklich froh, dass es dir hier gefällt.“ Nïx’ Lächeln war nichtssagend. „Aber jetzt musst du ausziehen.“

49

Er war nervös, als er vor Rydstroms Haus vorfuhr. Warum hatte sein Bruder denn niemanden angerufen, um Bescheid zu sagen, dass er entkommen war? In Cades Kopf wirbelten die Theorien nur so durcheinander.

War Rydstrom gefoltert worden? Hatten sie ihm etwas so Grauenhaftes angetan, dass er niemandem gegenübertreten wollte?

Cade parkte seinen alten Truck, der trotz Wasserschäden und Einschusslöchern immer noch vor sich hin tuckerte. Mit finsterem Gesicht nahm er das Schwert an sich. Er verabscheute es und war froh, es bald los zu sein.

Als er sich dem Haupthaus näherte, fiel ihm auf, dass alle Rollläden heruntergelassen waren. Aber als Cade die Seitentür aufschließen wollte, öffnete Rydstrom sie abrupt einen Spaltbreit. Er trug weder Hemd noch Schuhe und war dabei, seine Jeans zuzuknöpfen, als ob er sie gerade erst übergezogen hätte.

Cades Brauen hoben sich bei diesem Anblick. „Rydstrom?"

Sein Bruder war … verändert.

Sein verbissener Gesichtsausdruck verlieh seinem Gesicht etwas Gemeines, was es nie zuvor gehabt hatte. Die Muskeln in Nacken und Schultern waren angespannt. Er hatte die Augen zusammengekniffen, und sein Blick wirkte regelrecht wahnsinnig.

Über seine Brust und seine vernarbte Wange zogen sich vier dünne blutende Spuren, als ob ihm jemand mit den Fingernägeln die Haut aufgerissen hätte.

Was zum Teufel war da los? Und was hatten sie ihm angetan, das ihn dermaßen verändert hatte?

„Willst du mich den ganzen Nachmittag hier draußen stehen lassen? Mach schon die Tür auf."

Sein Bruder machte keinerlei Anstalten dazu, sondern warf nur einen Blick über die Schulter zurück ins Haus.

„Rydstrom, ich mach mir echt Sorgen um dich, Mann. Lass mich rein und erzähl mir, was passiert ist. Das Letzte, was ich gehört hab, war, dass Sabine dich gefangen genommen hat."

Keinerlei Reaktion.

„Hat sie dich nach Tornin gebracht? Hast du gegen Omort gekämpft und bist entkommen?"

Endlich schüttelte Rydstrom den Kopf.

„Wie zum Teufel bist du dann freigekommen? Niemand entkommt aus Tornin."

„Ich hatte noch ein Ass im Ärmel", sagte er mit rauer Stimme.

„Du klingst gar nicht gut. Alles in Ordnung mit dir?"

„Es wird schon wieder." Abermals blickte Rydstrom über seine Schulter hinweg zurück. „Bald."

„Ich hab das Schwert", sagte Cade und hielt es ihm hin. „Und ich hab Groot erledigt."

Rydstrom nickte und nahm die Waffe entgegen, ohne sie weiter zu beachten, ja, ohne ihr mehr als einen flüchtigen Blick zu schenken.

Cade war verwirrt. „Das ist das *Schwert*, das *Omort* töten wird", sagte er langsam.

„Im Frühjahr ziehen wir in den Krieg", sagte Rydstrom heiser. „Halte dich bereit."

„Das ist alles, was du dazu zu sagen hast? Wo bleibt deine tiefe Dankbarkeit oder zumindest ein Klaps auf die Schulter?" Cade geriet langsam in Rage. „Wenn du wüsstest, was ich durchgemacht habe, um dieses gottverdammte Ding in die Hände zu kriegen, was ich meiner Frau zugemutet habe ... Oh, und falls es dir noch nicht aufgefallen ist, dein Veyron ist weg und du wirst ihn auch nie wiedersehen, verdammt no...“

„Ist da draußen jemand?“, kreischte auf einmal eine Frau von drinnen. „Oh Gott, helft mir!“

Cade hörte eindeutig das Quietschen einer Matratze. Und das Rasseln von Ketten.

„Ich werde gegen meinen Willen hier festgehalten!“

Ihm blieb der Mund offen stehen. „Ist das ... *Sabine*?“ Hatte Rydstrom seine Kidnapperin dazu benutzt zu fliehen? „War sie dein Ass?“

„Bitte helft mir!“, schrie sie aus voller Lunge.

Rydstrom musterte ihn prüfend mit diesen wahnsinnigen Augen, als wollte er seinen Bruder zu etwas herausfordern.

Cade bemühte sich um einen beiläufigen Tonfall, als er sagte: „So, dann hast du also eine bösartige Zauberin da an dein Bett gekettet, wie?“

Und er hatte vorhin nichts angehabt.

„Sie gehört mir.“ Rydstrom schien vor Wut zu schäumen. „Und ich mache mit ihr, was ich will, verdammte Scheiße. Und ich tue nichts, was nicht vorher *mir* angetan worden wäre.“ Seine Pranken ballten sich zu Fäusten.

„Hey, hey, das ist doch kein Grund, mich so anzufahren, Bruder. Jedem das Seine, okay?“ Hatte Sabine den edelmütigen, königlichen Rydstrom derartig verarscht, dass er *das* hier jetzt für eine gute Idee hielt? Wenn dem so war, dann war ein bisschen *Wie du mir, so ich dir* wohl in Ordnung.

„Ich melde mich bei dir, sobald ich mit ihr fertig bin.“

Cade starrte noch eine ganze Weile auf die Tür, die Rydstrom ihm vor der Nase zugeschlagen hatte.

Schließlich drehte er sich um und ging die Stufen hinunter. „Scheiß drauf", sagte er erschüttert. *Heißt das jetzt, dass ich nicht mehr der böse Bruder bin …?*

„Du schmeißt mich wirklich raus?", fragte Holly Nïx.

Sie waren unterwegs, um sich Häuser anzusehen, auf der Suche nach einem, das für Holly und den kleinen Wämon perfekt wäre.

„Du kannst in Val Hall kein Kind großziehen", sagte Nïx. „Allein schon die tödliche Gefahr durch die Blitze ist untragbar."

Holly war einfach mit ihr gegangen, zu erschöpft, um sich zu wehren. Sie war sogar damit einverstanden gewesen, in Nïx' Bentley mitzufahren, der immer noch die reinste Müllhalde war. Auch wenn sie das Gerümpel immer noch störte, brachte es sie doch nicht mehr völlig aus der Fassung. „Du bist das C-4 losgeworden?"

„Oh ihr Götter, allerdings. Noch in derselben Nacht." Sie seufzte. *„Das waren noch Zeiten."*

„Wie weit ist es denn noch?", fragte Holly. Es war schon spät am Nachmittag und in einer Stunde würde die Wintersonne untergehen. „Wir haben vor zwanzig Minuten den Landkreis verlassen."

„Und da sind wir schon", sagte Nïx und bog in eine Einfahrt ein, deren Tor sich öffnete, als sie sich näherten.

Die Einfahrt war von Eichen und Magnolien gesäumt und zog sich in leichten Kurven eine ganze Weile dahin. „Wie groß ist das Grundstück denn?"

„Keine Ahnung. Ich denke, riesengroß, mehr oder weniger."

Als sich die Einfahrt verbreiterte, öffneten sich Hollys Lippen vor Erstaunen. Das Anwesen war atemberaubend.

Eine parkähnliche Gartenanlage umgab ein dreistöckiges cremefarbenes Herrenhaus im französischen Kolonialstil, mit steilen, schiefergedeckten Giebeldächern, gewölbten Dachgauben, einer Veranda und mehreren Balkons, die sich über die ganze Front und die Seiten hinwegzogen, mit kunstvollen schmiedeeisernen Geländern in glänzendem Schwarz. Der Haupteingang wurde von hohen dorischen Säulen flankiert.

„Es heißt Nine Oaks." Auf jeder Seite der Villa standen drei uralte Eichen und auf der Rückseite würden sie vermutlich drei weitere vorfinden. „Es hat zwölf Zimmer, darunter diverse potenzielle Kinderzimmer."

Es fühlte sich seltsam an, über Kinderzimmer zu reden. Noch seltsamer war, dass Holly tatsächlich eines *brauchte*. *Was soll's?*

„Wie findest du es?", fragte Nïx, als sie direkt vor dem Weg parkte, der zum Eingang führte.

„Es ist wundervoll", sagte Holly aufrichtig. Eine frische Brise bewegte die feuchten Bananenbäume und Palmen. „Aber meinst du nicht, dass es für mich und ein Kind ein bisschen zu groß ist? Das Loft wäre besser."

„Sieht nach einem tollen Ort aus, um einen Wämon großzuziehen, oder? Na ja, wo wir schon mal hier sind, können wir uns ja auch ein bisschen umsehen."

Holly zuckte die Achseln und folgte ihr über den mit Ziegeln gepflasterten Weg, der sich dann teilte und um einen Springbrunnen mit neun Fontänen herumführte.

Sie stiegen die sechs Stufen bis zur Veranda hinauf und stellten fest, dass die Tür unverschlossen war.

„Können wir denn einfach so reingehen?", fragte Holly.

„Wir werden erwartet."

Das Innere des Hauses und seine Ausstattung empfand Holly als genauso ansprechend wie das Äußere. Es schien, als ob alles in Dreiergruppen oder einem Vielfachen davon angeordnet wäre.

Sechs Barhocker, drei Leuchten pro Lichtschiene. Zwölf Zimmer und drei Etagen … Die Zahlen waren perfekt für Holly.

Aber es war das Arbeitszimmer, das letztendlich den Ausschlag gab. Das Zimmer war geräumig und luftig und hatte ein riesiges Fenster mit Blick auf einen *Pool*.

Wie immer wurde ihre Aufmerksamkeit sofort vom Computer angezogen, und sie fragte sich, woran der Besitzer wohl gerade arbeitete. Er war eingeschaltet, und die Spezifikationen waren auf dem Bildschirm zu sehen. Holly zog die Augenbrauen zusammen. „Dieses Betriebssystem soll frühestens in einem Jahr herauskommen. So was hat bis jetzt noch kein Zivilist. Wem gehört das denn?"

Da hörte sie hinter sich eine tiefe Stimme sagen: „Das ist deiner, Halbling. Denn Codes schreiben sich nicht von selbst."

50

„Also wirklich, Nïx." Holly starrte sie wütend an. „Du hast mich schon wieder reingelegt. Ich kann nicht fassen, dass du es ihm erzählt hast!"

„*Davon* hab ich ihm nichts erzählt."

„Wovon?", erkundigte sich Cadeon vorsichtig.

„Das geht dich gar nichts an!", giftete Holly. „Was willst du?"

„Dich."

„Spielt schön brav miteinander, Kinderchen", sagte Nïx. „Ich bin dann im Wagen. Der hier stehen bleiben wird oder aber auch nicht." Mit diesen Worten verließ sie Holly.

Holly schenkte ihm ein bitteres Lächeln. „Du arbeitest mit Nïx zusammen, um mich auszutricksen. Wie originell!"

„Du hättest dich sonst nie mit mir getroffen und ich muss unbedingt mit dir reden."

Ihr fiel auf, dass er an Gewicht verloren hatte. Sein Gesicht war schmaler geworden, und er wirkte müde. *Als ob mich das interessiert!* „Ich denke, es wurde alles gesagt, was gesagt werden musste. Ich glaube, es war so was wie: ‚Du warst Teil einer geschäftlichen Abmachung.'"

„Das musste ich sagen. Ich musste doch so tun, als wärst du mir vollkommen gleichgültig, sonst hätte Groot mir das Schwert nicht gegeben."

Sie wurde still. „Du hast ja vielleicht Nerven, in meiner Gegenwart dieses Schwert zu erwähnen."

„Ich bin zurückgekommen, um dich dort wegzuholen …"

„Ach, wirklich? Weißt du was, davon hab ich gar nichts mitbekommen, ich bin nämlich nur so lange geblieben, bis Groot versucht hat, mir einen dicken, fetten Eisenbahnnagel in die Schläfe zu hämmern!“

„Was hat er dir angetan?“ Cadeon kam auf sie zu und griff nach ihrem Arm.

Doch sie wich mit einem Zischen vor ihm zurück. „Wag es ja nicht, mich anzufassen! Ich habe *mich selbst* befreit, bevor Groot mich zu seiner hirnlosen Sexsklavin und Zuchtstute machen konnte. Du warst daran jedenfalls nicht beteiligt.“

„Ich weiß, ich sah dich springen.“

Also war er *tatsächlich* zurückgekommen.

„Ich wollte sofort hinter dir herspringen, doch Groot hat mich mit fliegenden Schwertern aufgespießt. Ich wäre ja schon viel früher gekommen, aber er hatte den Schwertgriff vergiftet, sodass ich ohnmächtig wurde, als ich ihn in die Hand nahm.“

„Warum ist die Burg in die Luft geflogen?“

„Ich habe Groot in das Feuer seiner eigenen Schmiede geworfen. Unglücklicherweise wurde ich von der Explosion erfasst, sonst hätte ich Seite an Seite mit dir im Dorf gegen die Wendigos gekämpft. Nicht dass du meine Hilfe gebraucht hättest.“

„Dann hattest du also von Anfang an geplant, mich zu retten? Oder hast du nur deine Meinung geändert, nachdem du mich verschachert hast?“

„Mein Plan war es, das Schwert in meinen Besitz zu bringen, Groot damit zu töten und dich dann so schnell wie nur möglich da rauszuschaffen.“

„Und warum hast du mir dann nichts davon erzählt?“

„Das konnte ich nicht. Groot kann Gedanken lesen. Dämonen können sich dagegen wehren, aber in dir hätte er wie in einem offenen Buch gelesen. Und ich habe doch versucht, dir das

Kämpfen beizubringen, für den Fall, dass etwas schiefgehen würde."

„Wie wär's denn damit gewesen, mich gar nicht erst dorthin zu bringen? Wie wär's damit gewesen, mich nicht zu hintergehen? Du hast mich die ganze Zeit über angelogen und mir vorgemacht, ich könnte die Wandlung rückgängig machen."

„Das stimmt, Holly. Ich habe dich nach Strich und Faden belogen. Aber ich hatte das Gefühl, keine andere Wahl zu haben. Sieh mal, du wusstest zwar, warum ich das Schwert brauchte, aber nicht, wie dringend es war."

„Oh doch. Du hast neun Jahrhunderte lang nach einem Weg gesucht, Omort umzubringen, du glaubst, es war dein Fehler, dass ihm das ganze Königreich Rothkalina in die Hände gefallen ist, und du gibst dir selbst die Schuld am Tod deiner Pflegefamilie." Als sie diese Dinge noch einmal laut aussprach, wurde ihr erneut bewusst, wie monumental jeder einzelne dieser Punkte war.

„Aber da gab's noch mehr. Mein Bruder ist in jener ersten Nacht nicht aufgetaucht, weil Omorts Schwester ihn gefangen genommen hatte. Sie hat ihn mithilfe ihrer Zauberkünste überlistet und in ihrem Kerker gefangen gehalten, für ihre … speziellen Verwendungszwecke."

„Was meinst du?"

„Sabine wollte Rydstroms Kind zur Welt bringen, um mit diesem ‚legitimen' Erben unser Königreich für alle Zeit zu übernehmen. Die Vorstellung von ihm in dieser Lage …" Cadeon fuhr sich mit der Hand übers Gesicht. „Für Rydstrom wäre dieses Schicksal schlimmer als der Tod gewesen. Und ich glaubte, der einzige Weg, ihn zu befreien, wäre mithilfe des Schwertes."

„Glaubte? Jetzt nicht mehr?"

„Er ist irgendwie entkommen und wieder hier. Aber er ist … anders. Ich mache mir Sorgen um ihn."

Als Holly den Kopf zur Seite legte, sagte Cade: „Würdest du ein paar Schritte mit mir gehen?“ Er war überrascht, dass er in der Lage war, so gleichmütig zu sprechen.

Seine Frau war schöner, als er sie je zuvor gesehen hatte. Sie trug ihr langes blondes Haar offen, sodass es sich lockig über ihre Schultern ergoss. Ihre Haut strahlte, ihre Augen leuchteten.

Und es schien, als wäre ihre Neugier einfach zu groß, denn sie ging mit ihm.

„Ich verstehe ja, warum du das Gefühl hattest, du müsstest einfach alles tun, um an dieses Schwert zu kommen“, sagte sie. „Das begreife ich, Cadeon – wirklich. Aber deine Motive zu verstehen, bedeutet nicht, dass ich darüber glücklich wäre, dass ich das Opfer bei der ganzen Sache war. Wie kann ich an irgendetwas von dem glauben, was sich zwischen uns abgespielt hat, wenn du die ganze Zeit über darauf aus warst, mich zu hintergehen?“

„Nicht die ganze Zeit! Ursprünglich hatte ich einen anderen Plan. Und als der dann geplatzt ist, hatte ich meinen Leuten befohlen, dort oben zu mir zu stoßen. Ich hatte geplant, Groots Festung zu stürmen.“

„Was ist passiert?“

„An dem letzten Tag, bevor die Frist für unsere Abmachung ablief, fand ich heraus, dass sie uns nicht erreichen konnten. Die Eisstraße war unpassierbar, und mit dem Hubschrauber konnten sie auch nicht fliegen, wegen des Wetters.“

„Dieses Unwetter südlich von uns …“

Er nickte. „Darum hab ich die ganze Zeit mit ihm telefoniert. Ich war bereit, alles zu tun, außer dem, was ich am Ende dann doch getan habe. Aber ich konnte einfach keinen anderen Ausweg sehen. Was hättest du in meiner Lage getan?“

Als sie sich in die Unterlippe biss und wegsah, wusste er, dass sie glaubte, sie hätte ebenso gehandelt.

„Du weißt nicht, wie schlimm es war, so zu tun, als ob du mir egal wärst. Du weißt nicht, wie ich mich seitdem fühle."

„Wie fühlst du dich denn?", fragte sie.

„Ich bin ganz krank vor Verlangen nach dir." Cadeon näherte sich ihr behutsam. „Weil ich meine Holly so vermisst habe."

Sie konnte seine Hitze spüren, und sein süchtig machender Duft kitzelte ihre Nase. Oh Gott, wie er ihr gefehlt hatte.

„Worüber hat Nïx eben gesprochen? Was sollte ich nicht wissen?"

Warum sollte sie es ihm verheimlichen? Er würde es sowieso bald erfahren. „Du wirst … Vater."

Er schnappte so hastig nach Luft, dass er beinahe erstickt wäre. „Vater? Ich? Wir …" Nach einem kurzen Moment begann er laut zu lachen, hob sie hoch und wirbelte sie durch die Luft.

Seine Reaktion erstaunte sie. „Ich hätte nicht gedacht, dass dich das so glücklich machen würde." Es war ihr gar nicht bewusst gewesen, wie bedeutsam ihre Schwangerschaft war, bis sie Cadeons Entzücken sah. Seine Aufregung wirkte ansteckend. Doch nicht so *Was soll's*.

„Machst du Witze? Das erhöht meine Chancen, dich zurückzubekommen ganz enorm. Jetzt habe ich doch einen Verbündeten da drinnen, der dich so lange nerven wird, bis du mich zurücknimmst." Dann wurde er wieder ernst. „Bist du denn nicht glücklich?"

„Ich könnte es sein. Es war nur so schwierig, mit alldem fertig zu werden." Sie hob eine Augenbraue. „Du machst dir also keine Sorgen, dass dein *Verbündeter* am Ende das ultimative Böse ist?"

Er schob ihr zärtlich eine Locke hinters Ohr. „Wenn ich böse wäre, könnte ich dich gar nicht so sehr lieben."

Atme, Holly.

„Wenn du mir noch eine Chance gibst, werde ich dich nie wieder anlügen."

„Aber wie kann ich dir trauen? Sag mir das. Du kommst einfach in mein Leben zurückspaziert, mit noch mehr Worten, noch mehr Versprechen …" Sie verstummte und musterte ihn mit gerunzelter Stirn. „Cadeon, wo sind deine Hörner?"

Er zuckte die Achseln. „Weg. Du brauchst Normalität. Und ich möchte dir alles geben, was du dir je gewünscht hast. Wie dieses Haus. Hinter dem Haus ist ein Swimmingpool. Und es ist abartig ordentlich, und es gibt alles in Dreiergruppen. Ich hab wirklich lange danach gesucht."

Das hat er also in dieser Zeit gemacht.

„Aber deine Hörner!", rief sie. Er hatte ihr einmal erzählt, wie qualvoll es war, eines zu verlieren. Und sie waren ein Teil seiner Identität, ein Teil dessen, was ihn zum Dämon machte.

Doch für sie hatte Cadeon sie abgeschnitten.

„Wenn du sie nicht mehr so schlimm findest – in ein paar Wochen sind sie wieder nachgewachsen."

„Würdest du sie denn sonst immer wieder abschneiden?", fragte sie. Sie dachte an die Schmerzen.

„Wenn es das ist, was dich glücklich macht, dann würde ich das natürlich tun."

Als sie das hörte, schmolz sie dahin. Sie hatte ihn viel zu sehr vermisst, brauchte ihn viel zu dringend.

„Du knickst langsam ein, stimmt's?" Er grinste sie auf seine einzigartig atemberaubende Weise an. „Du kannst gar nicht wütend auf mich bleiben, weil du weißt, dass ich diesmal alles richtig machen werde. Außerdem brauchst du jemanden, der dich begleitet, wenn du ein paar Geister besuchen gehst."

Aus irgendeinem Grund glaubte sie wirklich, dass er diesmal alles richtig machen würde, glaubte es aus tiefstem Herzen. „Kann schon sein, dass ich ein klitzekleines bisschen einknicke. Aber nur weil mich jemand nach Michigan fahren muss."

„Ihr Götter, wie ich dich vermisst habe, Halbling." Er umfasste ihr Gesicht mit beiden Händen. „Aber, Holly, ich muss dir noch etwas sagen. Ich werde im Frühling nach Rothkalina gehen. Wir ziehen in den Krieg."

Sie zog sich zurück. „Wenn du willst, dass wir zusammen sind, dann bleiben wir auch zusammen. Nichts von wegen diesem *Der Mann zieht in die Schlacht und kämpft*-Scheiß."

„Glaubst du vielleicht, ich würde meine schwangere Frau in ein vom Krieg zerrissenes Land mitnehmen?"

„Und ob, wenn du sie behalten möchtest. Meine Mutter ist in den Kampf gezogen, als sie mit mir schwanger war."

Er stieß die Luft aus. „Ich möchte nicht, dass jemals wieder eine Lüge zwischen uns steht, also sage ich lieber gleich, dass ich alles in meiner Macht Stehende tun werde, um dich davon abzubringen."

„Und ich werde hart darum kämpfen, an deiner Seite zu bleiben. Sieht so aus, als ob das geklärt wäre."

Seine Lippen verzogen sich zu einem Lächeln. „Das denke ich auch." Aber dann wurde er wieder ernst. „Hast du mich gehört, als ich sagte, dass ich in dich verliebt bin?" Seine Stimme war heiser, voller Gefühl.

„Ich hab's gehört."

Er drückte ihr seine Lippen auf den Mund, für einen sengenden Kuss, der ihre Knie weich werden ließ. Als er sich von ihr löste, um wieder zu Atem zu kommen, sagte er: „Und, bist du auch in mich verliebt?"

„Könnte sein", murmelte sie. „Hast du vielleicht vor, diese Abmachung zwischen uns mit Sex zu besiegeln?"

„Oh ja." Mit lautem Knurren presste er ihr seine Lippen auf den Hals.

Sie lächelte zur Decke empor und schloss vor Wonne die Augen. „Denn damit wäre ich einverstanden ..."

AUS DEM LEBENDIGEN BUCH DES MYTHOS

Der Mythos

„... und jene empfindungsfähigen Geschöpfe, die nicht der menschlichen Rasse angehören, sollen in einer Schicht vereinigt sein, die neben der der Menschen besteht, ihnen jedoch verborgen bleibt."

Die Walküren

„Wenn eine jungfräuliche Kriegerin mit lautem Schrei nach Mut verlangt, so sie im Kampfe fällt, erhören Odin und Freya ihren Ruf. Diese beiden Götter lassen einen Blitz in sie fahren, empfangen sie in ihrer Halle und bewahren ihren Mut für alle Ewigkeit in Gestalt der unsterblichen Tochter dieser Jungfrau: der Walküre."

- Walküren beziehen ihre Kraft aus der elektrischen Energie der Erde. An dieser Kraft haben sie alle gemeinschaftlich teil und durch ihre Emotionen geben sie sie in Form von Blitzen zurück.
- Sie besitzen übernatürliche Stärke und Geschwindigkeit.
- Ohne Übung lassen sie sich von glitzernden Objekten und Juwelen hypnotisieren.
- Sämtliche Walküren der ersten Generation sind Schwestern.

Die Dämonarchien

„Die Dämonen sind so mannigfaltig wie die Stämme der Menschen ..."

- Dämonische Dynastien. Zum Teil Alliierte der Horde.
- Die meisten Dämonenrassen sind in der Lage, sich wie die Vam-

pire zu translozieren. Einige Rassen sind daran gebunden, dem Ruf einer Beschwörung zu gehorchen.

- Diejenigen unter ihnen, die aus ihren Fängen, Hörnern oder Klauen Gift absondern, reagieren empfindlicher auf das Gift anderer.
- Ein Dämon muss mit einer potenziellen Partnerin Geschlechtsverkehr haben, um sich zu vergewissern, dass sie wahrhaftig die Seine ist. Dieser Prozess wird als *Erprobung* bezeichnet.

Die Wutdämonen

„Wer Tornin beherrscht, beherrscht das Königreich …“

- Eine Dämonarchie, die in der Ebene von Rothkalina beheimatet ist. Burg Tornin ist der Stammsitz ihres Herrschers. König Rydstrom III. war einst ihr König, wurde aber seines Throns beraubt.
- Wutdämonen waren die Wächter des Seelenbrunnens, einem magischen Quell der Macht in Tornin.
- Der Hexenmeister Omort der Unsterbliche eroberte Tornin und somit auch Rydstroms Thron.

Das Gefäß

„Und die Auserwählte wird dem Untergang geweiht sein …“

- Auf dem Höhepunkt jeder Akzession wird ein auserwähltes weibliches Wesen ein Kind zur Welt bringen, das entweder ein Krieger des absolut Bösen oder des absolut Guten sein wird – abhängig vom Vater.
- Von den letzten sieben Gefäßen haben sechs ein Geschöpf des Bösen hervorgebracht.
- Einige Faktionen sind darauf aus, diejenige zu ermorden, um jegliche Geburt zu verhindern. Andere bekämpfen einander in

dem Bemühen darum, die Macht über sie zu gewinnen und ihre Nachkommenschaft zu kontrollieren.

Die Vampire

- Es gibt zwei Gruppierungen, die einander bekämpfen: die Horde und die Armee der Devianten.
- Die Fähigkeit, sich zu teleportieren, nennt man Translokation – so bewegen sich Vampire vorzugsweise fort. Ein Vampir kann sich nur zu Orten translozieren, an denen er schon einmal war oder die er sehen kann.
- *Gefallene* sind Vampire, die ein Opfer töteten, indem sie es vollständig aussaugten. Erkennbar an ihren roten Augen.

Das Haus der Hexen

„... unsterbliche Geschöpfe mit magischer Begabung, praktizieren weiße sowie schwarze Magie."

- Hexen sind mystische Söldnerinnen, die ihre Dienste gegen Bezahlung anbieten.
- Es ist ihnen strengstens untersagt, persönlichen Reichtum durch Magie zu erschaffen oder Unsterblichkeit zu gewähren.

Wiedergänger

„Die der ewigen Ruhe beraubten Toten, gezwungen, einem dunklen Herrn zu dienen ..."

- Wiedergänger sind Leichname, die aus ihrem Grab geholt und von den Toten auferweckt wurden; meistens von einem Hexenmeister oder Nekromanten, der sie beherrscht.
- Sie können nicht getötet werden, ehe ihr Herr und Meister den Tod gefunden hat.

Die Talisman-Tour

„Eine von Verrat geprägte und mörderische Schatzsuche nach magischen Talismanen, Amuletten und anderen mystischen Schätzen auf der ganzen Welt.“

- Die Regeln verbieten es, zu töten – bis zur letzten Runde. Jede andere Art von Betrug, List oder Gewalt wird befürwortet.
- Die Tour findet alle zweihundertfünfzig Jahre statt.
- Sie wird von Riora veranstaltet, der Göttin der Unmöglichkeit.

Wendigo

„… nähren sich von Leichen, von deren Fleisch sie nie genug bekommen können, von unbändiger Gier nach Blut beseelt. Sie fressen und fressen und erfahren doch niemals Sättigung.“

- Sie hausen in den Wäldern kalter, im Norden gelegener Länder. Erkennbar an ihren langen, messergleichen Klauen und stets ausgemergelten Körpern.
- Sie schänden Gräber, um an Menschenfleisch zu gelangen.

Die Akzession

„Und es wird eine Zeit kommen, da alle unsterblichen Kreaturen des Mythos, von den mächtigsten Gruppen der Walküren, Vampire, Lykae und Dämonen bis hin zu Phantomen, Gestaltwandlern, Feen, Sirenen … kämpfen und einander vernichten sollen.“

- Eine Art mystisches System zur gegenseitigen Kontrolle in einer beständig wachsenden unsterblichen Bevölkerung.
- Sie geschieht alle fünfhundert Jahre – oder genau in diesem Augenblick …

Pamela Palmer

Krieger des Lichts

Ungezähmtes Verlangen

Roman

Atemberaubend erotische Fantasy

Lyon gehört einem Volk unsterblicher Gestaltwandler an und glaubt, dass Kara MacAllister dazu ausersehen ist, ihn und sein Volk vor einer uralten Bedrohung zu retten. Auch wenn es Kara schwer fällt, seinen Worten Glauben zu schenken, fühlt sie sich zu dem wilden Krieger unwiderstehlich hingezogen. Da bricht das lang prophezeite Unheil über die Welt herein, und nur gemeinsam können Kara und Lyon der Gefahr begegnen ...

»Voller Gefahr, erotischem Prickeln und Romantik. Pamela Palmers Serie fesselt den Leser und hält ihn in Atem.«
Darque Reviews

Band 1 der Serie
352 Seiten, Kartoniert mit Klappe
€ 9,95 [D]
ISBN 978-3-8025-8310-0

www.egmont-lyx.de

EGMONT LYX
Verlagsgesellschaften